A CASA DO SONO

Outras obras do autor publicadas pela Editora Record

Bem-vindo ao clube
O legado da família Winshaw
O círculo fechado

Jonathan Coe

A CASA DO SONO

Tradução de
MARCELLO ROLLENBERG

EDITORA RECORD
RIO DE JANEIRO • SÃO PAULO
2007

CIP-Brasil. Catalogação-na-fonte
Sindicato Nacional dos Editores de Livros, RJ.

Coe, Jonathan, 1961-
C613c A casa do sono / Jonathan Coe; tradução de Marcello Rollemberg. – Rio de Janeiro: Record, 2007.

Tradução de: The house of sleep
ISBN 978-85-01-07223-8

1. Distúrbios do sono – Ficção. 2. Novela inglesa. I. Rollemberg, Marcello, 1961-. II. Título.

CDD – 823
06-3841 CDU – 821.111-3

Título original inglês:
THE HOUSE OF SLEEP

Capa: Necas
Composição: DFL

Impresso no Brasil

ISBN 978-85-01-07223-8

PEDIDOS PELO REEMBOLSO POSTAL
Caixa Postal 23.052
Rio de Janeiro, RJ – 20922-970

CÓPIA NÃO AUTORIZADA É CRIME
ABDR
ASSOCIAÇÃO BRASILEIRA DE DIREITOS REPROGRÁFICOS
RESPEITE O DIREITO AUTORAL
EDITORA AFILIADA

Sumário

Nota do autor

Os capítulos de números ímpares deste romance se passam principalmente nos anos de 1983 e 1984.

Os capítulos de números pares se passam nas duas últimas semanas de junho de 1996.

"Fico confusa em relação ao tempo.
Se uma pessoa perde seu foco emocional —
ela parou, lutou e continuou fortemente
— é isso que acontece. As eternidades —
segundos separados — se trocam. A pessoa
sai da forma normal de contagem."

Rosamond Lehmann, *The Echoing Grove*

Despertar

1

Aquela foi a discussão final deles, isso estava bem claro. Mas, embora ele a estivesse prevendo havia dias, talvez até semanas, nada podia acalmar a maré de raiva e ressentimento que agora crescia dentro dele. Ela estivera no caminho errado, e se recusara a admitir isso. Todos os argumentos que ele tentara desenvolver, todas as tentativas de ser conciliador e sensato, foram distorcidos, retorcidos e jogados de volta contra ele. Como ousava mencionar aquela noite perfeitamente inocente que ele passara no "Meia-lua" com a Jennifer? Como ousava chamar seu presente de "patético" e dizer que ele parecia estar "evasivo" quando o deu a ela? E como ela *ousava* mencionar a mãe dele — a *mãe* dele, de todas as pessoas do mundo — e o acusar de vê-la demais? Como se isso fosse algum tipo de comentário sobre a maturidade dele; sobre a *masculinidade* dele, até...

Cegamente, ele foi em frente, inconsciente sobre o que o cercava e sobre os pedestres à sua volta. "Cadela", ele pensou consigo mesmo, como se as palavras dela continuassem voltando até ele. E então, bem alto, por entre os dentes cerrados, ele gritou "CADELA!"

Depois disso, ele se sentiu um pouco melhor.

*

Enorme, cinza e imponente, Ashdown ficava à beira do mar, sobre uma montanha, a mais ou menos 20 metros da parte íngreme do penhasco, onde tem estado há mais de cem anos. Durante o dia todo, as gaivotas giravam em volta de seu cume e de seus arredores, grasnando entusiasmadas até ficarem roucas. Durante todo o dia e toda a noite, as ondas jogavam-se enlouquecidamente contra sua barricada rochosa, mandando um ronco sem fim, parecido com o do trânsito intenso, através dos quartos gelados e dos corredores labirínticos e ecoantes da velha casa. Mesmo as partes mais vazias de Ashdown — e a maior parte dela estava vazia agora — nunca ficavam em silêncio. Os quartos mais habitáveis amontoavam-se no primeiro e no segundo andares, elevando-se acima do mar, e durante o dia eram invadidos pelos gelados raios do sol. A cozinha, no térreo, era comprida e em formato de L, com o teto baixo; tinha apenas três minúsculas janelas, e estava envolta em uma sombra permanente. A beleza desoladora de Ashdown, desafiadora da natureza, mascarava o fato de ela ser, em sua essência, inadequada para a ocupação humana. Seus mais velhos e mais próximos vizinhos conseguiam lembrar, porém mal acreditar, que ela havia sido um dia uma residência particular, lar de uma família de apenas oito ou nove pessoas. Mas duas décadas atrás ela fora adquirida pela nova universidade, e agora abrigava mais ou menos duas dúzias de estudantes: uma população flutuante, tão instável quanto o oceano que descansava sob seus pés e alongava-se na direção do horizonte, em um tom doente de verde e pesando com uma inquietude sem fim.

*

O grupo de quatro estranhos sentados à mesa dela pode ter ou não pedido permissão para se juntar a ela. Sarah não conseguia lembrar. Agora, parecia que uma discussão estava se desenvolvendo, mas ela não ouvia o que estava sendo dito, embora estivesse consciente de suas vozes, aumentando e diminuindo de volume em raivosas contra-argumentações. O que ela ouvia e via dentro de sua cabeça era, naquele momento, mais real. Uma única e venenosa palavra. Olhos em chamas, com um ódio casual. Uma sensação de que não haviam bem falado com ela, mas sim cuspido nela. Um encontro que havia durado — dois segundos? menos? —, mas que ela agora estava repassando, involuntariamente, em sua memória havia mais de meia hora. Aqueles olhos; aquela palavra; não havia como se livrar deles, pelo menos não por um tempo. Mesmo agora, enquanto as vozes ao seu redor ficavam mais altas e mais animadas, ela conseguia sentir outra onda de pânico aumentando dentro dela. Fechou os olhos, sentindo-se nauseada de repente.

Teria ele a atacado, ela ponderou, se a High Street não estivesse tão movimentada? Arrastado-a até uma porta de entrada? Destroçado suas roupas?

Ela levantou sua caneca de café, a segurou a alguns centímetros da boca, olhou para a caneca. Encarou sua superfície oleosa, que, de tão brilhante, era notável. Ela agarrou a caneca com mais força. O líquido se aquietou. Suas mãos não estavam mais tremendo. O momento passou.

Outra possibilidade: teria sido tudo um sonho?

— Pinter! — foi a primeira palavra da discussão a chamar sua atenção. Ela se forçou a olhar para o locutor e se concentrar.

O nome havia sido pronunciado em um tom de cansada descrença, por uma mulher que estava segurando um copo de suco de maçã em uma das mãos, e um cigarro fumado até a metade na outra. Tinha cabelos curtos e muito negros, mandíbulas proeminentes e vivos olhos escuros. Sarah a reconheceu, vagamente, de visitas anteriores ao Café Valladon, mas não sabia seu nome. Depois ela veio a descobrir que o nome era Veronica.

— Isso é tão típico — a mulher acrescentou, então fechou os olhos enquanto apagava o cigarro. Ela estava sorrindo, talvez levando a discussão menos a sério que o estudante magro, engomadinho e com aparência íntegra que estava sentado na frente dela.

— As pessoas que não sabem nada sobre o teatro — continuou Veronica —, *sempre* falam sobre Pinter como se ele fosse um dos mais incríveis.

— Ok — disse o estudante —, concordo que ele seja supervalorizado. Concordo com isso. Isso é exatamente o que prova meu ponto.

— O que *prova* seu ponto?

— A tradição teatral britânica pós-guerra — disse o estudante — é tão... empalidecida que...

— Desculpe? — disse uma voz australiana perto dele. — Qual é a palavra que você usou?

— Empalidecida — disse o estudante. — Tão empalidecida que há apenas uma figura que...

— Empalidecida? — indagou o australiano.

— Não se preocupe com isso — disse Veronica, com o sorriso aumentando. — Ele só está tentando nos impressionar.

— O que quer dizer?

— Procure no dicionário — respondeu o estudante agressivamente. — Meu ponto é que há apenas uma figura no teatro britânico pós-guerra com um apelo para qualquer tipo de nível, e mesmo *ele* é supervalorizado. Brutalmente supervalorizado. *Doravante*, o teatro está acabado.

— *Doravante*? — disse o australiano.

— Acabou. Não tem mais nada a oferecer. Ele não tem mais nenhum papel a representar na cultura contemporânea, neste país ou em qualquer outro.

— Então o que... você está dizendo que estou perdendo meu tempo? — Veronica perguntou. — Que estou fora de sintonia com todo o... Zeitgeist, com todo o espírito da coisa?

— Exatamente. Você deveria mudar de curso de uma vez por todas: cinema.

— Como você.

— Como eu.

— Bem, isso é interessante — disse Veronica. — Quero dizer, veja só a suposição que você está lançando. Em primeiro lugar, você supõe que só porque sou interessada por teatro devo estar estudando isso. Errou: estou estudando economia. E depois, toda essa sua convicção de que você tem a posse de algum tipo de verdade absoluta... eu... bem, eu acho isso uma qualidade bem *masculina*, é tudo o que posso dizer.

— Eu sou um homem — o estudante apontou.

— Também é significativo que Pinter seja seu escritor favorito.

— Por que isso é significativo?

— Porque ele escreve peças para garotos. Garotos espertos.

— Mas a arte é universal: todos os verdadeiros escritores são hermafroditas.

— Ha! — Veronica riu com um contentamento satisfeito. Ela apagou o cigarro. — Ok, você quer conversar sobre gêneros?

— Achei que estivéssemos conversando sobre cultura.

— Você não pode ter um sem o outro. O gênero está em todo lugar.

Agora o estudante ria.

— Essa é uma das observações mais sem sentido que já ouvi. A única razão pela qual você quer conversar sobre gêneros é porque você está com medo de conversar sobre valores.

— Pinter só tem apelo para homens — disse Veronica. — E por que ele tem apelo para homens? Porque suas peças são misóginas. Elas têm apelo para a misoginia que está nas profundezas da psique masculina.

— Eu não sou misógino.

— Oh, sim, você é. Todos os homens odeiam as mulheres.

— Você não acredita nisso.

— Oh, sim, eu acredito.

— Suponho, então, que você ache que todos os homens sejam potenciais estupradores?

— Sim.

— Bem, eis aí outra declaração sem sentido.

— Seu significado é bastante claro. Todos os homens têm o potencial para se tornarem estupradores.

— Todos os homens têm os *meios* para se tornarem estupradores. Isso dificilmente significa a mesma coisa.

— Não estou falando se todos os homens têm o... equipamento necessário. Estou dizendo que não há um homem vivo que não sinta, em algum cantinho escuro de sua alma, um ressentimento profundo, e inveja também, de nossas forças, e que esse ressentimento às vezes se reflete em ódio e pode também, assim, se refletir em violência.

Uma curta pausa se seguiu a esse discurso. O estudante tentou dizer alguma coisa, mas não encontrou as palavras. Então começou a falar outra coisa, mas mudou de idéia. No final, o melhor que ele conseguiu articular foi:

— Sim, mas você não tem provas disso.

— As provas estão à nossa volta.

— Sim, mas você não tem provas objetivas.

— A objetividade — disse Veronica, acendendo um novo cigarro — é uma subjetividade masculina.

O silêncio que essa observação magistral levantou, maior do que o primeiro e um tanto mais impactante, foi quebrado pela própria Sarah.

— Acho que ela está certa — ela disse.

Todos na mesa se viraram para olhar para ela.

— Não sobre a objetividade, quero dizer, pelo menos, nunca pensei sobre isso dessa forma antes, mas sobre todos os homens serem basicamente hostis, e como você nunca sabe quando isso vai... explodir.

Veronica a olhou nos olhos.

— Obrigada — ela disse, antes de se virar de novo para o estudante. — Viu? Apoio de todos os lados.

Ele se encolheu.

— Solidariedade feminina, só isso.

— Não, mas isso aconteceu comigo, veja só. — A urgência vacilante da voz de Sarah prendeu a atenção deles. — Exatamente isso que você está falando. — Ela baixou o olhar e viu seus olhos refletidos, escuros, na superfície negra do café. — Desculpe, não sei o nome de nenhum de vocês nem nada. Nem sei por que falei isso. Acho melhor eu ir.

Ela levantou e descobriu que estava entalada em um canto, a beira da mesa pressionada em suas coxas; espremer-se com pressa para passar pelo australiano e pelo estudante íntegro provou-se uma tarefa desajeitada. Seu rosto estava em chamas. Ela tinha certeza de que todos estavam olhando para ela como se fosse uma louca. Ninguém falou nada enquanto ela se dirigia ao caixa, mas enquanto ela contava o troco (Slattery, o dono do café, estava sentado com muita concentração e indiferença no canto) sentiu o toque de uma mão em seu ombro, e se virou para ver Veronica sorrindo para ela. O sorriso era tímido, aconchegante — muito diferente dos sorrisos combativos que ela dirigia aos oponentes da mesa.

— Olha — ela disse —, não sei quem você é, ou o que aconteceu com você, mas... qualquer hora que você quiser conversar sobre isso.

— Obrigada — disse Sarah.

— Em que ano você está?

— No quarto, agora.

— Oh — você é pós-graduanda, certo?

Sarah confirmou com a cabeça.

— E você mora no campus?

— Não. Eu moro em Ashdown.

— Oh, bem. Talvez nos esbarremos por aí.

— Espero que sim.

Sarah saiu rápido do café antes que aquela mulher amigável e assustadora lhe dissesse mais alguma coisa. Depois daquele lugar escuro e cheio de fumaça, a luz do sol parecia cegar de repente, o ar estava fresco de sal. Os compradores flanavam pelas ruas. Teria sido o dia perfeito, normalmente, para andar pelos despenhadeiros: uma longa caminhada, e a maior parte dela para cima do morro, mas válida pela doce dor nas pernas quando voltasse, pela sensação de que os pulmões se distenderam com o ar limpo e fino. Mas hoje não estava normal, e ela não gostava do pensamento daquelas solitárias extensões do caminho, dos homens solitários que poderia ver se aproximando ao longe, ou que poderiam sentar em um dos bancos, observando-a sem vergonha enquanto ela passava depressa.

Gastando o equivalente a uma semana de jantar, ela pegou um táxi, chegou em casa muito rápido e então ficou deitada na cama durante toda a tarde, o entorpecimento se recusando a cessar.

*

ANALISTA: *O que você achou tão perturbador no jogo?*

ANALISANDA: *Não sei se "jogo" é exatamente a palavra certa.*

ANALISTA: *Foi a palavra que você mesma escolheu, há apenas um momento.*

ANALISANDA: *Sim, mas apenas não sei se é a certa. Acho que o que eu quis dizer...*

ANALISTA: *Isso não importa agora. Ele alguma vez lhe causou dor física?*

ANALISANDA: *Não. Não, ele nunca me machucou.*

ANALISTA: *Mas você achou que ele poderia ter lhe machucado?*

ANALISANDA: *Eu acho que pode ter sido... lá no fundo da minha cabeça.*

ANALISTA: *E ele sabia disso? Ele sabia que você achava que ele poderia, um dia, machucá-la? Era esse, de fato, o objetivo do jogo?*

ANALISANDA: *Sim, acho que pode ter sido.*

ANALISTA: *Para ele? Ou para vocês dois?*

Sarah estava na cama quando Gregory voltou de seu drinque. Ela havia levantado, rapidamente, no começo da noite, para vestir sua camisola e descer à cozinha, mas mesmo lá ela continuou nervosa, e estranhamente suscetível a sustos. A cozinha estava vazia, e ela conseguia ouvir os sons de uma novela norte-americana — *Dallas* ou *Knots Landing* — vindos da sala de TV no fim do corredor. Pensando estar sozinha, Sarah abriu uma lata de sopa de cogumelos e despejou o conteúdo em uma panela. Então acendeu o fogão, que ficava em uma área própria, depois da virada, escondido do restante do cômodo em forma de L. Ela mexia a sopa com uma pesada colher de pau, achando a atividade inesperadamente relaxante. Mexia três vezes no sentido horário e depois três vezes no sentido anti-horário, de novo e de novo, observando as texturas se formando e vagarosamente desaparecendo na grossa massa da sopa. Absorvida na atividade, ela ficou estarrecida quando ouviu uma voz masculina dizendo "Então, onde é que eles guardam o café?", e soltou um curto, porém alto grito enquanto se virava para ele.

Ele dobrou a virada da parede, a viu e deu um passo para trás.

— Desculpe. Achei que você soubesse que eu estava aqui.

Ela disse:

— Não, eu não sabia.

— Eu não queria ter assustado você.

Ele tinha um rosto gentil: foi a primeira coisa que ela percebeu. E a segunda coisa que percebeu foi que parecia que ele estivera chorando — bem recentemente, na verdade. Ele se sentou à mesa da cozinha para beber o café, e ela sentou-se à frente dele para tomar a sopa, e enquanto ela puxava uma cadeira, olhou rapidamente para ele e poderia jurar ter visto uma lágrima escorrendo por sua face.

— Você está bem? — ela perguntou. Eles não tinham muitos calouros em Ashdown, mas ela ponderou que ele poderia ter acabado de chegar à universidade, e já sentia saudades de casa.

Acontece que não era esse o caso. Ele estava no terceiro ano, estudando línguas modernas, e havia se mudado para Ashdown um dia antes. O que o havia angustiado foi um telefonema de sua mãe, que havia ligado da casa de sua família para dizer que Muriel, a gata da família, havia sido morta naquela mesma manhã — atropelada por um carrinho de leite na parte de baixo da rua da frente. Ele estava claramente envergonhado por estar mostrando tanta emoção sobre o assunto, mas Sarah gostou dele por isso. Para poupá-lo de maiores vergonhas, de qualquer maneira, ela mudou de assunto o mais rápido possível, e lhe disse que ele não era o único a ter tido um dia de aborrecimento.

— Por quê? O que aconteceu com você? — ele perguntou.

Não ocorreu a Sarah, até mais tarde, que era surpreendente ela ter se encontrado conversando tão francamente com um conhecido tão recente, alguém cujo nome ela nem havia, nesse ponto, se dado o trabalho de descobrir. Ainda assim, contou a ele tudo sobre seu estranho encontro na rua com um completo desconhecido que a havia encarado e a chamado de cadela sem nenhuma razão aparente. O novo morador ouvia atentamente enquanto bebericava o café: espantoso, Sarah pensou, exatamente o equilíbrio correto entre a preocupação (pois ele parecia entender quão traumático aquele incidente devia ter sido para ela) e um sopro mais leve e bondoso de segurança (pois ele a encorajava, ao mesmo tempo, a rir como se aquilo houvesse sido a explosão de algum excêntrico digno de pena). Ela contou para ele sobre a conversa que teve no Café Valladon, como o assunto se havia virado para a misoginia, e como ela tinha se sentido forçada a entrar na discussão.

— É um assunto muito vivo atualmente — ele concordou. — Há uma grande revanche antifeminista acontecendo por aí. — Ele contou como o novo Departamento de Estudos da Mulher da universidade havia sido atacado por vândalos recentemente: alguém o havia invadido e pichado as palavras "Morte às Irmãs" em letras enormes nas paredes.

Sarah estava gostando bastante de conversar com aquele homem, mas começava a se sentir cansada. Às vezes, era acometida por um tipo de cansaço que era extremo para os padrões da maioria das pessoas, e chegava a cair no sono uma ou duas vezes no meio das conversas. Não queria que nada assim acontecesse naquele momento: estava muito ansiosa para deixar uma boa impressão.

— Acho melhor eu voltar para a cama — ela disse, levantando e enxaguando sua caneca de sopa na torneira de água gelada. — Foi legal conhecer você. Estou feliz por você estar se mudando para cá. Acho que seremos amigos.

— Espero que sim.

— Meu nome é Sarah, por falar nisso.

— Eu sou Robert.

Eles sorriram um para o outro. Sarah passou uma das mãos pelos cabelos, pegou uma mecha e a puxou suavemente. Robert notou esse gesto, e se lembrou dele.

Ela subiu para o quarto e dormiu por uma hora ou duas, até que Gregory a acordou ao entrar e acender a luz . Piscando, ela olhou para o rádio-relógio. Era mais cedo do que pensava: apenas 22h15.

— Já em casa? — ela disse.

Ele estava de costas para ela, colocando alguma coisa em uma gaveta, e grunhiu:

— Parece que sim.

— Pensei que, já que esta é a última noite em que todos vocês estarão juntos, fossem ficar fora mais tempo. Fazer disso um acontecimento.

Era o início do semestre, e Gregory havia vindo da casa dos pais, em Dundee, apenas para pegar alguns pertences, ver velhos amigos e passar uns dias com Sarah. Ambos haviam acabado seus cursos de graduação em julho. No fim daquela semana, ele começaria a estudar em uma escola de medicina em Londres, onde se especializaria em psiquiatria. Ela ficaria mais um ano na universidade, para treinar como professora primária.

— Dia ocupado amanhã — ele disse, sentando na ponta da cama, tirando um dos sapatos. — Tenho de começar cedo. — Seus olhos se fixaram nela pela primeira vez. — Você parece acabada.

Sarah contou a história do homem que a havia agredido na rua, e a primeira resposta dele foi:

— Mas isso não faz sentido. Por que alguém faria isso?

— Suponho que eu era uma mulher — disse Sarah —, e isso era suficiente.

— Você tem certeza de que ele estava falando contigo?

— Não havia mais ninguém em volta. — Gregory estava preocupado com um nó no cadarço, então ela falou: — Foi bastante perturbador.

— Bem, você não vai deixar que essas coisas lhe consumam. — O nó do cadarço se desfez, ele pegou o tornozelo dela e o massageou com a roupa de cama por cima. — Achei que havíamos superado isso. Você agora é uma garota crescida. — Ele franziu a testa. — Isso aconteceu mesmo?

— Acho que sim.

— Hmm... mas você não tem certeza. Talvez eu deva anotar isso.

Gregory sentou-se na penteadeira e pegou um livro de exercícios na prateleira de cima. Rabiscou umas palavras, então sentou-se de novo e folheou o livro. Seu rosto, refletido no espelho, mostrava um sorriso satisfeito.

— Sabe, eu tive sorte de encontrar você — ele disse. — Veja todo o material que você me forneceu. Quero dizer, você sabe que essa não é a única razão, mas... pense na vantagem que terei sobre meus colegas.

— Não é um pouco cedo para pensar desse jeito? — disse Sarah.

— Bobagem. Se realmente quer chegar ao topo, nunca é cedo demais para começar.

— Não é uma corrida... ou é?

— Existem vencedores e perdedores na raça humana, assim como em qualquer outra — disse Gregory. Ele havia afastado o livro e estava tirando a camisa. — Quantas vezes já lhe disse isso?

Para seu próprio espanto, Sarah levou a pergunta a sério.

— Meu chute seria entre 15 e 20.

— Aí está, então — disse Gregory, aparentemente bem satisfeito com essa estatística. — Isso se aplica a tudo, também, até a acomodação. Quero dizer, é difícil de acreditar, mas o Frank vai para Londres em uma semana e ainda não encontrou um lugar para morar. — Ele riu, descrente. — Como você *dá crédito* a esse tipo de comportamento?

— Bem — disse Sarah —, talvez ele não tenha a sorte de ter um pai que possa lhe comprar um apartamento em Victoria.

— É em Pilmico. Não em Victoria.

— Qual é a diferença?

— Mais ou menos 200 mil libras, para começar. Escolhemos a localização com muito cuidado. Conveniente para o hospital. Ótima vizinhança. — Parecendo sentir um contentamento silencioso da parte de Sarah, acrescentou: — Graças a Deus, acho que você vai gostar de lá como todo mundo. Você vai ficar lá todo fim de semana, não vai?

— Vou?

— Bem, eu presumo que sim.

— Você sabe que vou ter de preparar aulas e tudo mais. Vou fazer um bocado de aulas práticas neste semestre. Posso ficar ocupada.

— Não consigo imaginar que preparar algumas aulas possa tomar muito de seu tempo.

— Algumas pessoas não precisam se esforçar. Eu preciso. Sou uma estudante aplicada.

Gregory sentou-se na cama ao lado dela.

— Sabe, você tem um problema sério de auto-estima — ele disse. — Nunca lhe ocorreu que é em grande parte por causa de sua baixa auto-estima que você nunca conquista nada?

Sarah levou um momento para digerir aquelas palavras, mas não conseguia, dentro dela, ficar com raiva. Pelo contrário, sua mente voltou à cena da cozinha. — Encontrei um dos novatos hoje — ela disse. — O nome dele é Robert. Ele parecia ser bem legal. Você já o encontrou?

— Não. — Gregory havia se despido e estava só de cueca, e, sem pensar, havia enfiado a mão dentro da camisola de Sarah, descansando-a em seu seio.

— Você não falou com ele nem nada?

Ele suspirou.

— Sarah, vou embora amanhã. Vou viver em Londres. Por que eu gastaria meu tempo conhecendo pessoas que nunca mais vou ver?

Ele tirou a cueca, ficou por cima dela, e então tirou a camisola dela, de forma que seus seios ficaram totalmente expostos.

Ele pegou seus mamilos e começou a torcê-los simultaneamente. Sarah examinou sua expressão enquanto ele fazia isso, tentando lembrar onde ela já havia visto algo assim antes: suas sobrancelhas estavam tomadas por impaciência e concentração, da mesma forma que ela as havia visto outra noite, enquanto o observava ajustando o contraste e a sintonia da televisão do piso de baixo, tentando conseguir uma boa imagem para assistir ao *Notícias das Dez*. Aquilo, ela lembrou, havia tomado uns dois minutos dele, porém menos de metade desse tempo se passou até que ele tomasse seus pequenos pulsos, colocasse seus braços no travesseiro atrás de sua cabeça e a penetrasse rapidamente. Ela estava seca e comprimida, e achou aquela sensação desconfortável.

— Olha, Gregory — ela disse —, não estou bem no clima. Na verdade, não estou nem um pouco no clima.

— Tudo bem, não vou demorar.

— Não. — Ela segurou os quadris dele com força e parou seu rebolado. — Não quero fazer isso.

— Mas tivemos as preliminares e tudo. — Seus olhos estavam feridos, incrédulos.

— Saia — disse Sarah.

— O quê. Qual é o problema: é você, a cama ou o quarto? — Sua confusão parecia sincera.

— Sou eu, para começar.

Ele a encarou por um segundo ou dois, então se tateou e se retirou de dentro dela, sem graça, dizendo:

— Você consegue ser tão inconsistente algumas vezes. — Mas ele permaneceu sobre ela, e ela sabia o que viria depois. — Feche seus olhos por um minuto.

Ela o encarou de volta, desafiadora, mas sem poder.

— Vamos brincar de "espião dos olhos"?

— Gregory, *não*. Agora não.

— Anda. Eu sei que você gosta disso.

— Eu realmente *não* gosto disso. Nunca gostei. Quantas vezes tenho de lhe dizer que nunca gostei disso?

— É só um jogo, Sarah. É sobre confiança. Você confia em mim, não confia?

— Me deixa — ela disse. Suas duas mãos estavam presas em uma das mãos dele, e ainda estavam presas ao travesseiro. A outra mão dele estava agora pairando sobre o rosto dela, com os dedos indicador e médio esticados, chegando mais perto de seus olhos.

— Vamos lá — ele disse. — Mostre que confia em mim. Feche seus olhos.

As pontas dos dedos dele estavam tão perto que ela não tinha opção: fechou os olhos como que por reflexo, e então os apertou bastante. Logo ela sentiu a pressão dos dois dedos dele sobre os globos oculares protegidos — uma pressão suave, em um primeiro momento —, e ela ficou dura, com um terror familiar remexendo-se dentro dela. Desenvolvera um método para lidar com essa sensação, que envolvia esvaziar a mente de todas as idéias relacionadas ao momento presente. O tempo, para Sarah, havia parado quando Gregory se arrastara até ela, e se seus pensamentos se viraram na direção de qualquer coisa, na direção do que parecia (agora) ser o passado distante: o comecinho da relação deles, quando ela gostava tanto da companhia dele, antes de os dois se trancarem nesse padrão de discussões perpétuas e de esquisitos rituais de cama.

Como eles tinham saído daquele começo para parar ali onde estavam?

Ela ainda tinha uma lembrança vívida da primeira vez que o encontrara, durante o intervalo de um concerto, no bar do Centro de Artes. Ela não pretendia ir àquele concerto, mas os ingressos estavam extremamente baratos, e a bilheteria começou a distribuir ingressos de graça para quem passasse um pouquinho antes de começar, para encher a casa e livrar o artista convidado de uma vergonha. O programa consistia de *A arte da fuga*, de J. S. Bach, um trabalho sobre o qual ela não tinha conhecimento anterior, todo executado no cravo. A única outra pessoa na sala além de Sarah era um estudante alto e ar de malandro, com os cabelos escuros cortados bem certinhos e sem costeletas, sentado muito ereto em sua cadeira, usando uma jaqueta de tweed, uma gravata antiga e um colete amarelo com um relógio de bolso, que ouvia a música com uma concentração rígida e que vez ou outra suspirava alto ou estalava a língua desesperadamente, sem razão aparente. Uma vez que parecia que ele não havia percebido a presença de Sarah, foi uma grande surpresa quando ele foi sentar-se à mesa dela durante o intervalo, e uma surpresa ainda maior quando, após um silêncio tenso de dois ou três minutos, ele de repente falou para ela, com um sotaque escocês, as palavras: "Tempo prepóstero no décimo primeiro contraponto, não achou?"

Foram as palavras mais pitorescas e menos compreensíveis que ela já havia ouvido: mas levaram a uma conversa variada, e aquilo levou a um relacionamento variado. Em todos os cinco semestres anteriores da faculdade, Sarah não havia tido um namorado, e sua vida social, da forma que era, tendia a consistir de ocasionais e encrencadas noites fora com grandes grupos de amigos que nunca a haviam convidado (era assim que ela sentia) para fazer parte da vida deles de coração aberto. Ser convidada para jantar por Gregory, para acompanhá-lo ao cinema ou ao teatro, foi, por um tempo, uma experiência nova e feliz. Na maior parte das vezes, eles iam a concertos, e se ela percebia que o gosto musical de Gregory mostrava uma forte tendência às peças secas, acadêmicas e sem emoção, não deixava que isso a aborrecesse. Não, de qualquer forma, até ela perceber que essas mesmas qualidades marcavam sua forma de fazer amor.

Sarah perdeu a virgindade com Gregory, mais ou menos seis semanas depois que ele começou a levá-la para sair. Foi uma experiência difícil e dolorosa, como ela estava esperando; o que não esperava, porém, era que encontros subseqüentes seriam igualmente sem prazer. Gregory fazia amor com a mesma eficiência fria e inteligente que ele achava tão admirável nos exercícios de piano mais difíceis de Bach. Ternura, flexibilidade, expressividade e variação no tempo não estavam entre os itens de seu repertório. O melhor que Sarah podia esperar — o melhor que ela tinha a desejar, depois de vários meses desses encontros sexuais — era o momento da fadiga pós-coito, quando Gregory, com a performance completa e as energias gastas, algumas vezes conversava de uma maneira lisonjeira e íntima que ela considerava atípica e deliciosa. Foi em uma dessas ocasiões que ele lhe fez uma pergunta inesperada.

Eles estavam deitados juntos na cama, profundamente mergulhados em uma noite calma e de ar estagnado, agarradinhos de forma quente, a cabeça dela no ombro dele. E Gregory lhe perguntou, aparentemente do nada, qual parte do corpo dele ela achava mais bonita. Surpresa, Sarah olhou para ele, e disse que não tinha certeza, que teria de pensar sobre isso, e então ele, para alívio dela (porque ela não poderia, honestamente, pensar em qualquer parte do corpo dele que fosse especialmente bela), disse: "Posso dizer qual é a parte mais bonita do seu corpo?", e ela disse "Sim, diga", mas por um tempo ele quis que ela adivinhasse, e eles percorreram, rindo, todas as possibilidades óbvias, mas não era nenhuma delas, e ela finalmente desistiu, e então Gregory sorriu e disse, calmamente: "Suas pálpebras." Ela não acreditara nele em um primeiro momento, mas ele disse: "Isso é porque você nunca viu suas próprias pálpebras; e nunca as verá, a não ser que eu tire uma foto" (mas ele acabou nunca tirando a foto), e então ela perguntou: "Bem, quando foi que você se tornou tão intimamente conhecido das minhas pálpebras?", e ele respondeu: "Enquanto você dormia. Eu gosto de observar você quando você está dormindo." E foi o primeiro indício que ela teve, a primeira pista, do fato de que ele gostava de ficar sobre as pessoas em suas camas, olhando para elas enquanto dormiam, algo que ela considerou interessante a princípio, o sinal de uma inteligência questionadora, até que ela começou a ponderar, no final, se não havia algo de sinistro nisso, quase um fetiche, esse desejo de observar as pessoas por cima enquanto elas dormem sem proteção, inconscientes, enquanto ele, o sujeito observador, conseguia o controle total de suas mentes adormecidas.

Era mais difícil conseguir dormir depois disso, depois de saber que a qualquer momento da noite ele poderia sair da cama e ficar sobre ela, observando seu rosto adormecido e iluminado pela luz da lua. (E isso foi antes de ela despertar mais ainda o interesse dele por contar os sonhos que ela tinha, sonhos tão reais que às vezes ela não conseguia saber se eram sonhos ou coisas que aconteciam quando estava acordada.) Mas ela se acostumou com a idéia, da mesma forma que, imaginou, as pessoas se acostumam com a maioria das idéias, e saber da presença observadora de Gregory não perturbou mais seus padrões de sono por muitos meses (ou teriam sido semanas?) até o dia em que ela acordou gritando, nas primeiras horas de uma manhã de dezembro, por causa de um de seus pesadelos recorrentes sobre sapos. Esse era sobre um sapo do tamanho de um homem que ficava pulando na beira da rua principal do campus enquanto ela tentava se apressar: ele havia coaxado de uma maneira horrível para ela e então se agarrou às pálpebras dela com as pontas de sua língua bifurcada, uma ponta em cada olho. Sarah havia lutado para acordar do pesadelo, e então começou a chorar com mais pânico ainda quando percebeu que, mesmo com o sonho acabado, a sensação de pressão contra suas pálpebras não havia acabado; existia mesmo alguém, ou alguma coisa, se agarrando a elas. Ela tentou abrir os olhos, mas não conseguiu. Algo obstruía o movimento de suas pálpebras. Então a obstrução foi removida rapidamente e ela abriu os olhos e viu Gregory sentado bem perto, ao lado dela, com o rosto inclinado intensamente em sua direção, com as mãos — os dedos indicador e médio esticados — suspensos no ar a apenas dois ou três centímetros de distância dos olhos dela.

— Que *diabos* você está fazendo? — ela perguntou, mais ou menos dez minutos depois, quando já estava completamente acordada, a respiração e os batimentos cardíacos haviam voltado ao normal, e estava convencida, finalmente, de que não havia nenhum sapo gigante no quarto com eles. — O que você estava fazendo ali?

— Nada — disse Gregory. — Eu estava apenas observando você.

— Você estava tocando em mim — disse Sarah.

— Eu não queria acordar você.

— Bem, então não deveria ter posto seus malditos dedos nos meus olhos.

Depois de uma pausa, Gregory murmurou "Desculpa", muito suavemente, quase se derretendo, e apertou a mão dela. Então ele avançou para a frente e a beijou.

— Não queria acordar você — ele repetiu. — Eu tinha de tocá-los. É inacreditável... — À meia-luz do quarto, ela conseguia sentir o sorriso dele. — ... há tanta *vida* acontecendo no fundo dos seus olhos quando você está dormindo: eu conseguia ver essa vida. E eu queria tocá-la: eu pude senti-la, na ponta dos meus dedos. — E ainda acrescentou: — Eu já tinha feito isso antes, você sabe.

— Sim, mas... me assustou. Pareceu tão real. — Acusando humildemente, ela disse: — Você estava fazendo uma pressão meio forte.

Ele sorriu de novo.

— Sim, mas você confia em mim, não confia? Que eu não vou machucá-la.

Ela sentiu a mão sendo apertada e o pulso, alisado.

— Acho que sim.

— "Acho que sim"?

Seu silêncio ferido era pesado demais para agüentar.

— Sim, claro que confio. Mas não é essa exatamente a questão, é?

— Eu acho que essa é exatamente a questão. O que você pensou que eu fosse fazer contigo?

Enquanto ele dizia isso, levou a mão para perto do rosto dela de novo. Suas pálpebras se fecharam por conta própria, e ele pressionou as pontas dos dedos contra elas.

— Espião — ele sussurrou — dos olhos. Você não está com medo agora, está?

— Não — disse Sarah, em dúvida.

Então pressionou com mais força.

— E agora?

E foi assim que tudo começou, a coisa a que eles passaram a se referir como "o jogo", e que se tornou mais e mais associado ao ato de fazer amor para eles; até que começaram a jogar isso (ou melhor, Gregory começou a jogar, pois Sarah não era nada mais que sua acompanhante passiva) não apenas no pós-coito, mas até durante o ato em si; até o ponto em que não era incomum ele realmente chegar ao clímax estando por cima dela, equilibrado sobre o rosto dela, com os dedos indicador e médio pressionados ora mais firmemente, ora mais desafiadores, contra as pálpebras dela.

Foi disso tudo que Sarah se lembrou agora, nos poucos instantes em que ficou por baixo de Gregory, quando ele adotou essa posição mais uma vez. Pela última vez, como se revelou: porque de repente, possuída por um espírito de rebeldia e de uma força física que surpreendeu os dois, ela soltou um grito agudo e final de "Não!" e jogou Gregory longe dela, forte o suficiente para ele rolar para fora da cama e acabar estatelado e nu no chão.

— Jesus Cristo, mulher!

Sarah saiu da cama e vestiu-se novamente.

— Porra, por que você fez isso?

Ela então pegou o penhoar do gancho atrás da porta e se enfiou nele de qualquer jeito, contorcendo-se para encontrar as mangas. Gregory ajoelhou-se ao lado da cama, sacudiu-se, apoiou-se em sua testa e puxou o fôlego de novo.

— Você vai me responder ou o quê?

Sarah abriu a porta sem dizer palavra e correu pelo corredor na direção do banheiro. Trancou a porta e se sentou no vaso e chorou. Ela se balançou para a frente e para trás por muitos minutos. Aos poucos, o choro e o balançar acabaram, e ela então lavou o rosto com água fria e se olhou no espelho. Os olhos estavam vermelhos, e sua boca estava moldada em uma linha desconhecida e resoluta. Ela começou a ensaiar frases apropriadas.

Gregory, desculpe-me, mas agüentei demais.

Acho que seria melhor se não nos víssemos mais.

Isso não está dando certo, está?

Acho que deveríamos tentar ser amigos daqui por diante.

Estranhamente, com o discurso montado em sua cabeça, ela se encontrou ansiosa por falá-lo: ou melhor, estava já imaginando como seria, com um brilho fraco e tímido, seu senso de satisfação por perturbar ao menos uma das certezas mais enraizadas de Gregory. Em cinco minutos, ela disse para si, tudo terá acabado: e parecia repentinamente inacreditável que uma relação que havia se arrastado, até este ponto, por mais de um ano, trazendo em seu despertar a maior parte do que ela aprendeu sobre felicidade, mas também — e mais e mais, nos últimos meses — uma boa porção de frustração, poderia ser finalizada em poucos momentos, com um punhado de frases bem escolhidas: dando a ela — o quê? — liberdade, presumivelmente, a liberdade de ter outras e mais bem-sucedidas amizades (os nomes e rostos de Robert e — para sua rápida e impensada surpresa — Veronica apresentavam-se imediatamente). Mas era tudo especulação. Em curto prazo, ela não conseguia prever nada além do simples apagão emocional: um vácuo de sentimentos — a escuridão. E até mesmo essa perspectiva começava a parecer interessante.

A escuridão a abraçou quando ela abriu a porta do quarto e entrou. A escuridão e o silêncio: nem mesmo o som dele respirando. Ela tateou em busca do interruptor, mas pensou bem e achou melhor desistir. Simplesmente limpou a garganta e disse, fraquinho:

— Gregory?

A luz do criado-mudo acendeu-se imediatamente e ele estava sentado ereto, encarando Sarah, com os braços cruzados, com a blusa do pijama abotoada — como de costume — até o pescoço. Antes que ela conseguisse falar qualquer coisa, ele já havia começado um monólogo curto, articulado e inexpressivo.

— Só tenho uma coisa a dizer para você, Sarah, e vou dizer agora, da maneira mais rápida e delicada possível, para poupá-la da dor. Seu comportamento nesta noite confirmou uma suspeita que vinha crescendo em meus pensamentos havia algum tempo: a suspeita de que você está — não querendo me aprofundar demais nisso — longe de ser uma parceira com quem eu me sentiria confortável para viver pelo resto de minha vida. Conseqüentemente, me sinto obrigado a informá-la de que nossa relação chegou ao fim neste exato momento. Uma vez que agora está tarde demais para eu querer que você se arranje em um lugar alternativo, vou permitir que divida a cama comigo esta noite, e apenas esta noite. Minha posição sobre este assunto não está aberta para negociações e agora que deixei isso claro, gostaria apenas de lembrá-la que tenho uma longa viagem de carro pela frente amanhã, e espero que você me permita ter, pelo menos por essa razão, uma noite sem interrupções.

... e ele então apagou a luz...

... e dormiu...

2

Aqui, por apenas algumas centenas de metros, a cidade repentinamente tentava aproveitar algo de sua localização litorânea, e adquirir, pelo menos, um pouco da personalidade de uma estância de férias. Vinte barracas de banho, descuidadamente pintadas em tons pálidos de amarelo, verde e azul, ficavam entre a esplanada e a praia. Um quiosque vendia sorvete e algodão-doce. Havia espreguiçadeiras para alugar. Mas havia, nisso tudo, algo de superficial, de gelado. Acabava antes de realmente começar. Poucos turistas iam até lá; poucos dos quartos disponíveis nas diversas pousadas de frente para o mar eram ocupados, mesmo na altíssima temporada. E hoje, nessa quente e abafada tarde de domingo no fim de junho, enquanto saquinhos de salgadinhos jogados fora batiam desconsoladamente nas paredes de cimento e seixo do banheiro público, e as gaivotas balançavam-se de acordo com a ritmada maré, havia apenas dois vultos visíveis na praia. Um deles, uma jovem mulher na casa dos 20 anos, estava com os braços cruzados, tinha os cabelos longos, finos e pretos como nanquim, e estava parada a apenas alguns centímetros da água, observando o mar. A outra, que era talvez 15 ou 20 anos mais velha, estava sentada na praia perto das barracas de sol, com o sobretudo dobrado com perfeição ao lado , uma pequena mala perto dos pés, estava com os olhos fechados e sua face estava virada para o lado do sol que aparecia ocasionalmente.

A mulher mais jovem virou-se e começou a andar de volta pela praia de pedrinhas. Ela parou, abaixou-se, pegou uma pedra de formato curioso, mas depois a jogou longe. Chutou uma lata de Pepsi acidentalmente, e o som a fez perceber como aquela tarde estava quieta.

Ao ouvir o barulho, a mulher mais velha abriu os olhos e olhou em volta.

Havia três bancos, mas um deles havia sido destruído, quase desmontado, e não era mais usável; e um outro estava totalmente ocupado pela forma esticada e dormente de um homem de meia-idade, com o rosto roxo e muito mal barbeado, as roupas exalando um cheiro de mofo, a mão direita agarrando uma lata de sidra forte.

A mulher mais jovem, porém, ainda queria sentar-se.

— Você se importa se eu sentar aqui? — ela foi forçada a perguntar, no final.

A mulher mais velha sorriu, balançou a cabeça e tirou o sobretudo para lhe dar lugar.

As duas ficaram sentadas em silêncio.

A mulher mais velha estava cansada. Ela havia andado da estação de trem até à praia, carregando sua mala. Estava suando bastante, e começava a suspeitar que seus sapatos, que comprara havia apenas duas semanas, eram um tamanho menor do que os pés dela. Ela os havia tirado quando se sentou na praia, e viu os pés marcados com fortes linhas vermelhas que só agora começavam a sumir. Continuava a torcer e retorcer os dedos dos pés, adorando a liberdade, até perceber que a mulher mais nova estava encarando seus pés; encarando-os com um tipo de fascinação espantada. Imediatamente, cruzou as pernas e os escondeu debaixo do banco, fora do alcance da vista da mulher mais jovem. Ela odiava seus pés malfeitos e masculinos e seus tornozelos grossos, e a forma como as pessoas os encaravam — sobretudo as mulheres, e especialmente (como já era o caso nesta ocasião) as mulheres pelas quais ela se sentia atraída.

Envergonhada, a mulher mais jovem olhou nos olhos da mais velha, sorriu timidamente, como que pedindo desculpas. Agora estava claro: elas teriam de conversar.

— Se você estiver procurando algum lugar para ficar — a mais jovem arriscou — posso lhe ajudar. Posso lhe recomendar algum lugar.

— Oh?

Ela deu o nome de uma pensão próxima.

— E o que tem lá que a torna diferente das outras?

A mulher mais jovem riu.

— Nada, na realidade. Apenas que minha mãe é a gerente.

A outra sorriu.

— Bem, obrigada, mas não estou procurando nenhum lugar para ficar.

— Oh. Apenas pensei, por causa de sua mala...

— Estive fora — disse a mulher mais velha. — Acabei de descer do trem.

Havia algo na forma como ela dissera aquilo — algo sobre a frase "Estive fora" — que fez a mulher mais jovem pensar que ela estava se referindo a mais do que férias. Soava mais como um período de exílio.

— Oh — ela disse. — Uma viagem longa?

— Duas semanas na Itália. San Remo. Muito bacana.

Ela estava errada.

— Você mora aqui, então?

A mulher mais velha estava começando a considerar essa linha de questionamento bastante direta. Um pensamento selvagem passou pela sua cabeça: seria possível, apenas possível, que ela estivesse levando uma cantada?

Ela decidiu testar essa hipótese sendo totalmente aberta, dando qualquer informação que fosse pedida e vendo aonde isso chegaria.

— Mais ou menos cinco quilômetros da costa — ela disse. — Na Clínica Dudden. Eu trabalho lá.

— Mesmo? Você é médica?

— Psicóloga. — Ela vasculhou a bolsa procurando por um lenço de papel e secou a testa. — Conhece o lugar de que estou falando?

— Acho que sim. Não está lá há muito tempo, está?

— Dois anos. Um pouco mais.

— Que tipo de... hospital é?

— Nós tratamos pessoas com distúrbios do sono. Ou tentamos.

— Você quer dizer... pessoas que falam enquanto dormem, é isso?

— Pessoas que falam enquanto dormem, sonâmbulos, que dormem demais, que não dormem o suficiente, que se esquecem de respirar enquanto dormem, que têm sonhos terríveis... todas essas coisas.

— Eu costumava falar enquanto dormia.

— Muitas crianças fazem isso. — A mulher mais velha olhou no relógio: haveria um ônibus no ponto da frente da praia em quatro minutos. Ela se inclinou para a frente e espremeu os sapatos em seus pés reclamões. Então, quando pegava a mala, disse: — Aqui, fique com meu cartão. Nunca se sabe, você pode querer nos visitar um dia. Você será muito bem-vinda, se mencionar meu nome.

A mulher mais jovem não sabia o que dizer. Ela nunca havia recebido o cartão de alguém antes.

— Muito obrigada — ela improvisou, pegando o cartão.

Ela pensou, enquanto a mulher mais velha se despedia, que podia ver desapontamento nos olhos dela: não apenas o desapontamento passageiro de uma pequena expectativa criada e não satisfeita, mas, por trás disso, algo mais profundo e mais habitual. Suas costas, à medida que ela ia embora com sua mala, estavam curvadas para a frente. A mulher mais jovem olhou o cartão em sua mão e leu as palavras "Dra. C. J. Madison, Psicóloga, Clínica Dudden". Embaixo havia os números do telefone e do fax.

A mulher mais velha havia se esquecido de perguntar seu nome. Mas ela também não o revelaria.

Ela um pouco andou e um pouco correu até a pensão de sua mãe, com a cabeça girando.

*

Enorme, cinza e imponente, Ashdown ficava à beira do mar, sobre uma montanha, a mais ou menos 20 metros da parte íngreme do penhasco, onde tem estado há mais de cem anos. Durante o dia todo, as gaivotas giravam em volta de seu cume e de seus arredores, grasnando entusiasmadas até ficarem roucas. Durante todo o dia e toda a noite, as ondas jogavam-se enlouquecidamente contra sua barricada rochosa, mandando um ronco sem fim, parecido com o do trânsito intenso, através dos quartos gelados e dos corredores labirínticos e ecoantes da velha casa. Mesmo as partes mais vazias de Ashdown — e a maior parte dela estava vazia agora — nunca ficavam em silêncio. Os quartos mais habitáveis amontoavam-se no primeiro e no segundo andares, elevando-se por cima do mar, e durante o dia eram invadidos pelos gelados raios do sol. A cozinha, no térreo, era comprida e em formato de L, com o teto baixo; tinha apenas três minúsculas janelas, e estava envolta em uma sombra permanente. A beleza desoladora de Ashdown, desafiadora da natureza, mascarava o fato de ela ser, em sua essência, inadequada para a ocupação humana. Seus mais velhos e mais próximos vizinhos conseguiam lembrar, porém mal acreditar, que ela havia sido um dia uma residência particular, lar de uma família de apenas oito ou nove pessoas. Mas três décadas atrás ela fora adquirida pela nova universidade, e usada por um tempo para a acomodação de estudantes; então os estudantes foram transferidos de lá, e ela foi doada ao Dr. Dudden, para abrigar sua clínica privada e seu laboratório do sono. Havia espaço na clínica para 13 pacientes: uma população flutuante, tão instável quanto o oceano que descansava sob seus pés e alongava-se na direção do horizonte, em um tom doente de verde e pesando com uma inquietude sem fim.

*

Na manhã seguinte, o Dr. Dudden ficou do lado de fora da sala onde sua colega conduzia uma consulta com três de seus pacientes, e ouvia suas vozes através da porta fechada. Seu corpo estava tenso de desaprovação: a atmosfera soava rouca. Uma mistura de vozes falava quase continuamente, interrompida de vez em quando por arroubos agressivos de gargalhadas, no meio dos quais ele conseguia distinguir claramente a risadinha peculiar e discreta da Dra. Madison. Então ele a ouviu começar um monólogo que talvez tenha durado meio minuto, seguido, desta vez, por onda sobre onda de gargalhadas histéricas, acompanhadas de batidas de mesas e de todos os outros hilários e involuntários sons. O Dr. Dudden deu um passo para longe da porta e tremeu de fúria. Existia um rumor circulando havia algum tempo de que os pacientes da Dra. Madison estavam gostando de suas consultas, e ali estava a prova concreta. Era ultrajante: e, além do mais, não era científico. Isso não seria tolerado.

Ele chamou a Dra. Madison em sua sala ao meio-dia. Era uma sala melancólica nos fundos da casa, com vista para um pedaço descuidado de jardim. Um calendário com uma escala elaborada tomava metade da maior parede, e ao seu lado havia uma planta da casa, mostrando os quartos do dia e os da noite, e os nomes dos pacientes para quem eles estavam designados no momento. Havia quatro prateleiras repletas de livros e artigos enfileirados de qualquer jeito, enquanto as outras paredes eram cobertas — enfeitadas dificilmente seria a melhor palavra — por pôsteres conseguidos em indústrias farmacêuticas e em fábricas norte-americanas de softwares. Música barroca de piano era tocada bem baixinho ao fundo, em um toca-fitas.

Sua primeira pergunta foi:

— Você trouxe os QPS?

O Questionário de Percepção do Sono era um documento de sua própria autoria, em que se pedia que os pacientes, todas as manhãs, avaliassem vários aspectos da noite de sono, em uma escala de um a cinco. Era perguntado se eles haviam tido pensamentos acelerados na hora do sono, se haviam precisado urinar durante a noite, se haviam sofrido de palpitações ou de movimentos das pernas, pesadelos ou longos períodos de fraqueza, e mais de 80 outras perguntas. O questionário deveria ser completado no começo de cada consulta da manhã, e formar a base de qualquer discussão subseqüente.

— Não — disse a Dra. Madison.

— Acho isso incrível.

— Não tivemos tempo de preenchê-los.

— Acho isso ainda mais extraordinário — disse o Dr. Dudden —, porque do que pude ouvir, vocês pareciam estar com muito tempo para contar piadas, rir e fofocar, como um bando de lavadeiras.

“Lavadeiras?”, pensou a Dra. Madison, mas ela deixou passar.

— Uma vez que você não estava na sala conosco — ela disse —, eu presumo que estava espiando do outro lado da porta. E uma vez que estava espiando do outro lado da porta, presumo que não podia ouvir sobre o que falávamos. Se você pudesse ouvir, teria descoberto que estávamos rigorosamente de acordo com os negócios da clínica.

Ela colocou uma pequena e gelada ênfase na palavra “negócios”, que o Dr. Dudden ou não percebeu ou fingiu não perceber.

— Essa — ele disse — não é a questão. Estou inclinado a acreditar que você se atém, durante esses... *bate-papos*, ao assunto. Mas devo lembrá-la de que você é empregada aqui... por mim... para chegar nesse assunto a partir do ponto de vista da psicologia clínica em vez dos shows de comédia.

— Não consigo entender muito bem — disse a Dra. Madison, alisando a saia distraidamente.

— Alguns minutos atrás, eu estava conversando com a Srta. Grander, uma das pacientes de sua consulta desta manhã. Perguntei a ela o que estava causando tanto contentamento, e com alguma relutância ela me contou. Citou uma observação sua, na verdade. — Ele se inclinou para a frente e leu do bloco de notas em sua mesa. — "Todas as terças-feiras, o Dr. Dudden convida os pacientes desta clínica para assistir a uma de suas palestras na universidade. Nesta semana, foi tão chato que até os narcolépticos ficaram acordados o dia todo." — Ele olhou para cima. — Você nega ter feito essa observação?

— Não.

— Você provavelmente acha que estou pessoalmente ofendido por isso. E de fato estou, mas não é essa a questão.

— Foi só uma piada.

— Oh, entendo. Acredite em mim, Dra. Madison, eu consigo reconhecer uma piada quando vejo uma. Devo lhe perguntar, então, se você considera a narcolepsia, para usar sua própria palavra, uma piada, ou se você a considera, como eu confesso considerar, uma séria e debilitante doença psicofisiológica que causa muito trauma e estresse em quem sofre dela?

— Sou especializada em narcolepsia, doutor, e há muitos anos. Você sabe disso muito bem. Então não vejo como meu comprometimento ao seu tratamento, a seriedade de meu comprometimento, possa ser questionado. — Ela suspirou. — Além de que, presumo que você esteja alerta para o fato de que a vergonha trazida pela gargalhada é um dos sintomas mais perturbadores e socialmente vergonhosos da síndrome. Essas sessões são feitas para ajudar os pacientes a lidar com ela: para que eles se sintam confortáveis com suas gargalhadas de novo. Considerei óbvio que o humor fosse uma ferramenta terapêutica absolutamente essencial nesse processo.

— Uma explicação engenhosa — disse o Dr. Dudden, depois de uma pausa. — Mas não satisfatória. — Ele cruzou os braços e girou a cadeira suavemente, de modo que não mais ficasse de frente para ela. — Nesta manhã, você deve lembrar-se de que eu liderei uma discussão com um grupo de quatro insones crônicos. Você sabe o que teria escutado, se tivesse ficado parada do lado de fora de *minha* porta, nessa ocasião?

— Roncos, provavelmente — disse a Dra. Madison, sem conseguir se conter.

Os cantos da boca do Dr. Dudden repuxaram-se por um momento, mas fora isso ele não se traiu mostrando nenhuma emoção.

— Vejo que a apnéia também está em sua lista de assuntos ajustáveis para a leviandade. Devo anotar isso. — Ele fingiu rabiscar alguma coisa em seu bloco de notas, enquanto a Dra. Madison olhava com crescente descrença. Então ele disse: — A verdade dos fatos é que você teria ouvido, se tivesse se esforçado bastante, o som de lápis riscando papéis, enquanto quatro Questionários de Percepção do Sono eram apropriadamente preenchidos, e então o som de vozes falando, uma de cada vez, em tons razoáveis e maneirados, enquanto os resultados desses questionários eram coletados e analisados.

A Dra. Madison viu que não conseguia mais agüentar aquilo, e ficou em pé, pronta para sair da sala.

— Entendo seu ponto, doutor. E se isso é tudo...

— Não é tudo, temo dizer. Sente-se, por favor. — Ele esperou, sugestivamente, que ela se acomodasse de novo. — Gostaria de lembrá-la de que você deve auxiliar o Dr. Goldsmith, hoje à tarde, a conduzir a entrevista preliminar com o Sr. Worth. Está claro?

— Pode estar claro, mas acho que será praticamente impossível. Já tenho diversas consultas agendadas, e um considerável acúmulo de...

— Entendo. — Ele pegou um lápis e começou a batucar na mesa, à medida que suas bochechas ficavam coradas de aborrecimento. — Então você insiste em suas objeções, é isso?

— Objeções, doutor?

— Você já deixou sua atitude em relação a esta administração bastante clara. Ou se esqueceu da conversa que tivemos um pouco antes de você partir?

A Dra. Madison não havia se esquecido, absolutamente, embora tivesse sido apenas a última de uma longa série de confrontos crescentemente acalorados. O Dr. Dudden mostrara a ela uma coluna de uma recente edição de dia de semana do jornal *Independent*, escrita pelo jornalista freelance Terry Worth, que trabalhava, aparentemente, para diversos jornais em geral, escrevia sobre filmes, mas às vezes acabava abordando outros temas. Naquela coluna, ele havia anunciado sua intenção de entrar em uma competição que aconteceria em um cinema de Londres, onde seria feita uma "cinemaratona" de dez dias. Os filmes seriam exibidos continuamente durante o evento, 24 horas por dia, e um prêmio seria oferecido a quem conseguisse ficar mais tempo acordado ininterruptamente. Revelando que já era um insone de longa data, Worth declarou que seria capaz de ficar acordado durante 134 filmes, e o Dr. Dudden, ao ler a coluna, imediatamente entrou em contato com o jornal e pediu para ser colocado em contato com o jornalista.

— Pense nas possibilidades de pesquisa, sem contar todo o resto — ele se entusiasmara com a Dra. Madison. — Vamos trazê-lo para cá no minuto em que o evento acabar. Vamos colocá-lo direto em um quarto e então... um equipamento de sete eletrodos para avaliar os distúrbios e a arquitetura do sono... 16 canais para gravar os eletroencefalogramas... contagem manual do registro do sono a partir do disco óptico... questionário do sono completo, é claro. É uma oportunidade *sem igual* de ver que tipo de efeitos a exposição contínua às imagens da mídia pode ter nos conteúdos dos sonhos.

— E essa é a única razão? — perguntara a Dra. Madison.

— É razão suficiente, não é? O que você quer dizer?

— Só imaginei se o retorno dessa história pode ter ocorrido a você. O Sr. Worth pagará pelo tratamento?

— Isso não tem importância.

— E ele escreverá sobre nós para o jornal? Isso é parte do acordo?

— Não há *acordo*, Dra. Madison. Considero sua insinuação altamente censurável. E mesmo se houvesse, eu pediria que você tivesse em mente que esta clínica é particular, que dependemos do pagamento dos pacientes, e que não há nada intrinsecamente mau na idéia de tentar gerar um pouco de publicidade de vez em quando. — Ele abrira sua agenda de mesa em uma página já marcada com uma fita azul. — O Sr. Worth chegará daqui a 15 dias, em uma segunda-feira, no final da manhã. Acho que você já terá voltado de suas férias no dia anterior, então sugiro que você e o Dr. Goldsmith conduzam a primeira entrevista com ele à tarde. Anotarei isso, posso?

— Tanto faz — ela dissera, dando de ombros para se livrar da história logo; e a insolência daquela observação, e aquele gesto, voltaram à mente do Dr. Dudden, enquanto ele olhava para ela do outro lado da mesa, quase tremendo de raiva.

— Não pense — ele disse calmamente —, não suponha por um *minuto* que meus bons modos são infinitos.

— Esse pensamento nunca me ocorreu — disse a Dra. Madison.

Depois de um silêncio de alguns segundos, ela percebeu que a conversa havia acabado. Saiu, fechando suavemente a porta.

*

Pouco depois da meia-noite, ainda acordada, a veneziana aberta para entrar a brisa morna e todo o quarto iluminado pela luz da lua, a Dra. Madison ouviu passos no terraço da frente. Colocou o penhoar e espiou pela janela. Havia um homem do lado de fora, apoiado no poste de luz, fumando um cigarro. O brilho da brasa, um pequeno ponto de luz, aumentava e diminuía de acordo com as tragadas. Ele não parecia assustador. Não parecia um invasor. Ela decidiu descer e investigar.

No caminho, foi interrompida por Lorna, uma das técnicas, apressada no corredor, com um olhar assustado no rosto.

— Eu estava indo acordar o Dr. Dudden — ela disse. — Algo pitoresco aconteceu. Eu coloquei um paciente no quarto 9 e o coloquei na cama há uma hora. Observei-o por um tempo e ainda não havia sinal de que ele iria dormir, mas ele parecia estar bem. Estava deitado bem quieto. Então fui fazer uma xícara de chá para mim, e quando voltei, ele tinha saído.

— Saído? Você quer dizer que ele tirou todos os eletrodos sozinho?

— Acredito que sim.

— Quarto 9... era o Sr. Worth lá esta noite, não era?

A Dra. Madison correu na direção do quarto 9 e encontrou uma cena exatamente como Lorna descrevera: a cama vazia, os lençóis desarrumados, fios e eletrodos amontoados na cabeceira da cama e vestígios de cola sobre os travesseiros. Isso era muito incomum: embora os pacientes com insônia muitas vezes quisessem levantar no meio da noite, era raro um deles despistar a vigilância dos técnicos e resolver o problema com as próprias mãos.

— Não se preocupe — disse a Dra. Madison. — Acho que sei onde ele está. Vou conversar com ele.

— E o Dr. Dudden?

— Não o acorde. Não acho que ele precise saber disso.

Ela foi à sala de estar na parte da frente da casa, onde uma janela francesa dava acesso ao terraço. Conseguia ver o homem do lado de fora, caminhando na escuridão. A janela era usada com freqüência, mas as dobradiças estavam enferrujadas e entregavam qualquer movimento com um ruído estridente. O homem virou-se, em um sobressalto, e olhou para a Dra. Madison à medida que ela se aproximava, avançando rapidamente nas sombras. O rosto dele, mesmo na escuridão, brilhava mais pálido que a lua.

Havia uma lâmpada no terraço, mas a Dra. Madison não a acendera.

— Sr. Worth, não é? — ela disse.

— Correto. — Assim como a médica, ele estava vestindo pijama e um robe.

— Sou a Dra. Madison. A "garota" do Dr. Dudden, como se diz. — Ela fez uma pausa para ver como ele reagiria a essa frase, se notaria seu tom de deboche. A luz da lua e o brilho da brasa do cigarro iluminavam o rosto dele o suficiente para revelar um pequeno sorriso. — Parece que você desertou de seu posto.

— Sim, eu não conseguia dormir.

— Não esperávamos que você conseguisse.

— Não. Eu não dormi, veja.

— Tanto faz, presumo que você saiba que deveria pedir permissão antes de levantar.

— Me disseram isso, sim, mas não pensei que fosse sério.

— Bem, o equipamento que estava em você é bem delicado, e muito caro. Além disso, agora você tem cola nos seus cabelos, o que não deve ser muito confortável.

O homem passou a mão nos cabelos, demonstrando repugnância.

— Tenho mesmo. Bem, desculpe por isso. Espero não ter estragado nada.

— Não estragou, não. Mas tem uma outra coisa: nós não gostamos que nossos pacientes fiquem passeando no escuro. Achei que alguém também tivesse explicado isso para você.

Ao longe, o oceano agitava-se com raiva. As ondas batiam nas pedras com uma irregularidade cansativa. Ele as ouviu por um tempo antes de se explicar:

— Eu tenho de relaxar de alguma maneira.

— Sim, entendo isso. Não se preocupe. Não vou colocar você de castigo, ou mandar escrever alguma coisa cem vezes.

Ele riu e disse:

— Por que você não me chama de Terry?

— Está bem. Vou fazer isso — disse a Dra. Madison; mas em vez de oferecer o tratamento pelo primeiro nome dela também, como Terry esperava, ela disse: — Você conseguiu?

— Perdão?

— Sua maratona de filmes. Dez dias. Cento e trinta e quatro filmes. Como você se saiu?

— Oh, isso. Sim, consegui numa boa. Sem problemas. Acho que vou entrar no *Livro Guinness dos Recordes*.

— Parabéns. — Parecia, para Terry, que a Dra. Madison queria voltar para o interior da casa, mas algo a impedia; alguma urgência semi-relutante em prolongar a conversa. Ela continuou: — O Dr. Dudden ficará maravilhado. Você já é o favorito dele.

— Oh?

— Essa é a área dele. Privação de sono. — Então, depois de uma pausa: — Ratos.

Terry interpretou isso errado, e perguntou:

— Não é possível... você bebeu alguma coisa?

— Não: é isso mesmo o que ele usa. Ratos. Ele os priva de sono, para ver o que acontece.

— Que hobby encantador. E o que acontece?

— Eles normalmente morrem. Mas suas vidas nunca são em vão, porque ele consegue acrescentar uma ou duas páginas na própria bibliografia.

— Começo a sentir — disse Terry — que a "garota" do Dr. Dudden não é sua serva mais leal.

— Tudo o que digo a você é em off, por falar nisso.

— Claro.

Apesar dessa confirmação, ela pareceu se afastar um pouco mais dele, quase imperceptivelmente, enfiando-se em uma escuridão maior. Ele não conseguia mais ver o rosto dela.

— Não é sobre curar as pessoas, sabe — ela disse. — Conhecimento é tudo em que ele está interessado. Ele não vai curar você.

— Talvez não — disse Terry. — Mas talvez esse lugar me cure.

Por um momento, os dois estavam atentos, mais uma vez, aos murmúrios zombeteiros das ondas; às nuvens passando rápido pela luz da lua; à imensidão do oceano. Apagando o cigarro, Terry lambeu os lábios e apreciou o gosto de sal.

— Sim, há um certo... clima nesta casa — disse a Dra. Madison. — Você vai achá-la muito relaxante. Por quanto tempo vai ficar?

— Estou com duas semanas reservadas — disse Terry. — Mas não é isso que eu quis dizer. Tem uma outra razão pela qual eu pensei que aqui poderia... bem, não me *curar*, exatamente...

Ele se encolheu. A Dra. Madison esperou.

— Eu morava aqui, sabe?

— Você morou aqui?

— Não por muito tempo. Quando eu era estudante. Há 12 anos. Nunca mais havia vindo aqui. Isso é, em parte, a maior parte, acredito, por que decidi vir. Curiosidade.

A Dra. Madison disse, laconicamente:

— Bem, isso é algo que você tem em comum com o Dr. Dudden, então.

— Como assim?

— Ele também foi estudante aqui.

— É mesmo? Quando?

— Não acredito que vocês tenham estado aqui ao mesmo tempo.

— Nunca se sabe, não é? Qual é o primeiro nome dele?

— Gregory.

— Gregory Dudden... Não me lembra nada... — Sua mente buscou uma outra memória. — Eu tinha uma amiga naquela época... engraçado, mal pensei nela desde aquele tempo, mas vendo Ashdown de novo... aparecem memórias... De qualquer forma.. *Ela* deveria voltar para cá, porque *ela* teve a *mais estranha*... síndrome, acho que é como vocês chamariam.

— Em que sentido?

— Ela tinha sonhos — sonhos incrivelmente nítidos, sonhos tão nítidos que ela não conseguia diferenciar as coisas com que sonhava das que realmente haviam acontecido.

— Alucinações hipnagógicas — disse a Dra. Madison. — Também conhecidas como sonhos do pré-sono.

— Existe nome para isso? Quer dizer que é comum?

— Não, não é comum mesmo. Pode ser um dos sintomas da narcolepsia. Ela era narcoléptica?

— Não tenho certeza.

— Você a conhecia bem?

— Acho que a conhecia, sim. Moramos juntos por um tempo, apenas umas poucas semanas, no ano em que nos formamos.

— Quando você diz que moraram juntos...

— Não, quero dizer que apenas dividíamos um apartamento. Nós nunca... — As palavras sumiram em um silêncio ambíguo, meio cuidadoso e meio arrependido. Apenas quando ele acrescentou "o nome dela era Sarah" foi que algo suave e reflexivo apareceu em sua voz. Então o tom ficou estimulante de novo. — Desculpe, estou provavelmente prendendo você aqui. Você deve estar cansada.

— Na verdade não. E você?

Terry estridulou de tanto rir.

— Estou sempre cansado — ele disse — e nunca cansado. Essa é minha sina, receio. Eu certamente não sinto vontade de dormir agora. Nós temos a noite toda, no que depender de mim.

— Certo, então — encorajou a Dra. Madison. — Conte-me sobre a Sarah e os sonhos dela.

3

— Conte-me sobre seus sonhos — Gregory disse uma vez para Sarah, sentado naquele mesmo terraço, em uma manhã clara de novembro, muitos anos antes. — Conte-me há quanto tempo isso vem acontecendo.

Sarah aqueceu as mãos na caneca, tremendo um pouquinho por causa da brisa do oceano, e olhou para ele com carinho. Isso foi nos primeiros meses do relacionamento deles, muito antes de eles se distanciarem. Ainda achava, naqueles dias, que ele podia ser muito gentil. Ainda o considerava um homem sábio e compreensivo. Sentada naquele terraço, apoiada, como que por instinto, nele, com os joelhos tocando os dele, sentia que suas ansiedades começavam a se dissolver. Ele esquecia que eles vinham discutindo com mais freqüência, recentemente, e a respeito de coisas cada vez menores. Em relação ao sexo, ela repetia para si que ele melhoraria com o tempo. Tentava ignorar o fato de que, enquanto falava com Gregory, ele escrevia o que ela dizia em um caderno que trazia escrito na capa "PROBLEMAS PSICOLÓGICOS DE SARAH".

De qualquer forma, ela estava excitada, não havia como negar: eles acabavam de fazer uma importante descoberta. Haviam encontrado uma explicação para algo que vinha confundindo Sarah nos últimos cinco anos ou mais. Eles haviam descoberto, naquela mesma manhã, que ela não conseguia notar a diferença entre seus sonhos e as memórias de sua vida real.

— Conte-me sobre esses sonhos — Gregory estava dizendo. — Conte-me há quanto tempo isso vem acontecendo.

E Sarah tomou um longo fôlego, e contou para ele.

*

Isso começara, ela disse, quando tinha 14 ou 15 anos. Estava infeliz na escola, freqüentemente tinha problemas para terminar seus deveres de casa, e tinha um medo especial de seu professor de História, um certo Sr. Mountjoy. No fim de uma noite difícil, percebendo-se completamente incapaz de escrever um artigo sobre as causas da Guerra Franco-Prussiana — um artigo que ela teria de ler em voz alta na aula do dia seguinte —, ela fora para a cama aos prantos, disposta, em seu desespero, a faltar a aula no dia seguinte ou fingir estar doente. Mas, em vez disso, ela acordou com uma sensação imediata de leveza, com uma lembrança pura de ter escrito o artigo, e tendo escrito, ela sabia, em alto nível: ela conseguia visualizá-lo no livro de exercícios, quatro páginas e meia, diversas rasuras na página três, mas ainda assim limpinhas e apresentáveis, o título sublinhado duas vezes com caneta vermelha e com algumas notas de rodapé para dar a ele um aspecto acadêmico. E foi só às 11h30 daquele mesmo dia, na primeira aula após o intervalo, quando ela abriu o livro de exercícios pouco antes de ser chamada para ler diante da turma, que ela descobriu que o artigo, inacreditavelmente, não existia. Aquela foi a conclusão a que ela chegou, no fim: primeiro, pensou que devia ter cometido um engano tolo e escrito o artigo em outro livro, e ela procurou freneticamente em sua mochila, nos livros de inglês, geografia e francês, com o pânico tornando-se tão visível e audível que o Sr. Mountjoy teve de interromper quem estava lendo e perguntar qual era o problema. Ela explicou que devia ter deixado o artigo no armário e pediu permissão para ir buscá-lo: a permissão foi dada; mas a busca em seus livros de matemática, alemão, física e biologia no pouco habitual silêncio da sala de armários vazia ainda não havia produzido nenhum resultado prático; e então, tomada por uma confusão que beirava a histeria, ela fugiu do prédio da escola de uma vez e correu para o parque municipal onde, com as mãos na cabeça, tentou em vão encontrar o sentido dessa seqüência de eventos e começou a pensar, com seriedade, pela primeira vez, se estava ficando louca. O artigo nunca apareceu e ela foi colocada de castigo naquela semana (e o Sr. Mountjoy não acreditou em uma palavra da história dela): e se todos esqueceram aquele incidente, Sarah não esqueceu, e nunca mais falou sobre ele, embora tenha passado por outras situações desagradáveis semelhantes em intervalos irregulares nos anos seguintes. Uma vez, alguns semestres depois, repreendera amargamente sua melhor amiga, Angela, que não apareceu na hora em um encontro marcado do lado de fora da piscina. Angela negou que o tal encontro havia sido marcado, e uma discussão levou a um desentendimento entre as duas que nunca foi bem resolvido. Houve uma outra ocasião, também, quando Sarah confundiu sua família ao parar na farmácia no caminho da escola para casa e trazer — em resposta, ela insistia, a um pedido específico de sua mãe — seis tubos de pasta de dente para fumantes, dez sachês de *pot-pourri* e um estoque de supositórios para pelo menos um ano.

Embora muito envergonhada para admitir isso até para os amigos mais próximos ou para a família, Sarah se convenceu de que era vítima de ilusões: vôos vívidos e incontroláveis da imaginação que, em um primeiro momento, ela não tinha por que conectar com seus sonhos (já que os sonhos dos quais conseguia se lembrar normalmente tinham pouco a ver com a realidade e tendiam, como os de todo mundo, ao grotesco e ao fantástico

— ela tinha muitos pesadelos com cobras, por exemplo, e outros ainda piores com sapos). Foi apenas naquela manhã no terraço, com a ajuda de Gregory, que a verdade realmente veio à tona. E embora Sarah estivesse chateada com a discussão que eles haviam tido na noite anterior, por outro lado estava agradecida por aquela discussão, e suas estranhas conseqüências, que finalmente destrancaram a porta do mistério.

O problema começara na tarde anterior, quando Gregory disse a Sarah que eles haviam sido convidados para um jantar de aniversário em um restaurante local (o nome do restaurante ainda seria decidido), uma festa de um colega da escola de medicina, alguém chamado Ralph, que Gregory, ao que parecia, não conhecia muito bem. Sarah perguntou se ela havia sido incluída nesse convite nominalmente, e Gregory foi forçado a admitir que não: até onde sabia, Ralph não tinha conhecimento de que eles eram namorados, e apenas dissera a Gregory que ele poderia levar um amigo, se desejasse.

— Faz sentido — disse Sarah.

Gregory pediu que ela explicasse essa observação: e ela contou a ele que costumava ser amigável com Ralph, até um episódio embaraçoso que acontecera uns meses antes, depois do qual eles não se falaram mais.

— Sabe aquele restaurante de frutos do mar perto do porto? — ela disse.

— O Planetário?

Ele tinha esse nome por causa do teto arredondado sobre o salão de jantar principal, em que um artista local pintara recentemente uma enorme vista do céu à noite.

— Bem, ele me convidou para ir lá uma vez. Somente eu e os pais dele, que estavam aqui para passar o fim de semana. Deus sabe como me senti especial com essa honra: acho que ele devia ter uma queda por mim. De qualquer forma, era uma noite de sábado, e lá estava bem cheio, e quando chegávamos ao fim da refeição, quando estávamos tomando café, comecei a passar mal, mas *realmente* mal. Acho que deve ter sido por causa dos mexilhões. Fui ao banheiro achando que fosse vomitar, mas nada aconteceu: então voltei para o andar de cima e todos estavam se preparando para ir embora, e eu ainda estava me sentindo realmente terrível, mas ainda assim, pegamos nossos casacos e então todos paramos nos degraus do restaurante para nos despedirmos. Seus pais voltariam para o hotel na cidade, entenda. De qualquer forma, lá estávamos todos nós, papeando e nos despedindo, e então de repente eu *sabia* que iria vomitar. A qualquer momento. E dito e feito, no meio da conversa, sem nenhum aviso, me dobrei e vomitei nos degraus e na calçada. Ali estava toda a minha refeição, espalhada em todos os degraus do restaurante, para todo mundo ver. E o mais surpreendente foi que Ralph e seus pais *não pararam de conversar*. Quero dizer, isso é realmente lisonjeiro, não? Eles simplesmente continuaram, como se nada tivesse acontecido. A única coisa que a mãe de Ralph fez foi me dar um lencinho de papel, para eu poder limpar minha boca. E então eles bateram papo por mais uns minutos, planejando o que fariam no dia seguinte, e então deram um beijo de boa-noite no filho, e então o pai dele se inclinou para *me* dar um beijo de despedida, e exatamente quando fez isso, aconteceu de novo, eu de repente me senti mal e, antes que eu soubesse o que estava acontecendo, eu estava vomitando nos degraus de novo, mas dessa vez metade do vômito foi parar nas calças e nos sapatos do pai dele. E ainda assim, sabe, eles nem piscaram mais rápido. Nunca disseram uma palavra. E então os pais dele agradeceram-no pela noite encantadora ou algo assim, e lá se foram eles em uma direção e nós na outra, e tudo o que ele falou para mim foi: "Você está bem agora?", nesse tom frio de voz. Então, nós entramos em um táxi e voltamos ao campus, e nós nem demos um beijo de boa-noite nem nada. Fiquei com a impressão de que ele pensou que a coisa toda era bem engraçada, de um jeito meio nojento, porque seus pais eram esnobes, e eu não, e ele achou que eu proporcionei uma divertida demonstração de como as classes mais baixas se comportam diante de seus superiores.

— Não, você está sendo injusta com eles — disse Gregory. — Não conheço Ralph muito bem, mas tenho certeza de que ele nunca teria esse tipo de atitude.

— Então por que ele não falou mais comigo desde então?

Gregory não tinha resposta, mas gastou a maior parte das horas seguintes reafirmando para Sarah que era seguro ela ir ao jantar. Quando eram 19h45, quando eles chegaram do lado de fora do hall da casa de Ralph no campus, ela ainda demonstrava dúvidas.

— E se ele levar todo mundo ao mesmo restaurante?

— E qual o problema?

— Bem, isso seria muito embaraçoso, não seria?

— Não consigo deixar de pensar que você está exagerando nisso, Sarah. — Eles estavam subindo as escadas.

— É fácil para você dizer isso. A questão é que eu sei, eu simplesmente *sei*, que essa coisa toda se tornou uma grande piada entre os amigos dele. Consigo até imaginá-lo contando toda essa história e gargalhando. Serei uma piada ambulante entre eles.

— Isso é absurdo — disse Gregory enfaticamente. Eles haviam chegado ao corredor de Ralph. — Estou estudando para ser psiquiatra, Sarah. Um especialista no funcionamento da mente humana. E se eu sei alguma coisa sobre a natureza humana, posso garantir que ele não terá mencionado essa história para qualquer outra pessoa. Tudo isso é apenas um outro exemplo da sua paranóia e da sua mania de perseguição. — Parado do lado de fora do quarto de Ralph, ele pegou um bilhete que estava pregado à porta, e o leu em voz alta. — Amigos do Ralph — ele leu. — Encontrar às 20h30, no Vomitário.

E foi nesse ponto que as versões de Gregory e de Sarah começaram a divergir; embora isso só tenha se tornado aparente na manhã seguinte, quando Sarah acordou, bem cedo, e descobriu que Gregory não estava mais deitado ao lado dela na cama. Ela levantou e abriu as cortinas. Olhando lá para baixo, ela o viu sentado no terraço, encarando o mar, vestindo seu casaco azul grosso abotoado até o pescoço.

Sarah escolheu algumas roupas e desceu para a cozinha, onde preparou duas canecas de café. Ela as levou para o lado de fora, chegando ao terraço pela janela francesa da sala de TV.

— Aí está você — ela disse, colocando a caneca de café dele na mesa, perto do caderno em que ele estava escrevendo. — Parece que você está congelando. Algum problema?

— Não consegui dormir — ele disse, bebericando agradecido o café. — Na verdade, tive uma noite de sono terrível na noite passada.

— É mesmo?

— Sim. Você ficava me acordando.

— Como assim? — disse Sarah.

— Você me manteve acordado. Você estava soniloquando.

— Eu estava o quê?

— Soniloquando. Falando enquanto dormia.

— Eu não faço isso.

— Bem, na noite passada fez.

— Mesmo? E o que eu estava falando?

— Oh, não sei. — Ele deu um enorme e longo bocejo, e franziu a testa. — Algo sobre um bangalô em um rio, acho.

— Que pitoresco.

— Bastante. — Vagarosamente, o café começou a reavivá-lo, e ele perguntou. — Então, você se divertiu ontem, no final?

— Foi normal — disse Sarah, após uma surpreendente pausa.

— Gostei de Harriet, devo dizer — Gregory falou de repente.

— Harriet?

— Sim. Garota divertida, achei. Deu um pouco de ritmo à noite.

— Quem é ela?

Gregory olhou para ela; um olhar impaciente.

— Harriet. A nova namorada de Ralph. Você ficou sentada do lado dela a noite toda.

— Sentada ao lado dela? Onde?

— No restaurante.

Sarah assoprou a superfície de seu café. Ela decidiu que ele estava jogando algum jogo mental chato.

— Não sei de que você está falando.

— Olha — disse Gregory, exasperado. — Foi só uma observação. Não devo ser punido por isso, devo?!; apenas por dizer algo que elogie uma outra mulher?

— Bem, uma vez que eu nunca encontrei a mulher em questão, eu mal tenho como comentar.

Gregory virou-se para ela.

Estou falando sobre *a noite passada*, Sarah. Estou falando sobre a mulher que sentou perto de você, e com quem você conversou *a noite toda*.

Sem dizer mais palavra, Sarah ficou em pé, virou-se e desapareceu do terraço, deixando Gregory se sentindo ameaçado e dando grandes goles no café, achando que havia rompido alguma parte tácita do protocolo namorado-namorada. Quando ela voltou, aproximadamente dez minutos depois, parecia preocupada e disposta a pedir desculpas. Ela deslizou com carinho no banco ao lado dele e disse:

— Isso vai soar muito estranho, eu sei, mas não me lembro de nada do que aconteceu no restaurante com você ontem à noite, eu tenho minha própria memória do que aconteceu, e é completamente diferente.

Gregory olhou para ela com intensidade.

— Nos últimos anos, desde quando eu era adolescente, de vez em quando tenho tido essas experiências pitorescas. Eu me lembro de coisas de formas diferentes de como elas aconteceram. Eu imagino coisas, eu invento coisas, não sei como isso acontece. Nunca contei isso a ninguém. Você é a primeira pessoa. Estou contando isso para você agora — ela olhou para ele, e sua voz começou a tremer — porque confio em você. Porque amo você.

Gregory contorceu os lábios. Por um momento, ela pensou que ele fosse beijá-la. Em vez disso, ele pegou sua caneta, abriu o caderno de novo e folheou com vontade até achar a primeira página em branco.

— Mas isso é *fascinante* — ele disse. — Você quer dizer que não se lembra de chegar ao restaurante? De sentar perto de Harriet? De cantar "Parabéns a você"? De pedir peixe?

A testa de Sarah começou a ficar funda.

— Não sei... Parece familiar... Levemente familiar... Mas existe uma outra memória; uma bem mais forte.

— Um tipo de memória alternativa?

— Sim. Sim, acho que sim.

— Isso — disse Gregory, rabiscando com fúria — é *muito* brilhante. Algo assim não cai no seu colo todos os dias. Então o que *você* pensa que aconteceu na noite passada?

A lembrança de Sarah coincidia com a de Gregory apenas até o momento em que eles descobriram o bilhete afixado à porta de Ralph. Depois disso, ela afirmava, eles tiveram uma discussão violenta, no fim da qual ela se recusara a ir com ele ao jantar de aniversário. Gregory fora sozinho, enquanto Sarah foi ao Jonah's, que era um restaurante self-service bem popular no campus.

— Quando você chegou lá? — perguntou Gregory, ainda anotando tudo.

— Não sei, por volta das 20h?

— E por quanto tempo você ficou lá?

— Um pouco. Não tinha mais nada a fazer. Por uma hora, mais ou menos.

— E o que você comeu?

— Essas coisas realmente são necessárias? Isso tem alguma relevância?

— Tudo é relevante. É vital que estabeleçamos quão específica essa... alucinação foi. Então, o que você comeu?

— Sopa. Apenas sopa.

— Apenas sopa? Você não estava com fome?

— Eles não tinham mais muita comida. Não gostei de nenhum dos pratos principais.

— E quais eram os pratos principais?

— Bem, torta de carne ou de fígado.

Gregory começou a escrever isso, mas parou no meio da palavra. Ele olhou para cima, com os olhos brilhando.

— Você falou isso na noite passada — enquanto dormia.

— O quê?

— Sim, "torta de carne ou fígado". — Ele jogou a caneta longe e riu, mais triunfante que alegre. — Sarah, isso tudo foi um sonho. Você *sonhou* com isso.

Ele levou apenas alguns minutos para convencê-la de que essa era a explicação mais racional, a mais plausível, na verdade, a única concebível; e foi assim que Sarah aprendeu que ela não era vítima de alucinações, mas que freqüentemente estava propensa a ter sonhos tão reais que não conseguia distingui-los dos eventos da vida quando estava acordada; mais que isso, tão reais que eram capazes de expulsar os eventos que realmente ocorreram da memória, de modo que os sonhos eram lembrados no lugar deles, vistos através da superfície nebulosa e apagada como as palavras originais do manuscrito.

— Mas isso explica tudo — ela disse. — Todas as coisas estranhas que aconteceram comigo. Todos aqueles mal-entendidos...

— Por quê? Isso aconteceu antes? — perguntou Gregory. — Você teve esse tipo de sonho antes?

— Sim. Várias vezes.

Ele virou uma nova página de seu caderno e escreveu um título em suas letras maiúsculas caracteristicamente perfeitas e pequenas. — Então, vamos lá, Sarah — disse, sorrindo empolgado. — Conte-me sobre seus sonhos.

*

O relacionamento de Sarah com Gregory chegou ao fim 11 meses depois, nos primeiros dias do seu ano de pós-graduação. Seus padrões de sono, nunca muito regulares nem quando ela estava em boas fases, haviam ficado ainda piores durante esse período, e seus sonhos continuaram a se provar duvidosos.

Muitas vezes, era em momentos de mais intenso distúrbio emocional que seus sonhos tornavam-se mais reais e decepcionantes, e na noite em que ela se separou de Gregory foi assim. Ela não tinha como saber disso, mas começou a sonhar bem cedo naquela noite, apenas alguns minutos depois de se deitar com muita relutância. Pois ela então caiu, com uma rapidez estranha, em um sono profundo que foi imediatamente acompanhado por um sonho tão traiçoeiro quanto todos os outros que já havia tido. Quando acordou na manhã seguinte, a essência desse sonho estava grudada em sua mente como uma memória vívida e agridoce. Estava convencida de que o que ela havia sonhado havia realmente acontecido.

Apesar do discurso pomposo e dolorido de Gregory, apesar do fato de que foi Gregory quem se aproximou dela na cama, ressonando pesadamente enquanto dormia, não foi com

Gregory que ela sonhou. Sonhou com Robert, o novo amigo que havia conhecido na cozinha em formato de L de Ashdown. Sonhou que ele estava sob um estresse muito grande, e que ela era a única pessoa que sabia por quê. Sonhou que a irmã de Robert havia morrido.

Na manhã seguinte, ela esperava vê-lo na cozinha durante o café-da-manhã, mas ele não estava lá. Gregory foi embora para Londres aproximadamente às 10h, sem se despedir, e depois disso Sarah foi para a biblioteca do campus, onde não conseguiu fazer trabalho algum por muitas horas. Ela pensava um pouco em Gregory, porém pensava mais em Robert, e se perguntava como ele estaria lidando com as terríveis notícias. Ele provavelmente já havia ido para casa — havia pais para confortar, providências do funeral a tomar.

Ficou na biblioteca até as 16h, remoendo todos esses acontecimentos tristes. Até então, Sarah não havia adquirido o hábito de monitorar seus sonhos, de manter uma constante atenção nos limites entre seu mundo de sonhos e sua vida real, e ainda não percebera que talvez poderia ter sonhado com a morte da irmã de Robert. Não ocorreu para ela que a demonstração de pesar de Robert por causa da morte da gata da família, combinada com o slogan maldoso que ele havia repetido para ela — "Morte às Irmãs" — poderia ter inspirado essa fantasia confusa. De qualquer forma, ela não tinha uma recordação precisa do encontro deles na cozinha na noite anterior; isso havia sido totalmente substituído pelo sonho dela. E Robert ficaria, sem dúvida, comovido por saber que ela estava na biblioteca pensando nele, preocupada com o futuro dele, que poderia ser congelado pela morte prematura da irmã, mas não havia necessidade nenhuma para isso, pois ele estava, naquele mesmo momento, deitado na banheira de Ashdown, com nada mais sério na cabeça que uma vaga incerteza sobre o que comeria naquela noite.

Finalmente, foi um ruído rápido na mesa que fez Sarah sair de seus devaneios. Alguém havia tombado três livros na mesa e agora estava parado ao lado dela, sorrindo de forma excitada, bastante orgulhosa de si. Era Veronica, a mulher estranha e amigável do Café Valladon.

— Achei que fosse encontrar você aqui — ela disse. — Trouxe algo para fazer você pensar.

Os títulos dos livros eram *O segundo sexo*, de Simone de Beauvoir, *Política sexual*, de Kate Millett, e *The Sadeian Woman*, de Angela Carter. Sarah já havia lido dois deles.

— Dê uma chance a eles — disse Veronica — e então venha falar comigo. Você me encontra no Café na maioria dos dias, especialmente à tarde.

— Obrigada — disse Sarah. Ela estava surpresa demais para acrescentar qualquer coisa.

— De nada — disse Veronica. À medida que ela desaparecia na escuridão, entre duas pilhas de livros, Sarah ficou para trás com uma imagem de suas costas longas e flexíveis.

*

A água da banheira estava ficando fria quando Robert completou a tarefa de fazer a barba. Como de praxe, deixara sua parte menos favorita — a garganta, e em particular o pomo de Adão — para o fim. A água, turvada pelo sabão e pela imundície de seu corpo, estava agora salpicada com pequenos pêlos pretos. Ele enxaguou a lâmina na torneira, pronto para se livrar das barbeadas mais resistentes do final. O vento uivava pelas paredes de Ashdown quando ele se afundou um pouco mais na água que esfriava — ao menos ela o protegia do calafrio mais feroz do banheiro, que era, absurdamente, o maior e mais confortável cômodo da casa. Ele correu a lâmina pelas bochechas de novo, sonhando, então levantou uma perna para fora d'água e examinou sua brancura magra. Os pêlos repousavam lisos e achatados contra a canela e a coxa. Após um momento de reflexão, colocou a lâmina um pouco acima do joelho, e começou a raspar. Logo ele deixara um pedaço limpo, de mais ou menos cinco centímetros quadrados.

Em um primeiro momento, ele considerou raspar as pernas um entretenimento, depois, meramente mecânico. Parou de se concentrar por um momento no movimento suave e abrasivo da lâmina, e deixou sua mente começar a divagar em assuntos aleatórios. Antes de tudo, pensou em Muriel. A família de Robert tivera três gatos ao longo de sua vida, mas ela era sua favorita: de natureza doce e a mais carinhosa. Mesmo assim, ele estava chocado — e de alguma forma com vergonha dele mesmo — de pensar em quão visivelmente afetado ficara com a notícia de sua morte no dia anterior. Tinha certeza de que Sarah o notara chorando quando conversavam na cozinha. Ela provavelmente já o desprezava. Isso era o que o pai dele sempre falava para ele, sempre que o encontrava chorando: "Se uma mulher alguma vez o vir desse jeito, ela vai desprezá-lo. Nenhuma mulher gosta de homem fraco. Você quer respeito. Ninguém respeita um bebê chorão." Ele podia ouvir essas palavras agora, ditas no único tom que ele conseguia se lembrar de seu pai falando com ele: com desprezo, imperdoável.

Sarah não parecera desprezá-lo, porém. Talvez ela não tenha notado, no final das contas — ela pode ter ficado muito entretida com os próprios problemas. Aquela era uma história pitoresca, sobre o homem que a insultou na rua. Ele esperava que ela não estivesse mais preocupada com isso. Ela tinha belos olhos, de um azul metálico e claro, contornados com cinza. Olhos ambíguos, calorosamente acolhedores e friamente inteligentes ao mesmo tempo.

Ele não estava usando uma lâmina de segurança, e agora uma pontada repentina de dor em algum lugar na região de sua panturrilha o fizera se encolher. Havia se cortado bem feio — um fio de sangue fluía pela água da banheira. Raspar as pernas não era o negócio relaxante, que agradavelmente limpava os pensamentos que ele achava que poderia ser, no final, requeria um pouquinho de concentração. Ainda assim, havia algo profundamente satisfatório nisso, alguma qualidade fundamental de justiça. Nunca entendera a razão de pernas peludas. Sempre pedira a opinião de suas namoradas sobre esse assunto, e ficara estupefato de descobrir que elas consideravam pernas peludas atraentes. Tudo bem, de verdade, mas ele não conseguia deixar de achar isso uma inexplicável falta de gosto.

Já quase terminara, agora, apenas os tornozelos a fazer, e eles seriam um desafio. Ele descansaria um pouco antes. Deitou-se na água cinza, agora densa com os pêlos escuros, e encarou um pouco, sem foco, os azulejos quebrados e gastos da parede. Eles o lembravam dos chuveiros da escola, e essa era outra memória nojenta: chuveiros comunitários, todas aquelas provocações e comparações furtivas...

Robert estava na banheira havia mais de uma hora, tempo suficiente para Sarah ter deixado a biblioteca, pegado um ônibus do campus e ter retornado a Ashdown, ansiosa para lavar os cabelos. Não havia tranca na porta do banheiro. O truque era colocar a barra da toalha contra ela, mas Robert, residente novo, não havia descoberto isso ainda. Foi assim que ela deu de cara com ele inesperadamente, sem nem bater antes de entrar.

Tudo aconteceu muito rápido. Sarah gritou chocada e mortificada, mas Robert gritou de dor, pois estava no meio da raspagem de seu tornozelo esquerdo, com a perna levantada no ar. Quando a porta se abriu, sua mão escorregou e as lâminas duplas do aparelho penetraram fundo em sua perna, duas vezes, em ângulos perfeitos, deixando uma cicatriz dupla que ficaria com ele pelo resto da vida, como aspas. E dessa vez o sangue veio em mais do que um fio, jorrava e inundava a água da banheira, deixando-a vermelho-morango em muito pouco tempo. Sarah o encarou, horrorizada, transfigurada, e por um momento ele pensou que ela fosse se apressar em ajudá-lo, mas ele evitou isso gritando:

— Está tudo bem! Está tudo bem! Eu estava raspando meus pêlos, só isso.

— Desculpe, eu... volto quando você tiver terminado.

Ela se dirigiu à porta, mas logo parou. Ela estava cobrindo os olhos e olhando em outra direção.

— Você está bem? Quero dizer, você precisa de ajuda? Tem uma caixa de primeiros socorros no armário.

— Obrigado. Vou ficar bem. Apenas... apenas deixe comigo, tá?

Ela saiu do cômodo, mas parou de novo no corredor.

— Achei que você tinha ido para casa — ela disse, rápida e enigmaticamente, e então desapareceu.

Robert não gastou seu tempo analisando o significado dessa observação. Ele saltou da banheira e estancou o fluxo de sangue de seu tornozelo com papel higiênico, e então colocou curativos bem justos. A água estava pingando de seu corpo e ele estava com muito frio. Robert se secou com a pequena toalha de rosto, e correu de volta para o quarto.

Sarah veio a encontrá-lo alguns minutos depois, assim que ele acabou de se vestir. Ela havia lavado os cabelos e os havia escovado, mas não secado, e pareciam mais escuros do que ele se lembrava da noite anterior. Por alguma razão, ele ficou tocado com aquilo: ou talvez já estivesse próximo daquele estado vulnerável do coração em que mesmo os menores e mais comuns detalhes ganham uma qualidade luminosa e transfigurada. Qualquer que houvesse sido a razão, ele sentiu seu peito apertar quando ela se sentou na cama do lado oposto de sua mesa, e se encontrou, por um momento, completamente incapaz de falar. Até respirar era difícil em um primeiro momento.

— Ainda dói? — ela perguntou.

— Oh... só um pouco. Vai ficar bem. — Ele torceu para que ela não perguntasse por que ele estava raspando as pernas, para começar.

— Eu não queria... bem, desculpe por eu ter incomodado você. As pessoas normalmente colocam a barra da toalha contra a porta, sabe.

— Oh. Certo. Bem, isso é o que vou fazer, então, na próxima vez.

Sarah concordou com a cabeça. Isso não estava indo do jeito que esperava. Ela se perguntava como eles poderiam restabelecer a atmosfera fácil e confiável da conversa da noite passada.

— De qualquer forma — ela disse —, eu só vim para ver se você estava bem. Você sabe, você parecia bem... aborrecido na noite passada, e eu queria saber como você estava lidando.

— Lidando?

— Bem, sim, deve ser bem difícil para você.

Ele juntou coragem para olhar para ela, cutucado pela curiosidade em relação ao tom de genuína e trêmula preocupação em sua voz. O que estava acontecendo ali, exatamente? Ela realmente achava que ele era o tipo de homem que ficaria de cama de luto por dias por causa da morte de uma gata? Parecia ser tão patético assim? Incapaz de dizer, pela pergunta dela, se ela o estava mimando ou simplesmente fazendo graça, ele disse, resguardando-se:

— Oh, você sabe, não é tanta coisa assim, na verdade. Vou superar.

Que másculo, Sarah pensou, blefar dessa forma. Os homens realmente acreditavam que eles não poderiam mostrar seus sentimentos, mesmo quando falando sobre alguém próximo — o mais próximo, neste caso, que era possível ser? Ela percebeu como ele estava tenso e ansioso com a presença dela, como estava desconfortável com o pensamento de ter sua casca de insensibilidade retirada, revelando a natureza mais suave e verdadeira que havia por debaixo. Mas ela sabia que era interesse dos dois persistir.

— Quando eu disse que achava que você teria ido para casa — ela continuou —, eu quis dizer que, bem, o funeral deve acontecer logo.

— Funeral? — perguntou Robert.

— Para... desculpe, esqueci o nome dela...

— Para Muriel, você quer dizer?

— Sim. Para Muriel.

Ele se encolheu, rindo sem parar.

— Oh, acho que não vamos fazer tanto alarde por isso — ele disse. — Seria um pouco demais, você não acha?

Tomada de surpresa por um momento, ela murmurou:

— Bem, o que quer que vocês todos considerem... apropriado.

— Quero dizer, quando isso aconteceu antes — disse Robert —, nós não nos preocupamos com funeral nem nada.

— Isso já aconteceu antes? — ela perguntou, horrorizada.

— Sim, duas vezes.

— Oh, Robert, eu simplesmente... não sei o que dizer. Isso é um horror. Pensar que vidas podem ser tão... perturbadoras, e ainda assim você segue em frente, de alguma forma.

— Bem, devo dizer que Muriel é a mais difícil de eu aceitar. — Ele se sentou mais para a frente, mais perto dela, e esfregou suas mãos, aquecendo-as com a chama da compaixão dela. — Eu era mais apegado a ela, acredito.

— Sim, posso imaginar.

Ele se permitiu um sorriso nostálgico.

— Todas as noites, sabe, ela costumava vir ao meu quarto, e se enrolava na cama perto de mim. Eu alisava a cabeça dela e... apenas conversava com ela. Conversava durante horas, algumas vezes.

— Isso é tão doce.

— De certa forma — ele ria agora —, de uma forma boba, ela me conhecia melhor do que meus pais. Certamente melhor do que meu pai.

— Eles não gostavam tanto dela quanto você?

— Bem, *ele* nunca se deu com Muriel, isso não há como negar. — Ele suspirou. — Eles se bicavam da forma errada. Sabe, pequenos hábitos bobos dela que costumavam irritá-lo.

— Que tipo de coisas?

— Bem, ele não gostava do jeito que ela costumava fazer xixi no carpete da sala de estar, por exemplo.

Sarah absorveu essa informação vagarosamente. Uma nova imagem começava a surgir: uma criança, disfuncional de alguma forma, e uma família que talvez nunca tenha aprendido a lidar com ela; talvez nunca tenham sequer aprendido a considerá-la uma humana completa. A situação agora era mais dolorosa, mais trágica do que ela havia imaginado. E agora o significado real das observações enigmáticas que Robert havia feito mais cedo começava a se explicar.

— Veja, Robert — ela disse com cuidado —, o que você disse antes, sobre um funeral ser demais... eu acho que é muito importante, sabe, que a sua família... marque essa morte de alguma forma.

— Bem, eu falei com papai ontem à noite por telefone, sobre... ele fez uma careta... como nos livraríamos dela. Eu queria saber se alguma espécie de cremação seria possível.

— E?

— Ele riu. Disse que eu estava sendo patético. Disse que ia apenas cavar um buraco no canto do jardim e colocá-la em uma caixa de metal. Como ele fez com as outras.

Sarah olhou para Robert com integridade por um longo tempo, e então disse, com grande cuidado e ênfase:

— Mas você acha que isso está errado, não acha? Você *sabe* que isso está errado.

Robert concordou com a cabeça.

— Sim. Sim, eu sei.

— Bom. — Sarah levantou da cama e ficou parada perto da porta. — Está bem, Robert, estou achando essa conversa... um pouco difícil, e vou descer um pouco. Mas quero que você pense sobre o que eu falei, e lembre que, você sabe, quão ruim quer que as coisas sejam, na sua família, você sempre pode falar comigo sobre isso. Estarei sempre aqui.

Exatamente quando ela estava saindo, eles se olharam diretamente nos olhos pela primeira vez; e alguma coisa aconteceu então, alguma conexão se fez, por um momento apenas, antes que Sarah se virasse e deixasse o quarto, aliviada por ter ganhado o santuário do corredor e por estar se dirigindo com segurança na direção do topo da montanha e da brisa de outono. À medida que ouvia os passos dela se afastando, Robert começou a respirar de novo de forma longa e desigual.

Ele não a viu de novo por vários dias depois daquilo; ou ao menos, mesmo tendo a espiado pela janela, no caminho dela saindo ou chegando à casa, ou tendo uma visão rápida dela desaparecendo em seu quarto ou passando pela cozinha em formato de L, ele nunca teve a oportunidade de falar com ela, e se convenceu de que ela o estava evitando de propósito. Uma tarde, no fim de semana, ele perguntou diretamente a ela sobre isso, e ela admitiu que estava chocada com o comportamento dele — por ele ter falhado, especificamente, em ir para casa logo após a morte da irmã. Uma vez que o engano veio à tona, claro, foi fácil lidar com ele. Robert explodiu em uma gargalhada assim que percebeu o que havia acontecido, mas ela estava muito sem graça para ver o lado engraçado da história, e estava perturbada, além disso, com mais uma evidência de como seus sonhos eram maus. Pediu desculpas bem friamente, e não fez nenhum esforço para prolongar a conversa.

Naquela noite, muito depois de todos os estudantes terem ido para a cama, Robert olhou por sua janela e viu Sarah sozinha no terraço iluminado pela lua. Ela estava olhando a escuridão e apoiada no poste de luz, no qual havia equilibrado o que parecia ser uma taça de vinho branco. Ele desceu para ficar com ela, conseguindo chegar no terraço pela janela francesa na sala de televisão, na qual as dobradiças enferrujadas entregavam qualquer movimento com um ruído estridente. Ela se virou quando o ouviu se aproximando, e deu um sorriso encorajador.

Eles começaram a conversar no terraço, e continuaram na cozinha, e já passava das quatro da manhã quando finalmente desejaram boa-noite e subiram para seus quartos separados. Foi provavelmente, até aquele ponto, a conversa mais longa que Robert já tivera em sua vida. O silêncio melancólico que sempre o envolvera em casa — sua mãe, tímida e formal, seu pai, taciturno e devagar — nunca o preparara para esse tipo de troca de confidências contínua e impulsiva. Quando terminaram, ele se sentia bêbado de conversa; alto nas confissões. Eles haviam discutido tudo, parecia, e não haviam escondido nada um do outro. A conversa começara com o rompimento de Sarah com Gregory, e depois disso discorreram livremente sobre romance, amizade, famílias e gêneros, as intimidades compartilhadas e as revelações vindo cada vez mais rápido e mais forte à medida que os assuntos em si ficavam maiores e mais complexos, até que Robert percebeu que confiara a Sarah segredos sobre ele mesmo, sobre seus pais, sobre sua vida em casa, em que ele nunca pensou.

Estágio um

4

pensou que havia algo estranho nos quartos da Clínica Dudden, e agora percebia o que era: que, embora tivessem armários, pias, vestíbulos, mesas, cadeiras e todas as outras mobílias das acomodações residenciais, eles não tinham camas. Claro, isso fazia todo o sentido. Pontualmente às 22h30, de banho tomado e vestindo suas roupas de dormir, os 13 pacientes saíam dos cômodos usados durante o dia e se acomodavam para dormir em condições laboratoriais nos 13 quartos pequenos e simples — cada um com um quarto de observação adjacente — que tomavam a maior parte do térreo. Não havia necessidade de camas em nenhum outro lugar. Mas ainda parecia estranho que não houvesse uma cama contra a parede mais distante de seu quarto, que ele agora lembrava bem como sendo o quarto que Robert ocupara no último ano na universidade, e que parecia intocado em todos os outros aspectos. Até os móveis eram os mesmos; e tudo ainda estava exatamente na mesma posição.

Terry ficou surpreso por se lembrar melhor do quarto de Robert do que do rosto dele. Ele tentou lembrar-se da última vez que o vira, e teve um flashback repentino e mal focado de uma manhã cinzenta de sábado, durante o último verão deles, com Robert sentado perto da beira do penhasco e conversando com Sarah, os dois parecendo cansados e famintos. Isso foi há

12 anos. Depois disso, ele desaparecera: fez um truque de desaparecimento abrangente e sem erros que agora, em retrospecto, fez Terry achar bastante impressionante. Ele pensara pouco sobre isso na época, porque estava muito preocupado naquele verão com o começo de sua gloriosa carreira. Sarah, ele parecia lembrar, fizera esforços mais constantes para encontrá-lo. Sem sucesso.

Terry sentou-se à mesa, olhando o mar, e abriu seu laptop. Não sabia o que iria escrever, mas a solidez compacta da máquina, suas texturas laminadas e corretas, seus contornos sensuais nunca deixavam de excitá-lo e consolá-lo. Pegou o cabo de força na mala e procurou ao redor algum lugar para ligá-lo. A única tomada apropriada acabou sendo uma que estava atrás do armário; mas, mesmo havendo espaço suficiente entre o soquete e a traseira do armário para acomodar um plugue de três saídas, o adaptador de Terry não caberia ali. O armário teria de ser movido. Ele era feito de madeira teca e era muito pesado. Terry colocou todo o seu peso em um lado e conseguiu movê-lo uns dez centímetros pela parede, de modo que agora o soquete estava totalmente exposto; e então percebeu algo mais. Alguma coisa fora escrita na parede, mas o armário estava escondendo. Havia algo escrito, mais ou menos um metro acima do rodapé, e um borrão de alguma substância marrom inidentificável. Havia duas palavras.

— Encantador — disse Terry a si mesmo, em voz alta, e decidido a contar isso para o Dr. Dudden. Isso poderia renderlhe algum crédito.

Ele iniciou o computador e vasculhou nos arquivos, os dedos suados e nervosos sobre o cursor manual. Havia mais de mil documentos, em mais de 30 diretórios, mas nada parecia inspirá-lo nessa ocasião. Em seguida, pegou um pequeno organizador pessoal do bolso de sua jaqueta, ligou-o e começou a procurar na parte da agenda. Não havia olhado para o aparelho desde o começo da "cinemaratona", e então algo imediatamente prendeu sua atenção. Ele foi de novo ao bolso da jaqueta, que estava jogada sobre a cadeira, pegou o telefone celular e apertou dois botões para chamar um número pela memória. A chamada foi atendida quase imediatamente.

— Alô, Stuart? É o Terry.

"Não tão ruim. Nenhum efeito colateral, por enquanto.

"Escute, por que você não pediu que eu escrevesse sobre o novo filme de Kingsley? Vai estar nos cinemas na sexta-feira.

"Armstrong? O que aconteceu, você enlouqueceu? Ele não sabe nada sobre Kingsley. Nada. Ele não sabe nada sobre coisa nenhuma.

"Claro que não estou em porra nenhuma de férias. Estou sentado agora em Otariolândia, sem nada para fazer o dia todo, de saco cheio. Eu poderia escrever essa porra de jornal inteiro.

"Quem está lançando o filme? A Fox? Bem, eles poderiam mandar uma fita, não poderiam?

"Claro que posso. Para quando você precisa?

"Sem problemas.

"Não, eu mesmo ligo para eles. Vou fazer isso agora.

"Ele já teve muitas chances. Ele não precisa de mais chances. É de mais talento que ele precisa, não de chances.

"Não, *eu* ligo para eles. Vou resolver tudo isso. Sem problemas. Amanhã à tarde.

"Não, não há necessidade.

"É simples: se você não tiver notícias minhas em meia hora, é porque eles vão me mandar a fita e eu vou fazer a matéria para você. Me dê meia hora, então ligue para o Armstrong e mande ele se foder.

"Sim. Simples.

"*Ciao*.

Agora elétrico, Terry fechou o celular e correu para o andar de baixo. O que costumava ser a sala de TV nos seus dias de estudante agora era a sala comum dos pacientes. Ainda havia uma televisão no canto — um grande aparelho em cores, com o volume bem baixo, em que um homem com aparência de punk e um chapéu de chef de cozinha estava picando vegetais e tagarelando em silêncio para a sala vazia —, mas não era isso o que Terry esperava encontrar. Ele estalou a língua impacientemente e foi procurar alguém da equipe de trabalho.

Em uma das salas de observação, encontrou Lorna, a técnica. Estava sentada, com uma prancheta no colo e uma caneca de chá entre as mãos, observando uma tela que estava em uma prateleira acima do equipamento de polissonografia. Percebeu Terry aparecendo na porta, olhou para ele, mas não permitiu que roubasse sua atenção. Juntos e em silêncio, observaram a tela por alguns segundos. Estava passando uma imagem embaçada, em preto-e-branco, de uma mulher vestindo uma camisola, dormindo em uma cama, a cabeça presa a eletrodos. A mulher permanecia perfeitamente parada, assim como a câmera. Vez ou outra, a imagem falhava. Terry olhou para Lorna, que observava compenetrada, e então contemplou a tela novamente por um minuto aproximadamente, enquanto a imagem permanecia inalterada.

— Que diabos — ele finalmente falou. — Odeio esses filmes de arte europeus, você não?

Lorna sorriu, pegou um controle remoto e parou a fita.

— Você decididamente não deveria estar vendo isso — ela disse. — O que você quer?

— É esse que estão refilmando em Hollywood com o Ted Danson e a Goldie Hawn?

— O Dr. Dudden estava procurando por você — disse Lorna. — Há apenas alguns minutos.

— Sim, eu sei. Eu deveria encontrá-lo às 11h. Sério, mas, por que você estava assistindo a isso? Você não pode me dizer?

— Não sem quebrar a confidenciabilidade. — Apesar disso, ela apontou, depois de um momento de hesitação, para uma pilha de papéis na mesa, cobertos de riscos do polissonógrafo. — De acordo com aquilo — ela disse —, houve uma explosão de atividade às 4h37 nesta manhã. Então, pensei que seria capaz de encontrar alguma coisa na fita: pegá-la movimentando as pernas ou algo assim. Mas não consigo encontrar nada.

— Por que é em preto-e-branco? Essa máquina não pode ser colorida? — Terry estava se debruçando para inspecionar o gravador de vídeo.

— Pode, se você quiser.

— E o som? Onde está o som?

— Há um controle de volume na lateral do monitor.

— Então é um vídeo comum, é isso? Quero dizer, ele reproduz fitas normais?

— Acho que sim.

— E tem um desses ligado em cada quarto?

— Sim.

— Eu poderia usar um deles amanhã de manhã?

— Bem, temos uma vaga no quarto 3 no momento, porque um dos pacientes cancelou a vinda. Então, *tecnicamente* falando, aquela máquina não estará em uso. Mas eu duvido *muito* de que o Dr. Dudden...

— A que horas as cartas chegam aqui?

— Por volta das 9h30.

— Brilhante. Isso é tudo de que preciso saber. — Ele ligou o celular de novo e já estava discando um número no caminho da saída. — Obrigado — ele disse, virando-se já na porta. E, com uma última olhada rápida na tela: — Me chame quando começarem as cenas de nudez, tá?

Depois de ligar para o Departamento de Publicidade e os convencer a enviar uma cópia VHS do filme pelo correio, Terry descobriu que já estava 20 minutos atrasado para a entrevista com o Dr. Dudden, que, ao vê-lo com um olhar de desculpas na porta, apenas voltou à leitura de alguns papéis espalhados em sua mesa, e murmurou:

— Entre, Sr. Worth, entre.

Uma vez que Terry sentou-se, ele acrescentou (ainda aparentemente absorto em seus papéis):

— Talvez meu relógio esteja adiantado, mas ele marca 11h23.

— Sim, você está certo. Estou atrasado.

O Dr. Dudden finalmente levantou a cabeça.

— Entendo.

— Devo ter dormido demais.

Essa observação recebeu um olhar indescritível. Terry ficou em pedaços em face disso, e começou a bater os pés com força.

— Você provavelmente ouve essas piadas o tempo todo — ele disse, com a voz fraca.

— De vez em quando — disse o Dr. Dudden. — Minha colega, Dra. Madison, acredita bastante no humor como terapia de ajuda. Talvez devêssemos organizar um grupo de discussão sobre esse assunto.

Momentaneamente entorpecido pelo silêncio, Terry só pôde balançar a cabeça, concordando.

— Agora. — O Dr. Dudden juntou as folhas de suas leituras e as enfiou em uma pilha perfeita, então pegou um arquivo com o nome de Terry. — Em sua chegada ontem, você recebeu um exame médico completo, feito pelo Dr. Goldsmith. Não foram encontradas irregularidades: na verdade, ele parece ter concluído que você está em excelente forma.

— Bom.

— De qualquer forma, percebi uma ou duas anotações marcantes no relatório. Por exemplo, você alega consumir entre 30 e 40 xícaras de café por dia.

— Correto.

— Você bebeu café desde que chegou aqui?

— Não. Parece não ter café no prédio.

— Apenas permitimos que nossos pacientes tomem café como parte de um experimento controlado, para ver como ele afeta os padrões de sono. Você procurou café, então?

— Sim.

— E como você se sente, não tendo tomado café nas últimas... 19 horas?

— Desconfortável.

— Trinta a quarenta xícaras de café parece bem excessivo para mim. Por que você bebe tanto?

— Me ajuda a ficar acordado.

— Entendo. Essa — disse o Dr. Dudden — é uma observação ímpar. Na minha experiência, a maioria dos insones procura formas de ajudar a dormir, não de ficar acordado. Vejo neste relatório que você não vem tomando nenhum remédio para a sua reclamação.

— Correto.

— E que você nunca, na verdade, procurou uma opinião médica para isso.

— Não.

— A maioria das pessoas considera a insônia um estado deprimente e, em alguns casos, devastador. Não é assim para você?

— Muitas vezes, percebo que fico cansado e com sono durante o dia. É por isso que bebo café. Mas não é um problema sério.

— Já lhe ocorreu que você pode não ser realmente insone?

— Não entendo.

— Uma das mais importantes e fundamentais distinções a serem feitas nesse estágio do diagnóstico — explicou o Dr. Dudden — é entre a insônia psicofisiológica e a subjetiva.

— Subjetiva?

— Sim.

— Você quer dizer... que eu posso estar imaginando isso. Ou fingindo. Agindo de má-fé.

— Isso, com todo o respeito, é inegável. Imaginar que você não consegue dormir é tão estressante quanto realmente não conseguir. E não é incomum, de forma nenhuma. Vários de meus pacientes vêm aqui, passam a noite no laboratório e alegam não ter pregado os olhos. Eu, então, os desminto, apresentando a eles provas científicas de que dormiram como pedras; algumas vezes, por até seis ou sete horas.

— Isso deve deixá-lo muito satisfeito — disse Terry.

— Ajudar as pessoas sempre me dá satisfação. — O Dr. Dudden respondeu, secamente, enquanto alcançava o telefone. Discou um ramal. — Lorna? Você poderia me trazer o eletroencefalograma da noite passada do Sr. Worth, por favor? — Colocou o fone no gancho abruptamente e disse para Terry: — Você tem a impressão, acredito, de que não dormiu nada na noite passada. Quando minha assistente me trouxer os dados, seremos capazes de ver os fatos do caso. Enquanto isso... — Ele pegou o relatório de Terry novamente. — Gostaria de saber se você pode esclarecer um outro ponto para mim. Pelo que você disse ao Dr. Goldsmith ontem, parece que houve uma grande mudança em seus hábitos de sono há... 12 anos.

— Em 1984, sim.

— Antes disso, você alega que dormia até 14 horas por dia.

— Sim.

— Isso foi quando você era um estudante.

— Sim.

— Um estudante... desta universidade, percebo.

— Sim. Como você.

Algo despertou, rapidamente, nos olhos do Dr. Dudden: uma repentina beligerância, que tornou claro que ele não gostava que seus pacientes o surpreendessem.

— Suponho que isso tenha sido algo que seus colegas tenham descoberto — ele disse.

— Não — disse Terry. — A Dra. Madison me contou, na noite passada.

— Entendo. Você ficou amigo de minha colega, então?

— Superficialmente. — Terry e o Dr. Dudden olharam um para o outro, e tentaram ler o sorriso alheio. — Eu morei nesta casa, na verdade. Por alguns meses.

— Eu também — disse o Dr. Dudden. — Morei aqui por dois anos.

— Que coincidência. Mas nunca nos trombamos.

— Acho que não. De outra forma...

— De outra forma, tenho certeza de que nos lembraríamos um do outro.

— Exatamente.

— Eu tinha — disse Terry — uma amiga chamada Sarah. Sarah Tudor. E ela uma vez saiu com um rapaz chamado Gregory. Gregory: esse é seu primeiro nome, não é?

— Sim, é.

— Sim. A Dra. Madison me disse, veja, na noite...

— ... na noite passada. É claro. Quando vocês estavam ficando superficialmente amigos.

— Sim.

— Agora, deixe-me pensar... — O Dr. Dudden encostou-se em sua cadeira, e passou os olhos pelo teto, obviamente fingindo uma tentativa de lembrar de alguma coisa. — *Havia* uma garota aqui chamada Sarah, agora que você a mencionou. Acho que nos víamos de quando em quando. Mas dificilmente era o que se pode chamar de... *sair*.

— A Dra. Madison acha que ela pode ter sido narcoléptica.

— A Dra. *Madison* também a conhecia? — Agora sua beligerância transformava-se em algo como pânico.

— Não, claro que não. Foi só que contei para ela, na noite passada, como essa garota chamada Sarah costumava ter nítidos...

Eles foram interrompidos por uma batida na porta e a chegada de Lorna, com suas pilhas de papéis de computador. O Dr. Dudden pareceu contente com a distração.

— Ah, maravilhoso, maravilhoso. Isso é o que eu gosto de ver. Eficiência silenciosa. Tudo funcionando como um relógio. Que tesouro que você é, Lorna. Já conheceu Lorna, Sr. Worth? Já foi apresentado à nossa técnica e polissonógrafa chefe?

— Não, não fui apresentado. — Terry ficou em pé e lhe deu a mão. — Prazer em conhecê-la.

Lorna encarou-o, atônita.

— Mas você falou comigo há apenas alguns minutos. Sobre o videocassete. — Vendo que ele estava demorando a reconhecê-la, ela acrescentou: — Eu coloquei você para dormir ontem. Eu coloquei os fios em você.

Terry riu.

— Sim. Claro.

Quebrando o silêncio difícil, o Dr. Dudden pegou os papéis das mãos de Lorna e a convidou a se retirar. Quando ela saiu, ele perguntou a Terry se ele era normalmente tão ruim para lembrar de novos rostos.

— Não sei. Nunca pensei nisso.

— Quer dizer que você nunca notou isso antes?

— Acho que não costumo encontrar tanta gente nova assim.

— Achei que, em seu tipo de trabalho, você conhecesse gente nova o tempo todo.

— Bem, sim, acho que sim, mas depois eu dificilmente as vejo de novo. Então esse problema não aparece.

— Mas existe um problema?

— Não, acho que não. — Era a primeira vez que o Dr. Dudden via Terry parecendo agitado. — Estou muito cansado, sabe. Não tomo café há 19 horas. Não é de estranhar que eu não reconheça todo mundo.

— Você prefere tomar café a dormir?

— Eu já disse a você: eu não durmo. E nunca durmo. E não durmo há anos.

— Bem, vamos ver isso. — O Dr. Dudden olhou a anotação que Lorna havia deixado no topo da folha, resumindo suas descobertas, então folheou bruscamente, mas com atenção, as folhas. Elas estavam cobertas de linhas oscilantes em diferentes cores de tinta, e a julgar pelos seus grunhidos ocasionais, ele parecia estar achando aquilo bastante surpreendente. — Há um longo intervalo aqui sem nenhum registro — ele disse, a certa altura.

— Sim. Eu fiquei de saco cheio, então tirei o equipamento e saí do quarto.

— Não sem assistência, espero — disse o Dr. Dudden, mas por sorte ele não esperou a resposta. — Bem... — enquanto ele baixava os papéis e rabiscava um rápido lembrete para si mesmo — parece, pelo menos pela noite passada, que sua percepção subjetiva estava correta. Você não dormiu nada. Nenhum estado de sono REM, como poderíamos ter esperado. Nem mesmo o Estágio 1. Nem mesmo sonolência, no caso. O que, dada a experiência pela qual você acabou de passar no cinema, é bastante marcante, devo dizer.

— Eu disse a você — disse Terry. — Eu não durmo.

— Todos dormem, Sr. Worth. Espero que você não vá tentar me convencer, agora ou em qualquer outro momento, que você não dormiu nada nos últimos 12 anos.

— Dormi bem pouco — disse Terry. — Embora, como você diz, talvez eu venha imaginando isso. Ou sonhando com isso ou algo assim. As pessoas sonham que não dormiram?

— Certamente. Isso acontece o tempo todo. De qualquer forma, isso parece ser improvável no seu caso. Vamos apenas checar algumas coisas que você discutiu com o Dr. Goldsmith. Você é alcoólatra?

— Não que eu saiba.

— Sua ingestão diária de álcool é certamente excessiva, de acordo com esses números. Mas ouso dizer que essa não é a causa por trás de suas dificuldades. O vício em cafeína já foi discutido... Nenhuma alergia, pelo que vejo... Você não sofre de nenhum desconforto nas pernas à noite? Alguma necessidade em mantê-las em movimento?

— Não.

— E você não ronca?

— Como vou saber?

— Sua companheira poderia reclamar.

— Não tenho companheira.

— Humn. E em relação à depressão? Você não se descreveria como depressivo?

— Na verdade, não. Acho que, se é que já fui depressivo, foi antes de isso começar: quando era estudante, tudo o que queria fazer era dormir.

— Você tem alguma teoria de por que queria dormir tanto?

— Acho que eu era mais feliz quando estava dormindo que quando estava acordado. Eu costumava ter sonhos muito legais.

— Ah. — O Dr. Dudden anotou imediatamente. — Isso é muito interessante. Sobre o que eram esses sonhos?

— Não sei. Nunca consegui me lembrar deles.

— Então, como você sabia que eram legais?

— Era apenas... uma sensação que eu tinha. Então eu acordava.

— Humn. E então isso parou, não é? Em 1984?

— Sim.

— Talvez você pudesse me falar alguma coisa sobre esse período da sua vida.

— Bem... — Terry mexeu-se na cadeira, como que achando o assunto desconfortável. Ao mesmo tempo, um pequeno e nostálgico sorriso apareceu na ponta dos lábios dele. — Quando eu saí da universidade... algumas semanas depois de eu sair... bem, crise é a palavra, presumo.

— Que tipo de crise?

— Eu fechei uma revista. Sozinho.

— E como você fez isso?

— Era uma revista sobre cinema, e eles publicaram uma matéria que eu deveria ter checado. Infelizmente, eu permiti que certos... erros aparecessem nessa matéria, e esses erros acabaram sendo calúnias. A matéria recebeu sete processos por calúnia.

— Sete.

— Sim. Eu não consigo me lembrar de todas as pessoas envolvidas, mas certamente estavam entre elas Denis Thatcher, Norman Wisdom, Vera Lynn...

— Entendo.

— ... Cliff Richard, Kingsley Amis, Edward Heath...

— O autor conseguiu caluniar todas essas pessoas em uma única matéria?

— Sim, devido à minha vista grossa. Ou melhor... — O sorrisinho ficou maior e mais secreto. — Bem, foi azar, acredito. Azar, puro e simples. Essa foi a beleza daquilo.

Quando ficou claro que ele não iria elaborar aquele pensamento, o Dr. Dudden disse:

— E você ficou desempregado, acredito.

— Foi quando comecei a trabalhar como freelance. Eu começaria a escrever um livro. Seria sobre um diretor... um diretor bem obscuro, alguém sobre quem não se havia escrito muito... e sobre... outras coisas, também. Coisas teóricas. Sobre a perda, de certa forma. A idéia da perda.

— Mas você nunca o terminou?

— Eu nunca o comecei. Eu tinha tanto trabalho a fazer, apenas para me sustentar... Eu estava trabalhando até meia-noite, na maioria das vezes, e então comecei a sentir, estranhamente — que não ficava tão cansado no final de tudo. Então, em vez de ir para a cama, eu ficava acordado. Vendo vídeos. E foi assim que começou.

— Você concordaria, então — disse o Dr. Dudden —, que você usava esses vídeos como substitutos para os sonhos que tivera uma vez...

Enquanto ele falava isso, um pequeno despertador começou a tocar em sua mesa. Ele soltou o lápis e fechou o arquivo de Terry com um breve suspiro de frustração.

— Creio que seja isso — ele disse.

— O quê?

— O tempo acabou. São 11h42, e tenho outra consulta às 11h45.

— Mas estava ficando interessante.

— Nós temos uma agenda apertada, Sr. Worth. Se você não tivesse se atrasado 23 minutos, poderíamos ter tido mais progresso. Agora, você terá de esperar até amanhã.

— Com certeza temos mais três minutos, pelo menos.

— Não. Na primeira entrevista, esse tempo é reservado para algumas questões práticas. Por exemplo... — Ele fez uma pausa, e um vazio passou por sua expressão. Depois de sentar por um segundo ou dois, olhos vazios, ele vasculhou uma de suas gavetas e achou um pedaço de papel com algumas perguntas datilografadas. — Ah, sim. Engraçado como eu nunca lembro dessas. — Ele começou a ler a primeira questão. — Como você está se acomodando na Clínica?

— Muito bem, obrigado — disse Terry, olhando para ele com algum assombro.

— A equipe tem sido cortês e atenciosa?

— Perfeitamente — disse Terry, decidido a não falar em voz alta o pensamento de que o Dr. Dudden até agora não havia provado nada.

— Seu quarto de ficar durante o dia é limpo e confortável?

Terry então hesitou.

— Confortável, sim — ele disse. Ele se permitiu um momento para aproveitar o olhar de horror incipiente do Dr. Dudden; e então ele contou sobre o que estava escrito na parede.

*

— Psst! — disse uma voz.

A Dra. Madison parou no corredor e olhou em volta. Não estava óbvio de onde vinha o barulho.

— Psst! — fez de novo. Um dedo surgiu em uma das portas, a chamou e desapareceu. A Dra. Madison o seguiu no quarto diurno 9, onde ela encontrou o Dr. Dudden esperando por ela, com o rosto pálido de fúria (uma visão não incomum), sua atitude traindo qualquer sinal de agitação envergonhada.

— Venha cá — ele sibilou.

Ela foi ao encontro dele, perto do armário.

— Veja isso — ele disse. — Apenas veja isso.

Ele apontou para as palavras "PUTA QUE PARIU", que haviam sido rabiscadas na parede com caneta. Ao lado delas havia uma grande mancha marrom.

— O Sr. Worth descobriu isso — ele continuou. — Um maldito *jornalista* descobriu isso. Maldição. Não é típico? Não é simplesmente típica a nossa sorte?

— Por que ninguém percebeu isso antes?

— Estava escondido atrás do armário.

— E por que o Sr. Worth moveu o armário?

O Dr. Dudden ignorou essa pergunta. Ele disse:

— Eu sei que você não quer ouvir isso, doutora, mas é exatamente isso que prova meu ponto de vista. É justamente por isso que precisamos ser mais cuidadosos com que... tipo de gente nós permitimos aqui. Esse é o tipo de coisa que acontece quando você abre suas portas para a ralé.

— Você por acaso estaria se referindo — disse a Dra. Madison — aos pacientes do Serviço Nacional de Saúde?

— Acho que não preciso soletrar — disse o Dr. Dudden. — Aquela mulher no seu grupo, por exemplo. A mulher de Brixton. Não quero ser esnobe, mas... o que você pode esperar de alguém como ela? Sem classe, sem caráter...

— Este não é o quarto dela, não é o quarto de Maria Granger.

— Não quero dizer ela especificamente: é o princípio todo. — Ele olhou a mancha da parede mais de perto, e enrugou o nariz. — Que tipo de pessoa — ele disse —, que tipo de *gentalha* sujaria as paredes de um quarto com seu próprio excremento?

— Uma pessoa perturbada, é claro. O tipo de pessoa que devemos ajudar aqui. — Ela passou os olhos cuidadosamente pela mancha, e depois recuou. — De qualquer forma, acho que isso é sangue.

— Vou encontrar o Sr. Worth — ele disse. — Ele não deve mencionar isso de maneira nenhuma na matéria dele. *De alguma forma*, devemos mantê-lo quieto.

— Tenho certeza de que o Sr. Worth não tem a mínima intenção...

— Fale com a equipe de limpeza imediatamente. Faça-os limpar isso.

Quando ele saiu, a Dra. Madison continuou no quarto diurno 9 por alguns minutos, olhando fixamente as palavras na parede e a mancha: e tanto faz se foi por raiva da insensibilidade do colega ou compaixão por qualquer que tenha sido a criatura perturbada que sentiu alguma necessidade desarticulada de vandalizar o quarto daquela maneira, mas seus olhos estavam cheios de lágrimas e, antes que ela percebesse, estava esfregando a parede com sua manga, em um espasmo de irritação repentina e violenta: uma espécie de furor.

*

"Algumas semanas atrás", Terry escreveu, "encontrei-me ouvindo uma dessas conversas recorrentes em jantares de aniversário sobre quem é o 'melhor' diretor de cinema em atividade hoje em dia. Dois dos participantes eram críticos: um deles, membro da velha escola, argumentava em favor do veterano diretor português Manoel de Oliveira, ao passo que o outro, que parecia se achar uma espécie de Young Turk,* levantou a inevitável bandeira de Quentin Tarantino.

Foi como... bem, foi como o quê? Foi como assistir a dois times de homens cegos tentando jogar futebol em um campo abandonado, sendo que ninguém teve a decência de dizer a eles que as traves foram tiradas dois anos antes.

Foi pelo 'Tarantiano' que me senti pior. Ao menos a posição de seu oponente tinha alguma espécie de coerência antiquada. Mas para o Turk (talvez, lembrando dos Young Fogeys** devêssemos cunhar um neologismo para esse espécime: o Old Turk), ele não parecia perceber a pura bobagem que eram seus argumentos — que era que por 'revitalizar' clichês de filmes B que

---

* The Young Turks é um grupo de jovens jornalistas/críticos de origem turca da Califórnia (EUA) que apresenta um programa de rádio em que tudo que diga respeito a cultura é discutido. O slogan deles é "Nós não fazemos a notícia. Nós deixamos a notícia quente". (*N. do T.*)

** Young Fogey, um personagem criado por Alan Watkins, em 1984, no Reino Unido, tornou-se uma generalização para denominar homens educados, que se vestem de acordo com as normas antigas britânicas, usam chapéu, são cavalheiros e não existem mais. (*N. do T.*)

Tarantino estava de fato alcançando algum tipo de (e sim, ele realmente usou essa palavra) 'originalidade'. Eu acho, Deus o perdoe, que ele pode até ter mencionado o pós-modernismo em algum momento particularmente desesperado.

Leitor, não consegui encontrar forças para tirar uma dessas duas tristezas de suas misérias particulares. Compaixão silenciosa parecia ser a única resposta apropriada para o espetáculo de dois Dom Quixotes exaustos ainda caçando o espectro de originalidade do cinema moderno. Meu conselho para eles, se eles estiverem lendo, seria que eles conferissem *Chalk and Cheese 4**, de Joe Kingsley, o mais rápido possível, e aprendessem o que pudessem dele."

Terry deu uma rápida contagem de palavras no computador, e descobriu que já havia usado quase um terço do espaço para sua crítica. Não que isso realmente importasse: ele sempre gostava de discorrer sobre suas mercadorias teóricas dessa maneira. Ainda assim, provavelmente foi uma boa coisa ele ter enfim chegado ao filme.

"Kingsley, já é bom avisar, é o mestre do clichê. Ele faz Tarantino parecer um amador estragado nessa área, porque nunca se rendeu à ficção neo-humanista em que as velhas convenções podem ganhar um novo balanço. E *Chalk and Cheese*, a série, é clichê puro — policiais que não combinam designados para o mesmo caso — despido até sua mais pura e satisfatória essência. O número 3, dirigido pelo ex-professor inglês Kevin Wilmut, cometeu o engano primário de tentar deixar as coisas mais frescas com uma história romântica paralela e uma subtrama política: a influência opressiva literária de Wilmut, sua bagagem da BBC, estava em todos os lugares. Claramente, porém, alguém da Fox teve o bom senso de colocar Kingsley de

* Série britânica que durou apenas seis episódios, em 1979. (*N. do T.*)

volta ao controle da série que foi o pontapé inicial de sua carreira e que ele tornou, brilhante e paradoxalmente, sua."

Quatrocentas e dezoito palavras. E o que mais? ele pensou. Resumir o enredo? (Mas é claro que não havia enredo.) Discutir as atuações? (Mas os atores nesse filme não atuavam, eles atravessavam cenas.) Mencionar os diálogos? (Mas o diálogo era exatamente o mesmo dos filmes anteriores.) Na verdade, o filme em si mal tinha passado da superfície da consciência de Terry. Assim que ele chegou pelo correio, de manhã, ele levou a sacola para a sala de observação ligada ao quarto 3, onde Lorna havia mostrado como fazer o vídeo funcionar. A fita supostamente durou 97 minutos, mas ele não levou esse tempo todo para assisti-la. Ele ficou totalmente absorto durante os créditos de abertura, gostou da primeira cena (uma prolongada troca de tiros que fez diversos pacientes dos outros quartos irem até a sala para descobrir que barulho era aquele), e então avançou a fita para a frente na primeira cena expositora e qualquer outra cena subseqüente com diálogos que durassem mais que 30 segundos, parabenizando-se, nessa economia, por ter visto o filme da forma que seus criadores — com os olhos fixos no mercado dos vídeos — queriam tê-lo feito.

"Seria forçar a barra", Terry escrevia agora, levando a cadeira para a sombra do prédio (pois o sol, refletido pelo oceano, começava a ofuscar a tela de seu laptop), "dizer que *Chalk and Cheese 4* é perfeito. Os detratores de Kingsley — cuja crítica incompreensível significa, acredito, menos que nada para ele — gostam de dizer que seus filmes parecem videoclipes pop de 90 minutos. Esse é, na verdade, um elogio sublime que ele (ainda) não fez por merecer. Há a ocasional paixão, aqui, uma tendência esporádica a levantar a bandeira: cronometrando algumas das cenas de tiros aleatoriamente, fiquei surpreso ao descobrir que muitas delas duravam mais que seis segundos. Mas 15 minutos depois de ter terminado de ver o filme, este crítico não está reclamando: ainda estou bêbado de sua irreverência, de seu conteúdo prazeroso para o público, seu ódio contagiante pela política ou quaisquer outros tipos de correções, sua energia hooligan. Uma energia que, incidentalmente (para voltar aos nossos duelistas do jantar de aniversário), é o único tipo disponível para os criadores de filmes hoje em dia. Essa é a energia louca e mágica do touro no fim da tourada, fatalmente ferido, mas seguindo adiante, movido apenas pela dor e pela raiva e o desejo irracional de continuar vivendo. Essa é a condição — terminal, mas frenética, engasgando, mas viva de alguma forma — do cinema norte-americano nestes últimos dias do século XX. E Kingsley é seu mestre."

Uma sombra cruzou a tela do computador, fazendo Terry levantar a cabeça. O Dr. Dudden, tendo saído silenciosamente ao terraço, esperava para falar com ele.

— Uma breve palavrinha, Sr. Worth. A mais breve das palavras. Longe de mim interromper seu trabalho.

— Tudo bem — disse Terry, espremendo os olhos por causa da luz do sol.

— Ouso desejar... *nós* ousamos desejar, nós todos ousamos desejar... que este seja um rascunho inicial... os primeiros passos rumo à sua matéria?

— Minha matéria?

— Sobre o trabalho que fazemos aqui.

— Oh. — Terry não havia pensado nisso até então. Ele não tinha nem certeza, àquela altura, se a clínica era suficientemente interessante para merecer umas linhas na página de apresentação. — Não, ainda estou pensando nesta aqui.

— Ah. Ainda no estágio do planejamento. — O Dr. Dudden forçou um sorriso, que misturava a falsidade praticada com uma desesperada necessidade de agradar. — Quando você for escrevê-la, e longe de *mim*, é claro, tentar ditar, ou mesmo tentar *qualquer* tipo de influência ou... intromissão, de qualquer forma, mas quando você for escrevê-la, eu espero que a pequena... irregularidade em nosso quarto diurno não diminua, ou em qualquer sentido...

— Irregularidade? — indagou Terry.

— Estou me referindo, é claro, ao infeliz... erm... *grafite* que você tão gentilmente, tão preocupadamente...

— Oh, aquilo. — Terry sorriu suavemente. — Bem, você sabe, só posso gravar o que vejo: aceitar as coisas como elas são, por assim dizer...

— Hmm. — O sorriso de resposta do Dr. Dudden foi fraco, incerto. — Posso chegar à conclusão que nos entendemos, então. — Como isso não foi negado nem confirmado por Terry, ele virou, vacilou, parou, virou de novo, hesitou e finalmente conseguiu falar: — Temos boas notícias, a propósito.

— Oh?

— Uma pequena evolução na noite passada, de acordo com seu eletroencefalograma.

— Em que sentido?

— Você entrou no estágio 1 do sono. Por 12 minutos: mais ou menos às três da manhã.

— E foi a primeira vez que isso aconteceu?

— Desde que você está sob minha observação, sim. É como eu digo: uma pequena evolução. Naturalmente, não posso querer receber o crédito por isso. Não fiz nada para tratá-lo, ainda. — Ele esperou (em vão) que Terry manifestasse algum entusiasmo, então acrescentou: — De qualquer forma, presumi que você gostaria de saber disso.

Quando o Dr. Dudden desapareceu de volta no interior da casa, Terry releu as últimas linhas de sua crítica e repentinamente não queria nada mais, a não ser terminar aquela coisa o mais rápido possível. Por alguma razão, essa conversa sobre uma evolução o perturbou, e ele achava difícil se concentrar, difícil recuperar o nível de comprometimento que havia lhe dado força no parágrafo final. Em um rompante de impaciência e de aborrecimento, ele decidiu fazer algo preguiçoso; acabar com um clichê óbvio, e presumir que os leitores entenderiam aquilo como uma piada auto-referencial em relação à essência da crítica como um todo.

"Não posso recomendar demais esse filme", ele escreveu. "É uma gargalhada, é uma briga, é um sopro de ar fresco. Em resumo: diversão para toda a família."

Em seguida, inseriu uma página em branco e digitou sua fatura.

> PARA: Crítica escrita de *Chalk and Cheese 4*
> 654 palavras a £1 por palavra = £654.00
> Mais impostos a 17,5% = £114.45
> Total = £768.45

No meio do caminho de suas contas, Terry foi distraído pelo barulho de uma janela se abrindo no topo da casa. Ele virou, torceu o pescoço e descobriu que a janela em questão era uma que conhecia. Ela pertencia, na verdade, ao quarto que pretendia explorar de novo, assim que a oportunidade se apresentasse: o quarto em que ele uma vez vivera, no terceiro andar, um longo e baixo quarto no sótão que (ele agora lembrava) dava acesso direto ao telhado. Alguém havia aberto a janela, mas ele não conseguia ver quem era. Então, um momento mais tarde, algo voou, ou foi atirado, para fora da janela. Primeiro, Terry achou que fosse uma gaivota, depois, um pombo, um borrão agitado de branco contra o azul perfeito do céu do meio-dia. Mas se fosse um pássaro, ele havia esquecido como voar, porque depois de flutuar nas correntes de ar por alguns segundos ele começou a despencar para a terra em espirais lentas e que iam diminuindo. Quando ele chegou mais perto, Terry identificou um grande dardo de papel, que planou rapidamente sobre sua cabeça, deu uma volta repentina e foi na direção do mar, então fez uma curva perfeita de 180°, veio direto na direção dele, na altura do peito, então mergulhou, perdeu o momento, e finalmente, usando o teclado do computador como uma pista de pouso, parou graciosamente em seu colo.

Terry ouviu a janela sendo fechada de novo. Ele ficou em pé com o dardo na mão, espremeu os olhos e olhou para ver se alguma figura poderia ser distinguida atrás do vidro distante e reflexivo. Porém era tarde demais.

Então ele abriu o papel e leu a mensagem rabiscada: PERGUNTE PARA ELE SOBRE STEPHEN WEBB.

5

A longa conversa noturna de Robert com Sarah teve um efeito profundo. O valor da memória da delicadeza dela, enquanto ela o ouvia, e do suave sussurrar de sua voz quando ela contava suas confidências fez com que ele mergulhasse em um coma romântico do qual parecia não haver volta. Ele rondou a cozinha, esperando que ela aparecesse; espreitou o corredor do lado de fora do quarto dela; assombrou a sala de TV à noite; saiu em caminhadas à toa pela trilha do morro na hora em que ele imaginava que as aulas dela tivessem acabado, ensaiando frases de cumprimentos surpresos. Comprou presentes para ela e os jogou fora quase que imediatamente, achando-os inapropriados, inadequados; ele escovava os cabelos de hora em hora e fazia a barba duas vezes por dia (e também raspava as pernas, embora isso não fosse por causa dela). Mas a maior parte do dia ele passava sentado no quarto, negligenciando seu trabalho, e encarando as paredes, com a mente funcionando como uma tela particular de cinema em que cenas perturbadoras eram projetadas: cenas em que ele aparecia acariciando os cabelos dela, procurando a primeira chance de ficar de mãos dadas, esfregando os lábios na imaculada curva da orelha de Sarah, beijando seu pescoço. Por dias ele ficou sentado em seu quarto sonhando assim. Por dias se convenceu de que na próxima vez que se encontrassem, o amor mútuo entre eles seria revelado abruptamente, de forma espontânea, em algum doce e irresistível arroubo.

Havia um problema, porém. Sarah parecia ter desaparecido. Ninguém na casa conseguia se lembrar de tê-la visto recentemente, e sua cama, de acordo com a Sra. Sharp, a mulher do zelador, estava imaculada havia semanas.

Quando mais de oito dias se passaram desse jeito, Robert descobriu que não conseguia mais agüentar aquilo: teria de deixar a casa e procurá-la no campus. Vasculhar exaustivamente por uma hora e meia a biblioteca, o centro de artes e o prédio do sindicato não levou a lugar nenhum, porém, e ele finalmente tomou um ônibus para a cidade e seguiu para o único lugar em que os estudantes poderiam ser encontrados em uma úmida manhã de sábado: o Café Valladon. Ali ele não viu nenhum freguês, a não ser seu velho amigo Terry, sentado em um canto com anotações caóticas para um artigo espalhadas na frente dele na mesa.

Quem visitava o Café pela primeira vez tendia a esperar algo perfeitamente francês e sofisticado, totalmente *café noir* e *pain au chocolat*. Em vez disso, encontrava mesas pesadas e cadeiras de pinho, velhas garrafas de leite com grossas camadas de cera de vela e paredes cobertas de instrumentos náuticos e filas intermináveis de livros de capa dura e brochuras comprados em feiras de rua. Encontrava pesados e intragáveis bolos de aveia, fatias de pão de trigo com queijo cheddar e presunto com mel, e grandes canecas de café preto e chás aromáticos. Encontrava um ambiente perpetuamente sombrio e cavernoso, com Slattery sentado atrás do balcão e nunca levantando para atender um freguês até que tivesse terminado a última frase de qualquer livro de filosofia em que estivesse mergulhado. E normalmente encontrava, isso tem de ser dito, algo mais vibrante pelo caminho da vida social e intelectual do que esse estudante de cinema magro, engomadinho e com aparência íntegra, que levantou a cabeça quando Robert entrou e que acenou um cumprimento levantando sua caneca quase vazia, grunhindo "A mesma coisa, pode ser?", e retornou à contemplação de suas anotações.

Robert não havia visto Terry muitas vezes neste semestre, e percebeu, quando voltou para a mesa com a caneca cheia, que ele parecia ainda mais doente e anêmico que o normal. Seus olhos estavam inchados, e enquanto rabiscava como um maníaco em seu caderno de notas, parava a cada 20 ou 30 segundos para soltar um enorme bocejo que momentaneamente suspendia o funcionamento de todas as suas faculdades. Terry — como Robert veio a saber em dois anos de amizade — abominava a luz do sol e só conseguia ser feliz em um destes três lugares: dentro de um cinema, no próprio Café Valladon (onde a habitual melancolia o mantinha com os pés no chão) e, o melhor de todos, dentro da escuridão de seu próprio quarto, que era onde ele, por opção, passaria a maior parte do dia, pois Terry alegava, nessa fase da vida, que precisava de um mínimo de 14 horas de sono por dia, sem as quais ele não prestava para nada. Não que ele achasse dormir uma experiência relaxante, ou mesmo que o descanso fosse seu objetivo primário quando caía no sono. O negócio de dormir era, nesse caso, equivalente a armar uma busca noturna, e era isso que, presumivelmente, fazia com que ele tivesse o olhar faminto e preocupado que assombrava seus olhos infinitamente cansados. É que Terry era perseguido por sonhos; sonhos, ele insistia, de amor quase paradisíaco; sonhos com jardins banhados pelo sol, paisagens celestiais, piqueniques sobre ambrósias e encontros sexuais que de alguma forma combinavam o êxtase físico com lapsos de inocência. Sonhos que assumiam a qualidade das mais puras e ideais memórias de infância, que estavam além dos poderes inventivos do mais fértil, bem-sucedido e assíduo inventor de fantasias. Todas as noites, ele era visitado por esses sonhos.

Todas as noites, eles o seduziam e atormentavam: isso, pelo menos, ele sabia. Mas, ao mesmo tempo, nunca foi capaz de dar nenhum detalhe específico, porque era uma característica peculiar a esses sonhos, toda manhã, escapar do alcance da memória nos poucos e fatais segundos que ele levava para recobrar a consciência. Terry era viciado nesses sonhos: constituíam a parte mais pura e vital de sua vida, e por essa razão ele gastava pelo menos 14 horas do dia as adquirindo por meio de sua mente dormente. Mas isso o enlouquecia a ponto de só se lembrar dos momentos mais provocantes, de modo que ele nunca os conseguia descrever para mais ninguém, ou se confortar com essas memórias enquanto estivesse acordado. De vez em quando, era verdade, pequenos fragmentos e retalhos de um sonho podiam pipocar na superfície de repente, e ele os anotava o mais rápido possível, em qualquer coisa que lhe viesse à mão: assim, não era incomum que suas anotações para artigos sobre (por exemplo) construções do feminismo em filmes *noir* fossem pontuadas por frases como “o perfume das rosas; o morno hálito de um leão” ou “um vale; uma mulher; dente-de-leão”, ou “nua, entre os galhos de uma pereira”. Mas essa recompensa era pequena; nem perto, ele sentia, de compensar o terrível conhecimento de que lhe eram oferecidas visões noturnas de um mundo melhor que ele estava destinado a ter para sempre fora de seu alcance.

— Você está com uma aparência medonha — disse Robert ao sentar.

— Eu me sinto assim. Você está com uma aparência medonha também, se é esse o caso. Mas o que você está fazendo aqui?

— Procurando alguém. E você?

— Esperando Lynne.

Lynne era a mais recente namorada de Terry. Ele tinha o hábito de entrar e sair de relacionamentos, nenhum deles durando mais que um ou dois meses: mulheres que inicialmente o achavam interessante logo ficavam, parecia, decepcionadas com seus excêntricos hábitos de sono e sua obsessão ímpar por cinema. (Em um dia ruim, ele era incapaz de conversar sobre qualquer outro assunto.) O próprio Terry raramente percebia quando qualquer desses relacionamentos começava a desmoronar, e sempre se mostrava surpreso e confuso quando finalmente confrontado com as provas irrefutáveis de que haviam terminado: o repentino desaparecimento de seu guarda-roupa, digamos, de todas as roupas de sua namorada, ou a descoberta, aparecendo como o sol do meio da tarde na escuridão de alguma sala de projeção do Departamento de Cinema da universidade, de que fazia mais de uma semana que ele não via a mulher com quem deveria dividir um quarto. Se algo assim estava para acontecer com Lynne, Robert não tinha idéia. Ele apenas fez uma pergunta descompromissada:

— Como ela está?

— Bem — disse Terry, dando um gole cuidadoso em seu chocolate quente fervendo. (Ele nunca tomava café, porque isso o manteria acordado.) Então ele fez uma careta. — Devemos sair para um passeio de carro hoje. Um dia fora, coisa assim.

— Parece legal.

Terry sacudiu a cabeça.

— Perda de tempo. Vai passar um filme de Douglas Sirk na BBC2, também. — Ele olhou para Robert com esperança. — Você gostaria de vir com a gente? Há espaço de sobra para três pessoas. Seria divertido.

Robert já havia saído em passeios com Terry e suas namoradas antes. A possibilidade de presenciar patadas mútuas por várias horas era pouco convidativa.

— Não, obrigado — ele disse. — Sabe como é, quando você está com um casal... eu ficaria no meio das farpas.

— Não, mas é diferente comigo e com a Lynne — Terry insistiu. — Estamos nos dando muito bem no momento. Sem discussões, apenas vários... silêncios de companheirismo. Você não se sentiria mal de jeito nenhum. — Ele levantou e procurou algo em seus bolsos. — Eu não me importaria de comer. Você não tem dinheiro aí, tem?

Seus recursos davam pouco mais que três libras, como se descobriu, e Terry pensou que precisaria da maior parte para a gasolina. Com uma olhada conspiratória pelo Café, ele disse:

— Não entre em pânico — e de uma prateleira acima da mesa adjacente ele pegou uma velha cópia em capa dura de *Grandes esperanças*. Abrindo-a cuidadosamente, disse: — Veja isso; página 220. — Lá dentro havia uma nota de dez libras.

Robert estava impressionado.

— Quando você colocou isso aí?

— Uns seis meses atrás — disse Terry. — Quando eu estava um pouco mais abastado. Eu tinha a sensação de que isso me poderia ser útil: vá lá e pegue dois sanduíches, sim?

Pouco depois, Lynne chegou, quando Terry estava no banheiro do andar de baixo.

— Ele me pediu para ir com vocês hoje — Robert disse a ela —, mas acho que não irei. Não gosto de me intrometer.

— Oh, *por favor*, venha — ela insistiu. — Honestamente, seria melhor termos alguém mais por perto: estamos nos dando tão mal no momento. Parece que não temos nada para dizer um ao outro.

— Para onde vocês vão?

— Vamos subir pelo litoral. Sei que o clima está meio úmido, mas a previsão do tempo diz que mais tarde o dia vai ficar limpo e ensolarado.

Depois de dirigirem pela névoa úmida por mais ou menos duas horas, a chuva ficou torrencial lá pelas 15h; e foi aí que

Terry descobriu que os limpadores de pára-brisa não funcionavam. Eles saíram da estrada e pararam no acostamento. Lynne ofereceu um pacote de pastilhas, que era tudo o que eles tinham como provisão para a viagem.

— Isso é ótimo — disse Terry. — É melhor do que ficar sentado em meu quarto assistindo *Palavras ao vento*.

Robert limpou o embaçado do vidro de trás e espiou do lado de fora um pedaço desolado de costa, pouco visível por causa da chuva pesada. Ele disse:

— Mas eu acho que já vi esse. Melodrama exagerado, com Rock Hudson como um magnata do petróleo. Uma espécie de versão cafona de *Dallas* nos anos 1950.

— Bem, sim, isso é como alguém como *você* o descreveria — disse Terry, encerrando o assunto.

— E o que isso significa, exatamente?

— O verdadeiro cinéfilo — disse Terry — sabe que Sirk é um dos diretores mais importantes que já trabalharam em Hollywood. Mesmo uma leitura psicanalítica básica de seus filmes deixa claro que ele tem uma compreensão profunda das neuroses sexuais em que se apóia o sonho norte-americano.

— Nossa — disse Robert, virando-se de novo para o vidro de trás.

— Nunca lhe ocorre — disse Lynne, dirigindo-se ao namorado — que você fica procurando algo nesses filmes, e que isso não está realmente lá? — Sua voz tinha um tom amargo e aborrecido.

— Não estou dizendo que esses filmes sejam perfeitos — disse Terry. Ele pensou em sua frase, e começou a elaborar, em seu melhor estilo de aspirante a orador: — É possível conceber um filme perfeito, é claro. Mas isso não equivale a dizer que ele seria agradável ou animador. Poderia ser o filme mais deprimente de todos os tempos. O importante é que sua visão seja consistente, livre de falhas. Estou convencido de que esse filme existe. O que estou fazendo, no momento, é adquirindo as habilidades com as quais eu possa encontrá-lo.

— Como tentar se lembrar do sonho perfeito — Robert falou de repente.

— Oh, não o faça começar com os sonhos, pelo amor de Deus — disse Lynne. — Estou por aqui com esses sonhos. É de imaginar que ele seja a única pessoa que já teve sonhos em todos os tempos.

— Eu dificilmente sonho, hoje em dia — disse Robert.

— Eu sonho, o tempo todo.

— Sobre o quê?

— Bem, em primeiro lugar, eu sonho que converso com Terry por dez minutos e ele não menciona Ingmar Bergman. Mas essa é só uma pequena fantasia minha. — Ela parou para pensar. — Oh, não sei... sonhos bobos e comuns... Algumas noites atrás, por exemplo, sonhei que estava deitada em uma cama de hospital ao lado de Winston Churchill. Ele estava comendo uma travessa de ervilhas e toda hora jogava uma em mim. Então o hospital virou o bangalô de minha avó e apareceram muitos bombeiros, cantando a música-tema de *Hello, Dolly*. — Ela pôde perceber que Terry não estava impressionado. — Não me olhe desse jeito. Não podemos todos ter os sonhos mais profundos do mundo.

— Não estou falando nada.

— Bem, por que você não sai e tenta fazer esses limpadores funcionar, então? Faça algo útil, pra variar.

Resmungando com raiva, e apertando bem a jaqueta em volta de si, como se isso pudesse espantar a chuva e o frio, Terry saiu do carro e gastou vários minutos inúteis empurrando e puxando os limpadores de pára-brisa com muita má-vontade. Manutenção de carros não era um de seus fortes.

— Eu tive um sonho com um hospital uma vez — disse Robert, nesse meio-tempo. — Na verdade, esse é o único sonho de que consigo lembrar. Eu devia ter uns nove ou dez anos... Eu estava em um lugar muito árido, montanhoso e empoeirado. E havia uma mulher, uma mulher de meia-idade, com um uniforme de enfermeira, e ela estava parada no canto da estrada, apontando; apontando algo distante. Havia um grande prédio em algum lugar à nossa frente na estrada; era para lá que ela apontava. Eu podia ver o prédio bem fraquinho, e eu sei que era um hospital. Alguma espécie de hospital militar, na verdade. E bem atrás dela havia uma placa. Ela estava parada na frente da placa, então eu não conseguia ler o que estava escrito.

— E você sabe o que era? — Lynne perguntou.

— Não. Era apenas uma palavra, mas eu não conseguia ver qual era. Isso é enlouquecedor. Tudo o que sei é que era em uma língua estrangeira.

— Acontece alguma outra coisa nesse sonho?

— Não. É só isso.

Lynne ponderou mais detalhes.

— A enfermeira estava dizendo para você ir ao hospital, será?

— Não sei. Acho que sim.

— Bem, eu acho que você deveria ter esse sonho analisado. Se você ainda consegue se lembrar dele depois de todos esses anos, ele deve estar tentando dizer algo para você.

Terry abriu a porta e se jogou, todo molhado, no banco do motorista.

— Bem, isso foi uma perda de tempo — ele disse; depois, todos caíram em um silêncio, ouvindo o intermitente som do trânsito, o sibilar dos pneus contra o asfalto molhado. Robert achou aquele o som mais deprimente do mundo: o fazia se lembrar das férias com a família em Devon, sua mãe e seu pai batendo boca por besteiras nos bancos da frente, bebendo café no carro com o vidro embaçado em algum estacionamento de frente para o mar, o tempo sombrio, mesmo no verão. À noite, comiam em algum restaurante local bem barato, seu pai ficava bêbado de vinho e sua mãe tinha de dirigir na volta até o bangalô ou a pensão em que estivessem. Ele teve uma lembrança repentina e vívida de seu pai urinando em uma parede em alguma pensão tarde da noite, a dona da casa abrindo a janela do segundo andar com violência e gritando. "Vou chamar a polícia", ela finalmente ameaçou, mas seu pai apenas riu. "Eu sou a polícia", ele respondeu; e na manhã seguinte eles iriam embora.

Terry tentou ligar o rádio, mas as únicas coisas que conseguiu encontrar foram uma ópera e uma mesa-redonda de futebol. Logo ele desligou o rádio e bocejou; então se virou para Robert, perguntando:

— Quem você disse que estava procurando no Café hoje de manhã?

— Eu não disse quem era. Era uma pessoa da casa.

— Ah. — Algo na forma como ele dissera aquilo despertou o interesse de Terry. — Homem ou mulher?

— Mulher. Ninguém a vê há uma semana. Estou um pouco preocupado com ela.

Lynne estava olhando para fora da janela, entediada, sem participar da conversa. Mas então ela se empertigou e disse:

— O nome dela não seria Sarah, por acaso, seria? Sarah Tudor?

Robert esticou-se no banco de trás.

— Como você sabe?

Ela sorriu com satisfação.

— Apenas um chute.

— Você a conhece? — Robert perguntou.

— Oh, sim, eu a conheço. Ela morava no final do mesmo corredor que eu no primeiro ano. Todos nós acabamos conhecendo a Sarah.

Robert não tinha certeza do que ela quis dizer com aquilo, mas não gostou de como soou.

Terry perguntou:

— Como ela é?

— Pequena — disse Lynne. — Magrela. Olhos azul-claros. Sempre usa uma jaqueta jeans. Cabelo loiro, de comprimento médio, meio curto, um pouco que nem palha.

— Não tem nada a ver com palha — Robert protestou.

— É exatamente como palha, por isso que a chamam de Worzel.

— Quem a chama de Worzel?

— Todo mundo, por causa de Worzel Gummidge,* o espantalho. É claro — ela acrescentou —, esse é apenas um de seus apelidos.

Já temendo a resposta, mas incapaz de se reprimir, Robert perguntou:

— Quais são os outros?

— Bem, algumas pessoas chamam-na de Sarah Catarro, depois de um famoso incidente em que ela foi a um restaurante e vomitou em todos os outros convidados. Algumas pessoas a chamam de Garota do Gregory, porque ela costumava sair com um cara estranho chamado Gregory. E algumas pessoas ainda a chamam de Rainha da Piscadinha, porque ela tem esse hábito encantador de dormir quando você está falando com ela se ela não achar você particularmente interessante.

Robert franziu a testa.

---

* Protagonista de uma série de TV homônima, produzida no Reino Unido entre 1979 e 1981. (*N. do T.*)

— Isso pode não ser culpa dela — ele disse. — Há uma doença, eu acho...

— Mas *a maioria* das pessoas — disse Lynne, que ainda não havia acabado de listar os apelidos —, a maioria das pessoas apenas a chama de Sarah Louca.

O coração dele ficou em pedaços.

— E por quê? — ele perguntou, desnecessariamente.

— Porque é completamente louca. Ela chega nas pessoas e jura ter tido conversas com elas, e ter feito coisas com elas, e o tempo todo ela está inventando essas coisas. É louca de pedra.

Isso já havia ido longe demais, Robert decidiu.

— Não acredito nisso, na verdade.

— É verdade — disse Lynne. — É por isso que achei que poderia ser a Sarah que você estivesse procurando, porque a encontrei uns dois dias atrás e ela estava falando de você. Estava falando todos os tipos de coisas, e aposto que estava inventando metade daquilo.

Apesar disso, ele ficou animado por ouvir que Sarah não o esquecera na última semana, que ela até o considerava interessante o suficiente para falar sobre ele com os amigos.

— Por quê, o que ela falou?

— Bem, ela disse que sua gata havia morrido e que você estava realmente chateado por causa disso.

— Sim, é verdade.

— E então que você gastou metade da noite com ela no terraço, congelando no frio, conversando sobre o sentido da vida.

— Fizemos isso, de fato.

— E ela anda dizendo para todo mundo que você tem uma irmã gêmea.

Seguiu-se um silêncio que criou expectativa. Terry virou-se e olhou para ele com um olhar zombador e desafiador.

— Bem?

— Bem o quê?

— Você não vai tentar nos dizer que *isso* é verdade, vai?

Robert retribuiu o olhar. Tinha consciência do olhar de Lynne sobre ele.

— Na verdade, é, sim — ele disse.

Terry ficou estupefato por um momento; apenas por um momento. Ele olhou de Robert para Lynne, de Lynne para Robert, tentando decidir se isso era parte de alguma piada elaborada.

— Eu estive na sua casa — ele disse. — Conheci sua família. Você não tem irmãos nem irmãs.

— O que mais Sarah disse sobre ela? — Robert perguntou, ignorando Terry por um momento.

Lynne disse:

— Bem, de acordo com Sarah, você teria uma irmã gêmea chamada Cleo, mas seus pais não podiam sustentar a criação de vocês dois, então a deram para adoção quando vocês tinham apenas alguns dias de vida, e que você nunca mais a viu.

Robert nada disse, embora sua expressão sugerisse que ele estava ocupado com alguma linha de pensamento relutante e intensamente particular. Terry registrou isso e estava determinado a arrancar a verdade dele.

— Bem, ela está mentindo? Ela está inventando isso?

— Claro que não. Como alguém poderia inventar algo assim?

— Você tem uma irmã gêmea chamada Cleo, e nunca me contou?

— Por que deveria? Eu nem mesmo a conheço.

— Você me conhece há dois anos, somos amigos há *dois anos*, e você nunca me contou que tinha uma irmã gêmea. E, ainda assim, você conhece uma mulher esquisita, e vocês começam a conversar, e cinco minutos depois você já despejou a história toda nela?

— Ela não é uma mulher esquisita. Não há nada esquisito nela.

Lynne bufou de impaciência e completou:

— De qualquer forma, Terry, você *conhece* Sarah Tudor. *Foi ela* que começou aquela... você sabe, começou aquela... coisa, com Ronnie.

E Robert depois se lembraria da primeira vez que ouviu esse nome, como uma premonição imediata o tomou de assalto: a sensação, de uma vez, que ele estava em queda livre, planando rumo a um abismo sem limite. Tinha certeza de que todas as esperanças que construíra na última semana — ele pensara nelas de forma tão vaga e inconsistente, mas de repente as reconhecia, agora, como monstruosidades concretas — não dariam em nada. O pânico o engoliu.

— Oh, você quer dizer que é *ela*? — Terry disse. — É *dela* que vocês estão falando? Claro que a encontrei. Ela estava na nossa mesa outro dia, quando Ronnie e eu estávamos discutindo.

— Pequenininha... — Lynne falou de repente.

— Magrinha, olhos azul-claros, jaqueta jeans, cabelo loiro meio palha. E *completamente* fora dos trilhos.

— Certo — disse Lynne. — Você também percebeu isso, não percebeu?

— Louca que nem o Chapeleiro de *Alice no País das Maravilhas*, todos pensamos. Ronnie estava no papo usual de os homens serem potenciais estupradores e espancadores de mulheres, e então essa garota, com quem nenhum de nós estava conversando, ou qualquer coisa assim, de repente se enfiou na conversa e disse que concordava. Então ela levantou e saiu, praticamente virando a mesa nesse processo.

— Estou apaixonado por ela — disse Robert.

Terry e Lynne viraram-se completamente em seus bancos, sincronizadamente, e, mudos, olharam para ele. Nenhum deles questionou a frase, mas falar aquilo dera a Robert um prazer tão rápido e inesperado, uma tamanha sensação de liberdade que ele decidiu repetir.

— Estou apaixonado por ela — ele disse. — Acho-a maravilhosa. Acho que ela é a pessoa mais amável e bonita que já encontrei.

Terry estava chocado em silêncio: ele nunca ouvira Robert dizer algo assim antes. Lynne apenas balançou a cabeça descrente e olhou para fora pelo vidro de novo.

— Bem, *esse* é um ponto de vista digno de um romance — ela declarou.

— Quando você diz que ela tem estado com esse homem chamado Ronnie — Robert continuou, suavemente —, presumo que você queira dizer que estão tendo um caso.

— Não disse que ela tem estado com um homem chamado Ronnie. Não foi isso que eu falei.

Por um momento apaixonado, Robert agarrou-se a essas palavras, pensando que talvez ele se enganara na primeira vez, que talvez tudo ainda fosse dar certo.

— Eu pensei...

— Você realmente escolheu uma boa, Robert. Você realmente se excedeu. — Então Lynne explicou, pacientemente e com delicadeza: — Ela está tendo um caso, mas não com um homem. Ronnie é mulher. É apelido para Veronica.

O abismo abriu-se novamente, com o dobro de largura, e mais negro do que ele poderia ter imaginado possível.

— Mas você me disse que ela saía antes com um cara chamado Gregory — ele disse, tropeçando nas palavras.

— Bem, agora ela está saindo com uma garota chamada Veronica.

Foi Terry, por fim, que tomou a iniciativa de dizer com todas as letras:

— Ela é sapatão, Bob.

Robert olhou para Lynne para confirmar, como que esperando, ainda, que isso fosse alguma cruel fantasia masculina que seu amigo estava inventando. Mas Lynne simplesmente concordou.

— Desde segunda-feira — ela disse.

A chuva já havia quase parado. Terry girou a chave no contato.

— E eu ainda não consigo *acreditar* — ele adicionou — que somos amigos há dois anos e você nunca me falou sobre sua irmã gêmea.

Ele checou o espelho retrovisor e deu seta para sair do acostamento, entrando na estrada na direção das nuvens que se desmanchavam e dos fracos e falhados raios de sol.

*

No dia seguinte à longa conversa com Robert, na quente mas borrada tarde de sexta-feira, Sarah vagou até o Café Valladon e percebeu Veronica sentada com três outras mulheres; ela parou na porta, sem saber como agir; viu Veronica se separar do grupo e se aproximar dela, com um sorriso de reconhecimento e de boas-vindas iluminando-lhe a face; sentiu o toque da mão dela em seu braço, e se viu guiada a uma mesa separada, onde parecia que elas ficariam cara a cara. Ela tirou os livros de sua sacola de lona e explicou que não tinha conseguido dar uma olhada em todos; Veronica pediu desculpas por tê-los despejado em seu caminho, deixando implícito que a leitura de Sarah era deficiente em algumas áreas; que foi uma coisa baixa de se fazer, meio que um plano, na verdade, para ter a certeza de vê-la novamente. Veronica foi para trás do balcão e pegou um pouco de café. (Slattery estava preso em uma daquelas ausências prostradas e misteriosas que pareciam interferir bem pouco na tranqüila administração do Café.) E então elas começaram a conversar.

Sarah ligou para Veronica de novo no dia seguinte. Elas foram comer juntas, e então foram ver a última sessão de cinema na cidade, e Sarah perdeu o último ônibus que ia para sua casa; ela acordou, no dia seguinte, em um saco de dormir no chão do quarto de Veronica, no campus. Na manhã depois disso, acordou na cama dela.

Foi um "clique" que a acordou: alguém ligando um toca-fitas portátil. Ela ainda cochilou nos primeiros minutos da fita, então acordou e começou a observar o que tinha à sua volta durante uma música de Billie Holiday:

I've got those Monday blues
*Straight through Sunday blues**

— Bem, você tem? — Veronica perguntou, sentando na beirada da cama.

— Tenho o quê?

— A tristeza da segunda-feira.

— É segunda-feira? — Sarah sentou-se ansiosamente e olhou no relógio do criado-mudo. Eram 10h15. — Ah, porra, eu tinha uma aula às 9h30.

— Seus olhos ainda estão com sono. — Veronica tentou tocá-los com o indicador, mas Sarah se esquivou e se afundou debaixo do edredom. — Aposto que você quer café.

— Hum, quero, um pouquinho.

— Eu também — disse Veronica —, mas infelizmente bebemos todo o café ontem. — Ela levantou e se esticou, com o corpo forte e rígido debaixo de uma camiseta tão longa que cobria seus joelhos. — Acho que devemos ir comer alguma coisa no Jonah's. Café... café-da-manhã... serviço completo. O que você diz?

---

* *Eu tenho a tristeza da segunda-feira / Que vem direto da tristeza de domingo.*

O café-da-manhã só era servido até as 10h30, então elas se vestiram rápido, chegaram em cima da hora e foram recompensadas com bacon, cogumelos e grandes porções de ovos mexidos em estado de solidificação. Veronica, faminta, devorou sua porção, então começou a mergulhar o garfo no morro borrachento de ovos que Sarah — sentada ereta à frente dela, e parecendo distraída de alguma forma — havia deixado intocado. Nenhuma delas falou muito, ao menos até que se juntou a elas uma estudante de história chamada Lynne, e então foi só Veronica quem falou. Sarah estava brincando com seu saquinho de açúcar, batendo todo o açúcar para a metade de baixo e então o dobrando em dois, então invertendo e repetindo o processo, até que o saquinho rasgou e o açúcar se espalhou por todo o resto de seu desjejum.

— Eu estava vendo que isso aconteceria — disse Veronica. Lynne havia ido embora.

— Desculpe — Sarah riu. — É um mau hábito meu. — Ela correu a mão pelos cabelos, pegou uma mecha e a retorceu levemente. Um outro hábito, um gesto pelo qual Robert havia sido cativado. E agora Veronica, também, o notava pela primeira vez.

— O que você quer fazer hoje? — ela perguntou.

— Não sei — disse Sarah. Sua voz não tinha tom. — Estou me sentindo um pouco estranha, para ser honesta.

— Eu percebi.

— É só que... o que é isso... — Sarah olhou na mesa ao lado da delas. Embora o restaurante estivesse quase vazio, três jovens estudantes homens escolheram sentar ali, e começavam uma conversa irregular e desconexa. — Isso é realmente constrangedor, mas... sabe aquilo que eu estava contando para você ontem, sobre meus sonhos? — Será que ela realmente deveria ter contado isso para Veronica, depois de conhecê-la por apenas alguns dias? — Sobre como eles são vívidos, às vezes?

Veronica concordou com a cabeça.

— Bem, eu tive um sobre *você* na noite passada.

— Sobre mim?

— Sobre nós. — Ela olhou para os três estudantes. Eles estavam comendo chocolate sem falar nada. — Nós estávamos...

— Sim? — disse Veronica.

— ... juntas na cama.

Veronica fez uma careta.

— Isso soa bastante inofensivo. É só por isso que você está parecendo tão torturada?

— Sabe como é — disse Sarah —, depois que você sonha com uma pessoa, no dia seguinte, você não a vê da mesma maneira.

— Isso é verdade — disse Veronica. — Especialmente se é um sonho erótico, acho.

— Bem, exatamente — disse Sarah, quase sussurrando.

— O que você quer dizer com "exatamente"?

— Quero dizer... "exatamente".

— Foi um sonho erótico, é isso que você está me dizendo?

Sarah confirmou com a cabeça; e então disse (com a voz mais baixa que um sussurro):

— Eu queria que esses arrepios fossem embora.

— O que faz você achar que foi um sonho? — perguntou Veronica.

— Tenho certeza de que eles estão ouvindo.

— Bem, *você* obviamente não está.

Sarah olhou para ela com os olhos arregalados. A pergunta de Veronica finalmente fez sentido para ela, e suas conseqüências tornaram-se repentina e chocantemente claras mesmo quando ela ouviu a pergunta ser repetida.

— O que faz você achar que foi um sonho?

As palavras de Sarah foram fracas:

— Eu sei que foi. — Então, mais fracas ainda: — Tenho certeza de que foi.

Veronica sorriu e apertou a mão de Sarah. Ela disse:

— Acho que vou me apaixonar por você, Sarah.

6

Às duas da tarde, Terry entrou no escritório vazio do Dr. Dudden e — sem sua permissão, ou mesmo conhecimento — eficientemente desconectou o telefone. Ele ligou o laptop no soquete do telefone e pressionou o botão “enviar”, a partir dali executando uma cadeia de eventos rápida, mas complexa. Convertida de dados binários para sinais analógicos, sua crítica do filme foi arremessada pela corrente elétrica na linha do telefone e apenas alguns segundos depois chegou na editoria de artes do jornal, onde um aparelho de fax a reconverteu em informação digital e a jogou em uma impressora que a reconstruiu em papel. Passada nesse formato para o editor de artes, ela foi rapidamente avaliada, escarnecida e aprovada para publicação, de modo que na manhã seguinte ela pôde ser vista por talvez um em cada 20 dos 400 mil leitores do jornal; um deles, nesse caso, foi Sarah, que dormiu enquanto tentava ler a crítica de Terry na sala dos professores durante o intervalo da manhã.

Ela conseguiu sentir quando a sonolência começou, mas não lutou contra ela.

As palavras ficavam maiores e menores, focadas e desfocadas diante de seus olhos.

Tentou se concentrar, sem sucesso. Suas pálpebras foram ficando pesadas... mais pesadas...

Catherine a acordou, dez minutos depois, sacudindo seus ombros gentilmente e dizendo:

— Sarah, acorde. O intervalo está quase no fim.

— Eu dormi? Oh, inferno. — Sarah sentou-se direito em sua cadeira e piscou, olhando em volta da sala. Seus colegas começavam a sair; nem mesmo o sino a havia acordado dessa vez. Exatamente quando ela estava passando pela porta, falou para Norman (um professor em formação, alto, com aparência ansiosa e que estava no começo da casa dos 20 anos de idade):
— Vou ficar por aqui mais um tempo, ok?

— Sim, tudo bem.

— Vinte minutos, mais ou menos.

Ele deve me achar bastante interessante, ela pensou, abrindo seu frasco de Mazindol* e jogando duas pílulas na boca.

Muito educado ou muito medroso para dizer alguma coisa, porém.

Quando a sala ficou vazia, ela encheu o copo de café e gradativamente, com muito esforço, conseguiu lembrar o que estava lendo no jornal. Era uma crítica de um filme escrita por Terry. Estranho pensar que ainda dava importância às críticas semanais dele, mesmo que não o visse pessoalmente havia mais de dez anos. A partir do conhecimento superficial de seus artigos, ela conseguia desenhar a cena completa: ela era familiarizada com seus gostos em música e filmes, ela sabia que ele ainda morava em Londres, ela conseguia imaginar como era a vida social dele, conseguia até arriscar um chute razoável de quanto era sua renda (três vezes mais que a dela? quatro?). E ainda assim, para ele, ela deve ter se tornado completamente invisível. "Será que ele pensava nela?", ela se perguntou. Será que lembra do tempo em que eles dividiram um apartamento,

* Inibidor de apetite considerado de uso comum entre os anoréxicos. (*N. do T.*)

depois que se formaram; será que se perguntava o que haveria acontecido com ela?

Não que isso realmente importasse. Nada disso fazia qualquer diferença.

Ela olhou a crítica de novo e não conseguiu se lembrar de quanto havia lido. Passando os olhos, ela a achou mais abrangente do que a maioria dos desabafos de Terry. O tom geral, pelo menos, parecia entusiasmar. "Diversão para toda a família" foi sua (dificilmente muito original) conclusão, e ao ler essa frase, Sarah formou em seu rosto um sorrisinho amargo. Bem, ela pensou, isso foi legal, para pessoas com famílias. E o restante de nós?

Essa era uma área para a qual seus pensamentos pareciam estar se direcionando mais e mais freqüentemente nos últimos tempos, e ela resolveu escapar deles imediatamente. Jogando o jornal de lado, procurou uma pilha alta e instável de pastas e tirou um punhado de formulários de avaliação "Key Stage 2" — um dos muitos novos subprodutos administrativos do National Curriculum* — e eles a distraíram, mas não muito, até que fosse hora de verificar como estavam Norman e os progressos de sua aula de inglês.

Ela fez isso com a sensação de que estava para encarar problemas, pois Norman criava nela uma combinação complicada de diversão e compaixão. A seu favor, ele era entusiasmado e tinha boa índole, e parecia ter um interesse genuíno pelas crianças (o que não se traduzia, infelizmente, em nada que lembrasse harmonia). Mas ele era perigosamente ingênuo, e para

---

* O National Curriculum é um órgão de normatização do governo britânico que avalia a educação escolar de crianças até os 16 anos e determina o que deve ser ensinado em todas as disciplinas e que recursos devem ser usados para isso. A padronização é alcançada por meio dos formulários Key Stage, que são atualizados sempre que se nota a defasagem de algum de seus itens. Em 2005, o National Curriculum estava no Key Stage 4. (*N. do T.*)

alguém tão novo, seus métodos de ensino pareciam curiosamente antiquados. Sarah sabia, de qualquer maneira, que essa era uma crítica fácil de fazer: a atmosfera da sala de aula mudara tanto durante seus 11 anos de profissão que tinha calafrios de pensar como *ela* agiria se estivesse começando agora. Ela admirava qualquer pessoa disposta a isso, na verdade.

A aula de ontem, da qual ela assistira apenas aos dez minutos finais, havia sido bastante caótica. Em concordância com uma norma governamental de que os alunos deveriam ser familiarizados com a "poesia clássica", Norman tentou fazer a turma assimilar o poema "Go and catch a falling star", de John Donne, o que Sarah achou ambicioso demais para uma turma de alunos de nove e dez anos. A resposta inicial de atordoado aborrecimento transformara-se, na hora em que ela chegou, em um caos de hilariante gozação. O encrenqueiro-chefe, como sempre, era um garoto chamado Andy Ellis que, quando solicitado para falar sobre o verso "Ensina-me a ouvir o canto das sereias", disse que a frase o lembrava do nome de um filme que ele e um amigo recentemente alugaram na videoteca da escola, porque ouviram falar que era sobre lésbicas. Ignorando as tentativas de Norman de mudar de assunto, ele continuou, explicando que aquela fora uma experiência de decepção profunda, graças ao clima arrastado de um filme que fazia auto-referência como de "ação entre garotas". Isso levou a uma animada discussão entre os meninos da classe, não sobre o uso da imagem marinha na poesia de Donne, mas sobre a possibilidade de ver os pêlos pubianos de Sharon Stone em *Instinto selvagem* pausando a imagem. No fim da aula, muito pouco sabiamente, na opinião de Sarah, Norman pediu que todos escrevessem seus próprios poemas sobre as estrelas e os trouxessem para a aula do dia seguinte.

A aula já estava um pouco bagunçada quando ela chegou, embora as coisas tivessem se acalmado um pouco quando ela entrou e caminhou até a mesa vazia no fundo da sala. Sarah teve a impressão, porém, de que cada poema encontrava mais e mais ondas de escárnio, e uma garota — Melanie Harris — estava claramente lutando contra as lágrimas que lhe enchiam os olhos. Depois da chegada de Sarah, alguns poemas fracos foram lidos para uma platéia estável e contida, que murmurava e dava risadinhas; e então chegou a vez de Andy Ellis.

Foi o primeiro verso do poema de Andy — *Ouça bem agora, seu filho-da-puta salafrário* — que, ao menos para Sarah, disparou o alarme inicial. Se dependesse dela, provavelmente teria interrompido naquele ponto, mas Norman estava trancado em um silêncio horrorizado e permitiu que a apresentação toda seguisse sem interrupções.

Ouça bem agora, seu filho-da-puta salafrário
Se você mexer com a minha puta, vou te pegar, seu otário
Vou descer a rua, vou arrumar um bastão
Depois vou na sua casa e te bato até você cair no chão
Você vai ver estrelas, filho-da-puta, ver estrelas
Você vai ver estrelas, filho-da-puta, ver estrelas
Vou matar a putinha se te encontrar na minha sala
Vou pegar minha Uzi, encher a boceta dela de bala
E você é o próximo, você sabe como as coisas são
Pra foder a minha puta ninguém tem permissão
Você vai ver estrelas, filho-da-puta, ver estrelas
Você vai ver estrelas, filho-da-puta, ver estrelas

Enquanto metade da classe olhava boquiaberta, ou espantada ou admirada, Andy foi recompensado com uma ovação barulhenta da maioria dos garotos e mesmo de uma ou duas garotas. Sarah não pôde evitar ficar profissionalmente interessada, apesar de seu crescente incômodo, ao perceber que as reações ao poema pareciam dividir os gêneros, e não as raças. O próprio Andy era de uma família branca, o que tornava sua tentativa de gangsta rap um tanto admirável, ela pensou; e ela também gostava da forma caracteristicamente criativa que ele arrumou para incorporar o tema "estrelas". Ela não falaria nada disso, é claro: um simples pedido para falar com ele depois de uma apressada mudança para a próxima leitura era o seu jeito de lidar com a situação. Norman, por outro lado, parecia determinado — uma vez que ele recuperou o poder de fala — a mergulhar em águas ainda mais profundas.

— Isso foi muito interessante, Andy — ele disse, quando o burburinho começava a morrer —, mas me pergunto se você realmente *entendeu* o que escreveu.

— Claro que entendi.

— Sim, nós entendemos, senhor — disse um outro garoto.

— Entendemos cada palavra, senhor — disse um outro.

(Sarah resistiu à tentação de cobrir o rosto com as mãos. Ela sabia que eles nunca chamavam os professores de "senhor", a não ser que fosse com uma intenção particularmente maldosa.)

— Existem palavras que o senhor não entende, senhor?

— O senhor não sabe o que é uma boceta, senhor?

— Claro que ele não sabe. Ele nem viu *Instinto selvagem*.

— Chega! — Norman gritou mais alto do que as gargalhadas. — Esse seu "poema", Andy, não é nada mais do que uma chusma de obscenidades.

— Por favor, senhor — alguém disse, levantando a mão —, não sei o que é uma chusma.

Norman o ignorou.

— É apenas um monte de nonsense sujo, não é? Sem rimas nem sentido.

— Ele rima, na verdade — disse Andy. — E ele tem uma história, exatamente como o poema que o senhor nos fez ler ontem.

— Uma história, é? Bem, eu não percebi história alguma.

— Bem, senhor — disse o garoto sentado ao lado de Andy. — Esse homem negro está muito bravo com o amigo, e vai matá-lo.

— Sim, senhor. E vai matar a mulher.

— Porque ela tem sido uma puta, senhor.

— Calem a boca! Todos vocês. — Ele dirigiu-se a Andy. — Isso é trabalho seu mesmo?

— Sim.

— Nonsense. Como você poderia ter inventado algo assim?

— Bem, eu ouço bastante rap, e isso meio que me deu a idéia. Pessoas como Onyx, MC Ren, e o Notorious B.I.G. A Sra. Tudor diz que é muito bom nos abrirmos para influências de outras culturas e tradições.

Norman olhou para Sarah com um olhar que era metade acusador e metade um apelo desesperado. Ela sorriu de volta, docemente.

— De qualquer forma — Andy continuou —, ontem o senhor nos disse que o Pulp e o Oasis escrevem poesia.

— Bem, sim, mas...

— Então, qual é a diferença aqui, senhor? Não é porque os caras do Onyx são negros, é?

— O senhor não é racista, é, senhor?

Deus, esses garotos são bons, Sarah pensou. Por um momento, ela ficou quase orgulhosa deles.

— Certo. Chega. — Os lábios de Norman estavam tremendo, e seu rosto estava branco como giz. — Andy, fale comigo depois. Você está em *sérios* apuros. Você não sabe como! Agora, o resto de vocês, apenas fechem a p-... apenas calem a boca — e nisso a sala explodiu em uma gargalhada de novo —, apenas calem a boca e ouçam o próximo poema. Não quero ouvir mais uma palavra de vocês até que toque o sinal. Está entendido?

A restauração da ordem foi apenas superficial, e Sarah estava duplamente apreensiva por ele ter escolhido Alison Hill como a próxima leitora. Ela era a mais nova da classe e era retraída e quieta na maior parte do tempo. Agora, depois da encenação insolente de Andy, a voz dela parecia mais fraca e mais monotonamente tímida do que sempre.

— Meu poema chama-se "Buracos no céu" — ela falou muito rapidamente. — Quando as estrelas morrem, viram buracos negros. Um astrólogo estava olhando três estrelas no céu. Pelo seu telescópio. Eram uma estrela pequena e duas grandes. Uma das estrelas grandes morreu e virou um buraco negro. As outras duas estrelas ficaram muito sozinhas. Não havia outras estrelas por milhões e milhões de quilômetros. Apenas ar negro e céu vazio. "Sinto pena daquelas duas estrelas solitárias", disse o astrólogo. Mas ele estava muito distante para fazer qualquer coisa. Então elas ficaram lá no céu, tristes, e embora elas piscassem algumas vezes, toda aquela escuridão e todo aquele vazio deixaram-nas com muito medo.

Um silêncio de semi-respeito seguiu. Um dos garotos aplaudiu, sarcasticamente.

— Muito bom, Alison — disse Norman. — Realmente muito bom. Percebi, no entato, um pequenino engano. Alguém mais percebeu? — Ninguém se manifestou. — Bem, você disse que o homem olhando pelo telescópio era um astrólogo, e eu acho que você queria dizer que ele era um astrônomo.

— Qual é a diferença? — alguém perguntou.

— Bem, é uma diferença muito importante. — Norman escreveu as duas palavras no quadro-negro, e voltou-se para a sala parecendo orgulhoso de si. Vocês vêem, somente os finais das palavras são diferentes, e ainda assim elas significam coisas muito diferentes. Um astrônomo é um cientista sério, que gasta o tempo olhando por telescópios e outros instrumentos científicos para descobrir coisas sobre as estrelas, e um astrólogo é uma pessoa frívola e supersticiosa que apenas finge estudar as estrelas, e inventa horóscopos e um montão de coisa nonsense.

Sarah pôde sentir mais uma iminente mudança de clima. Alison parecia estar prestando pouca atenção a isso tudo: sua expressão facial era apática, distraída, e por um breve momento Sarah sentiu que podia ver dentro dela o reflexo apagado de algum outro rosto, algum rosto sem nome do passado. (Talvez fosse a forma como ela ficava com a boca levemente torta, e mordia sem cuidado seu lábio inferior.) Enquanto isso, o resto da sala estava recuperando o apetite por desordem.

— O senhor está dizendo que os horóscopos não são sérios, senhor?

— Sim, estou.

— Mas eles saem nos jornais.

— Você não deveria acreditar em tudo o que lê nos jornais.

— Acho que dá para saber bastante coisa sobre as pessoas por meio de seus signos — disse uma das garotas.

— É isso mesmo... Qual é seu signo, senhor?

— Aposto que o senhor é de Leão, não é, senhor? Os leoninos são muito fortes e líderes.

— Escorpião está sobre Urano, senhor; ou é só o jeito que o senhor veste suas calças?

Assim que a aula acabou, Sarah e Norman atravessaram a área de recreação juntos, a caminho do refeitório. Ela não falou muito sobre a aula, apenas fez sons de concordância e deu dicas sutis de que a escolha de um poema de Donne no dia anterior não havia sido muito apropriada. Ele estava muito tocado pela experiência: a acusação de racismo, em particular, o chocou profundamente.

— Eles estavam apenas querendo importunar você — disse Sarah.

Norman parou de andar e olhou para ela. O sol brilhava na área de recreação, e seus olhos se espremeram involuntariamente enquanto ele dizia:

— Você acha?

Sarah confirmou com a cabeça. Ela passou a mão pelos cabelos, os cabelos acinzentados espessos, quase na altura do ombro, pelos quais Norman já estava fascinado, e acabou, sem perceber (pois ela nunca percebera isso), pegando uma mecha e a retorcendo levemente.

— Você está indo bem. De verdade. — Ela riu. — Você sabe, todos passamos por isso. Quando eu penso na minha primeira experiência lecionando...

Eles andaram um pouco mais.

— Há uma carta para você, a propósito — disse Norman. — Está em minha pasta, na sala dos professores.

A primeira suposição de Sarah foi que era uma carta que ele havia escrito: que havia algo que ele queria dizer, alguma declaração importante demais para fazer pessoalmente. Foi um grande alívio quando ele acrescentou:

— É de uma garota da faculdade que diz conhecer você. Eu estava falando sobre você com alguns amigos, e essa garota, nem a conheço bem nem nada, disse que conheceu você há alguns anos, quando você era estudante.

O alívio deu lugar à confusão.

— Não parece muito provável. Todos os meus amigos do tempo de faculdade estão na casa dos 30 agora. Quantos anos ela tem?

— Ah, mais ou menos 20, acho. O nome dela é Ruby. Ruby Sharp.

E então foi Sarah que parou de andar. Eles estavam quase chegando à porta do refeitório, e as crianças passavam por entre eles em duplas ou em grupos, com maus modos.

— Sim, eu conhecia uma garota chamada Ruby — ela disse. — Não muito bem, mas... Sei de quem você está falando. Isso é extraordinário. — Ela abriu um sorriso, e por um momento o que ela viu, ao olhar para a frente, não foi a fachada de tijolos vermelhos do prédio de ciências, porém algo menos tangível, como um todo: um rosto pálido e infantil; cabelos vermelhos chocantes; uma praia... Uma dor de recordações a atingiu, e sua garganta repentinamente ficou seca, enquanto ela falava para Norman: — E ela está morando em Londres agora, é isso? Treinando para ser professora também?

— Acho que está estudando biologia, na verdade. — Ele abriu a porta para ela, e os dois foram invadidos pela umidade intensa do refeitório. — Mas ela vive na mesma casa que um amigo meu, e foi assim que eu acabei... Bem, você acabou surgindo na conversa

Sarah achou difícil falar com Norman durante o almoço. A menção do nome de Ruby depois de todos esses anos reavivou uma série de emoções, nem todas agradáveis. Ainda assim não havia motivo para isso perturbá-la: não poderia haver mal, se ela fosse sensata, em ser lembrada pelo Sr. e pela Sra. Sharp, os zeladores de Ashdown, e pela pequena filha ruiva deles de quem eles às vezes pediam que ela tomasse conta durante o dia para a mãe poder ir trabalhar. Aquelas tardes passadas no andar de cima com Ruby e Veronica, jogando cartas ou palavras-cruzadas: o dia na praia com Robert.

Sim, sempre acabava em Robert, e era sempre nesse ponto que Sarah ficava brava consigo mesma. Doze anos haviam passado, 12 anos desde que ela o vira pela última vez (ela não podia contar o último encontro ridículo deles em Ashdown, mesmo que esse tenha sido o mais doloroso de todos), e mesmo assim era só ela se lembrar dele — fosse no menor e mais incidental detalhe —, que toda a velha dor voltava correndo à superfície. Uma dor que nem a passagem do tempo nem aqueles cansativos meses na análise (e sim, que perda de dinheiro *eles* acabaram sendo) conseguiram eliminar.

Tinha 35 anos, ela dizia a si mesma. Não tinha filhos. Era divorciada. Não seria hora de deixar aquela amizade distante, curta e não tão significativa para trás?

Sua linha de raciocínio foi quebrada quando Norman pediu que ela lhe passasse o molho de tomate. Ela olhou com fascinação inconsciente enquanto ele o amassava vigorosamente em sua pilha pequena e aguada de batatas.

*

Ruby fez o melhor que pôde para manter a carta breve e educada. Ela não sabia como Sarah reagiria ao ser abordada por alguém que ela conhecera superficialmente, tão nova, há tanto tempo. Era quase como escrever para uma estranha. Ela cuidadosamente destacou que foram apenas a lembrança do carinho que Sarah tinha com ela e a estranha coincidência de ouvir seu nome dito por Norman que a impulsionaram a entrar em contato. Não tinha nenhuma outra razão específica para escrever; nenhum plano. Mesmo assim, esperava, talvez, nunca receber uma resposta.

Mas Sarah ficou enfeitiçada pela carta, e naquela mesma tarde enviou um bilhete por Norman, colocando o número de seu telefone e sugerindo que se encontrassem, talvez saíssem para jantar. E foi assim que Ruby se deparou indo para o norte de Londres apenas uns dias depois, em um fim de tarde de segunda-feira, e fazendo o caminho até a casa de Sarah por ruas desconhecidas, com um endereço anotado em um pedaço de papel.

Foi fácil demais de achar: a primeira casa na rua quando você virava da estação de metrô. Era um sobrado pequeno e arrumado; dois andares e um porão, com vasos de hera e de sálvia do lado de fora da janela da frente. Ruby estava dez minutos adiantada, então passou pela casa e subiu o morro por algumas centenas de metros, aproveitando o sol do fim da tarde e o toque modesto de aventura por visitar essa parte nova de Londres, tão diferente da área movimentada e sem atrativos onde ficava sua casa. Gostava das ruas íngremes e estreitas, das casas altas, das ruas ladeadas por árvores, da sensação de trânsito controlado. Havia poucos carros nas ruas, e nenhum ônibus ou táxi. Estava tudo quase em silêncio.

O silêncio imperou, também, nos primeiros minutos do encontro entre Ruby e Sarah. Nenhuma delas parecia capaz de falar.

— Meu Deus, *é* você — disse Sarah, finalmente; depois explicou sua incerteza inicial ao adicionar "Seus cabelos..."

— Ah — Ruby riu, e os tocou, como se por um momento tivesse esquecido que eles estavam ali. — Sim, claro. Uma leve mudança no visual.

Os cabelos de Ruby eram vermelho-fogo. Agora estavam na altura dos ombros e negros.

— Fiz isso há um ano — ela disse. — As pessoas não gostam de ruivas, por alguma razão. Foi algo que simplesmente percebi. — Depois, com convicção: — Os seus estão ótimos. Amo cabelos acinzentados, quando mantidos assim. Quando mantidos jovens.

Sarah sorriu e disse:

— Bem, entre. Então as duas deram uma gargalhada prazerosa e se abraçaram.

Sarah estava assistindo ao jornal do Channel 4. Abaixou o volume e foi pegar uma garrafa de Frascati na geladeira. Ruby sentou-se no sofá em frente à TV, mas descobriu que não conseguia se ajeitar. Começou a olhar em volta na sala de estar, que tinha a largura da casa e era decorada de forma neutra, em tons de creme e branco. Não havia mobília suficiente para preencher todo o espaço disponível. Os jardins da frente e de trás eram pequenos, simples, bem cuidados, e a casa em si parecia limpa e atraente, mas Ruby achou-a sem sentimento. Não era isso que ela esperava.

— Fiquei tão surpresa quando recebi sua carta — Sarah começou. Sentou-se de frente para Ruby e se inclinou para a frente na poltrona, tremendo um pouquinho, sentindo-se absurdamente à vontade. — Estou espantada que você tenha se lembrado de mim, ainda mais de meu nome.

— Eu nunca me esqueço das coisas — disse Ruby. — Sou muito boa nesse sentido.

Sarah percebeu que Ruby estava distraída pela TV, então a desligou com o controle remoto e colocou um CD de música de piano no lugar: Bill Evans, presente de terceiro aniversário de Anthony (e um dos poucos de que ela gostou). Ela não sabia se era do gosto de Ruby, mas achou que ajudaria a deixar o ambiente mais leve.

— Fui a Ashdown de novo outro dia — Ruby disse abruptamente.

— É mesmo?

— Não para entrar, você entende. Só fui lá e olhei por fora. Não há mais estudantes. Virou uma clínica, onde eles cuidam de pessoas com...

— ... com distúrbios do sono, sim, eu sei.

— Ah. Quem contou para você?

— Meu clínico geral. — Sarah bebericou o vinho. Ela sabia que estava bebendo muito rápido. — Ele se ofereceu para me indicar para fazer um tratamento lá.

— Por quê? — perguntou Ruby, que percebeu que isso soou muito precipitado. — Quero dizer, se você não se importar com a pergunta...

— Bem, se eu começar a responder a *essa* pergunta — Sarah disse —, vamos entrar na história da minha vida muito rápido. Acho melhor comermos antes, você não acha?

— A história da sua vida é exatamente o que quero ouvir — disse Ruby, seguindo-a até a porta da frente. — Não a vejo há 12 anos, afinal de contas.

— Mas *por quê*, Ruby? Por que isso teria importância para você?

— Porque você é responsável por algumas de minhas melhores recordações — ela respondeu, com simplicidade.

Sarah ficou tocada com aquilo.

— Sim — ela disse. — Foram bons momentos, acho. — À medida que elas desciam a rua principal, ela perguntou: — Como estão seus pais, a propósito?

— Papai morreu alguns anos atrás...

— Oh, não...

— ... mas mamãe está ótima, muito bem. Ela gerencia uma pensão agora.

A caminhada até o restaurante era curta. Aberto recentemente, o local parecia estar enfrentando diversos problemas comuns aos marinheiros de primeira viagem. Elas decidiram que estava quente o suficiente para sentar do lado de fora, na varanda, e foram imediatamente cercadas por garçons, que competiam entre si para anotar os pedidos, e então trouxeram a primeira rodada com uma pressa alarmante.

— De que falávamos?

— Você ia me contar como sabia sobre Ashdown — Ruby falou de repente. — E isso envolveria você me contar a história da sua vida.

Sarah jogou um pouco de pimenta em sua sopa, e perguntou:

— Bem... você sabe o que é narcolepsia?

— Sim, por alto — disse Ruby, surpresa. — É quando as pessoas caem no sono no meio do dia, não é?

— É isso, mais ou menos. Bem, eu tenho isso.

— Ah. — Ruby não tinha idéia de o que isso significava, na prática. — Sinto muito. É sério?

— Não deixa de ser um aborrecimento.

— E a clínica teria... ajudado você com isso, não?

— Possivelmente. — Prevendo questionamentos adicionais, Sarah disse: — Havia duas razões pelas quais eu não queria ir. Uma é que eu não poderia bancar as taxas, e a lista de espera dos pacientes do Serviço Nacional de Saúde é de quase dois anos. E a outra... — sorrindo, um pouco exageradamente — a outra é que ela é dirigida por um sujeito chamado Gregory Dudden, que freqüentou a universidade comigo.

— Entendo — disse Ruby, hesitando.

— Gregory e eu... temos uma história — disse Sarah. — Ele foi meu namorado por um tempo. Meu primeiro namorado, na verdade. Sabe, foi uma dessas coisas de estudante que parecem fazer sentido na hora, e depois de alguns meses você olha para trás e se pergunta... em que é que eu estava *pensando*?

Ruby continuou concordando com a cabeça, embora essa explicação parecesse ficar do lado de fora do reino de suas experiências.

— Então... então o que significa você ser narcoléptica? Como isso afeta você?

— Bem, mudou um pouco, ao longo dos anos. O principal é que durmo muito mal durante a noite, e não consigo evitar cair no sono durante o dia. Isso acontece há uns 12 anos. Existem outros sintomas, mas eles vêm ficando mais suaves recentemente: a cataplexia, por exemplo.

— Que é...

— Isso significa que se rio muito, ou fico muito empolgada com alguma coisa, eu perco o controle dos músculos. Eu fico consciente, mas sofro uma espécie de desmaio. Consigo sentir quando vai acontecer, mas não há nada que eu possa fazer. Todos os tipos de coisas fazem isso acontecer: raiva, prazer, frustração...

— Soa como mais do que um aborrecimento — disse Ruby. — Eu não tinha idéia.

— Bem — Sarah fez uma careta, e tentou soar desencanada —, isso me custou um emprego ou dois ao longo dos anos. Cair no sono na sala de aula é algo que as crianças fazem, não a professora. — Ela encheu novamente as taças de vinho: a dela estava vazia, a de Ruby, quase cheia. — A coisa é que eles apenas conseguiram diagnosticar isso há três anos. Vários clínicos gerais estão aprendendo sobre isso ainda. O primeiro médico que me consultou não tinha idéia. Ele me fez ir a um psiquiatra.

— Que tipo de psiquiatra?

— Um psicoterapeuta lacaniano.

Ruby ficou sem fôlego de novo.

— Eles não internaram você nem nada, não é?

— Não, nada disso — disse Sarah, aparentemente achando a história bastante divertida. — Suponho que não tenha sido uma completa perda de tempo. Ao menos me fez perceber por que não gosto que as pessoas toquem meus olhos.

— Seus olhos?

— Sim. Sou muito sensível com eles. — Sarah gentilmente empurrou a tigela de sopa para o lado, ainda que tivesse comido apenas metade. — Desculpe, devo estar demolindo todas as suas ilusões infantis sobre mim. Devo parecer um amontoado de neuroses.

— Não, de forma alguma, eu... — O garçom, que estava rondando a mesa, tirou os pratos. Ruby esperou que ele saísse. — Então, o que mais devo saber sobre você? Você se casou?

— Ah, sim. Fui lá, fiz isso. O nome dele era Anthony. Um acadêmico.

— E?

— Ele foi embora; um tempo atrás. Por causa de outra pessoa.

— Oh. — De novo, Ruby se via falando: — Sinto muito.

De novo, Sarah fez uma careta:

— Essas coisas acontecem.

— Sabe, provavelmente era apenas uma fantasia minha, uma daquelas coisas de ilusão de infância, mas sempre desejei que você se casasse com seu namorado da faculdade.

— Quem você quer dizer?

— Você sabe: Robert.

A risada de Sarah foi curta e forçada.

— Robert? Ele nunca foi meu namorado.

— Não. Mas aquela vez na praia...

— Eu estava saindo com outra pessoa naquela época. Uma mulher, na verdade. O nome dela era Veronica. Robert... apenas estava conosco naquele dia. Nunca consigo lembrar o que ele estava fazendo lá. — Percebendo o olhar espantado de Ruby, ela acrescentou: — Vai ficando mais e mais complicado, não é?

— Não estou chocada nem nada — disse Ruby. — Uma de minhas amigas da escola é bissexual. Ou diz que é.

— Não tenho certeza se acredito nessa palavra — disse Sarah. — Ou em qualquer palavra que pega algo complicado e tenta reduzi-lo a uma fórmula. Além disso — limpando o batom da borda de sua taça —, não é sobre sexo: não é isso que estou procurando. É engraçado, você sabe, todo mundo pensa que isso lhe dá o dobro de opções, mas não funciona desse jeito, por alguma razão.

— Houve alguém depois de Anthony?

— Na verdade, não. Acho que Norman pode estar cultivando uma ou outra fantasia a meu respeito, então essa é uma pequena ponte que pode ser atravessada em breve.

— Você diz que ele era apenas um amigo — disse Ruby; calmamente agora, e vagarosamente, escolhendo as palavras com cuidado —, mas acho que Robert se preocupava de verdade com você. Há coisas que ele falou para mim na praia naquele dia, e sei que eu era muito jovem, mas ainda consigo me lembrar delas...

— Não sei por que você está trazendo à tona algo que aconteceu há 12 anos — disse Sarah, com a voz repentinamente rígida. — Eu disse a você: Robert era um amigo, nada mais, nada menos. E se ele se *preocupava* tanto comigo, por que ele me largou como se eu fosse descartável assim que saímos da universidade? — Havia outras coisas que poderia ter dito sobre esse assunto, mas Ruby já parecia estar decepcionada demais. — De qualquer forma — ela finalizou, mais gentilmente —, como você pode lembrar de alguma coisa que ele falou para você há tanto tempo? Você tinha apenas oito ou nove anos.

— Nunca esquecerei aquele dia — disse Ruby. — Aquele castelo de areia incrível que construímos juntas, sonhei com ele durante semanas.

— É verdade... — Sarah começou a sorrir de novo, discretamente, à medida que se lembrava da ocasião. — Você o chamava de Homem-Areia, não era isso? Nós duas o chamávamos dessa maneira: era nosso nome para ele.

— Estava tão ensolarado. Tão calmo. O dia mais amável... — Ruby olhou Sarah diretamente no rosto; com integridade, profunda. — Sempre quis retribuir-lhe por aquilo, sabe; vocês dois.

— Não seja tola.

Ruby sentiu que falara demais; então ela brincou:

— Além do quê, ganhei uma bicicleta por causa daquilo.

— Ganhou?

— Você não se lembra nem *disso*? Foi um dos melhores conselhos que alguém já me deu. Você me disse como eu poderia convencer meus pais a me darem uma bicicleta.

— Não lembro.

— Bem, então, não vou refrescar sua memória agora — disse Ruby, fazendo beicinho.

As duas já estavam com fome de novo. Depois da rápida chegada da entrada, os garçons pareciam ter desaparecido, e Sarah teve a distante premonição de que alguma crise inominável poderia estar acontecendo na cozinha.

— Você me faz sentir velha, Ruby — ela disse, acompanhado de um suspiro.

— Eu? Mas você é cercada por crianças todos os dias; por que eu?

— Não sei... Porque faz tanto tempo que a vi pela última vez, e você mudou tanto...

— Você não é velha. Trinta e poucos não é velha.

— Metade da minha vida já se foi.

— Então a melhor metade ainda está por vir.

— Espero que sim.

— Você vai continuar dando aulas?

— Ah, acho que sim — respondeu Sarah, sem muito entusiasmo, quando um garçom com cara de atormentado finalmente trouxe um risoto de cogumelos e um tagliatelle de frango, que ele colocou na mesa com desculpas superficiais. — Não posso dizer que seja algo tão divertido, para ser honesta. Metade dos meus colegas está se aposentando cedo ou indo à psicanálise duas vezes por semana. Exatamente quando quase nos matamos para implementar um novo conjunto de diretrizes, o governo joga algo diferente em nós. Gastamos tanto tempo nos preparando para os inspetores, e escrevendo relatórios sobre os alunos, e escrevendo relatórios uns sobre os outros, e fazendo orçamentos e livros de balanço que já quase esqueci por quê é que eu queria dar aula. — Ruby a estava encarando. Ocorreu a Sarah que ela provavelmente estava proporcionando a Ruby a noite mais deprimente de sua jovem vida. Espetada por esse pensamento, acrescentou: — E então, vez ou outra, você sabe, alguma coisa acontece... algum novo desafio surge e você pensa: "Sim, eu *quero* fazer isso, isso *vale a pena*." Como... bem, neste momento, por exemplo, há uma garota em minha turma... muito quieta e tímida... é sempre com os mais quietos... e há alguma... *tristeza* nela, algum segredo que ela está guardando. E saber que sou a única pessoa que talvez consiga alcançá-la... — Ouvindo-se falar desse jeito, ela se sentiu envergonhada por pensar em quanto da noite ela já havia gastado falando de seus problemas. — Bem, Ruby, acho que está na hora de eu descobrir algo sobre *você*?

Mas Ruby era determinada e astuta, e embora ela estivesse feliz por ter falado primeiro sobre os amigos da faculdade e sobre a mãe estar à frente de uma pensão, ela continuava direcionando sua atenção para Sarah, e para Ashdown, e para o dia na praia. Quanto à comida, elas perderam toda a esperança em relação à sobremesa depois de um tempo, deixaram algum dinheiro com um dos distraídos garçons e finalmente conseguiram sair. Quando caminharam para a estação de metrô juntas e se despediram entre muitas expressões de gratidão e promessas de manter o contato, Ruby ainda tinha mais uma pergunta a fazer.

— Essa sua narcolepsia — ela disse. — Eles podem curá-la, não podem?

Sarah sacudiu a cabeça.

— Infelizmente, não. Uma vez que você tem isso, você a carrega para o resto da vida. Existem medicamentos para ajudar a amenizar os sintomas, e parece que está melhorando com o passar do tempo. Como eu disse, a cataplexia não é mais tão forte; e tinha uma outra coisa. Os sonhos da fase pré-sono, como eles chamavam, parecem ter sumido de vez.

— Como era isso?

Sarah cruzou os braços e sentiu um arrepio percorrer-lhe o corpo. Estava ficando tarde e a noite estava fria. Tinha sido legal ver Ruby, mas ela não queria mais pensar no passado: queria ir para casa, sozinha; tocar aquele CD de novo, terminar o vinho e fazer aqueles relatórios.

— É difícil de explicar — ela disse —, mas eu tinha sonhos... tão reais...

Estava realmente ficando nostálgica, Sarah se perguntou, enquanto andava rapidamente para casa. Mesmo pelo fato de durante um tempo não ter sido capaz de saber a diferença entre sonhos e memórias? Já era tempo, com certeza, de esquecer aqueles dias: tempo de se concentrar nos desafios de hoje. Pensou em Alison Hill, e em como poderia começar a trazer à tona a tristeza que ela via, vez ou outra, por trás daquela expressão séria. Pensou no rosto da menina na sala de aula, indiferente ao ataque cômico de Norman sobre astrólogos e astrônomos: a forma como ela mordera sem cuidado o lábio inferior... Mas, ainda assim, as imagens que Ruby havia trazido de volta para a vida desconcertante persistiam em cutucá-la, e em um instante ela havia inexplicavelmente ido de Alison para Veronica; sim, Veronica, de todos os fantasmas que poderiam ter acordado, sem ser convidados, para suas lembranças daquela noite: Veronica sentada

Estágio dois

7

sentada no Café Valladon, lendo um livro e dando risadinhas entre goles de café preto e tragadas no cigarro. Era início de dezembro, época de fim do semestre, e Veronica estava bem agasalhada, vestindo o suéter colorido de lã de ovelha que elas escolheram juntas em um passeio de compras algumas semanas antes. O Valladon estava quente e esfumaçado: as grossas janelas amareladas, opacas na maioria das vezes, estavam ainda mais embaçadas, com camadas de condensação. A fumaça do cigarro girava de tal forma no ar que Sarah mal conseguia enxergar à sua frente. Quando ela chegou à mesa, ficou na expectativa, esperando pelo olhar para cima, pelo sorriso, pelo fechamento do livro, pelo beijo. (Em público, elas se beijavam no rosto: era tudo o que se permitiam.) Finalmente, vendo que Veronica estava tão absorta pelo romance que nem percebera sua chegada, Sarah quebrou o silêncio:

— Então... O Coruja já apareceu?

Ela parou e se inclinou na mesa para o beijo. Seu rosto contra o de Veronica, um contato frio e que dava pequenos choques.

— Deus, você está congelando — Veronica disse. — Está nevando lá fora?

— Quase. — Sarah sentou-se e bebeu um gole da caneca de Veronica. — Então, apareceu?

— Ainda não. Está ficando repulsivo, porém.

Sarah pegou o maço de cigarros.

— Posso pegar um veneninho?

— Claro. Vá em frente.

"Veneninho" era a palavra secreta delas para cigarro. Como muitos outros de seus códigos, ela tinha sido emprestada do livro que Veronica estava lendo, *A casa do sono*, de um autor que nenhuma delas havia ouvido falar antes, cujo nome era Frank King. Era um entre as centenas de livros que Slattery comprara em feiras de rua para decorar as paredes do Café Valladon, e aquele volume ficava no centro da prateleira sobre a mesa favorita delas. Sarah começara a lê-lo uma vez, enquanto esperava por Veronica, e imediatamente ficara enfeitiçada por seus jargões datados da década de 1930 e pelo enredo incrivelmente enrolado, que girava em torno de um punhado de documentos roubados e um notório criminoso chamado "O Coruja", mas que parecia, na realidade, ser um pouco mais do que o pretexto para uma confusa seqüência de seqüestros à meia-noite e terríveis assassinatos. Naquele dia, apenas uma semana ou duas depois que elas começaram a sair, Sarah lera algumas passagem aleatórias para Veronica, e nos dois meses seguintes o livro tornou-se uma piada íntima, intensamente pessoal, entre as duas: um dos muitos laços que as mantinham tão firmemente juntas e tornava o relacionamento delas tão impenetrável para estranhos.

— Então, o que aconteceu? — perguntou Sarah, acendendo o cigarro.

— Bem, esse cara, o Smith...

— Quem é ele? O Coruja?

— Ainda não sabemos. De qualquer forma, ele está com Henry Downes *e* Robert Porter *e* Aileen todos amarrados em suas cadeiras, e está ameaçando torturá-los caso não lhe contem onde estão os documentos. Mas a ameaca é só para a Aileen. Com um marcador de gado em chamas.

— Aileen? Você está brincando.

— Não, não estou. Ouça isto: "Minutos lentos arrastaram-se sem remorso. Smith esquentou o marcador de gado de novo. Ele brilhava, vermelho, e a cozinha estava tomada pelo sugestivo aroma do metal quente."

— Brilhante — disse Sarah, rindo satisfeita.

— "'Agora, Porter', ele disse, avançando em direção a Aileen. 'Onde estão?' 'Não sei', murmurou Porter. Seus lábios estavam tremendo. 'Não vou perguntar a você de novo. Primeiro, uma leve queimadura no rosto, como amostra. Será dolorido, é claro, e deixará uma cicatriz. Se isso não o comover, tomarei os olhos... um por vez. E devo lembrá-lo de que sou homem de palavra.' Aileen tentou se encolher para trás à medida que o metal quente chegava perto de seu rosto. Seus olhos se fecharam, e suas bochechas ficaram ainda mais pálidas. Mas ela não falou nada nem chorou. Henry lutava desesperadamente contra seu..."

Veronica parou, olhando para a frente e percebendo que a palidez das bochechas de Aileen tinha se transferido para as bochechas de Sarah. Seu sorriso ficou dolorido e congelado.

— Ah! — Veronica fechou o livro. — Desculpe-me. Não tive tato.

Sarah chacoalhou a cabeça e tentou parecer animada.

— Não, está tudo bem. Continue, estava engraçado. — Mas essa farsa não durou muito. Ela encostou-se na cadeira e fechou os olhos. — Na verdade, estou me sentindo um pouco mal.

Veronica inclinou-se para a frente e fez como se fosse passar os dedos nas pálpebras de Sarah. Ela se encolheu e se esquivou.

— Não faça isso.

— Desculpe. — Veronica bebeu um pouco de café e decidiu mudar de assunto. — Como foi o dia hoje? Nem perguntei.

Hoje tinha sido o primeiro dia de aula prática de Sarah na escola primária local. Ela tinha estado nervosa por causa disso a semana toda, e havia se preparado freneticamente, chegando com material suficiente para mais ou menos seis meses de aula, e não os 40 minutos que lhe haviam sido solicitados.

— Foi legal — ela disse. — Foi bom, na verdade.

— Você recebeu meu cartão?

— Sim, recebi — disse Sarah; e por um momento seus olhos brilharam intimamente, com amor puro e incondicional. — Obrigada. — Batendo a cinza do cigarro, acrescentou: — Não foi o único cartão de boa sorte que recebi, no final das contas.

— Deixe-me adivinhar: Robert?

— Acho que sim. Um bilhetinho enfiado por debaixo da minha porta em algum momento da noite.

— Pobrezinho. Ele está embriagado de amor. — Veronica disse com certa maldade, que Sarah notou e não pôde evitar fazer uma censura velada.

— Não seja dura com ele — ela disse.

— Então, o que aconteceu? Como eram os alunos? O que você fez com eles?

— Bem, eu pensei em pisar em terreno seguro, e dar a eles algo como Stevie Smith para começar, mas no último minuto pensei: "Não, vamos tentar algo um pouco mais difícil, vamos até o fim", então os fiz ler aquele poema de Maya Angelou, sabe, "Song for the Old Ones"?

— É tudo sobre escravidão, porém. Eles não saberiam do que você estava falando.

— Mas eles *sabiam*, essa é a questão. Houve algumas poucas coisas difíceis que eu tive de explicar, mas você ficaria *surpresa* com o que as crianças conseguem entender, e falar, se... sabe, se a escrita é boa mesmo... Tivemos uma ótima discussão sobre isso, e... você não consegue imaginar como é, Ronnie, saber que existem essas 30 crianças e que hoje, por minha causa, há algo nas cabeças delas que não estava lá antes. É simplesmente o melhor sentimento...

Veronica abriu um sorriso de satisfação que mostrou todos os dentes e disse:

— Eu sabia que você seria boa nisso. — Então, ela perguntou, mais suavemente: — Você não vai fazer tantos preparativos todas as vezes, vai?

— Acho que não. Por quê?

— Porque daí eu mal veria você. Você não tem estado presente há dias.

— Bem... — Sarah respirou fundo e sua voz assumiu um tremor excitado. — Quero falar com você sobre isso. Queria lhe perguntar uma coisa.

Veronica esperou.

— Sim?

— Tem esse cara que mora em Ashdown, e ele acabou de sair do quarto dele, voltou ao campus. E a coisa é... — ela olhou nos olhos de Veronica, que estavam famintos e esperando — ... bem, tecnicamente, é um quarto duplo. Há duas camas nele, e é absolutamente enorme. Fica no segundo andar. Então eu estava pensando... bem, eu estava pensando se você não gostaria de se mudar para lá.

— Sozinha? — ela perguntou, provocando.

— Na verdade... não. Quis dizer nós duas.

— Duas *amantes*? — disse Veronica, dando à palavra uma ênfase maldosa que fez Sarah olhar por toda a volta do Café, alarmada. — Duas amantes dividindo o mesmo quarto? O que a direção da universidade diria?

— Bem, nada, é claro. Como eles saberiam... sobre nós?

Veronica estava aproveitando demais a piada para parar.

— Mas pense no escândalo.

— Se você achar que é muito... Quero dizer, se você tem um problema com isso..

— Sarah — disse Veronica, pegando a mão dela e primeiro apertando, e depois afagando: — Eu *amaria* morar com você. Amaria.

— Mesmo?

— Mesmo. — O sorriso começou a aparecer nos cantos de sua boca de novo. — Coitadinho do Robert, porém. Ele vai ficar *louco*.

— Falou no diabo... — disse Sarah, olhando na direção da porta.

Robert hesitou antes de se juntar a elas, mas apenas rapidamente. Ele nunca poderia se negar o prazer de sentar-se com Sarah, mesmo quando isso vinha temperado com a agonia de ver como ela estava feliz na companhia de Veronica. Escolheu sentar-se ao lado de Veronica: tanto para evitar a impressão de que ele estava demarcando território quanto porque assim ele tinha mais desculpas para olhar para Sarah, já que estava sentado diretamente de frente para ela.

— Oi — ele disse, derramando algumas gotas de café de sua caneca supercheia enquanto Veronica se mexia para criar um espaço para ele. — Como foi hoje?

— Foi ótimo — disse Sarah. — Foi absolutamente legal.

— Mesmo? Eu sabia que seria.

— As crianças foram ótimas, a equipe é realmente legal...

— E você foi um sucesso? Eles gostaram de você?

— Acho que sim. O lugar todo tinha uma atmosfera realmente legal. Quero dizer, sei que provavelmente é muito cedo para pensar nisso, mas... se eles pudessem me contratar no fim deste ano... sabe, seria simplesmente perfeito.

— Mesmo? Você vai procurar emprego por aqui, é? — Sua mente já estava trabalhando, e ele estava ajeitando seus planos para coincidirem com os dela. Poderia encontrar um trabalho na área também, se necessário; ou poderia ficar na universidade e fazer um curso de pós-graduação.

— Bem, sim, nós duas vamos — disse Sarah. — Você sabe, eu te contei... Ronnie quer começar um grupo de teatro.

— Ah, sim. — Seu ânimo quase esfriou, mas ele estava determinado a jogar o jogo, então se virou para Veronica e perguntou: — Como está indo?

— Ah, está indo bem. — Ela abrira *A casa do sono* novamente, e estava ouvindo apenas passagens da conversa. — Estou passando o chapéu pelos patrocinadores no momento.

— Patrocinadores?

— Você sabe, negócios e coisas. É desse jeito que as coisas acontecem hoje em dia: empresas privadas.

— Ronnie tem uma boa vantagem — Sarah entusiasmou-se. — Por saber tanto sobre economia.

Veronica riu; não zombando dessa valorização de suas habilidades financeiras, mas de algo no livro que parecia tê-la divertido.

— *Traga-os de volta vivos* — ela disse. — *Os caminhos dos prudentes. Preso na névoa violeta.*

— O que disse? — perguntou.

— Esses são os outros livros anunciados na contracapa. *O caso da garota pintada. Connie Morgan no acampamento dos lenhadores*: uau, esse parece ser um clássico das sapatões. Ouça estes outros... *Esposa apenas no papel*, *Em guerra consigo própria*, *O triângulo gay*... É impressionante, acho que tenho material para uma tese aqui. — Então explodiu em uma gargalhada. — Oh, veja, tem um aqui para você, Robert. *Você e sua mão.* Algo para você ler enquanto pensa em mim e na Sarah, talvez?

— Ronnie! — Escandalizada, Sarah deu-lhe um chute por debaixo da mesa. Mas quando Robert olhou nos olhos dela, viu que eles estavam direcionados não a ele, mas à amante; e elas estavam rindo, rindo com prazer e com uma leveza íntima, extremamente privada e exclusiva. Ele segurou as lágrimas, repentinas e abruptamente, por um instante, perdeu a consciência: quando ela voltou, trouxe junto uma frase vívida e inesperada:

... *Em seus olhos nesta noite eu vi uma falta de sinais...*

Veronica estava levantando-se para ir embora. Estava dizendo alguma coisa.

... *Uma falta de atenção que me fez sentir...*

Que o fez sentir o quê? Como ele se sentia?

— O que devemos fazer, então?

Ele ouvia as palavras de Veronica agora.

— Quando vamos nos mudar?

— Vou lhe encontrar mais tarde — Sarah estava dizendo. — Então conversaremos sobre isso.

Veronica despediu-se dos dois e saiu. Elas não se beijaram na frente de Robert.

O silêncio se impôs. Sarah ofereceu a ele um sorriso de desculpas, e ele fez o melhor para retribuí-lo.

— O que foi isso? — ele finalmente falou. — Vocês vão morar juntas?

Sarah confirmou com a cabeça.

— Ela vai morar em Ashdown. Vamos pegar o antigo quarto de Geoff.

— Certo. — Era algo novo para ele absorver, para conviver. — Vai ser legal.

— Sim. Sim, acho que vai. Acho que vai dar certo.

— Bom. — Ele abriu o exemplar de *A casa do sono*, passando os olhos, sem se ater a nada. — Isso significa que seu quarto ficará livre agora, certo?

— Acho que sim. — *Agora* o que ele perguntaria? Certamente não nutria nenhum desejo fetichista de se mudar para lá? — Por quê?

— Meu amigo Terry está procurando por um quarto, é isso. Tudo bem se eu falar com ele?

— Sim, claro — disse Sarah, muito aliviada. — Seria legal.

Um outro silêncio: mais longo, ainda mais opressor. Sarah estava tateando em busca de conversinha. Dúzias de comentários brandos e sem sentido morreram em seus lábios.

— Este aqui é de Slattery? — Robert perguntou, ainda fingindo ler o romance.

— Sim. Fica ali. — Ela apontou para o espaço vazio na prateleira.

— Esse meu amigo — ele disse —, ele guarda uma nota de dez libras em um desses livros.

— Mesmo? Para quê?

— Você sabe, uma salvaguarda. Para o caso de ficar sem dinheiro.

— É uma boa idéia.

— Esperto, não é? Deve ser uma chance em um milhão para alguém encontrar. — Sarah não conseguia ver para onde a conversa estava indo, e as próximas palavras desajeitadas e incertas de Robert tornaram isso mais claro. — Sarah, se eu um dia quiser... deixar alguma coisa para você, vou colocar aqui. Neste livro.

— O que você quer dizer?

— Página... — ele folheou o livro aleatoriamente — ... página 173. Assim você sempre saberá onde encontrar.

— Que tipo de coisa? Você quer dizer dinheiro?

— Possivelmente dinheiro: ou... bem, qualquer coisa, mesmo. Não sei. — Isso era verdade: ele mal sabia por quê estava falando aquilo para ela. Parecia importante, de alguma forma: — Você vai lembrar, não vai?

— Robert... — ela começou; mas não conseguiu falar que, ao escolher seu veículo para essa comunicação misteriosa, ele havia conseguido atingir exatamente o livro que simbolizava tudo o que ela e Veronica sentiam uma pela outra: o significante do amor delas. Como ela poderia zombar dele agora, com essa ironia específica? Seria muito cruel. — Eu tenho de ir — foi tudo o que ela disse. — Eu... Olha, eu sinto muito se provocamos você.

Robert correu o dedo pela lombada verde do livro e não disse nada.

— Vejo você em casa: sim?

— Está bem — ele disse. E quando Sarah saiu, ele encarou abobado o outro lado da mesa, o espaço em que ela estava sentada; lutando para se recompor, pela milésima vez, por causa de sua ausência.

*

Terry chegou ao café uns dez minutos depois, e encontrou Robert debruçado sobre um livro de exercícios, passando a língua de maneira distraída entre os dentes, os ombros curvados sugerindo melancolia e concentração.

— Você parece alguém agonizando sobre o primeiro rascunho da nota suicida — ele disse.

Robert deu uma risada curta e sem graça, e fechou o livro com uma convicção surpreendente. Não queria que Terry ou outra pessoa soubessem que ele começara a escrever um poema sobre Sarah.

— Se incomoda se nós interrompermos seu trabalho?

— Nós?

— Sim, devo encontrar algumas pessoas.

— Não, tudo bem. Sente-se. Tenho algumas novidades para você. Acho que posso ter solucionado seu problema de acomodação. — Então contou sobre o quarto vazio de Sarah.

Terry decidira recentemente sair de seu quarto na casa do campus por causa de um vizinho muito barulhento que o estava impedindo de conseguir dormir suas necessárias 14 horas diárias. Gostava da idéia de ir morar em Ashdown, e tudo já estava acertado quando seus amigos juntaram-se a eles na mesa. Eram ambos estudantes de cinema, um chamado Luke, a outra, Cheryl; vestiam o tradicional uniforme do Departamento de Cinema, doações da Oxfam,* e, como Terry, pareciam precisar doloridamente de alguns sanduíches de queijo e de longas férias sob o sol.

— Que livro é esse? — perguntou Luke, pegando *A casa do sono*.

Robert tremeu ao vê-lo mexendo no livro. Para ele, era como se uma relíquia sagrada estivesse sendo maculada.

— Só algo que encontrei na prateleira — ele disse. Ele tentou tomar o livro de volta, mas Luke estava grudado nele.

— Quem é Frank King? — Ele olhava uma das páginas iniciais, batendo o olho na lista de outros romances do mesmo autor. — Diz aqui que um de seus livros foi transformado em filme.

— Está certo — disse Terry. — *A assombração* era o título. Filmado em 1932, com Boris Karloff e Cedric Hardwicke.

— *A assombração*? Nunca ouvi falar.

— Ah! — Terry sorriu vitorioso. — É porque todas as cópias foram perdidas. Na Inglaterra e nos Estados Unidos, pelo menos.

Robert discretamente colocou o livro de volta na prateleira.

— Então como você sabe disso? — perguntou Luke.

---

* Oxford Committe for Famine Relief, (Comitê da Universidade de Oxford para o Auxílio à Fome). (*N. do T.*)

— Bem, estava lendo um texto sobre filmes perdidos. E na verdade... — Terry fez uma pausa, parecendo satisfeito consigo —, eu desenvolvi uma teoria sobre eles. Quer ouvi-la?

— Sensacional — disse Cheryl. — Mais uma de suas teorias. — Ela estava sorrindo, porém.

Parecia que a mais recente teoria de Terry fora concebida naquela mesma manhã, depois de um sonho particularmente perturbador e enganador, algo a ver com flores de maçã e uma mulher loura, uma montanha iluminada pelo sol e um chapéu de abas grandes. Dizia respeito a filmes e a sonhos perdidos, e Robert, ao menos, estava bastante feliz por ouvi-la e deixá-la banhá-lo, para assim limpá-lo de seu último encontro com Sarah e Veronica.

— Sei que é clichê dizer que filmes são como sonhos, como um inconsciente coletivo — Terry começou —, mas eu estava pensando que ninguém jamais foi adiante com esse pensamento. Há diferentes tipos de sonhos, não há? E obviamente há os filmes de terror, que são como pesadelos, e os filmes de sacanagem, como *Garganta profunda* e *Emmanuelle*, que são como sonhos eróticos. — Ele bebericou de sua caneca de um grosso chocolate quente, aquecendo-se para seu assunto. — Então há as refilmagens e as histórias que vivem sendo recontadas, e esses são como os sonhos recorrentes. E há sonhos de consolo, visionários, como *Horizonte perdido* e *O mágico de Oz*. Mas quando um filme é perdido e ninguém nunca o vê, é o tipo de sonho mais bonito de todos. Porque esse é o tipo de sonho que pode ter sido o melhor que você terá em toda a sua vida, mas ele escapa da sua mente no momento em que você acorda, e alguns segundos depois, você não tem nenhuma lembrança dele.

— Mas isso acontece? — Robert perguntou. — Quero dizer, com certeza, se alguém tem o trabalho e o gasto de fazer um filme, não vai trancá-lo em um cofre e nunca mostrá-lo a ninguém.

Por sua ingenuidade, os especialistas em cinema fizeram um inventário de todos os filmes perdidos em que conseguiram pensar: a versão de oito horas de *Ouro e maldição*, *O dia em que o palhaço chorou*, de Jerry Lewis, sobre um palhaço que trabalha nos campos de concentração nazista, os rolos perdidos de *Soberba*, o lendário *The Other Side of the Wind*, de Orson Welles, *The Blockhouse*, um drama da Segunda Guerra Mundial estrelado por Peter Sellers, todo filmado em um conglomerado de abrigos subterrâneos na ilha de Guernsey, a cena perdida da câmara de gás de *Pacto de sangue*, as quatro seqüências descartadas de *A vida íntima de Sherlock Holmes*...

— Mas Wilder é um talento tão medíocre — disse Terry. — Quem se daria o trabalho de restaurar um de seus filmes?

— Ele é meu diretor favorito, na verdade — disse Luke. — Quem é o seu?

Esse, é claro, era um jogo favorito. Terry franziu os lábios.

— Não creio que eu tenha um — ele disse. — Ou, ao menos, tenho certeza de que ele está solto por aí, em algum lugar, mas ainda não o encontrei.

— O? Ele? — perguntou Cheryl.

— Teria de ser alguém de... integridade descompromissada. Alguém que escreva tão bem quanto dirija. O cinema, para mim, é fundamentalmente a expressão da visão pessoal de um artista.

Se os outros acharam que ele seria pretensioso, queimaram a língua.

— Eu quero eu mesmo escrever, um dia. E dirigir. Estou escrevendo um roteiro no momento.

Robert deu um gole em seu café gelado, Cheryl começou a desembrulhar um cubo de açúcar e Luke examinava as unhas.

— Vou falar sobre ele, posso? É a história da vida de um homem, veja você, e será interpretado pelo mesmo ator o tempo todo, e a história se passará em um período de 50 anos. No espaço de uma hora e meia, você o verá envelhecer de um jovem garoto até um idoso. Cortes brutais que saltarão de seu rosto aos 20 anos, cheio de entusiasmo juvenil, para o rosto aos 70 anos, marcado pelo amargor e pela desilusão. Uma crônica vertiginosa, acelerada da esperança acabando em desespero.

Houve uma curta pausa. Então Luke disse:

— Promessa bastante difícil de cumprir, eu deveria ter pensado — e se levantou para pagar a conta.

*

O Natal chegou e passou, a primavera começou, e em algumas semanas Terry decidiu que havia enfim descoberto seu diretor favorito. No começo de uma manhã de sábado, a BBC2 passou uma cópia legendada de *Il Costo della Pesca*, um drama neo-realista de Salvatore Ortese, de 1947, sobre duas famílias rivais na pequena vila pesqueira de Trapani. Embora tivesse uma familiaridade distante com o nome desse pouco conhecido cineasta italiano, Terry não havia visto nada de seu trabalho anteriormente; e seu impacto foi imediato, revelador, como um relâmpago. Assistiu ao filme sozinho, na escuridão da sala de TV de Ashdown, depois de beber meia garrafa de vinho tinto: antes de o filme começar, seus sentidos estavam adormecidos, e ele sentia vontade de ir para a cama; mas em cinco minutos estava acordado de novo, e correu para o andar de cima para pegar em seu quarto um caderno em que anotava seus comentários sobre filmes. Ele estava transfigurado pelos closes extremos nos rostos marcados pelo tempo dos velhos pescadores ("rosto como paisagem", ele escreveu em seu caderno), pela fotografia totalmente em preto-e-branco do austero litoral da Sicília ("paisagem como personagem", adicionou) e pela simplicidade primária do drama e sua concentração rigorosa na economia dolorosa das vidas dos personagens ("concatenação vigorosa na ergonomia dolorosa", escreveu, ao terminar a garrafa de vinho). Parecia, para Terry, que ali estava, finalmente, um diretor que, ao combinar uma compaixão sem afetação pelas vidas de gente comum com um vocabulário cinematográfico simples, mas bem estruturado, representava tudo o que ele acreditava que se deveria desejar.

Depois, na tarde daquele mesmo sábado, chegou à biblioteca da universidade um pouco antes de fechar e tirou uma cópia do texto sobre Ortese na enciclopédia cinematográfica *Cambridge Companion to Film*:

> **ORTESE, SALVATORE** (1913-75). Diretor italiano, trabalhou em edição e mixagem a partir de meados dos anos 1930, e acredita-se que tenha assistido ROSSELLINI (*quod vide*) no filme *Luciano Serra pilota* (1938). Dirigiu diversos documentários em curta-metragem durante a guerra, e fez sua estréia em filmes com *Il Costo della Pesca* (1947) que, junto com *Roma, cidade aberta*, de Rossellini, e *Vítimas da tormenta*, de DE SICA (*quod vide*), marcou o nascimento do neo-realismo. Seus filmes dos anos 1950, incluindo *Paese Senza Pietà* (1951) e o mais otimista *Morte da Fame* (1955), mostram seu contínuo compromisso com o movimento que ele sentiu que foi traído pelos seus colegas diretores, particularmente por De Sica, cujo sentimentalismo em *Umberto D* (1952) ele publicamente declarou considerar ultrajante. Enquanto o cinema italiano dos anos 1960 caía na onda das pornochanchadas e nos excessos espalhafatosos de FELLINI (*quod vide*), a desolação da visão de Ortese sobre a economia e as rela-

> ções humanas apenas fazia se intensificar, e seu único filme colorido para um grande estúdio nesse período, *È la Vita!* (1964), teve de ser refilmado porque seu final foi considerado pessimista demais. (O filme conta a história de uma amantíssima mãe que se torna uma prostituta para pagar pelo tratamento médico da esquizofrenia do filho. Finalmente, ela vira a empregada de um casal rico de Florença, mas na versão original de Ortese, exatamente quando ela quase levantou dinheiro suficiente para se mudar com a família de seu apartamento pequeno e sujo, ela perde as duas pernas em um acidente bizarro com o aspirador de pó.) O último filme de Ortese nunca foi exibido publicamente. Uma acusação horrorizada e sem remorso do militarismo e — nas palavras do diretor — "um hino para a degradação do espírito humano", *Sergente Cesso* (1972) não conseguiu encontrar distribuidor, e na verdade foi visto apenas por algumas pessoas, incluindo um crítico italiano que, dizem, saiu da sessão após dez minutos de exibição dizendo aos repórteres que Ortese "deveria ser abatido como um animal doente". Incapaz de levantar mais dinheiro para seus projetos de filmes, Ortese gastou os últimos três anos de sua vida recluso nas montanhas da Toscana, onde morreu de pneumonia no inverno de 1975.

E então ali estava o filme "perdido" de Ortese! Terry sentiu um arrepio repentino quando leu essas últimas frases. Sabia, de cara, que se tornaria sua obsessão encontrar tanto o trabalho conhecido quanto o desconhecido desse diretor. Na manhã de segunda-feira, ligou para o escritório de sua orientadora e recebeu permissão para fazer da vida e da carreira de Ortese o assunto de sua dissertação de terceiro ano.

Obsessões, é claro, nunca podem ser compartilhadas. Nas semanas seguintes, quando quer que ele tentasse explicar seus sentimentos sobre esses filmes, ou organizasse exibições para seus amigos na sala de projeções do campus, ele se deparava com uma sólida barreira de tédio e incompreensão. Foi em uma dessas ocasiões, no fim do semestre, que teve uma pequena discussão com Robert sobre estética.

— Por que você nunca gosta de filmes mais alegres, animados? — Robert perguntou a ele, enquanto saíam do Departamento de Cinema e andavam pelo estacionamento do campus. — Por que você só gosta de filmes miseráveis e deprimentes? Por que seus filmes favoritos não são os mesmos de todo mundo, como *Casablanca*, ou aquele com o James Stewart no Natal?

— Porque eles não são trabalhos de artistas de verdade — disse Terry. — E não há mistério neles, não há enigma.

— Ah, mas isso é tão elitista. Na verdade, você é o elitista extremo, não é? Porque você está convencido de que o único filme que vale a pena ver é aquele que ninguém consegue ver.

Era verdade que, embora tivesse mandado mais de 20 cartas sobre Ortese para arquivos e bancos de dados em todo o mundo, Terry não havia, até então, conseguido encontrar uma única crítica impressa sobre o filme mais famoso dele. Mesmo assim, isso não o havia impedido de se dedicar a um trabalho de cinco mil palavras intitulado "Filmando o infilmável: um estudo de caso das respostas do público a *Sergente Cesso*, de Salvatore Ortese", que sua orientadora adorara, e que ele agora preparava para apresentar, com o incentivo dela, para uma revista sobre cinema de prestígio nacional chamada *Frame*.

— E essa é outra coisa — disse Robert. — Acho ridículo que você tenha escrito um artigo sobre um filme que nunca viu.

— Mas alguém o viu? Esse é exatamente o ponto. Será que ele existe?

— Acho que você está ficando louco. Me preocupo com você, sabe. Me preocupo com sua saúde mental e com seu bem-estar físico.

— Quem é *você* para falar? — disse Terry. Eles haviam chegado ao carro, e ele procurava pela chave em seus bolsos. — Você é que tem uma fixação esquisita. — Ele percebeu que isso soou duro demais, e perguntou com mais delicadeza: — Robert, quando você vai esquecê-la?

— Por que eu iria querer fazer isso?

Terry suspirou, e se acomodou no banco do motorista.

— Você não vem comigo?

— Não. Ela disse que deveria ir comer no Jonah's. Acho que vou lá procurá-la.

— Isso vai acabar em lágrimas — disse Terry, dando a partida no carro. — Estou te avisando.

Robert lembrou-se de algo.

— Havia um cara procurando por você hoje cedo. Um sujeitinho estranho. Sotaque americano.

Terry fez uma careta.

— Não era o Joe Kingsley?

— Esse mesmo. Disse que tinha algo importante para perguntar a você.

— Tenho certeza de que pode esperar — disse Terry, que saiu dirigindo pela rua circular do campus a uma velocidade irresponsável, olhando pelo espelho apenas para ver Robert, ainda parado no estacionamento, enraizado, sozinho e infeliz.

8

Havia muitos anos que Terry não gastava um momento de seus pensamentos com Salvatore Ortese ou seu mítico filme "perdido". Mas quando saiu da clínica na manhã de terça-feira e tomou o ônibus para o campus, ficou espantado com a velocidade com que essas memórias voltaram; espantado com a rapidez e o imediatismo com que experimentava, mais uma vez, aquelas dores antigas de fome pelo conhecimento proibido. Elas começaram a tomá-lo assim que entrou na biblioteca. Suas portas deslizaram e se abriram automaticamente, com um som que parecia um sedutor ofegar (outro lembrete instantâneo de seus dias de estudante), e logo ele se viu parado diante das velhas e familiares prateleiras: fileiras após fileiras de revistas de capa verde que ele já estudara tão fanaticamente que quase as conhecia de cor: *Positif*, *Film Comment*, *Sight and Sound*, *Cahiers du Cinéma*. Foi aqui, ele lembrou, que a busca começara, quando ele devorara cada índice anual dessas publicações e buscara mesmo a menor referência a Ortese e seus filmes. Como ele havia sido apaixonado, naqueles dias; como era dedicado. Em sua entrevista com o Dr. Dudden, Terry descrevera aquela época como um período de depressão, mas ele percebia agora que estava errado. Talvez dormisse por quase 14 horas por dia, mas ao menos tinha um objetivo, uma meta. Quando toda aquela energia dissipou-se; quando ele permitiu que ela fosse jogada para longe pela mesmice?

Terry martelou as perguntas em sua cabeça enquanto sucumbia a um proibido copo de café no restaurante vazio do Centro de Artes do campus. Ele esperava fazer uma visita nostálgica ao Jonah's, o velho restaurante self-service, mas o lugar havia desaparecido. Muitas mudanças tinham sido feitas na universidade nos últimos 12 anos: o restaurante em que ele estava era novo, novo em folha, brilhante com superfícies espelhadas e mobília cromada e o vidro refletor de uma dúzia de coloridas obras abstratas. O cinema ao lado dele também era novo, e havia um novo teatro para concertos e peças, chamado Stephen Webb Centre: um detalhe que poderia ter feito Terry parar para pensar, se ele tivesse de fato percebido. Mas estava ocupado demais contemplando o mistério de seus ideais perdidos; ocupado demais tentando lembrar, entre outras coisas, qual havia sido a última pesquisa que fizera sobre Ortese. Deve ter sido durante sua viagem para a Itália, em novembro de 1984. Terry estivera em Milão, para escrever sobre o making of de um filme — embora a *Frame* nunca tenha usado essa matéria — e aproveitou para viajar para Roma por uns dias, onde conseguiu entrar nos arquivos da Cinecittà depois de muito diligentemente cortejar a doce e sensual recepcionista de olhos castanhos, cujo trabalho era manter tipos como Terry a distância. Finalmente ela deixou-o entrar na biblioteca de imagens, e lá, depois de gastar mais de 12 horas ajoelhado entre transparências e fotos em preto-e-branco, ele encontrara (e ainda assim havia se esquecido disso; como *pôde* ter se esquecido disso?) quase o que estava procurando. Ele encontrara, de toda forma, prova de que o filme existiu; prova de que era mais do que o produto de meros rumores e especulações jornalísticas. Ele encontrara uma foto.

Uma foto. Uma pobre lembrança, talvez, do filme que na imaginação febril de Terry tornara-se o equivalente artístico do Cálice Sagrado, porém ainda mais sagrado exatamente por causa da foto. E o que havia acontecido com a foto? Essa era a parte inacreditável: Terry mal conseguia se lembrar. Ele a havia trazido da Itália, certamente, e deve tê-la escondido em algum lugar, mas como ele se mudou pelo menos seis vezes desde então, não tinha a mínima idéia se a foto havia sobrevivido a todas essas mudanças. A idéia de tê-la perdido repentinamente o deixou horrorizado.

Como sua atitude em relação a essa preciosa relíquia pode ter se tornado tão arrogante? Se *Sergente Cesso* tinha duas horas, a 24 quadros por segundo, isso significa que, das 172.800 imagens que compunham o filme, ele havia obtido (roubado seria o termo mais correto) o que era muito possivelmente a única sobrevivente. Hoje, pela primeira vez em 12 anos, a grandeza desse ato voltou para ele. Começou a duvidar se conseguiria esperar até o fim de sua estada na clínica antes de voltar correndo para Londres e procurar pela foto entre as caixas e pastas cheias de porcaria que hoje em dia faziam as vezes de mobília em seu apartamento.

Terry pediu outra xícara de café, e descobriu, para sua surpresa, que não conseguia terminá-la. Achou que talvez estivesse muito amargo, e colocou mais açúcar. Mas não adiantou. Percebeu que suas mãos começavam a tremer. Sentia-se totalmente acordado, mas com uma excitação estranha, nervosa, artificial que interferia no descanso mais acomodado que sentia dentro dele nos últimos dias. Decidiu, para seu maior espanto, que era hora de fazer uma caminhada.

Ele andou pela maior parte da tarde: na cidade, em primeiro lugar, buscando velhas assombrações que não o surpreenderam por estarem sumidas há tempos. O Café Valladon não existia mais, substituído por uma livraria cristã. O Planetário já não existia mais, substituído por um Centro de Informações Turísticas e por um museu esquálido que oferece história local de forma interativa. A biblioteca ainda estava lá, porém, e também

The Half Moon, e também o The Crown Hotel, onde seus pais às vezes ficavam, e também o cinema que estava exibindo, ele percebeu com um pouco de interesse profissional, *Toy Story*, *A gaiola das loucas* e *Chalk and Cheese 4*. Ainda havia um ar descolorido sobre o lugar, um mofo parecido com o odor adormecido das lembranças tristes que você encontra quando abre uma gaveta fechada há muito tempo. Muito rapidamente, começou a se sentir totalmente deprimido. E então se embrenhou pela trilha do morro, a rota de volta a Ashdown que ele sempre desdenhava com indolência quando estudava, mas que agora acenava irresistivelmente com a possibilidade de um exercício vigoroso e uma brisa marinha renovadora. Terry calculou que, se ele fizesse um bom tempo, chegaria com dez minutos de antecedência para sua consulta das 17h com o Dr. Dudden.

*

Enquanto Terry marchava no ritmo de quem tem um propósito pelas subidas na direção de Ashdown, Sarah fazia uma caminhada mais lenta e meditativa pelo parque no seu caminho da escola para casa. Isso foi no dia seguinte ao seu encontro com Ruby, e ela ainda estava preocupada com as memórias que haviam sido remexidas.

O verão ainda estava para se afirmar nessa última semana de junho. Alguns dias esquisitos e isolados de sol haviam sido suficientes para convencer a maioria dos londrinos de que uma onda de calor havia chegado, então as blusinhas, os shorts e as camisetas estavam em evidência, embora o céu estivesse nublado e uma caprichosa brisa do norte ameaçasse derramar pequenas gotas de chuva. Sarah começava a tremer, mesmo com a roupa de trabalho, e seu primeiro pensamento, quando viu Alison Hill sentada sozinha em um banco, foi que ela parecia não apenas entediada e solitária, mas também com frio.

Era dia de educação física na escola, então não havia aula à tarde. Sarah havia observado o começo das atividades e então decidira que sua presença não era mais necessária; e as crianças que não participassem tinham a opção de ficar para assistir ou ir para casa pelo resto do dia. Foi uma surpresa um pouco alarmante descobrir que Alison não havia feito nenhuma das duas.

— Olha — ela disse, à frente da pequena e frágil menina no banco. — O que você está fazendo aqui sozinha?

— Só estou sentada — disse Alison placidamente.

— Bem, você se importa se eu sentar com você por um minuto?

Alison, sem muita escolha, balançou a cabeça.

— Não quis ficar vendo a aula de educação física, então? — disse Sarah, enquanto se acomodava ao lado dela.

— Não.

— Meio chato, você acha?

— Humhum.

— Então... — Sarah se perguntava a melhor forma de abordar a menina. — Você mora aqui por perto? Devemos ser quase vizinhas.

— Bem perto daqui — disse Alison. Apontou na direção de um dos portões do parque. — Moramos ali. Não na avenida principal, mas bem perto dela.

— Na Seven Sisters Road, você quer dizer?

— Sim.

— Bem, não é longe da minha casa — disse Sarah. Era tecnicamente uma mentira, mas justificável pelas circunstâncias, pensou. — Você gostaria de que andássemos juntas para casa? Só porque este parque não é um bom lugar para ficar sozinha.

— Não posso ir para casa ainda — disse Alison. — Minha mãe está no trabalho.

— Você não tem uma chave?

Alison balançou a cabeça.

— Achei que tivesse, mas não consigo encontrar. Deveria estar na minha mochila, mas acho que devo tê-la deixado em casa.

— Mas, a que horas sua mãe vai estar de volta?

— Às sete horas.

Ainda levaria mais de quatro horas. Tendo percebido, rapidamente, que não havia parentes ou vizinhos com quem Alison poderia contar, Sarah chegou a uma inevitável, mas relutante, decisão. Abandonando seus planos de tomar um banho, cochilar, ler alguns capítulos do romance de Lorrie Moore e atacar os formulários de avaliação, ela disse para Alison:

— Bem, que tal se você fosse para a minha casa para passar a tarde? Você poderia ir lá, beber um pouco de chá e ver um pouco de tevê.

Não muito animada com a oferta, Alison inclinou a cabeça e concordou.

— Está bem.

— Então vamos lá.

Elas se levantaram e andaram na direção dos portões do parque em silêncio. Sarah se perguntava por que Alison não fizera nenhuma referência ao pai, e tentou se lembrar de alguns detalhes familiares da menina que ela havia ouvido em uma conversa, já meio apagada da memória, na sala dos professores uns meses antes. Na verdade, não *havia* pai, tinha certeza. Houvera alguma especulação — inconclusiva, até onde ela lembrava — se algum dia houvera um pai na história ou se ele havia partido recentemente. Nesse ponto, a singularidade do poema de Alison voltou à mente de Sarah, e uma suspeita começou a se formar.

— Foi um poema muito amável aquele que você leu na aula outro dia — Sarah disse. — O que lhe deu a idéia? Você tem seu próprio telescópio? Você gosta de olhar as estrelas?

Alison balançou a cabeça timidamente.

— Não, eu apenas... comecei a escrever, e as palavras saíram...

— Era muito triste — disse Sarah. — Senti pena das duas estrelas, sozinhas, depois que a grande morreu. Você queria mesmo escrever um poema tão triste?

— Bem... — Alison começou, mas não foi além disso.

Sarah percebeu que essa linha de perguntas não levaria a lugar nenhum, e percebeu que não poderia lidar com a idéia de Alison ficar na casa dela a tarde toda, empoleirada no canto do sofá, subjugada e com medo, beliscando biscoitos ou ficando sentada, com o olhar parado de tédio diante dos programas infantis da tevê. E então, como medida de emergência, elas desviaram o caminho para o McDonald's mais próximo, onde Sarah tomou café, ou algo parecido com isso, e Alison comeu um McFish com milk-shake de chocolate. Isso pareceu animá-la um pouco, embora ela não tenha ficado mais falante; depois de 15 minutos a conversa morreu totalmente.

— Melhor irmos agora — Sarah disse, olhando para o relógio. — Mas antes de tudo, quero que você procure por sua chave pela última vez. Você tem *certeza* de que não está na sua mochila?

Enquanto Alison abria a mochila e remexia as coisas com um ar resignado e atarefado, Sarah viu algo que instantaneamente lhe causou um arrepio.

— O que é isso? — ela perguntou gentilmente, levando o corpo para a frente meio a contragosto.

Os olhos de Alison estavam arregalados e cheios de culpa, eloqüentemente pedindo que Sarah não levasse a discussão adiante. Mas eles não seriam atendidos. Ela empurrou para o lado os livros de exercícios e o suéter cinza todo amassado, olhou dentro da mochila e encontrou, para seu grande espanto, que sua olhadela de passagem não havia sido um engano: ali estava, deitado no fundo, um animal morto. Por um momento de horror, ela pensou que fosse um rato; mas era um pequeno e amarelo ratinho do campo. Alison também havia achado um pedaço de veludo verde em algum lugar, e havia embrulhado o animal nele. Não parecia que estava morto havia muito tempo: provavelmente, menos que um dia.

— Alison — disse Sarah, olhando gravemente dentro de seus olhos —, você não deve nunca, jamais, guardar coisas mortas na sua mochila desse jeito. Elas carregam todos os tipos de doenças. Você poderia ficar muito doente. Você leva comida nesta mochila?

— Às vezes — disse Alison. — Quando minha mãe faz sanduíches para mim.

— Bem, quando você chegar em casa, vai ter de pedir para ela desinfetar essa mochila. Na verdade, vamos desinfetá-la juntas, quando chegarmos à minha casa. E o que vamos fazer agora, nós não vamos tirá-lo aqui, no restaurante, porque isso poderia causar problemas, mas vamos sair para a rua, e então vou embrulhá-lo em um lenço de papel e jogá-lo na lata de lixo mais próxima.

— Mas ele *não é* lixo — Alison protestou, agora às lágrimas.

— Onde você o encontrou?

— Na escola. Perto do campo de futebol.

— E o que você pretendia fazer com ele?

— Levá-lo para casa e enterrá-lo.

De repente, resgatada do passar dos anos, uma lembrança traiçoeira surgiu e espetou a consciência de Sarah, trazendo com ela (de forma muito inapropriada, naquele momento) um sorriso interno. Ela se lembrou da conversa absurda que tivera com Robert naquele dia — apenas a segunda conversa deles, na verdade — quando ele estava falando de sua gata morta e ela pensou que ele estivesse falando de sua irmã, e ficara horrorizada ao ouvir que o pai dele planejava enterrá-la no quintal. Por um momento, o mal-entendido pareceu tão delicioso que ela queria rir; ela até chegou a ponderar se valia a pena compartilhá-lo com Alison, para ver se isso dissipava a tensão, mas uma olhada em seu rosto sem vestígios de mimos ou de questionamentos, com o lábio inferior começando a tremer, os olhos engolidos pelas lágrimas que brotavam deles (Sarah começava a suspeitar) em muitas das últimas noites foi suficiente para sufocar a idéia. Em vez disso, ela apenas se levantou e levou Alison até a porta, pensando consigo, quase em pânico: "Essa criança está assombrada pela morte. Obcecada pela morte."

Mais três horas até as sete horas. Rato jogado fora com segurança, Sarah começou a procurar outras desculpas para atrasar o retorno delas para sua casa silenciosa e nada acolhedora, e depois de alguns minutos de caminhada, uma espécie de salvação apresentou-se na forma de um cinema. Sarah levou Alison até a entrada e elas ficaram olhando os pôsteres e os horários de início das sessões.

— Você vai muito ao cinema? — Sarah perguntou.

— Na verdade, não. Às vezes, nas férias. Alugamos as fitas de vídeo em casa.

A maioria dos filmes era completamente inapropriada, e carregavam as indicações de idade de "16" e "18". Havia um, porém, que parecia promissor: uma comédia chamada *Chalk and Cheese 4*. O pôster não inspirava muita confiança, mostrando dois policiais uniformizados apontando armas gigantes no rosto um do outro sob a chamada "ELES ESTÃO DE VOLTA — ELES ESTÃO NO CASO — E ELES ESTÃO MAIS ENCRENQUEIROS DO QUE NUNCA!". Mas esse era o filme, Sarah agora percebia, que Terry havia elogiado em um longo texto no jornal na semana anterior. "Diversão para toda a família", não havia sido essa a conclusão dele? Bem, pelo resto da tarde, Alison e ela eram uma família, de certa forma, e ambas certamente precisavam de um pouco de diversão. Sarah comprou dois ingressos e elas entraram.

Assim que o filme começou, demorou apenas alguns minutos para ela perceber que cometera um erro terrível. O filme era tão ofensivo que ela hesitaria em levar qualquer pessoa para vê-lo, ainda mais uma menina sensível e imatura de nove anos. Não era tanto pelo humor, embora Alison tenha ficado imóvel e aparentemente confusa durante as cenas que se pretendiam cômicas (uma seqüência, por exemplo, em que dois policiais são designados para a tarefa de acompanhar a primeira-dama em um discurso, e são descobertos, depois de comer um grande prato de feijão no quartel-general, peidando dentro da limusine dela); também não era pelo espantoso e brutal tratamento dado às mulheres, um dos temas centrais recorrentes (havia um subenredo envolvendo um segurança preso por engano e cuja tímida e respeitável esposa foi obrigada a fazer um striptease para os dois policiais para assegurar a libertação do marido; naturalmente, ela se sentiu excitada com a situação e depois assumiu a carreira de stripper). O que realmente alarmou Sarah, o que a deixou vermelha de vergonha por ter levado Alison ao cinema naquela tarde, foi o caso de amor do filme com a morte: a forma como mostrava a morte como um show à parte, um carnaval, um gerador de piadas e uma panacéia cômica. Os personagens podiam ser assassinados, arrasados, destruídos, explodidos com tiros, tudo para garantir uma virada no enredo ou mesmo uma boa piada. O genocídio casual era cometido contra pedestres pela explosão aleatória de carros e prédios. O único personagem negro simpático do filme, o amável tio Tom, que serviu como apoio para os divinos heróis, foi animadamente assassinado para preencher alguns segundos que precisavam de emoção. O filme, que nunca aspirou a nada a não ser a comédia insolente, era permeado pela morte, saturado por ela, que era imbecilizada.

Para deixar as coisas piores, em pouco tempo o café que Sarah bebera no McDonald's começou a fazer pressão na bexiga.

— Já volto — ela sussurrou para Alison, com um apertãozinho em seu braço; e então, enquanto jogava água fria no rosto no banheiro feminino, ela decidiu que, acontecesse o que acontecesse, deveriam sair do cinema imediatamente. Não havia por que prolongar aquilo.

Sarah secou o rosto com toalhas de papel e voltou ao seu assento. Mas Alison havia ido embora.

*

— Pontualidade, Sr. Worth — disse o Dr. Dudden, olhando para o relógio de pulso enquanto Terry sentava à sua frente. — A pontualidade é a chave para a organização. A organização é a chave para o sucesso. Estou satisfeito de ver que você está comigo nessa.

Ele desligou o toca-fitas portátil (em que algum harpista sem personalidade, mas honesto, tocava) e acrescentou... presumivelmente para ele próprio:

— Esse homem ignora as marcações metrônomas. Simplesmente as ignora. — Ele acomodou-se na mesa e abriu um sorriso para seu paciente, que sorriu de volta sem muita emoção. Na verdade, Terry não estava se sentindo nada bem. Sua caminhada pelas montanhas, longe de tê-lo deixado mais arejado, provou ser fisicamente exaustiva: ele não havia percebido que estava tão fora de forma. O copo e meio de café que bebera pela manhã continuava tendo um efeito poderoso, e seu cérebro estava rodopiando com uma energia que estava desconcertantemente brigando com o cansaço de suas pernas; em particular, ele não conseguia parar de se preocupar com a preciosa foto que poderia ou não estar escondida em algum lugar em seu apartamento em Londres. E, finalmente, para deixar as coisas piores, dois pensamentos alarmantes sobre o Dr. Dudden começaram a se enraizar em sua mente. Um era que, a julgar pela profundidade de suas olheiras, o médico não parecia estar nem perto de dormir o suficiente. E o outro era ainda mais preocupante, porque depois daquele elogio à pontualidade, feito em tons muito mais afáveis e acolhedores do que o normal, Terry tinha a terrível suspeita de que o Dr. Dudden começava a gostar dele.

A suspeita foi prontamente confirmada pelo discurso seguinte.

— Você está aqui há pouco mais de uma semana, Sr. Worth, e esse parece, para mim, ser um tempo apropriado para fazermos uma pequena revisão de nosso *modus operandi*.

"Digo isso porque, antes de você chegar, presumi que o benefício primário de sua visita, para mim, como pesquisador, estaria na oportunidade de avaliar como o conteúdo de seus sonhos poderia ter sido afetado pela experiência de ver tantos filmes em um espaço de tempo tão curto. De qualquer forma, uma vez que você não está sonhando nada, isso obviamente não está sendo possível.

— Posso não ter sonhado — disse Terry —, mas tenho me sentido diferente. Mais descansado.

— Isso não me surpreende. Você *está* começando a dormir mais. Na noite passada, por exemplo, você ficou 18 minutos no Estágio Dois.

Terry balançou a cabeça, não entendendo nada.

— É uma sensação agradável, você diria, essa sensação de descanso?

— Bem, sim — disse Terry, bastante surpreso.

— Entendo. — Essa não parecia ser a resposta que o Dr. Dudden estava esperando ou desejando. Ele se inclinou para a frente, e falou com algum entusiasmo. — Não me incomodo de contar para você, Sr. Worth, que você confundiu minhas expectativas, e acabou sendo um espécime muito mais extraordinário do que eu havia imaginado. Começo a pensar, na verdade, se seu caso não pode ser único nos anais da pesquisa sobre o sono. E o que eu gostaria de sugerir para você, na verdade o *convite* que eu gostaria de fazer, é que você fique nesta clínica por quanto tempo quiser. Como nosso convidado. E que essas "entrevistas", como eu formalmente as chamo, se tornassem... bem... menos formais.

— Menos formais?

— Mais amigáveis. Mais como... bate-papos. Dessa forma...

— Dessa forma você espera ficar mais íntimo de mim, de forma que eu decida ficar por aqui. E então você, como pesquisador, terá pleno acesso a mim, como um espécime.

— Essa é uma maneira *muito* cínica de olhar para isso.

— Talvez. — Talvez fosse simplesmente porque ele se sentia tão fraco e sem fôlego, mas Terry começava a suavizar para o Dr. Dudden, e não para ele mesmo. — Esses bate-papos, então, podemos entrar em um acordo de uma troca de informações bilateral aqui? Devo escrever sobre este lugar, afinal de contas.

— Sem dúvida. Sem dúvida. Estou maravilhado de ouvir que você acha que nosso trabalho pode ser de algum interesse para um universo maior. E posso permitir a você um acesso razoavelmente livre aos nossos materiais... desde que a confidencialidade dos pacientes seja respeitada, é claro...

— É claro.

— Então, há algo que você queira perguntar, para dar o pontapé inicial?

— Sim, há — disse Terry. — Há várias coisas.

— Pergunte, então.

— Certo. — Terry sentou-se ereto na cadeira, tentando assumir uma atitude de concentração. — Bem... você disse que meu caso pode ser único, por exemplo. Com o que exatamente você está me comparando?

— Apenas duas comparações me vêm à mente, uma delas profissionalmente documentada, a outra não. Uma enfermeira aposentada de Londres, de 70 anos, conhecida apenas como Srta. M., ficou algumas noites em um respeitável laboratório de sono e foi descoberto que ela vivia bem com apenas uma hora de sono por noite. A atitude dela em relação às pessoas que dormiam mais que isso era crítica de maneira bastante contundente: ela pensava que essas pessoas eram vagabundas e esbanjavam o tempo. Talvez ela tivesse um ponto a provar. — Ele se encolheu por um momento, e então recuperou o fio da meada. — Ainda mais marcante foi o caso amplamente divulgado do diretor de um orfanato de Londres, que alegava, em 1974, que dormia apenas 15 minutos por noite desde a guerra. Isso nunca foi verificado, porque ele era teimoso e se recusava a visitar um laboratório. O recorde de mais longo período ininterrupto de falta de sono é de um tal Sr. Randy Gardner, de San Diego. Em 1965, aos 17 anos, ele ficou sem dormir por 264 horas. Suas funções motoras e psíquicas não aparentaram ter sido alteradas, e às três da manhã da última noite, ele jogou uma partida de basquete e ganhou. Mas suspeito de que você, Sr. Worth, poderia quebrar esse recorde com alguma facilidade, se é que você já não o fez sem nem sequer perceber. Eu sei, com provas, que você ficou nessa clínica por mais de 200 horas sem ir além do Estágio Dois do sono.

— Talvez você tenha de me explicar como esses estágios funcionam. Não os conheço muito bem.

— É muito simples. O Estágio Um é a transição do estado acordado para a sonolência, durante o qual sua pressão arterial baixa e sua freqüência cardíaca diminui e seus músculos relaxam. O cérebro, nesse ponto, emite ondas-alfa a uma freqüência de sete a 14 ciclos por segundo. Esse estágio normalmente dura de cinco a dez minutos, no máximo. O Estágio Dois começa com o aparecimento de ondas-teta de 3,5 a 7,5 ciclos por segundo, com eixos e complexos-K de sono. No começo da noite, esse estágio também dura apenas alguns minutos, e então vemos a atividade das ondas-delta começando, o que marca o início da inconsciência propriamente dita. O Estágio Três é um estágio intermediário, quando as ondas-delta ainda são menos da metade do que é registrado no eletroencefalograma. O Estágio Quatro é quando as ondas-delta predominam, há muito pouco movimento corporal e é difícil acordar quem está dormindo. O Estágio Quatro é a parte mais profunda e mais relaxante do sono: alguns pesquisadores o chamam de "âmago do sono". Depois de, talvez, meia hora ou 45 minutos desse estágio, haverá perceptíveis movimentos de corpo e mudanças de posição. O Estágio Quatro é interrompido, quem dorme volta muito brevemente ao Estágio Dois ou Três, e então rapidamente entra no que chamamos de sono REM, ou sono paradoxal. Ele na verdade lembra mais o estado de acordado do que o sono: o tônus muscular desaparece, mas há atividade cerebral frenética e os olhos rodam de um lado para o outro dentro das pálpebras fechadas. Esse ciclo todo, do Estágio Um ao REM, leva cerca de 90 minutos e se repete, com algumas variações, mais ou menos quatro ou cinco vezes durante a noite.

— Que tipo de variações?

— Primeiro, o Estágio Quatro do sono predomina. Então, à medida que a noite passa, os períodos de REM ficam mais e mais longos. Isso leva alguns pesquisadores a crer que o Estágio Quatro é o que o cérebro realmente precisa para descansar, e que os sonhos gerados no sono REM, sobretudo no começo da manhã, são apenas algo que o cérebro trama para se manter entretido enquanto o corpo continua descansando.

— Mas até agora não fui além do Estágio Dois, correto?

— Notoriamente, sim.

— E quando se espera que eu comece a sonhar de novo?

— Quando você entrar no sono REM, provavelmente, se isso algum dia acontecer. — Dando a Terry um momento para absorver essa informação, o Dr. Dudden continuou: — Tinha outra idéia sobre você, Sr. Worth, uma bem ingênua, antes de sua chegada. Achei que, como meus outros pacientes, você viria para cá com esperanças de que eu o curasse de sua insônia: prescrever sedativos, ciclopirrolonas, algo assim. Eu não havia percebido... — e agora ele olhava de forma diferente, provocando — que você e eu temos a mesma opinião sobre o sono. Que éramos... aliados, se você preferir falar assim.

Terry retorceu-se um pouco.

— Não tenho certeza se estou acompanhando o raciocínio.

— Deixe-me colocar desta maneira — disse o Dr. Dudden, coçando os olhos de uma maneira distraída. — Você acha que teria alcançado tanto, em sua carreira de jornalista, se você tivesse dormido oito horas por noite nos últimos 12 anos?

— Não, acho que não. Como free-lance, eu tenho uma vantagem grande... posso ser o dobro de produtivo em relação a todas as outras pessoas.

— Exatamente. Exatamente! Sendo que aqui, Sr. Worth, *aqui*, você deve se sentir entediado, amarrado à cama a noite toda com todos aqueles eletrodos.

— É um pouco tolo, sim.

— Então o que você acha disso? Como você se mantém animado?

— A pior coisa é não ter uma televisão no quarto. Se eu tivesse uma televisão, não haveria problema. Eu ouço meu walkman, escrevo coisas em meu laptop. Às vezes eu leio.

— O que você lê?

— Livros de referência, se encontro. Gosto de livros de listas. Livros que dão pequenos fragmentos de informação.

— Você não lê romances, biografias?

— Não. Não gosto de narrações contínuas, não consigo me concentrar nelas.

— Mas você gosta de filmes?

— Sim.

— Por falar nisso... — o Dr. Dudden pegou uma caixa-arquivo da prateleira atrás dele. — Fiquei muito impressionado, outro dia, por você não ter conseguido reconhecer Lorna, nossa técnica, depois de ter sido apresentado a ela duas vezes. Eu criei um pequeno experimento, com a ajuda de meus colegas do Departamento de Cinema da universidade. Você se incomoda se tentarmos fazê-lo?

— De forma alguma.

O Dr. Dudden abriu o arquivo e tirou um punhado de fotografias.

— Quero ver quantos destes você consegue identificar — ele disse, e segurou a primeira foto. — Alguma idéia?

Terry encarou a foto e franziu a testa. Havia algo levemente reconhecível naquele rosto, e um nome escapou de sua pesquisa mental; ele finalmente desistiu.

— Não, desculpe-me.

— É o Dr. Goldsmith, nosso neurologista. E esta?

A segunda foto não apresentou problemas.

— Steve Buscemi. Ele foi o Mr. Pink em *Cães de aluguel*, e ele interpreta um dos seqüestradores de *Fargo: uma comédia de erros*.

— Muito bem. E que tal esta?

Terry não conseguiu identificar a foto seguinte, que era de Lorna.

— E esta?

— Ray Liotta, de *Obsessão fatal* e *Totalmente selvagem*.

— Só mais alguns. Quem é esta, você sabe dizer?

Terry conseguiu ver como o exercício funcionava, e fez um esforço concentrado para a próxima foto. O rosto certamente era familiar, desta vez; ele sentia que, por alguma razão, ele estava mais enraizado em sua consciência do que os outros dois. Mas ainda assim ele teve de desistir.

— É a Dra. Madison. Mais um, para terminar. Me foi dito que você pode achar este bem mais difícil.

Terry não achou nada difícil.

— Shelley Hack — ele disse. — Ela foi uma da *Panteras* por um tempo, e interpretou a assistente de Jerry Langford em *O rei da comédia.*

— Excelente, Sr. Worth, excelente. Sinto-me aliviado, para falar a verdade. Chegou a me ocorrer que você estivesse sofrendo de uma séria perda de memória, mas o problema é claramente localizado. Doze anos! — Ele colocou as fotos de volta em seu arquivo e olhou para Terry com um perceptível brilho em seus olhos, triunfante, dono da situação. — Doze anos, com apenas um prejuízo seletivo de seus poderes de lembrança. Espero que você perceba quão especial isso o torna. Espero que você perceba quão *importante* você é.

— Não tenho certeza se percebo.

O Dr. Dudden continuava a balançar a cabeça, maravilhado. Por um momento, Terry achou que ele fosse dar a volta na mesa e abraçá-lo.

— Vou aprender tanto com você, Sr. Worth. Tanto, tanto. — Espertamente, agora, ele ficou em pé. — Venha comigo, nesse meio-tempo. Há algo que quero mostrar a você, algo que sei que é de seu interesse.

Terry não tinha idéia de para onde o Dr. Dudden o levaria quando saíram do escritório e cruzaram o hall de entrada. Para sua surpresa, o médico abriu uma porta ao lado da escada principal, e desceram até o porão, que Terry lembrava como úmido, abandonado e fétido, raramente visitado pelos estudantes.

Agora, porém, suas paredes brancas e a luz branca o faziam brilhante e limpo, até asséptico, e tinha um barulho alto do murmurar das máquinas de lavar e das secadoras.

— Decidimos colocar a lavanderia aqui embaixo — Dr. Dudden explicou. — Mesmo em um templo da ciência, você vê, as praticidades têm de ser atendidas. De qualquer forma, não é isso que quero mostrar.

Ele guiou Terry na direção do final do corredor, onde o caminho deles foi descompromissadamente barrado por uma pesada porta de metal, que ostentava a legenda: "ÁREA RESTRITA. SOMENTE PESSOAL AUTORIZADO PODE PASSAR DESTE PONTO." Ela era protegida por um sistema de combinação de números. O Dr. Dudden colocou os seis dígitos no teclado, então parou.

— Agora, você não se descreveria como um homem sentimental, se descreveria? — ele perguntou a Terry. — Ou melindroso?

— De forma alguma.

O Dr. Dudden sorriu.

— Achei que não — ele disse; então ele colocou os dois números que faltavam, esperou pelo "clic" de resposta e empurrou a porta para abri-la.

9

A praia era muito pouco usada, e só se chegava nela por um caminho íngreme e estreito aberto de qualquer jeito dentro da pureza do morro.

Da praia era possível ver Ashdown, empoleirada em seu topo, cinza e disforme sob a luz do sol.

Das janelas de Ashdown dava para ver vultos na praia, mas era difícil identificá-los.

Robert ia pela trilha na frente, carregando uma sacola de supermercado, cheia de comida, bebida, livros e revistas. Sarah vinha depois, carregando uma pá em uma das mãos e, pendurada em seu ombro, uma mochila com toalhas e roupas de banho. Ruby estava no meio do caminho, com um balde nas mãos.

A tarefa de guiar uma criança por essa trilha fez Robert perceber que ela era mais perigosa e desnivelada do que ele lembrava. De vez em quando, ele virava e pegava Ruby pela mão, ajudando-a a enfrentar algum declive repentino, alguma rachadura no terreno seco e arenoso. Em um ponto, ela pisou em falso, escorregou e poderia quase ter caído lá de cima se ele não estivesse ao lado dela; e embora a própria Ruby não parecesse nem um pouco abalada pelo acidente, isso fez Robert pensar de novo se eles não haviam exagerado ao levá-la para a praia; se eles não haviam assumido mais do que conseguiam realmente administrar. Era uma experiência totalmente nova aceitar a responsabilidade (ainda que uma responsabilidade dividida e temporária) pelo bem-estar de um ser humano pequeno e vulnerável. A consciência da confiança absoluta e impensada que Ruby depositava nele percorria seu corpo como eletricidade, algo chocante e maravilhoso.

Igualmente maravilhosa era a circunstância, bastante inesperada, que tornava esse dia milagroso: a ausência de Veronica. Era a folga de meio de semestre nas escolas locais, e na maior parte da semana ela e Sarah serviram como babás voluntárias para os zeladores de Ashdown, o Sr. e a Sra. Sharp. Eles precisavam de alguém para tomar conta da filha de oito anos, Ruby, uma vez que a Sra. Sharp havia recentemente assumido um trabalho vespertino de faxina na cidade vizinha. As duas levavam Ruby para o quarto que elas agora dividiam, e enquanto uma trabalhava na velha mesa de pinho, debruçada sobre uma pilha de papéis ou algum livro da biblioteca, a outra ajudava a criança com um quebra-cabeça, ou lia alguma história para ela, ou ficava de pernas cruzadas no chão com ela jogando paciência, ou sentava com ela na varanda para ver o mar, jogando jogo-da-velha no vidro embaçado.

Fazendo isso, porém, Veronica estava deixando de lado suas obrigações como diretora de palco da produção desse semestre de *Arturo Ui*, e hoje ela havia decidido que não poderia faltar mais. Era uma quinta-feira de maio, e o tempo acabara de virar, de repente estava quente, tão quente como sempre se esperava no verão, sem um sopro de vento e com um céu sem nuvens e tão azul quanto a base de uma chama. (Depois, naquela tarde, quebrando um longo silêncio, Sarah pesquisou e citou seis palavras do romance que estava lendo — "tão parado, tão moldado, tão morto" — e por muitos anos depois Robert se lembraria dessas palavras, que nunca falhavam, para ele, na hora de reavivar as exatas substância e textura daquele dia.)

Através da janela de seu quarto, Robert estava encarando todo aquele azul, com a cabeça livre de qualquer pensamento, quando ouviu Sarah bater em sua porta (ele sempre reconhecia o bater de Sarah), e ela apareceu segurando Ruby pela mão. Queria saber se ele poderia ficar de olho na menina por um tempo, apenas por uma hora, enquanto ela acabava de fazer algumas anotações. Mas essa hora foi tudo de que Robert e Ruby precisaram para criar o plano de andar até a praia, de modo que já apresentaram a Sarah uma festa completa, até com os sanduíches preparados, que fizeram juntos na cozinha enquanto Sarah ficava no andar de cima, sem saber de nada, dando os últimos retoques em seu trabalho. Sarah recusara a sugestão em um primeiro momento; então amoleceu, e finalmente aderiu a eles de coração aberto. A Sra. Sharp havia deixado as chaves do bangalô, um dos que existiam em uma fila de confusas e isoladas casinhas a aproximadamente meio quilômetro da estrada de Ashdown, e foi lá que eles pegaram o balde, a pá e a roupa de banho de Ruby antes de irem até o topo da montanha, ate o início da arriscada descida. Quando chegaram à praia, eram 14h30, e, como era de se esperar para uma tarde de dia da semana, fora da alta estação, ela estava bem deserta.

A primeira coisa que fizeram foi se despir.

Ruby, como se percebeu, era a menos inibida dos três. Ficou quietinha e sem reclamar enquanto Sarah desabotoava seu vestido e a ajudava a colocar rapidamente a roupa de banho azul e branca. Sarah usava um maiô azul-marinho, com um grande decote nas costas que revelou (como Robert sempre imaginara, suspirando) ombros perfeitos e um bronzeado almiscarado, perfeitamente delineado e sem marcas. Ela estava vestindo uma saia de verão longa, clara e leve, quase transparente, a qual não tirou. A sunga de Robert era velha e um pouco apertada. Ele havia tirado as calças, mas não a camiseta, e logo percebeu que havia cometido um erro, porque apenas olhar para essas partes descobertas do corpo de Sarah foi o suficiente para provocar uma imediata e enlouquecida ereção, que ele foi obrigado a esconder rolando de um jeito bem esquisito para o lado e colocando um pedaço de uma toalha sobre as coxas. O que fez Sarah perguntar de repente às gargalhadas:

— Você está bem?

— Sim. Sim, legal.

— Você não parece confortável, só isso.

Sarah pegou Ruby pela mão e começou a levá-la em direção ao mar. Assim que chegaram a uma distância segura, Robert tirou a toalha e ficou olhando com raiva para aquele volume dentro de sua sunga, até que ele desapareceu. Ele odiava e desprezava bastante aquele órgão prepotente, com seus padrões de comportamento sempre previsíveis, suas respostas robóticas e imutáveis a um estímulo visual além do normal. Sarah deve ter percebido: não poderia haver dúvida ali. Sua cabeça ficou martelando e o sangue subiu todo para o seu rosto.

A maré estava baixa naquela tarde. As vozes de Ruby e Sarah mal podiam ser ouvidas, como se fossem músicas distantes.

Robert olhou os livros que Sarah tinha trazido para a praia. Havia um romance de Rosamond Lehmann, cujo nome ele havia recentemente decorado (por Veronica ser fã a ponto de colecionar as primeiras edições dos livros da autora); e havia um livro de aparência estranha que parecia consistir principalmente de parágrafos curtos divididos em seções sob cabeçalhos como "Desapego", "A personalidade", e "Aceitar o vazio". Leu algumas linhas e se percebeu confrontado por uma linguagem densa, abstrata e difícil em que pareciam estar expostas epigramas espirituais e teológicas. Olhou a página de título. O livro era *A gravidade e a graça*, de Simone Weil, e sob o título estavam escritas em tinta azul as palavras:

"Para Sarah. Desculpe por tê-la bombardeado com todos os ícones óbvios. Aqui está um menos óbvio. Com todo o meu amor — Ronnie."

Robert folheou as páginas com pressa.

Sarah e Ruby pareciam se divertir na água. Sarah havia levantado a saia e passeava no rasinho. Ela chutava água em Ruby, que gritava e ria. Um jato d'água foi mais forte e Ruby meio caiu, meio se jogou na água. Mais risadas. Será que ela sabia nadar? Ele nunca pensou em perguntar. Sarah provavelmente havia descoberto isso antes de levá-la para o mar. Ele tinha certeza de que as duas estavam seguras.

Robert pensou: deve ser assim ter uma família. Uma esposa e uma criança. Essa união sem fim de ansiedade e confiança.

Ele encontrou uma seção no livro chamada "Amor" e começou a lê-la. A maior parte dela era obscura, mas ainda parecia carregar uma convicção esquisita e hipnótica, e de vez em quando era quebrada por uma passagem de lucidez repentina:

"... No dia — se ele chegar — em que você receber afeição verdadeira, não haverá oposição entre o isolamento interior e a amizade, muito pelo contrário. É justamente por esse sinal infalível que você vai reconhecê-lo..."

A água devia estar fria, Sarah e Ruby já haviam saído do mar e estavam voltando na direção dele. Ruby estava correndo em ziguezague, cruzando o caminho de Sarah.

"... se ele chegar..."

Robert observava Sarah enquanto ela se aproximava, e não sentiu nenhuma alteração entre as pernas dessa vez. Percebeu que nunca reparara no andar dela antes. Suas pernas eram delicadas, bem formadas, e parecia haver uma incrível leveza e elegância em seus movimentos. Ela ignorava as tentativas de Ruby de distraí-la e sorria para Robert à medida que chegava mais perto, um sorriso de alguma forma sério e pensativo. Essa combinação de conforto e melancolia, leveza e peso, o perturbou profundamente, e ele achou difícil sorrir de volta.

— A gravidade e a graça — ela disse, sentando ao lado dele.

Era exatamente o que ele estava pensando. Chocado por descobrir que seus pensamentos ganharam eco, ele apenas sorriu.

— O quê?

— Você está lendo meu livro: *A gravidade e a graça*.

— Oh. Sim. Sim, está certo. Estou tentando.

— Ainda não li. Foi um presente de Ronnie.

— Sim, eu vi.

— Você vai ler para mim? — Ruby perguntou, parada na frente deles e olhando com cara de ponto de interrogação para a capa, como se não esperasse muito do livro.

— Não este, eu acho — disse Sarah.

— Bom. Não quero ouvir um livro, de qualquer jeito.

— O que você quer fazer, docinho?

— Na verdade, estou bem feliz só... — Robert começou, e então parou, percebendo que a pergunta não havia sido direcionada a ele. Sob o olhar divertido de Sarah, ele se xingou baixinho. Em que ele estava pensando para imaginar que ela havia direcionado a ele um carinho daquele? Ele estava deixando as fantasias tomarem conta dele. Estava fora de controle.

— Eu quero fazer castelos de areia — disse Ruby.

— Ótimo — Robert concordou, para passar por cima de sua vergonha mais do que tudo. — Posso ajudar, se você quiser.

Eles andaram juntos até o ponto onde a areia seca, nunca alcançada pela maré, começava a ganhar outra textura transformando-se em perfeito material de construção. Robert observava enquanto Ruby revolvia o solo, enchendo seu balde duas vezes com areia e o virando para produzir dois pequenos montes, que ela, dando um passinho para trás, admirou sem fôlego.

— Aí — ela disse.

Robert concordou com a cabeça.

— Muito bem. — Ele segurou a mão dela e lhe tomou a pá. — Agora vamos fazer um castelo de verdade. Vamos lá.

Ruby observou enquanto ele media uma área de quase dois metros quadrados na areia, e ele então cavou em uma profundidade de dez centímetros. Em seguida, ele colocou um pouco de areia de volta no buraco, para fazer uma ilha central de um metro quadrado.

— O que você está fazendo? — ela perguntou.

— Isso tudo vai ser um fosso. Vamos enchê-lo com água no final.

Mandou Ruby ir catar quantas conchinhas encontrasse, para fazer a decoração das paredes e da base. Enquanto isso, ele empilhou um novo monte de areia na ilha e começou a modelar o corpo central do castelo a partir dele. Decidiu construir seis torres: quatro torres redondas, uma em cada canto, e duas torres retangulares nascendo do meio das paredes leste e oeste. A parede principal, com o portão, seria a sul, na direção do mar, e se chegaria até ele por uma ponte, interrompida no meio por uma passagem octogonal. Haveria duas pontes levadiças, uma protegendo a passagem e a outra ligando à porta de entrada.

Havia completado a maior parte de seu trabalho quando Ruby voltou com seu arrastão de conchas; a uma determinada altura, eles tomaram a decisão coletiva de abandonar a lógica arquitetônica e continuaram a empilhar torre sobre torre, de modo que o castelo começou a subir imprudentemente na direção do céu, como algum improvável bolo de casamento neogótico. Robert ficou com um pé no fosso, um nas paredes do castelo e se ocupou com os andares superiores, enquanto Ruby começava a salpicar as paredes do andar de baixo com uma extravagante camada de conchas.

— O que aconteceu aqui? — ela perguntou, parando por um momento, a atenção presa na visão do pé de Robert acomodado precariamente sobre a porta dos fundos. Ela tocou o pé de leve, acompanhando a cicatriz dupla e ainda vívida, como aspas duplas francesas, onde, meses antes, ele havia entalhado o tornozelo com a lâmina.

— Oh, isso — ele disse, olhando para baixo. — Não é nada. Me cortei me depilando, só isso.

— Achei que homens só raspassem os pêlos do rosto — disse Ruby.

— Isso é verdade — ele respondeu — na maior parte das vezes. Mas eu estava mesmo raspando as pernas nessa vez.

— Por quê?

— Não sei, de verdade. Era um experimento.

Ruby estava muito receptiva a tudo isso. Olhou rapidamente para cima para Robert com olhos abertos e sérios, e então voltou ao seu trabalho manual.

Entre suas mais excitantes descobertas estava um trio de conchas azuis, um par de ostras cor de areia e uma maravilhosa concha fechada. Ela tinha punhados de outras conchas cujos ligamentos elásticos ainda estavam intactos, então elas podiam ser abertas para ficar parecidas com asas de borboleta. A cor era dada pelas conchinhas pequenas, das quais ela achou dez ou 12. Ela as abriu e as posicionou com os interiores coloridos virados para fora, dando um toque extra de cor-de-rosa. Mais sutilmente, colocou fila sobre fila de búzios, revezando o lado fechado com o lado aberto, cujo brilho pegava e refletia os raios de sol, fazendo toda a construção brilhar e cintilar na luz do sol como uma fantástica miragem. Reservou as conchas pontudas e as parafusadas para as torres do castelo, onde elas serviam como delicadas hastes para as bandeiras, girando e espiralando na direção do sol com um brilho festivo, fazendo Ruby irresistivelmente pensar em fanfarras, tobogãs e sorvetes de casquinha.

O castelo estava, os dois concordavam, uma obra-prima.

— Ele vai resistir, não vai? — Ruby disse. — Desde que não chova. Aí posso trazer meus amigos para verem. Susie Briggs e Jill Drew e David.

— Acho que não — disse Robert. Ele endireitou uma das conchas que eles usaram como ponte levadiça e colocou água salgada no fosso, deixando-o com uma movimentação ondulada. — Veja bem, a maré vai subir logo e, quando isso acontecer, o castelo vai ser desmanchado. A maior parte dele, na verdade.

— Ah. — Ruby estava com o coração partido. — Bem, por que você não pensou nisso antes?

— Eu pensei. Mas tínhamos de construí-lo aqui, porque a areia está boa e úmida. Ele pegou o balde e a pá e esticou a outra mão para ela segurar. — Vamos lá. Vamos contar para Sarah como ficou.

Ruby continuou a fazer observações decepcionadas quanto à escolha do local enquanto eles passavam por uma barreira de algas marinhas e começaram a fazer um passeio tedioso pela areia seca. Mas nos ouvidos de Robert a voz dela desaparecia para o nada, juntava-se ao silêncio sem vento da praia, a quietude mortífera do ar do final da tarde, à medida que ele se aproximou de Sarah e ousou lançar-lhe um sorriso quando ela levantou os olhos do livro. Ela havia amarrado um cardigã nos ombros e enterrado os pés na areia, e quando ele olhou para ela dessa vez, ele soube; ele soube com uma certeza absoluta e arrepiante que uma terrível mudança havia acontecido na vida dele; que ela havia ocorrido meses antes, no quarto dele, no dia em que ela entrou com os cabelos ainda úmidos, com a intenção de consolá-lo, mas só hoje é que seu real significado e sua real extensão tornaram-se claros, quando ele percebeu em um instante prolongado que não havia nada no mundo que ele não fizesse por essa mulher, nenhum pedido que ele negasse, nenhum sacrifício que ele não quisesse assumir...

"Sua gravidade, sua graça me atingiram como uma maré..."

— Isso levou bastante tempo.

As palavras sumiam de sua cabeça tão rápido e inexplicavelmente quanto se formavam. Ele assumiu um tom de ultraje petulante.

— De que você está falando? Você viu o tamanho daquele castelo de areia? Aquilo é uma obra de arte, isso sim.

— Parece bem impressionante. O que você acha, Ruby? Você gosta?

Ruby confirmou com a cabeça e se protegeu do lado dela, insistindo:

— Eu que coloquei as conchas.

— Eu não sabia que vocês tinham uma queda para a criação.

— Nem eu sabia — disse Robert. — Acho que a areia é meu meio natural.

— Você é o Sandman,* então? — Ruby perguntou.

— Talvez eu seja. Talvez eu vá visitá-la hoje à noite quando você estiver dormindo.

Sarah olhou para baixo com carinho para Ruby, que tinha o rosto cansado e os olhos caídos.

— Acho que você não vai precisar esperar até hoje à noite, por alguma razão.

— Devo tê-la deixado exausta — disse Robert.

Demorou muito pouco tempo para Ruby dormir, e durante seu doce período de inconsciência, um silêncio se estabeleceu entre Sarah e Robert, quente e cheio de compaixão. Sentado ao lado dela naquela praia vazia, não tão separado quanto unido a

---

* Sandman poderia ser traduzido literalmente como "homem-areia", mas, no contexto, é uma referência ao caçador de sonhos, personagem de histórias de terror popular entre as crianças e adolescentes ingleses. (*N. do T.*)

ela pelo corpo daquela criança dormindo, Robert sentiu que eles nunca haviam estado tão íntimos. Com o calor do sol, seus pensamentos embaçavam-se, com prazer, em uma névoa espessa, e ele não queria ler: estava feliz apenas por estar sentado ali, saboreando esse momento de proximidade, encarando o mar até as retinas arderem com o brilho da água borbulhante. Depois de um tempo, percebeu que Sarah havia baixado o livro e também estava olhando na direção do mar, com os olhos azul-acinzentados repletos de contentamento; bêbados de sol.

— Em que você está pensando? — ele perguntou.

Sarah parou, deu um suspiro.

— Sabe, odeio quando Ronnie me pergunta isso.

— Desculpe — disse Robert. — Não queria ser invasivo.

— Não, eu disse que odeio quando *Ronnie* me pergunta isso.

Algo dentro de Robert se agitou ao ouvir aquelas palavras. Ele ficou imediatamente faminto por mais.

— Mas não quando eu pergunto?

— Quando estou sozinha com Ronnie — disse Sarah, vagarosamente —, sinto como se ela constantemente estivesse tentando... me ler. Por outro lado, você me dá... não sei... espaço, de alguma forma. Espaço para respirar.

Consciente da própria ousadia, Robert disse a ela:

— Esse é o sinal infalível de afeição verdadeira. De acordo com seu livro.

— Mesmo?

— "Não haverá oposição entre o isolamento interior e a amizade." — Ele já tinha ido tão longe, e agora, tremendo, deu mais um passo. — Mas você ainda prefere ficar com ela do que comigo?

Sarah prendeu a respiração por um segundo ou dois, então sorriu, e se virou de costas para o mar. — Já que você perguntou, eu estava pensando na Cleo.

— Cleo?

— Na verdade, eu estava pensando... Eu estava pensando que se eu tivesse uma irmã gêmea e ela houvesse desaparecido quando eu era muito pequena, antes de ter a chance de conhecê-la, dificilmente haveria um dia, dificilmente um momento, em que não pensasse nela. O que ela poderia estar fazendo. É assim?

Robert não podia responder. Dessa vez, as palavras se recusavam a sair.

— Acho que sim — ele se forçou a dizer, no final.

— Vocês mencionam ela em sua casa? Você fala sobre ela com seus pais?

— Não — ele disse. — Não, nunca. — Ele parecia desconfortável com o assunto, e pegou o exemplar de *A graça e a gravidade* de novo, acrescentando: — Diz mais alguma coisa aqui... — Ele folheou o livro com o dedão, mas não conseguiu achar a página certa. — Algo sobre a perda, que quando você perde alguém, quando você sente falta dessa pessoa, você sofre porque a pessoa que partiu torna-se algo imaginário; algo irreal. Mas seu desejo por ela não é imaginário. Então é a isso que você tem de se apegar: ao desejo. Porque ele é real.

Sarah franziu a testa.

— Talvez você a encontre um dia, porém. Ela vai procurar por você... ou você vai começar a procurar por ela.

— Pode ser que eu faça isso. — Ele assoprou alguns grãos de areia das páginas do livro e o fechou. — Seria meio bobo, não seria, passar a vida toda desejando alguma coisa e não fazer nada a esse respeito?

— Tenho certeza de que isso acontece.

A sombra do morro ficou maior, cobrindo-os. Estava ficando mais frio, e os braços de Sarah estavam arrepiados. Ruby, deitada toda enrolada contra suas coxas, mexeu-se por um momento, esticou-se e chutou as pernas de Sarah em espasmo.

Murmurou algumas palavras quebradas. Pareciam com "biscoitos", "rápido" e "Timothy".

— Você acha que ela está bem? — perguntou Robert.

As palavras jorravam baixinho, desiguais e murmuradas. Frases se formavam e se dissolviam; estranhos polissílabos e indecifráveis neologismos se criavam e saíam dos lábios semiabertos de Ruby. Seu corpo estava descansado e suas pálpebras estavam fechadas, mas por alguns minutos ela continuou falando enquanto dormia. Juntos, Sarah e Robert ouviram seus solilóquios, ansiosos, mas estranhamente concentrados, até que ela ficou quieta.

— Você acha que devemos acordá-la? — perguntou Robert, então. — Você não acha que ela está tendo insolação ou algo parecido?

— Ela está bem. — Sarah sentiu as bochechas e a testa de Ruby. Sua respiração estava baixa e regular. — Seria um erro acordá-la. É melhor irmos embora logo. Vamos acordá-la só depois. — Cuidadosamente, ela afastou o corpo dormente de Ruby e ficou em pé. — Acho melhor eu ir ver essa criação de vocês. Antes que a água a leve.

— Quer que eu sirva de guia...

— Não. Você fica aqui e toma conta dela.

Robert olhou-a andando na direção do castelo de areia, os tons pastel de sua saia e do cardigã ficando mais cinza e mais azuis por causa das sombras; observou-a andando em volta do castelo, inspecionando-o por diferentes ângulos, com os braços cruzados; viu-a agachando ao lado dele, examinando o trabalho manual mais de perto, os arranjos decorativos das conchas e os detalhes nas torres. E enquanto a observava, sua mão alcançou e tocou os cabelos vermelhos de Ruby enquanto ela dormia, e ele começou a falar. Doía, e ele precisava falar para alguém, finalmente, de seus sentimentos por Sarah. Sofria para poder tirar das costas o peso emocional que ele agora mal podia suportar. Elegeu a pequena e dormente criança como melhor receptora disponível de suas confidências.

E desabafou:

— Não consigo ver... Como isso vai um dia...

*

Ruby chorou um pouquinho ao ver metade do castelo de areia desmoronado, suas torres e portões reduzidos a uma massa disforme pela água sorrateira e invasiva, mas ela foi muito valente, e encontrou outras coisas para fazer e para falar enquanto Robert e Sarah a levavam pelo caminho da montanha. Ela estava cansada, e Robert a carregou no trecho final, onde o caminho era largo e plano suficiente. Depois, eles se separaram. Robert voltou a Ashdown, onde deveria encontrar Terry, e Sarah foi com Ruby pela rua que levava à casa dos pais da menina. Começava a anoitecer, e a criança segurava forte em sua mão.

— Espero que sua mãe não esteja preocupada — Sarah disse. — Vamos chegar em casa um pouco atrasadas.

— Ela não estará — Ruby falou, tranqüila.

— E você se divertiu hoje?

— Sim. Foi o melhor dia de todos os tempos.

— Bom. Fico contente. Apenas talvez não devêssemos ter ficado tanto tempo.

— Não acho que ficamos tempo *suficiente* — disse Ruby. — Acho que deveríamos ter ficado lá a noite toda.

— Não seja boba. Você está cansada demais.

— Não estou nada cansada.

— Então foi por isso que você dormiu na praia, foi?

Ruby ficou sem reação; depois disse, em um tom de leve curiosidade:

— Eu não sabia que havia dormido.

— Bem, você dormiu — disse Sarah. — E estava fazendo barulhos também.

— Fazendo barulhos? Você quer dizer que eu estava falando?

— Acho que se pode chamar aquilo de falar. — Sarah estava surpresa por Ruby lidar com aquilo tão bem. — Por que, você já fez isso antes?

— Faço isso o tempo todo, minha mãe diz. Ela estava preocupada com isso e me levou ao médico, mas ele disse que ela não precisava se preocupar.

— E o que você fala enquanto dorme?

— Mamãe diz que são apenas coisas sem sentido.

Elas dobraram uma esquina, e as casas estavam visíveis agora, a apenas alguns metros de distância.

— Se eu tivesse uma bicicleta — disse Ruby, virando e olhando para trás na direção de Ashdown, uma silhueta grande no horizonte —, eu poderia ir vê-la sempre, não poderia?

— Mas você não tem uma bicicleta — Sarah destacou.

— Pedi uma. Meu aniversário está chegando.

— E o que seus pais disseram?

— Eles disseram que custa muito dinheiro.

— Bem, provavelmente custa.

— Sim, mas eu quero uma muito, muito *mesmo*. Não só um pouquinho. Se eu tivesse uma bicicleta — ela disse —, eu poderia ir até a sua casa, e você e Robert poderiam me levar à praia todos os dias. A não ser que eu estivesse na escola.

— Você logo ficaria cansada de ir para lá todos os dias — respondeu Sarah. — Mas nós iremos de novo. Na próxima vez, deveremos ir com Veronica.

— Ela consegue fazer castelos de areia? — Ruby perguntou.

— Tenho certeza de que sim.

— Tão bem quanto Robert?

— Maiores e melhores, provavelmente.

Ruby claramente achou aquilo difícil de acreditar. Em todo caso, não desviaria com tanta facilidade do assunto.

— Bem, eu *ainda* quero uma bicicleta — ela disse. — Vou pedir a eles de novo hoje à noite.

Sarah teve uma idéia: uma idéia bem maldosa. Uma idéia que surgiu de repente, e então resolveu brincar com ela, remexendo-a dentro de sua mente — ainda que um pouco chocada — até elas chegarem diante da casa dos Sharp. Ruby empurrou o portão para abri-lo e estava prestes a correr para a porta da frente quando Sarah a interrompeu, com uma batidinha em seu ombro.

— Escute — ela disse, e agachou-se junto ao muro baixo que ladeava o caminho do jardim, de modo que ela e Ruby ficaram face a face, em uma proximidade conspiratória.

— O quê? — disse Ruby.

— O que você deve fazer — Sarah suspirou — se você quiser aquela bicicleta.

Ruby esperou segurando a respiração.

— Você deve pedi-la *enquanto dorme.*

Uma pausa confusa.

— Enquanto durmo?

— Sim. Sua mãe já ouviu você falando enquanto dormia, não?

— Mmm...

— Então, na próxima vez que ela for ao seu quarto à noite, você *finja* estar falando enquanto dorme, sim?, e diga várias coisas sobre como você quer essa bicicleta.

Ruby olhou-a nos olhos.

— Mas por que não posso pedir acordada?

— Porque se você falar enquanto dorme, sua mãe vai saber que você realmente quer. Vai saber quão importante isso é para você. Ela vai *ter* de dar uma bicicleta para você.

A compreensão começava a despertar, fazendo um progresso lento no rosto sardento de Ruby, então Sarah foi direto ao ponto.

— Ela vai ter de acreditar em você. Vai saber que é verdade. Porque ninguém... (e de todas as coisas estranhas que Ruby escutara naquele dia, aquela era a segunda de que ela nunca esqueceria) ninguém mentiria enquanto dorme. Mentiria?

*

A outra coisa de que Ruby nunca esqueceria era o som da voz de Robert conversando com ela, mais tarde, acreditando que ela estava dormindo quando na verdade havia acabado de ser acordada pelo cuidadoso movimento de Sarah para levantar. O som da voz dele falando com ela, suavemente, quase inaudível, sobre algo que ela não entendia. O som da voz dele dizendo:

— Não consigo ver... Como isso vai um dia...

E então:

— Eu nunca quis nada...

E, depois de um profundo e longo suspiro:

— Eu nunca quis nada tanto assim, Ruby. Você não se importa se eu disser isso para você, se importa?... É melhor contar para você... Enquanto você dorme, porque então... Meu segredo estará a salvo... Embora me pergunte se isso é segredo, para ela... Ou para qualquer pessoa... Não que qualquer pessoa tenha importância... O que os outros pensam...

"Ruby...

"Sou jovem... Embora para você eu possa parecer velho, bem velho... Mas me sinto jovem... Ou me sentia até... Recentemente... Mas mesmo assim... Mesmo assim eu *sei*... Ou ao menos imagino...

"Não consigo imaginar... Nunca... Não a querer...

"*Nunca*...

"Embora talvez... Na totalidade do tempo, no fim das contas...

"Mas então esse *é* o fim das contas...

"A questão é...

"Você está certa, é claro. Eu *sou* jovem, *deve* haver outras... Mas pessoalmente... Não consigo ver... E de qualquer forma... Não é isso que eu quero... Eu quero... Eu *preciso* ganhar... *Merecê-la*, de alguma forma... E se...

"Você sabe... Se ela não me amar, agora... Se ela *não pode* me amar, como eu sou... Tudo bem... Porque nem posso... Se ela não pode me amar... Então não posso me amar...

"E *não* há limites... De forma alguma, Ruby... Não há *nada* que eu não faça... Para fazê-la querer...

"Você entende? Você acredita nisso? Você entende o que eu...

E então Robert ficou quieto, vendo que Ruby, que ele achava que estivesse dormindo, não estava dormindo de forma alguma. Estava deitada bem quietinha, mas suas pernas estavam duras e esticadas, e seus olhos estavam abertos, arregalados.

Estágio três

10

abertos e conduzindo Terry até uma sala escura no qual dois sons competiam pela precedência: um zumbido baixo, como se viesse de algum aparelho eletrônico não identificado, e uma espécie de passos surdos, um contínuo e frenético ruído de caminhar apressado que parecia vir de todas as direções. Então o Dr. Dudden acendeu a luz do teto e a cena a seguir se mostrou por inteiro.

A sala não era grande — mais ou menos do mesmo tamanho do quarto de onde Terry vislumbrava o oceano — e continha 12 pequenas mesas, arrumadas em três fileiras de quatro cada uma. Em cada uma delas repousava um grande recipiente de vidro. Terry olhou mais de perto para o primeiro deles. O fundo consistia em uma base rasa de água e alguns centímetros acima havia algo parecido com uma plataforma giratória de cerca de trinta centímetros de diâmetro. O recipiente estava dividido em dois por uma parede de vidro e em cada metade havia um rato branco, conectado por eletrodos que, por sua vez, estavam conectados a um computador central instalado no centro do quarto. A plataforma se movia lentamente, o que fazia com que os ratos ficassem em movimentação constante. De outra maneira, eles acabariam caindo na água quando se deparassem com a parede de vidro. Os dois ratos pareciam estar em estados de saúde radicalmente diferentes: um estava limpo, com o pêlo macio e brilhante, com olhos vivazes. Já o outro tinha o pêlo ralo e desgrenhado, e os olhos eram assustados e ejetados de sangue.

— Bem, Sr. Worth, o que o senhor tem a dizer? — perguntou o Dr. Dudden, sorrindo orgulhosamente enquanto se postava entre os recipientes de vidro. — Suas primeiras impressões seriam de grande interesse para mim.

— Impressionante — disse Terry, medindo o tom da voz, enquanto se abaixava para observar aqueles pobres animais mais atentamente. — Creio nunca ter visto algo assim... tão...

— O princípio do experimento é bastante óbvio, devo admitir. Diria mesmo elementar.

— Você se esquece de que, diferentemente de você, eu nunca fui um homem da ciência. Você precisa me ajudar um pouco.

— Claro. — O Dr. Dudden ligou o monitor conectado ao computador e, em questão de segundos, a tela estava coberta por uma série de linhas nervosas e constantes, que corriam horizontalmente sobre a tela azulada. — Todos os 24 animais desta sala estão conectados ao computador — explicou. — A máquina registra os impulsos elétricos de seus cérebros, da mesma forma que aquela máquina registrou a sua própria atividade cerebral toda noite. Esta, no entanto, é um pouco mais sofisticada. Eu mesmo a importei dos Estados Unidos à custa de um grande investimento. Ela monitora cada um dos animais simultaneamente. Com apenas alguns comandos... — ele dedilhou o teclado do computador algumas vezes, como demonstração —... posso trocar a leitura de um pela de outro.

— Sim, estou vendo isso, mas o que faz as plataformas girarem? Algumas, ao passo que outras não.

Trata-se de um experimento bem simples, se você entende o princípio. E não posso reclamar qualquer crédito por tê-lo inventado: como qualquer inovação a respeito de pesquisas do sono, esta é originária dos Estados Unidos. Deixe-me explicar. — Ele apontou para o aparentemente mais saudável dos dois ratos no recipiente de vidro. — Este rato é o controle. Aquele outro é a cobaia. Quando ambos estão acordados, a plataforma fica parada. Quando a cobaia adormece, o computador reconhece suas ondas cerebrais mais lentas e a plataforma é automaticamente acionada. Os dois ratos têm de começar a se movimentar, para evitar que caiam na água. *Mas*, quando a cobaia se mantém acordada espontaneamente, sobre a plataforma parada, o animal de controle pode dormir, já que *suas* ondas cerebrais não acionam o mecanismo. E o animal de controle pode ter um reduzido, mas ainda assim significativo, tempo de sono, ao passo que a cobaia não pode adormecer de forma alguma.

— Até ela morrer, creio eu.

— Exatamente.

— E quanto tempo isso leva para acontecer?

— Normalmente entre duas e três semanas. Este pobre ser — disse ele, apontando para a criatura macilenta e de olhos arregalados — ainda terá muitos dias pela frente. Enquanto esse aqui... — e caminhou na direção do recipiente mais distante — já está com seus dias contados, devo dizer. Apenas mais algumas horas: seis ou sete, no máximo.

Apenas nesse momento foi que Terry notou que não eram todos os recipientes que continham pares de ratos. Os quatro recipientes da fileira do meio continham ratos brancos, e os últimos quatro tinham filhotes de labrador. Foi exatamente para um desses que o Dr. Dudden dirigiu sua atenção: era uma patética, cadavérica e esfaimada criatura, com os olhos recendendo a exaustão e desolação.

Terry engoliu em seco.

— Por que eles não latem? — perguntou.

— Uma simples injeção neutraliza as cordas vocais — disse o Dr. Dudden. — Uma precaução que pode remotamente comprometer o experimento, mas que, no caso desses animais, se fazia necessária.

— Eu ainda não consegui entender direito — disse Terry, as palavras vinham com extrema dificuldade — o papel do animal de controle nesse experimento. Por que são necessários dois deles?

— Isso é bem fácil de explicar — disse o Dr. Dudden. — Venha comigo.

No fundo do laboratório havia duas portas adjacentes. De dentro do paletó o Dr. Dudden tirou duas chaves douradas presas a uma elegante correntinha, e destrancou a porta da esquerda. Ao se abrir, ela revelou uma sala grande curiosamente mobiliada. Não havia camas, apenas uma cadeira, com o espaldar estreito e uma pouco convidativa almofada para se sentar. Mas havia, por outro lado, inúmeros equipamentos de ginástica: esteira, aparelho de remada aberta e bicicleta ergométrica, além de uma cesta de basquete pregada em uma das paredes. Uma outra parede estava coberta de prateleiras cheias de livros e revistas, enquanto uma estante apresentava um computador e tabuleiros de jogos. Havia uma televisão, um videocassete e aparelhagem de som, além de uma prateleira com fitas de vídeo e CDs.

— Esta é, como você provalmente deve ter adivinhado, nossa sala de privação do sono — disse o Dr. Dudden. — É onde nós fazemos nossos experimentos com seres humanos. Nem é tão espartana assim, não é?

— Não, não mesmo.

— Você notará que minha prioridade ao equipar esta sala foi encontrar meios de estimular o paciente. É essencial, veja bem, que ele encontre todas as maneiras de manter seu corpo e sua mente em constante ocupação.

— Bem impressionante — disse Terry, vagamente, seus olhos estavam vagando, como sempre, pela prateleira de vídeos e ele estava muito ocupado checando os títulos.

— Superficialmente, pode ser — disse o Dr. Dudden. — Mas trata-se, na verdade, de uma forma bem arcaica de se estudar a privação do sono. Você sabe o porquê? Suponhamos que, após três dias aqui, o paciente apresente todos os sinais de exaustão física. Seria devido à falta de dormir ou devido ao tempo que ele despendeu na esteira? Suas respostas mentais são lentas e erráticas. É devido à falta de dormir ou porque ele passou oito horas vendo televisão? Você vê qual é o problema? É a falta de dormir que o está exaurindo ou *são as atividades exigidas que o induzem a não dormir*? — Ele conduziu Terry para fora da sala e trancou cuidadosamente a porta. — Este — disse ele, apontando mais uma vez para os 12 recipientes de vidro — é o problema que o experimento soluciona tão engenhosamente. Ambos os animais são estimulados da mesma forma, mas apenas um deles é submetido a uma constante privação do sono. Dessa forma conseguimos isolar os sintomas que são decorrentes unicamente da privação do sono.

— Sim, consigo perceber isso agora — disse Terry. — Então, tudo o que você precisa descobrir é uma versão do experimento que atue em seres humanos.

— Exatamente.

Terry indicou a segunda porta, aquela que apesar de tudo permanecia trancada.

— Você vai me mostrar o que há lá dentro?

O Dr. Dudden sorriu e brincou com a segunda chave dourada de sua correntinha.

— Você já parou para pensar a respeito de minha proposta? — perguntou ele. — Quando você já o tiver feito e caso você decida que está preparado para permanecer aqui, então eu gostaria que assinássemos um pequeno contrato, dando-me certos... direitos sobre seu caso. Quando isso for feito, aí então eu poderei mostrar a você o que há nessa sala. Creio que vai achar bem interessante. Enquanto isso, no entanto — ele concluiu, olhando para seu relógio —, acho que corremos o risco de perder o jantar.

Terry estava feliz em deixar o laboratório, mas cometeu o erro de olhar mais uma vez, um pouco antes de o Dr. Dudden apagar as luzes, para os 12 recipientes de vidro e seus desvalidos ocupantes. Mesmo ele, que vinha alegremente prescindindo de sono havia 12 anos, pôde ver a crueldade daqueles métodos. Certamente, pensou, nenhum torturador custeado pelo Estado, empregado por algum tipo de regime despótico ou vingativo, teria maquinado uma punição tão malévola quanto aquela: elaborar um sistema que lidava justamente com a mais profunda manifestação de desejo por repouso — o surgimento das lentas ondas cerebrais associadas ao sono — e que condenaria aqueles animais a um movimento perpétuo e a uma infinita e insone vigilância. Ele estremeceu diante de tamanha simplicidade.

— Perdoe-me por perguntar — disse Terry, enquanto subiam as escadas para o andar superior —, mas como você convence seus pacientes, seus pacientes humanos, quero dizer, a tomar parte nesses experimentos? Não consigo imaginar como isso possa ser divertido para eles.

— Oh, não é tão difícil assim — disse o Dr. Dudden — quando você pensa a respeito.

A sala de jantar de Ashdown havia sido usada como salão de jogos na época de estudante de Terry. Agora oferecia espaço suficiente apenas para uma grande mesa de carvalho capaz de acomodar vinte pessoas. Provavelmente era um hábito ali que, pontualmente às 18h30, todos os dias, funcionários e pacientes se sentassem juntos para o jantar, mas na hora em que Terry e o Dr. Dudden chegaram a maioria deles já havia se retirado: apenas a Dra. Madison permanecia à mesa, acompanhada de um lado por Maria Granger (que sofria de narcolepsia), do outro, por uma sonâmbula chamada Barbara. O Dr. Dudden notadamente evitou o grupo e foi se sentar na outra extremidade da mesa, onde ele e Terry receberam duas tigelas de sopa de tomate. Após tomar duas colheradas e adicionar uma quantidade generosa de sal e pimenta, o Dr. Dudden fez sua explanação.

— Afortunadamente, a universidade nos conseguiu um número excepcional de participantes voluntários. Muitos estudantes acharam a sala da privação do sono um ambiente mais do que agradável, se comparada à maioria das acomodações do campus. Então, eu os contrato para tomar parte dos experimentos. Contrato por uma boa quantia, devo dizer.

— Tudo igual...

— Você e eu, Sr. Worth, ou posso chamá-lo agora de Terry?, você e eu, Terry, fomos educados naqueles dias tranqüilos quando estudantes recebiam ajuda integral do governo para custear seus estudos e suas despesas pessoais. Nós fomos acostumados mal, mimados. Algumas medidas foram tomadas desde então, medidas necessárias, a meu ver. Hoje em dia, os estudantes nunca se dão o trabalho de ficar se lamuriando quão pobres eles são; ou quão difícil é sustentar seu dispendioso e hedonista estilo de vida. Certamente você lê os jornais constantemente, não é? Eles estão cheios de histórias melodramáticas de estudiosos infelizes reduzidos a lavadores de pratos, limpadores de pára-brisa ou coisa ainda pior. Modelos vivos, por exemplo. Jovens estudantes de graduação da Universidade de Londres forçadas a ganhar tostões em bares de topless no Soho. Dançarinas seminuas, trabalhando em shows de strip-tease, caindo na prostituição, muitas vezes. As casas de massagem dessa cidade estão cheias de nossas estudantes, você sabe, e tem de ver o preço que elas cobram.

— Mesmo?

— Bem, é o que estou lhe contando — disse o Dr. Dudden apressadamente. — De qualquer forma, creio ter chegado no ponto que queria... E este ponto é, você sabe, que nós oferecemos uma alternativa aceitável para esse tipo de degradação. Por falar nisso, aceitaria um pouco de vinho?

Ele colocou uma generosa dose de Burgundy em sua taça e na de Terry — aparentemente negligenciando, o fato de que o consumo de álcool por parte dos pacientes deveria ser estritamente controlado. Eles brindaram e Terry disse:

— Então você oferece um serviço social, em outras palavras.

— Algo assim. Sou um benfeitor público. Um herói da comunidade, mas não ao ponto de dar um paradeiro nisso tudo. Ah, esplêndido, esplêndido. — Ele esfregou as mãos em prazerosa antecipação enquanto Janet, uma das cozinheiras, lhe servia um prato de bife, batatas assadas e brotos de feijão. — Carne vermelha. Não há nada como isso, não é mesmo? Bife escocês. Meu Deus, me dá água na boca só de olhar. E você, Terry? Você é um carnívoro? Um tradicional, sangüíneo carnívoro? Aposto que é.

— Com certeza. Mas não tenho comido muito ultimamente. Você sabe, muitos lugares não estão mais servindo carne vermelha.

— Por causa do Mal da Vaca Louca, você quer dizer? Uma porção de bobagens histéricas divulgadas pela mais desgraçada e inescrupulosa profissão de todas: os jornalistas. — Ele esvaziou a taça de vinho de um só gole, encheu-a mais uma vez e, para susto de Terry, tocou seu braço de forma brincalhona. — Com exceção da minha companhia de hoje, é claro. Não, você não vai encontrar nenhuma possibilidade de alardear o pânico baseado nessas crendices sem comprovação científica por aqui. — Ele apontou com o garfo para a Dra. Madison, que estava completamente envolvida em uma conversa com suas acompanhantes na outra extremidade da mesa. — É claro que a Srta. Azedume vai se empanzinar de nozes, ou qualquer outra opção nutricional que ela defendeu esta noite, apenas para satisfazer seus opacos preceitos ideológicos.

— Creio que — disse Terry — todos têm o direito de...

— Fale-me de sua percepção política — interrompeu-o o Dr. Dudden. — Imagino que você tenha uma tendência de esquerda, como todos na mídia hoje em dia.

— Não tenho interesse algum pela política. Esquerda e direita se tornaram conceitos sem significado para mim. O capitalismo se provou incontestável, e mais cedo ou mais tarde, toda a humanidade será governada apenas pelas errantes flutuações do mercado.

— E é assim que deverá ser?

Terry deu de ombros.

— É assim que é.

— Mas francamente, se você tem um líder com vontade suficiente, com força de caráter suficiente...Você não acha, por exemplo, que com Thatcher no poder a Grã-Bretanha havia atingido de novo o ápice de sua grandeza?

— Ela era uma mulher notável, obviamente. Mas não teria como falar de nenhuma de suas ações políticas, não tenho a menor idéia a esse respeito.

— E ainda assim você e ela têm algo em comum, é claro.

— Temos?

— Certamente. Ela não atribuía seu sucesso ao fato de só necessitar de duas ou três horas de sono por noite? — O Dr. Dudden tomou mais um gole de vinho, e permaneceu por alguns instantes perdido em algum pensamento abstrato, com um pedaço de carne malpassada parado diante de sua boca entreaberta. — Escrevi a ela, você sabe. Várias vezes. Perguntando se ela concordava em fazer alguns testes simples. Seu gabinete sempre tinha o trabalho de responder. Recusas corteses. Educadas, mas firmes. Mas não perdi isso de vista. Ela deve ter mais tempo agora. *Ela* entenderia o que estou tentando fazer — afirmou, voltando-se para Terry e elevando o tom de voz. — *Ela* teria essa visão.

— Sim, estou certo disso — disse Terry, espetando uma batata.

— Napoleão dormia pouco também. E Edison. Você vai ver que é fato para todos os grandes homens. Edison *desprezava* o sono, como já falamos, e na minha opinião ele estava certo em fazê-lo. Eu também desprezo. Eu me desprezo por precisar dele. — Ele chegou mais perto de Terry e confidenciou: — Durmo por quatro horas, você sabe.

— Quatro horas?

— Quatro horas por noite. Fiz isso durante toda a semana passada.

— Mas isso não tem como fazer bem a você, certamente. Não me admira que pareça tão cansado.

— Não dou a mínima. Minha meta são três horas de sono, e eu vou chegar lá. Trata-se de um desafio para alguns de nós, você sabe. Nem todos têm o seu talento. Eis por que invejo tanto você. E eis por que estou tão determinado a descobrir o seu segredo.

Terry deu um modesto gole no vinho.

— Por que tamanho desprezo por isso? Eu não compreendo.

— Vou lhe dizer por quê: aquele que dorme está desamparado, sem forças. O sono coloca mesmo o povo mais poderoso à mercê do mais fraco e mais pusilânime. Você consegue imaginar o que deve ser para uma mulher como a Sra. Thatcher, com aquela fibra, com aquele caráter moral, ser obrigada a se prostrar toda noite naquela postura de abjeta submissão? O cérebro incapaz, os músculos inertes e flácidos? Deve ser insuportável.

— Nunca pensei sobre isso dessa maneira antes — disse Terry. — O sono como o grande nivelador.

— Exatamente. É exatamente o que é: o grande nivelador. Igual a essa merda de socialismo. — O vinho, Terry havia notado, estava começando a deixar o Dr. Dudden mais ácido, e o ruído da risada gutural da Dra. Madison, do outro lado da mesa, foi o suficiente para fazê-lo lançar um olhar peçonhento em sua direção. — Veja só essa bruxa de boca escancarada — resmungou ele. — Misturada a suas amiguinhas lá no outro lado da sala. Você já notou, Terry, que ela tende a separar as pessoas por gênero? É o que ela está fazendo.

— Tenho certeza de que é apenas...

— A Dra. Madison, veja bem, tende a preferir a companhia de mulheres à de homens.

De forma o mais racional possível, Terry disse:

— Mas é o que acontece com muitas mulheres de vez em quando, não é?

O Dr. Dudden baixou o tom de sua voz.

— Não creio que você tenha entendido as implicações do que eu disse — afirmou ele (de forma equivocada, como sempre). — A Dra. Madison — explicou ele, agora já sussurrando — é uma filha de Safo.

— Que Safo?

— Ela é — disse o Dr. Dudden, com o sussurro se tornando mais sibilante e, conseqüentemente, quase inaudível — uma irmã de Lesbos.

Terry nao fazia idéia de que eufemismos eram comuns por ali, ou se o Dr. Dudden os estava tornando comuns.

— Você quer dizer que ela é amiga de Dorothy?

— Precisamente. Ela é uma escamoteadora fodida. Ou, para ser bem exato, ela é uma escamoteadora que não é fodida.

— Como você pode saber disso? — perguntou Terry.

— Oh, pelo amor de Deus, olhe para ela. Ela está se comportando exatamente dessa forma. Está escrito nela. Quero dizer, ela falou com você desde que chegou aqui?

— Sem contar a primeira noite, não.

— Claro que não. E ela nunca me diz mais do que duas palavras, se puder evitar. É daquele tipo de mulheres que preferem ignorar os homens porque eles não têm nenhum interesse para elas como seres sexuais.

— Dá para notar certa animosidade entre vocês dois... — disse Terry.

— Ela é uma psicóloga competente — disse o Dr. Dudden. — Tenho certo respeito pelo que ela faz. Mas, pessoalmente, não temos nada em comum. Nada mesmo.

— Você é próximo de alguns de seus colegas? Pessoalmente, quero dizer.

— Na verdade, não. Há muitas relações de amizade entre as pessoas de minha equipe, mas elas tendem a me excluir. — Ele se inclinou a fim de lhe confidenciar algo. — Isso vai surpreender você, Terry. Com certeza, isso me deixa atordoado. Mas a verdade é que eu não sou muito popular nesta clínica. — Ele se aprumou na cadeira com um sorriso de mártir. — Explique-me isso, se puder.

Desde que Terry havia visto o Dr. Dudden trancar a porta do laboratório subterrâneo, ele tinha arquitetado um plano bem específico para aquela noite, e ouvir por mais algumas horas aquelas baboseiras todas fazia, infelizmente, parte deste plano. Após o jantar eles haviam se dirigido para a sala de estar dos médicos, onde o licor foi servido, sorvido, e servido de novo, seguido por uma segunda e, depois, terceira garrafa de vinho. Terry havia tentado beber o mínimo possível, mas ele ainda se sentia bem tonto quando o relógio da lareira fez soar as dez horas da noite. Ele percebeu que havia ignorado a maioria das últimas diatribes do Dr. Dudden.

— ... essas coisas acontecem de modo diferente nos Estados Unidos — parecia que o Dr. Dudden estava dizendo. — O estado das pesquisas sobre o sono é infinitamente mais avançado. Minha clínica é a única desse tipo na Grã-Bretanha, e há dúzias delas nos Estados Unidos. Lá, há pesquisas de ponta, pessoal qualificado e as mais modernas tecnologias. Nos Estados Unidos, os programas de computador desenvolvidos apenas para a polissonografia são comercializados normalmente. Eles podem até monitorar pacientes que dormem em suas próprias casas, com suas ondas cerebrais transmitidas para o centro de pesquisa por linha telefônica, via modem. Imagine isso! Pense nisso! É o tipo de empreendimento e de inovação que estou tentando implantar aqui, mas o incentivo que recebo é praticamente nenhum. É essa porcaria de cultura "tudo por nada" desse país, estou lhe dizendo. Os norte-americanos podem fazer o que fazem porque eles têm um eficiente sistema de seguro médico privado que mantém toda a estrutura.

— Claro, claro — disse Terry.

O Dr. Dudden colocou sua taça sobre a mesa.

— Você não parece bem — disse ele. — Acho que bebemos demais. Vamos caminhar um pouco.

Antes que Terry tivesse tempo para protestar, eles já estavam caminhando pelo corredor — parando apenas para pegar uma lanterna entre as que havia na cristaleira — e continuaram andando através do terraço iluminado pela lua na direção do topo do penhasco.

— Aonde estamos indo? — perguntou Terry. — Não está um tanto escuro para esse tipo de...?

— Não é meu objetivo ver meu status diminuído nesta comunidade — continuou o Dr. Dudden, ignorando-o. — Não me importo em ser visto como um dissidente, um sujeito esquisito. É isso o que muitas vezes acontece a homens de visão. Não me importo se eles não deixam que eu me junte aos maçons, por exemplo. Nem quero entrar nessa porra de maçonaria, em primeiro lugar. Por que eu iria querer me juntar a esses maçons fodidos? Não estou nem aí para nada disso, porque sei que quando morrer, meu trabalho será lembrado. Porque sou o único, não é, Terry? — Ele se voltou e fitou-o nos olhos. Um vento forte soprou enquanto o oceano rugia abaixo deles. — Eu sou o único trabalhando nessa área, aquele que vê o sono como realmente é.

— E o que ele é?

— Uma doença, é claro. — Ele começou a caminhar ao longo da trilha que a essa altura parecia perigosamente próxima da beira do penhasco enquanto despejava palavras sobre seus ombros. — Uma doença, Terry, a mais disseminada e fatal de todas! Esqueça o câncer, esqueça a esclerose múltipla, esqueça a Aids. Se você gasta oito horas por dia na cama, então o sono está diminuindo em um terço sua vida! É o mesmo que morrer aos cinqüenta anos! E isso acontece a todos nós. É bem mais do que apenas uma doença: é uma praga. E nenhum de nós é imune, você sabe. Nenhum de nós, exceto... — Ele se voltou para olhar para Terry e para respirar, já que agora estava bem ofegante, tanto pela emoção quanto pelo esforço. — ... exceto por você.

— Gregory — disse Terry (era a primeira vez que ele o chamava pelo primeiro nome, e isso só aconteceu após um enorme esforço) —, aonde estamos indo?

— Bem, eu não sei quanto a você — replicou o Dr. Dudden. — Mas eu estou indo nadar.

Ele acendeu a lanterna e repentinamente, pareceu sumir no precipício. Eles chegaram, na verdade, a uma trilha estreita e íngreme que cortava o precipício de alto a baixo. Uma trilha, Terry agora lembrava, que descia até uma praia arenosa, que ocasionalmente visitava quando estudante. Ele ficou hesitante no alto daquela descida pouco convidativa e então começou a seguir a luz trêmula da lanterna, praguejando baixinho enquanto respirava.

— Então — continuou o Dr. Dudden, de algum lugar escondido pela escuridão da noite —, eles me chamam de esquisito, não é? Muito bem. Só estou tentando devolver à humanidade um terço de sua vida, só isso. Estou tentando aumentar a expectativa de vida de cada homem, mulher e criança dessa porcaria de planeta em 33%. Pelo amor de Deus, isso não é justificativa suficiente para o sofrimento de alguns ratos? De alguns filhotes bonitinhos? — Ele parou por um momento para passar por uma fenda aberta na descida, de onde o solo seco e arenoso havia sido tirado. Agora estava gritando para que sua voz pudesse ser ouvida por cima do barulho das ondas batendo na praia. — E o que dizer do destino da humanidade a respeito disso? Um destino de merda. Não é um preço terrível a pagar?

Terry não conseguia prestar atenção em nada, já que tinha uma enorme dificuldade em continuar caminhando e estava já muito, muito para trás. Finalmente, o chão ficou nivelado e ele pôde sentir a areia sob seus pés. Conseguiu alcançar o Dr. Dudden e descobriu, para sua surpresa, que ele estava completamente nu.

— O que você acha disso? — disse o médico. — Está pronto?

— Como?

— Para nadar, homem, para nadar.

— Não está um tanto frio?

— Ora, vamos, seu grande maricas: pare de se sentir enojado. Dois homens simpáticos e crescidos nadando ao luar. O que poderia ser mais interessante para se ver esta noite?

— Está bem complicado.

— Eu não sou nenhum bandido vagabundo, você sabe. Você não tem nada a temer quanto a isso.

— Eu não sei nadar — protestou Terry. Tratava-se de uma mentira bem pouco original, mas muito apropriada.

— Bem você vai perder uma oportunidade e tanto. Fique de olho nas minhas roupas.

Era um pedido bem estranho para se fazer numa situação como aquela, tarde da noite em uma praia deserta, mas Terry concordou com o pedido, fazendo que sim com a cabeça, e ficou observando seu acompanhante caminhar em direção ao mar. Tão logo ele entrou na água, ficando fora do alcance da visão, Terry remexeu no paletó do médico, achou as duas chaves douradas e tirou-as do chaveiro. Foi realmente bom ele ter feito seu serviço com rapidez, porque em menos de dois minutos o Dr. Dudden havia retornado, tilintando de frio e respirando com mais dificuldade do que de hábito. Seus lábios estavam azuis e seu pênis parecia um minúsculo cogumelo.

— Meu Deus — gemeu ele, enfiando-se dentro da cueca molhada e forçando os pés cheios de areia pelas pernas da calça. — Isso foi estimulante. É o tipo de coisa que põe à prova o valor de um homem.

— Está tudo bem com você? — perguntou Terry, ajudando-o a se vestir. As mãos do Dr. Dudden estavam tremendo tanto que ele mal conseguia abotoar a camisa.

— Eu? Se estou bem? Claro que estou. Eles costumavam fazer isso em Tayside, você sabe. Não é a primeira vez que faço isso.

— Terá sido a última, se você não voltar logo para casa.

— Que bobagem, meu caro — disse o Dr. Dudden. Mas não perdeu tempo em subir a trilha o mais rápido possível, e ainda estava tremendo quando os dois chegaram às portas de Ashdown. Aquela foi a última vez em que se desejaram boa-noite.

— Você vai chegar tarde ao seu quarto — disse ele, deixando poças de água salgada pela laje. — Desculpe-se por mim com Lorna. Diga a ela que ficamos conversando e perdemos a hora.

— Eu direi.

— E pense sobre o que eu disse para você. Vou viajar amanhã, mas apenas por uns dois dias. Então, você não precisa se apressar em decidir.

— Está certo — disse Terry. — Vou pensar a respeito.

O Dr. Dudden segurou sua mão, bocejando alto.

— Então, boa noite.

— Você já vai para a cama?

Ele olhou para o relógio.

— Apenas por quatro horas. Vou ajustar o despertador para as três horas. Três e dez, para ser mais preciso. Isso *pode* ser feito, você sabe. Foi você que provou para mim.

Terry sorriu, apertou a mão do médico e ficou observando-o desaparecer enquanto subia as escadas e chegava ao corredor do primeiro andar. Esperou mais um minuto, para ouvir a porta do quarto se abrir e ser fechada. Então cruzou o saguão e sorrateiramente desceu as escadas que levavam ao porão.

Ele teve a precaução, claro, de memorizar o senha de oito dígitos que destrancava a porta do laboratório, apesar de ter sido um trabalho duro não esquecer a combinação depois de tanto álcool e da verborragia do Dr. Dudden. A lavanderia estava deserta e tudo parecia sossegado, sossegado até demais, no corredor do porão, enquanto ele digitava a senha. Sentiu a excitação nervosa dos animais tão logo abriu a porta, mas procurou não olhar para os recipientes enquanto passava entre eles. Podia ouvir o barulho de patas cansadas se debatendo contra as plataformas giratórias. Então, chegou até a parede dos fundos, ignorou a porta da esquerda e foi direto para aquela que o Dr. Dudden tinha declinado em abrir mais cedo. Ela foi destrancada com facilidade, e quando o trinco fechou de volta, uma luz no teto se acendeu automaticamente.

No começo, Terry não entendeu bem o que estava vendo, já que aquilo parecia uma espécie de um quarto dentro de outro quarto. Imediatamente à sua frente havia uma grossa folha de papel-cartão e, a cerca de dez passos adiante, havia uma divisória feita de compensado atrás da qual três peças haviam sido instaladas: um frigobar, uma pia e um vaso sanitário. Próximo à divisória havia uma plataforma larga e semicircular, a cerca de um metro do chão. A área entre a plataforma e o piso estava coberta de uma água azulada e cheia de cloro.

O que Terry estava observando, e ele logo percebeu, era um enorme recipiente ou gaiola, quase tão grande quanto o próprio quarto onde havia sido instalado. Era possível caminhar por todo o tanque, vez por outra descobrindo — como ele já esperava — que era dividido em dois ambientes idênticos, cada um deles contendo os mesmos equipamentos básicos desenhados para acolher a ocupação humana. No alto da divisória havia sido aberto um orifício, de onde pendia, de ambos os lados, um emaranhado de fios que culminavam em vários eletrodos. Aquilo, em outras palavras, era uma versão em larga escala do mesmo aparato do laboratório, com uma plataforma giratória grande o suficiente para comportar dois seres humanos.

— É insano — sussurrou Terry para si mesmo, enquanto completava a terceira volta pelo recipiente, observando tudo aquilo com uma mistura de pavor, medo e estupefação. — É totalmente, completamente insano...

Ele vasculhou o bolso da calça e tirou de lá um bilhete amarfanhado: o bilhete havia sido enviado a ele anonimamente, havia cerca de uma semana, na forma de um aviãozinho de papel. "PERGUNTE A ELE SOBRE STEPHEN WEBB." Instintivamente, Terry percebeu que havia uma relação entre a mensagem e aquele quarto apavorante onde agora se encontrava. Stephen Webb — fosse quem fosse — esteve ali, tendo feito parte de um dos experimentos do Dr. Dudden. E o que aconteceu? Um acidente, talvez, ou mesmo uma fatalidade (sim, o Dr. Dudden havia usado essa palavra) com alguém estava agora obrigando Terry a fazer uma investigação. O médico tinha inimigos na clínica — muitos inimigos, provavelmente — e Terry estava sendo convocado a se alinhar a eles. Parecia que, de alguma forma, esses inimigos contavam com ele.

Ele deixou o quarto e saiu do laboratório, fechando ambas as portas. Decidiu tentar esquecer o código de oito dígitos. Não queria voltar lá outra vez.

Enquanto subia as escadas na ponta dos pés em direção ao andar de cima, Terry — em vez de se preocupar com o laboratório — pensou na sua fotografia desaparecida. Pensou na possibilidade de logo estar dormindo e voltar a sonhar. Sem dúvida havia uma história importante sobre Stephen Webb a ser contada, mas ele era um crítico de cinema, não um jornalista investigativo. Simplesmente não era o homem certo para aquele trabalho.

Além do mais, já estava uma hora atrasado para ir dormir.

11

ANALISTA: *Descreva seus sentimentos por Robert.*

ANALISADA: *Ele era a única pessoa com quem eu podia ser realmente honesta. Eu confiava nele e (...) e sentia que podia lhe contar tudo.*

ANALISTA: *E mesmo assim vocês nunca namoraram?*

ANALISADA: *Não. Ele era mais como uma irmã para mim, quero dizer, um irmão.*

ANALISTA: *Você disse irmã.*

ANALISADA: *Quis dizer irmão.*

ANALISTA: *Você tem irmãos e irmãs? Você nunca falou deles.*

ANALISADA: *Sim, uma irmã. Ela é oito anos mais velha do que eu, ela emigrou quando eu tinha apenas 13 anos. Foi uma decisão muito repentina.*

ANALISTA: *E Robert, creio eu, também foi varrido abruptamente de sua vida.*

ANALISADA: *Muito abruptamente.*

ANALISTA: *Bem, agora estamos fazendo progresso.*

Da trilha do penhasco, eles podiam ver Terry sentado à janela de seu quarto de dormir debruçado sobre sua escrivaninha, o feixe de luz de seu abajur brilhando como se fosse o sinalizador de um minúsculo farol. Eles acenaram, mas ele não os viu — ou não quis acenar de volta.

Caminharam. De tempos em tempos, Robert se aventurava a mirar os olhos de Sarah. Não porque desejasse olhar bem dentro deles (apesar de nunca se cansar de fazê-lo), mas porque queria mencioná-los em seu poema e buscava uma descrição correta.

Em seus olhos alguma coisa alguma coisa eu espiei...

Em seus... calmos e gentis olhos? Cálidos e brilhantes? Claros e presentes? Vigorosos e sinceros?

Não, eles não eram nada disso, afinal. Tentou espantar o problema de sua mente e se concentrar no que ela estava falando: algo a respeito de uma roupa que Veronica havia comprado recentemente, contra a qual Sarah parecia ter feito objeção; e algo a respeito de uma carta que Veronica teria recebido, a qual ela teria escondido, negando-se a discutir seu conteúdo. Sarah estava, obviamente, bem agitada com esses dois acontecimentos. Robert estava fazendo o possível para entender o porquê.

— Você comentou com mais alguém sobre isso? — perguntou ele.

— Claro que não. Você é a única pessoa com quem converso. Com quem mais eu poderia falar?

— Pensei que você poderia comentar algo com Terry.

Sarah riu com vontade.

— Não consigo fazê-lo prestar atenção em *nada* que não seja a respeito de filmes. Você não vai comentar com ele, vai?

— Claro que não vou — disse ele.

— Só eu sei quão próximo você é.

Ele olhou para seus olhos novamente e tentou se decidir se eram azuis ou acinzentados. Definitivamente, eram azuis.

Em seus olhos azuis e alguma coisa...

Eles subiram os degraus e chegaram a uma bifurcação na trilha. Uma rota levava através dos penhascos e chegava à cidade, percorrendo cerca de quatro quilômetros. A outra levava até a estrada principal, onde poderiam pegar um ônibus. Decidiram que já era muito tarde para continuar caminhando, e preferiram pegar o caminho que levava à estrada.

Azuis rememorativos olhos?

Não, as montanhas é que eram azuladas e remetiam a alguma coisa, mas não os olhos. De qualquer forma, eles eram mais acinzentados do que azuis.

— Tenho certeza de que não há nada lá — disse ele.

— Você está certo. Sou obrigada a confessar que reagi de uma forma muito exagerada.

— Além do mais, tudo o que ela fez foi comprar algumas roupas sem pedir sua opinião. Não há realmente nada de mal nisso.

— Sim, mas foi um *terno*, Robert. Um terninho horrível e formal. Ela sabe que esta é a última coisa que eu quero que vista.

Eram detalhes como esses — os pequenos — que Robert achava os mais difíceis de suportar. A idéia de que Sarah e Veronica até se vestiam para agradar uma à outra deixava-o maluco, e achou que não podia deixar de comentar:

— Mas é uma bela roupa trivial, não é?

— Não, Robert, não é *trivial*. — Toda a sua severidade e veemência, a parte dela que ele ao mesmo tempo tanto temia e admirava, aflorou completamente. — Isso é sintoma de algo. É um sinal de que estamos nos afastando. Apostei tudo o que tinha nesse relacionamento, e se estiver entrando em colapso... Não sei o que sou capaz de fazer.

— Tenho certeza de que seu caso não está entrando...

— Não é só um *casinho*, você sabe, Robert. É sobre o meu futuro que nós estamos falando. Foi uma decisão importante para mim ficar com Ronnie. A maior que eu já tomei.

— Sei disso. Eu sei...

Em seus acinzentados e reflexivos olhos...

Reflexivos? Meditativos? Nenhuma dessas formas parecia especialmente apropriada, agora que ele estava pensando no assunto.

— Quero dizer, não é só esse terninho estúpido — continuou Sarah. — Estamos com muitas dificuldades de falar sobre qualquer coisa atualmente. Todas aquelas idéias para o próximo ano... Não consigo vê-la interessada nisso.

Sarah ainda estava tentando conseguir um emprego na escola local, e alugar uma casa com Veronica onde então poderiam, na teoria, tentar fazer seu há muito discutido grupo de teatro virar realidade. Mas já estava ficando tarde para colocar essas idéias em ação. O semestre havia oficialmente acabado, as provas já haviam sido realizadas, as notas já tinham sido anunciadas, e em apenas alguns dias todos eles iriam deixar Ashdown para férias. O tempo estava correndo: não apenas para Sarah e Veronica, mas também para Robert.

Tentando deixar de pensar no que tinha de fazer, e no pânico que isso provocava, ele disse:

— Bem, não creio que você tenha de se preocupar com isso. Ela parece mais interessada no teatro do que nunca, pelo menos é o que consigo perceber. Na última vez que me encontrei com Veronica, e isso foi agora, na noite passada, na cafeteria, ela falou o tempo todo nisso. Aquela mulher que estava dando uma oficina de laboratório artístico... Celia alguma coisa...

— Celia Blake! — Sarah se virou para ele e praticamente gritou o nome. Ele tentava entender quão tensa ela tinha ficado ultimamente, e como se enfurecia com rapidez. — Oh, sim, ela está bem *interessada* é nela, isto sim. Interessada o bastante para cruzar a porra de Londres de ponta a ponta só para vê-la em alguma peça. E encontrá-la nos camarins mais tarde, provavelmente.

— Quem é ela?

— Elas estudaram juntas. Por três anos, mais ou menos. E agora essa quase-famosa Celia ou algo parecido vem aqui para dar sua oficina, e quando Ronnie se apresentou, Celia se lembrou dela, e agora aqui estamos nós, sem conseguir ver onde essa história vai acabar.

— Ela é homossexual? Celia, quero dizer.

— Acho que sim.

Havia um pouco de tráfego na estrada. Sarah se reclinou na parada de ônibus, suspirou profundamente, e virou seu rosto na direção do sol que estava raiando. Agora seus olhos não pareciam nem azuis nem acinzentados. Pareciam quase que pintados de verde.

Em seus multicoloridos olhos...

Não, aquilo era horrível. No entanto, ele gostou muito da sonoridade: gostou da idéia de usar uma única e polissilábica palavra, em vez daquelas duas mais pesadas e pouco significativas.

Em seus polimorfos olhos...

Em seus diatônicos olhos...

Estava chegando perto, talvez. Mas antes que pudesse pensar em mais algumas opções, Sarah se voltou para ele outra vez: ela continuava reclamando do comportamento de Veronica e sua expressão agora estava aguda e acusadora.

— Merda, foi por esta razão que ela comprou o terno, você sabe. Para ir vê-la em Londres. Sou capaz de apostar que ela se arrumou toda para encontrá-la no camarim de algum teatro do West End, e depois saíram para jantar em algum restaurante sofisticado.

— Ela estava com o terninho quando saiu?

Em seus antissépticos olhos...

— Eu não a vi naquela manhã. Nem quando ela voltou.

— Ela passou a noite fora?

— Com o primo. Foi o que disse.

Ou mesmo...

Em seus narcolépticos olhos...

Sim, aquela era uma possibilidade. Ele não tinha certeza, ainda, de que Sarah sofria de narcolepsia, mas a idéia já havia lhe ocorrido uma ou duas vezes, quando contemplava seus distúrbios de padrão de sono, seu estranhos e alucinados sonhos, e sua ocasional tendência de cair no sono nas mais estranhas horas do dia. De qualquer maneira, a palavra cabia muito bem nessa frase.

— Quero dizer... vamos supor quem escreveu a tal carta?

Ela o havia perdido agora: os devaneios dele haviam durado muito tempo.

— O que disse?

— Vamos supor que quem escreveu a carta foi Celia — disse Sarah, a voz se exasperando.

— Bem... — Robert sabia que não era justo de sua parte ter esse tipo de suspeita, mas achou que isso não poderia lhe ajudar em nada. — Creio que pode ter sido. Você viu o carimbo do correio?

— Eu mal vi o envelope. Ela o arrancou das mãos de Terry assim que ele o levou até a cozinha, e o colocou no bolso. Então, quando eu subi as escadas e a encontrei lendo aquilo... — Tudo estava fazendo sentido: era tudo horrorosamente plausível. — Sim, provavelmente *foi* ela quem escreveu. — O rosto dela ficou vermelho. Estava incandescente. Nunca vi ninguém tão feliz.

— E o que aconteceu?

— Perguntei de quem era a carta, claro. E ela apenas me disse que algumas coisas eram particulares e a colocou de volta na escrivaninha. Muito apropriadamente. Eu não queria criar um caso, então disse que perguntei apenas porque poderia ser alguma coisa relacionada com o grupo de teatro. Sabia que ela havia escrito procurando financiamento. E ela ficou obviamente embaraçada, porque começou a divagar e nós enveredamos por uma conversa estranha a respeito...

— A respeito de história?

Sarah riu, com aquele tom de zombaria que ele conhecia tão bem, mas que nunca falhava em pegá-lo de surpresa: era sinistra, mercurial, aquela sua habilidade em voltar a si mesma em um instante, mudando de humor. Era uma qualidade com a qual apenas as mulheres pareciam ter sido abençoadas, e Robert a invejava ferozmente.

— Oh, Deus — disse ela, sorrindo. Estou começando a ficar chata, não estou? Provavelmente eu já falei disso antes. Você está pronto a me contar exatamente o que nós conversamos dois dias atrás, palavra por palavra, e você está gozando de mim.

— Não, não é nada disso. Não mesmo. Terry fez uma menção, ontem, creio eu, que você lhe fez uma pergunta engraçada. Tinha a ver com Zeitgeists e... acontecimentos históricos ou coisa assim.

— É verdade. Tive de lhe perguntar o que era um Zeitgeist. Embaraçoso, não? É bem embaraçoso — refletiu ela — sair com pessoas que usam palavras como Zeitgeist em sua conversa cotidiana. De qualquer forma, tudo está relacionado ao problema principal, que é formar o grupo de teatro, aparentemente. O Zeitgeist. De acordo com Ronnie, talvez não seja o modo correto de cotejar um momento histórico incotejável.

— Ela tem segundas intenções?

— Até onde eu sei, suas intenções não têm nada a ver com isso. A história está contra ela: é simples assim. As prioridades mudaram. Os valores estão fluindo.

— Estão fluindo? Ela disse isso?

— Incrível, não é? Fiquei pensando se ela não vinha sendo criticada por isso, na verdade. Mas era um tanto cedo pela manhã, mesmo para ela. — A petulância em sua voz era forçada. Ela interrompeu o discurso abruptamente. — Oh, Robert, o que *eu* vou fazer?

Um ônibus surgiu no horizonte e embicou na direção deles. Estava quase vazio, então Robert não tinha a desculpa de se sentar ao lado dela. Em vez disso, ela se sentou à sua frente, reclinou as costas contra a janela, esticou as pernas pelo corredor, e fitou-o vagamente.

— Você acha que eu devo ir furtivamente até lá e dar uma olhada na carta? — perguntou ela.

"Narcolépticos olhos", pensou Robert: esta era definitivamente a frase. Ainda não sabia se era bem apropriada — clinicamente falando — quando se tratava de Sarah, mas seu ritmo e sua sonoridade eram perfeitos. O que significava, afinal de contas, era que o poema estava concluído. Ele havia lhe tomado meses, mas agora podia levá-lo ao café e pedir a ela que o visse entre as páginas de seu livro especial. Ela estava querendo ir lá nos próximos dias, apenas em memória dos velhos tempos.

— Sim — disse ele; e imaginou, rapidamente, de onde tinha tirado aquele vício, aquela propensão em dizer apenas o que ela queria ouvir. — Nessas circunstâncias, acho que está plenamente justificado.

— Bom. — Ela o premiou com um sorriso largo e grato. — É isso o que eu vou fazer.

*

No trem, Terry tentava se concentrar em procurar os erros e falhas de impressão em seu artigo para a revista *Frame*, cujas provas haviam chegado naquela manhã. Mas estava por demais distraído com a presença de seu acompanhante, Joe Kingsley, que estava sentado do outro lado da mesa. Por uma razão, era o boné. Se havia algo que Terry desprezava sobre todas as outras coisas, era um boné de beisebol. Não havia nada de errado que crianças o usassem, é claro, mas quando ele o via na cabeça de um adulto, aquilo parecia simbolizar tudo o que ele mais odiava nos Estados Unidos, mais ainda do que a figura de Mickey Mouse ou a última propaganda da Coca-Cola ou ainda os milhares de gigantescos emes amarelos que agora pipocavam pela Grã-Bretanha como um vírus desconhecido. E, pior ainda, Kingsley estava usando-o *com a aba para trás*. Aquilo, sem dúvida, era o último pico da imbecilidade. Com essas reflexões solitárias, Terry se sentia pessoalmente incomodado por estar sentado ao seu lado. E a outra coisa que o distraía era o jeito que Kingsley estava sentado lendo uma revista sobre filmes; não exatamente uma revista de crítica cinematográfica, mas aquele tipo que você recebe de graças nos cinemas, cheia de fotos coloridas e artigos semiliterários tirados de press releases. Seus lábios se moviam enquanto lia, e quando encontrava um parágrafo particularmente mais denso, falava em voz alta e bem devagar as palavras mais difíceis.

— Ei, Kingsley — disse Terry, incapaz de suportar aquilo por mais tempo. — Cale a boca, certo? Estou tentando trabalhar.

— Eu não estava dizendo nada.

— Você estava murmurando. Não consigo me concentrar.

Kingsley olhou para ele, então voltou-se para sua revista, dizendo:

— Fique sossegado, está bem? Estou lhe fazendo um enorme favor.

Terry sabia disso, mas não queria expor sua gratidão. Ele se rebelava contra a idéia de estar em dívida com Kingsley, que vinha sendo sua *bête noire* particular desde que chegou no Departamento de Cinema no começo da primavera. Jovem, barbudo, sardento e dono de uma voz esganiçada, era filho de um empresário norte-americano que estava trabalhando na Inglaterra graças a um contrato de seis meses. Kingsley Jr., que naquela época estava se preparando para entrar em um curso de Cinema em alguma universidade obscura do Meio-Oeste, não perdeu a oportunidade de acompanhar o pai na viagem e foi prontamente matriculado na universidade por dois períodos, com o arranjo sendo conseguido, como era bem sabido, por meio da doação de um fundo substancial para a construção de uma nova ala residencial para os alunos. Ele era espalhafatoso, autoconfiante, desarticulado, rico e universalmente desprezado pelos outros estudantes. Ele tinha também (e este era o ponto onde a inveja se acentuava) feito dois curtas-metragens nos Estados Unidos, parcialmente financiados pelo pai: e graças às cópias que havia levado para a Inglaterra, tinha recebido todas as indicações, no nível técnico, é claro, para conseguir sua proficiência. De fato, o segundo deles, um filme de meia hora, rápido e cortante, com um clímax violento e ensurdecedor, havia mesmo impressionado aquele seleto grupo de cinéfilos que gostava de se sentar na mesa de canto do Café Valladon: com a única exceção de Terry, que achava que a espetacular seqüência final não passava de uma "porção de prédios explodindo" e que não havia "uma visão coerente" por trás do filme como um todo. (Se os outros pensavam que ele estava sendo presunçoso, mantinham-se calados a respeito.) Ele estava irritado consigo mesmo, de qualquer maneira, por ter ficado bêbado uma noite no Union Bar e contado a Kingsley todas as suas ambições em escrever um roteiro que cobriria um período de cinqüenta anos. A partir dessa breve conversa regada a álcool, Kingsley criou a impressão de que Terry era uma espécie de visionário e a partir dali insistia em se referir a ele simplesmente como "o escritor" sempre que seu nome entrava na conversa. E era por essa razão, assim o parecia, que ele pediu para vê-lo tão inesperadamente algumas semanas atrás.

— Meu pai ficou próximo desse produtor — começou a explicar. — Parece que ele está em Londres para fazer esse filme, e papai lhe mostrou meu trabalho e agora ele quer me conhecer.

— Bem, isso é ótimo, Kingsley. Estou realmente muito feliz por você. Por que está me contando isso?

— Porque agora eu preciso de um escritor. É Joe, antes que me esqueça. Joe Kingsley.

— Continuo não entendo onde eu entro nisso.

— Você é um escritor, não é? Você escreve.

— Bem, sim, mas... você está falando do meu roteiro, aquele sobre o qual lhe falei?

— Não, esse cara, ele já tem muitos. Nós só precisamos de um escritor. Alguém que escreva.

Terry ainda não estava muito certo por que havia aceitado aquele convite. Estava convencido de que certamente acabaria em desastre. No final, sucumbiu à pressão de Robert e Sarah, que deram o melhor de si para argumentar que aquilo poderia lhe dar, no fim das contas, a oportunidade de mostrar algo de sua própria lavra a uma figura influente dentro da indústria cinematográfica. Por isso, gastar um dia inteiro em companhia de Kingsley parecia, pensando bem, um preço bem baixo a se pagar.

— O que é que você está olhando?

Terry afundou na poltrona se sentindo culpado, notando que nos últimos minutos seus olhos tinham se fixado em uma hipnótica mirada naquele penteado ofensivo.

— Desculpe — disse ele. — Estava a quilômetros daqui.

Kingsley fungou e virou uma página de sua revista. Alguns minutos depois, disse, carrancudo:

— Eles estão falando aqui de uma coisa chamada *O terceiro homem*. Você já ouviu falar?

— Sim, é um filme.

— Nunca ouvi falar nele. Deve ser mesmo muito velho.

— É de 1949.

— Uau! Você quer dizer que era um filme mudo?

— Não tão velho assim, não. Realmente estou surpreso por você nunca ter ouvido falar nele. É muito famoso. Foi dirigido por Carol Reed.

— Nunca pensei que havia mulheres diretoras naquela época.

Na verdade, Terry não estava assim tão surpreso por ele nunca ter ouvido falar naquele filme. O abismo da ignorância a respeito da história do cinema (pré-*O poderoso chefão*) nunca parava de fasciná-lo.

— Por falar nisso, eu estava querendo lhe perguntar — disse ele — o que você pensa de Hawks*?

Kingsley baixou a revista, feliz com a chance de finalmente poderem ter uma conversa apropriada.

— Eu gosto deles — respondeu, após uma breve reflexão. — Falcões, gaviões, especialmente águias. Todas as aves de rapina, creio eu.

— Humhum. — Terry tamborilou os dedos na mesa, e esperou um pouco antes de perguntar: — Você não acha que Welles é supervalorizado?

— Definitivamente. Estive lá com papai mês passado e Bath é muito mais legal. Sem dúvida.

— É a pura verdade. — O trem passou acelerado por uma estação. — Diga-me, Kingsley, você acha que a resposta para a crise na indústria cinematográfica britânica repousa nos princípios do Cinema Livre?

* Terry se refere ao diretor de cinema Howard Hawks, cujo sobrenome em inglês é o nosso equivalente a "Falcões" ou "Falcão", daí a confusão de Kingsley. O trocadilho é intraduzível. (*N. do T.*)

Ele teve de pensar um pouco a respeito.

— Não, de fato não — disse finalmente. — Eu acho que as pessoas devem pagar por seus lugares como qualquer outro espectador.

Terry explodiu numa gargalhada.

— Você é impagável, sem dúvida. É mesmo.

— Do que você está falando?

— Hawks e Welles são diretores de cinema — disse Terry, ainda rindo. — E O Cinema Livre é o nome de um influente movimento dos anos 1950.

— E *você* — disse Kingsley, levantando os pés raivosamente e apontando o dedo para ele — é um grande gozador presunçoso. — Ele se retirou em direção ao vagão-restaurante.

Satisfeito em ficar sozinho por alguns instantes, Terry voltou sua atenção para as provas de seu artigo.

Ele tinha boas razões para estar satisfeito com sua primeira empreitada no jornalismo: não apenas a *Frame* havia aceitado imediatamente seu artigo para publicação, como também a direção da revista havia lhe oferecido um emprego na redação, para começar dali a algumas semanas, no início de setembro. Pareciam estar bem satisfeitos que, apesar de sua incompetência em encontrar uma impressão do *Latrine Duty*, ou mesmo de achar algum dado da produção ou uma cópia do roteiro, Terry tenha escrito um interessante e abrangente artigo que pela primeira vez reuniu uma série de informações que estavam dispersas. Havia, por exemplo, o curioso caso do resenhista de filmes inglês que voou até a Itália para uma sessão particular do filme, apenas para ser encontrado morto 12 horas depois em seu quarto de hotel nos arredores de Roma, com uma bala na cabeça, um revólver ao lado e segurando em uma das mãos uma folha de caderno na qual estava escrita a curta mensagem: "A vida não pode ser enfrentada." Mais tarde, na semana seguinte, a *Variety* fez uma reportagem sobre o incidente com uma manchete irônica, e mesmo aludindo que havia uma explicação alternativa para o suicídio (o resenhista havia sido abandonado recentemente pela mulher e os filhos), parecia não haver muitas dúvidas de que a exposição ao *tour de force* niilista de Ortese tenha sido o fator de maior contribuição para o ato. Terry havia ficado perplexo e atormentado com aquela reportagem, que ainda oferecia os mínimos detalhes do que se passava no filme e porque ele havia tido um impacto tão imediato e profundo em um de seus espectadores. Igualmente misterioso era um artigo de uns oito anos atrás de um jornal acadêmico canadense chamado *The Quaterly Review of Urinary Medicine* [A Resenha Quinzenal da Medicina Urinária]. Ele apresentava a história de um representante (depois aposentado) de uma companhia italiana que desde que havia visto o filme e, por mais que se recusasse a contar o que viu, passou o resto da vida sofrendo de uma bizarra anomalia que o impedia de urinar na companhia de outros homens.

Quanto mais Terry lia a respeito do filme, mais ele lhe parecia fascinante. Que perversa mistura de escatologia e política radical poderia Ortese ter criado para dar vazão a todos os mitos e rumores? Ele não era a primeira pessoa a se interessar pelo assunto, mas os pesquisadores anteriores haviam descoberto muito pouco. O suposto diretor de fotografia do filme sempre negou qualquer conexão com ele; o editor sempre negou de forma incontestável que ele existisse de fato; o figurinista, agora na casa dos 80 anos e não exatamente no completo exercício de suas faculdades mentais, acreditava que cada cópia havia sido destruída, mas que se lembrava de que era um "filme essencialmente terno e romântico". Enquanto isso, em 1973, o ator principal — aparentemente em uma resposta direta à experiência de ter atuado no filme — se juntou a uma obscura ordem monástica que observava um estrito voto de silêncio.

O assunto ainda estava aceso na mente de Terry na hora do almoço.

— Não, eu nunca vi esse filme — disse o produtor, que se virou para se mostrar um magro, vigoroso e aparentemente genial homem na casa dos trinta e poucos anos. Seu nome era Bruce Logan. Ele havia deixado Terry e Kingsley esperando por 15 minutos no bar de entrada do clube Athenaeum, e então os levou até um restaurante italiano próximo de Mayfair. — Claro que eu ouvi falar dele. Conheço as histórias. Mas vi a versão integral de *Saló* certa vez em Paris, e isso foi o suficiente para mim. — Ele pegou um pão ciabatta e ofereceu aos dois. — Ortese teve uma grande influência desse filme, é claro. Já disse que eles chegaram mesmo a usar muito de suas idéias. — Ele se voltou para Kingsley. — Você gosta de Pasolini?

— Na verdade acho que vou querer só um hambúrguer. — Ele estava estudando atentamente o cardápio.

— Ele é mesmo um brincalhão — disse Terry, rindo sem entusiasmo e chutando seu acompanhante por debaixo da mesa.

Logan sacudiu a mão em um gesto vago e de repúdio.

— Quer dizer que o rapaz nunca ouviu falar de um dos mais importantes diretores italianos, autor de vários filmes de arte? Quem se importa? Os filmes de arte europeus já tiveram sua época, de qualquer forma. Mais dez anos e todos estarão esquecidos. Mais outros dez e você será incapaz de encontrar entre o público pagante alguém que saiba dizer quem foi Renoir. De qualquer modo, eu não estou aqui para testar vocês, rapazes. Isso não é um tipo de exame.

— Ele não sabe porra nenhuma sobre filmes norte-americanos — disse Kingsley, em seu tom mais mal-humorado. — Ele nem conseguiu ver *Os caça-fantasmas* inteiro. Saiu na metade do filme.

Terry bufou.

— Era um amontoado de idéias juvenis, sem-vergonha...

— Então você gostou dele? — perguntou Logan a Kingsley.

— Eu vi sete vezes. É um dos grandes. Um dos maiores filmes de todos os tempos. Efeitos fabulosos.

— Sim, acho que Sicom realmente conseguiu o seu melhor nesse aí.

— Sicom? — perguntou Terry.

— O Sistema Computadorizado Multiplano — explicou Kingsley. — Você usa como câmera principal em um sistema de filmagem. Dizem que atualmente proporciona uma projeção bem melhor do que o sistema Automatte. — Ele se voltou para Logan. — O *visual* desse filme é bem limpo, o que é o mais incrível. Como eles conseguiram fazer isso?

— Acho que eles o filmaram em 65 pontos e depois o compuseram em 35 pontos anamórficos. É assim que eu entendi.

— Uau! Isso explica um bocado de coisas.

— Esse cavalheiro parece estar esperando seu pedido — disse Terry, apontando um paciente garçom.

— Oh. — Kingsley pegou o cardápio. — Eu ainda não decidi o que quero.

Terry pôde ver que ele não tinha a menor idéia do que pedir.

— Você gosta de tortelini? — perguntou ele.

Kingsley o fitou desafiadoramente.

— Claro que sim — respondeu. — Especialmente seus primeiros, em branco-e-preto.

Enquanto esperavam o prato principal ser servido, Logan explicou seus propósitos. Ele trabalhava para um dos maiores estúdios de Hollywood, e estava naquele momento desenvolvendo uns dez projetos, todos dedicados ao grande mercado norte-americano. Após assistir aos dois curtas-metragens de Kingsley e ficar bem impressionado, particularmente por seu talento com as seqüências de ação, e tendo ouvido sobre as habilidades de Terry prodigamente contadas por seu colega de universidade, ele esperava que os dois concordassem em trabalhar com ele em um dos dois projetos que havia adquirido recentemente: o primeiro era uma história em quadrinhos popular chamada *O espião e seu filho*, que ele desejava adaptar para as telas.

Os olhos de Kingsley brilharam quando ouviu o título, apesar de Terry nunca ter ouvido falar daquilo, ou mesmo da supostamente famosa revista em que a história era publicada.

— Você nunca ouviu falar de *O espião e seu filho*? — perguntou Kingsley. — Mas é simplesmente *o* melhor. Não posso crer que não seja popular por aqui. Esse cara, é certo, é como se fosse um James Bond norte-americano. Mas tem um problema: ele é viúvo e tem de tomar conta do filho de 13 anos, que é uma gracinha e superinteligente, e por isso acompanha o pai em suas missões.

— Isso mesmo — disse Logan. — Sua mulher morre em um acidente de carro, antes do filme começar, claro que não vamos mostrar nada disso, porque não queremos começar por baixo. Então, o que estamos falando basicamente é sobre uma espécie de James Bond norte-americano dos anos 1980, só que com mais realismo.

— Mais realismo — repetiu Terry, quase sem qualquer entonação.

— Exatamente. Porque é um camarada que não negligencia suas responsabilidades familiares. Certo, a maior parte do tempo ele está fora de casa, arriscando sua vida por seu país e lutando contra o comunismo e protegendo tudo o que você acredita, mas no fim do dia ele encontra tempo para voltar para casa e para o filho e dividir uma pizza e, quem sabe, assistir a um jogo na tevê. Coisas de uma família de verdade.

— E a coisa legal é — disse Kingsley — que quando eles estão fora a trabalho, certo, é sempre o garoto que derrota os caras maus. Como naquela vez quando os dois espiões russos os estavam perseguindo, mas pisaram em um chiclete e os sapatos ficaram grudados no chão? — Ele e Logan caíram na gargalhada. — Ou quando ele disparou a arma contra todos aqueles árabes, mas estava atirando apenas bolas de pingue-pongue e todas entraram na boca deles?

— Você consegue ver a cena? — perguntou Logan. — É um tipo de idéia muito visual. É muito cinematográfico.

Terry suspirou.

— Conte-me sobre o outro — disse ele.

Logan olhou para ele com curiosidade, mas se estava ofendido, não demonstrou.

— Certo — disse ele. — Talvez esse seja mais do seu estilo. Consegui a opção por esse romance, que é sobre dois policiais de Nova York que trabalham no mesmo caso. Agora, você pode fazer o que quiser com o raio desse livro, porque a única coisa que eu tenho é o título: *Chalk and Cheese*.* Grande título, não é? Veja, na verdade são os seus nomes: oficial Chalk e oficial Cheese. E o gancho é esse: não só eles trabalham no mesmo caso, mas independentemente eles respondem ao mesmo anúncio de jornal e, então, eles terminam morando no mesmo apartamento.

— Isso é ótimo — disse Kingsley. — Adorei!

— Um deles é um pouco mais velho, e, você sabe, um tanto excêntrico, um pouco espertalhão, um tanto desajeitado...

— Então podemos pensar em... Jim Belushi nesse caso?

— Exatamente. Certo. E o outro camarada é mais novo, é ingênuo, idealista, joga de acordo com as regras...

* A expressão "*chalk* (giz) *and cheese* (queijo)" é empregada para denominar coisas completamente diferentes; semelhante à nossa "água e vinho". (*N. do E.*)

— Então, estamos procurando por... Tom Cruise?

— Pode ser. Pode realmente ser. E o que estou pensando é num tipo de cruzamento entre...

— ... entre *O estranho casal* e, quem sabe, *Dirty Harry*?

— Brilhante. Você pegou o espírito da coisa. E obviamente há o chefe, que é, hum... durão, mas adorável. Firme, mas atencioso.

— E negro, obviamente.

— Não preciso nem dizer.

— Alguém como... James Earl Jones.

— A idéia é essa. E é claro que precisamos de algum tipo de romance, de alguma coisa com apelo sexual...

— Certo, e Tom Cruise tem essa namorada, não é? Um pouco mais velha, um pouco mais experiente. Vejo esse papel para, talvez, Jamie Lee Curtis.

— Sim. Em um vestido preto bem apertado.

— Bem apertado, um vestido preto *bem* apertado. Os seios quase pulando para fora.

— Você está falando minha língua, Joe. Mas tem mais: o que Tom Cruise não sabe é que ela é, na verdade, uma prostituta, e que Jim Belushi trepa com ela.

— Tom Cruise trepa com ela?

— É claro que Tom Cruise trepa com ela.

— Ou talvez ela pudesse ser uma stripper.

— Pode ser. Ela pode ser uma stripper.

— E ele continua trepando com ela?

— É claro que ele continua trepando com ela. E Jim Belushi também trepa com ela. Todo mundo trepa com ela.

— E o chefe... ele também trepa com ela?

— Ei... nós não dissemos que o cara era negro? Faça-me o favor, Joe, pelo amor de Deus. — Logan se voltou para Terry, que não estava fazendo parte dessa conferência improvisada sobre roteiros. — Não vi nenhuma atuação sua por aqui, se não se importe que eu diga. Parece que Joe e eu estamos fazendo todo o trabalho.

Terry estava sentado na poltrona, seus braços retesados.

— Acho que essa idéia é terrível — disse ele. — A sensação que tenho é a de já ter visto este filme umas vinte vezes antes.

Houve um longo silêncio, quebrado somente pelo barulho de Kingsley tentando enfiar uma enorme garfada de macarrão dentro da boca.

— Você que é terrível, não é? — Conscientemente ou não, Logan estava sentado encostado na poltrona e com os braços retesados, da mesma forma que Terry. — Bem, é claro, se você tiver alguma idéia melhor, adoraria ouvi-la. O Joe aqui me contou que você está trabalhando em um roteiro original, na verdade.

— Sim... Sim, é verdade — disse Terry, um tanto hesitante.

— Pode me contar sobre o que é?

— Claro. É sobre... bem, é sobre esse homem, e... e sua vida, basicamente.

— Sua vida? — Logan levantou as sobrancelhas. — Soa bem. Então, faça alguma coisa... faça alguma coisa acontecer nessa vida. Podemos saber algo a respeito?

— Bem, sim. — Terry se ajeitou na poltrona e limpou os cantos da boca com o guardanapo. — Ele passa, você sabe, ele... *amadurece*, se você quiser, passa de um jovem rapaz para um... bem, um homem de meia-idade.

— Humhum. E daí?

— Bem, ele fica velho e, no fim, suponho eu, ele morre. — De alguma forma, enquanto ele contava a história, aquele cenário não soou exatamente impressionante como Terry sempre havia imaginado. — A coisa é, veja, a coisa realmente original é que esse papel deve ser interpretado pelo mesmo ator todo o filme.

— Mesmo? E quem você tem em mente? Porque, você sabe, com um argumento desse, Hofman, Nicholson e Redford vão se matar para conseguir o papel. Vai ser um verdadeiro banho de sangue.

— Bem, obviamente precisa de alguns acertos, neste momento...

— Posso lhe dizer qual é o problema que eu tenho com essa idéia, Terry? Um dos problemas, por falar nisso. Para mim, isso me soa um tanto ou quanto pequeno. Um tanto britânico.

— Mas o que...

— Não me entenda mal. Não tenho nada contra os britânicos. Eu mesmo sou meio britânico, por exemplo. Você já ouviu falar em um homem chamado Henry Logan?

— Claro, ele é... ele é produtor também, não é?

— Isso mesmo. Ele é meu pai. Ele escreve, dirige, produz, um verdadeiro faz-tudo. Foi para os Estados Unidos por um período no fim dos anos 1940, começo dos 1950, casou com sua primeira mulher, minha mãe, na verdade, mas trabalhou a maior parte de sua vida na Inglaterra. Fez muitas comédias, muitos suspenses de baixo orçamento. Nunca aspirou por nada maior do que isso... status estético, você sabe, mas ele fez seus filmes, e muitos deles eram realmente bons. Acabou nos anos 1970 fazendo filmes pornôs leves; era o único trabalho que conseguia.

— É uma pena — disse Terry, não sabendo exatamente aonde aquilo o estava levando.

— Bem, há uma razão para que este fosse o único trabalho que ele conseguia. Você sabe qual é?

Terry balançou a cabeça.

— Pessoas como você.

Subitamente ele bateu na mesa com seu punho e fez os talheres voarem. Terry e Kingsley quase caíram de suas cadeiras.

— *Deus*, pessoas como você me dão nos nervos, Terry. Vocês ainda poderiam ter uma verdadeira merda de indústria cinematográfica se não fosse por pessoas como você. Quando vocês rapazes começaram a andar... quando foi isso, final dos anos 1950?... era o começo do fim. Intelectuais: os "angry old men": John Osborne, Woodfall Films, a classe média à esquerda. De repente saímos todos por aí proclamando que cinema era uma forma de arte, como se ninguém acreditasse nisso antes, e todo e qualquer filme feito por algum romântico educado em escola pública nos dava sua própria visão da vida da classe trabalhadora. E tem sido assim desde então. Meu Deus do céu, nunca conheci um país como a Inglaterra para baixar a cabeça para seu povo só porque eles se acham artistas! E escritores! Deus, como vocês se acham escritores! Por que, além do mais, vocês têm uma opinião maravilhosa sobre si mesmos... mesmo assim, até onde posso perceber, a única coisa que vocês são capazes de escrever no fim das contas é o que pode ser escrito no verso de um envelope.

Terry se levantou.

— Você já acabou? Porque acho que tenho ainda algumas compras a fazer enquanto estiver em Londres.

— Não, Terry, *eu* não acabei — disse Logan. — Nem o Joe, na verdade. Mas eu acho que *você* já acabou. Você acabou seu negócio aqui. Então, quando quiser ir embora...

— Se esses filmes que você está planejando algum dia forem feitos — disse Terry, se preparando para um tiro de partida — será um dia triste para o cinema.

— E se algum dia esse *seu* filme for produzido, será a porra de um milagre.

— Se todos os produtores no mundo fossem como ele... — Terry se virou para Kingsley, enquanto apontava um dedo acusador na direção de Logan — ... então imagine isso! Não haveria Eisenstein, nem Mizoguchi, nem Wenders...

O rosto de Kingsley, salpicado de molho carbonara como estava, traiu uma ponta de emoção com essa afirmação.

— Quero dizer, pense a respeito disso por um minuto. Você consegue *imaginar* a história do cinema sem Wenders?

— Não, eu não consigo — disse Kingsley, com sinceridade. — Quero dizer, mas qualquer um pode vender a Coca-Cola e a pipoca.

Logan explodiu em uma gargalhada satisfeita.

— Vocês dois se merecem — disse Terry, e caminhou em direção à saída do restaurante com uma postura firme de honradez que só fazia intensificar enquanto caminhava pelas ruas de Mayfair em direção à estação de metrô mais próxima, e continuou a deixá-lo em brasa por todo o tempo em que ele esteve sentado, sozinho, no trem que o levou de volta para Ashdow.

*

ANALISTA: *E por que você acha que tinha razão em ler a carta de sua amante?*

ANALISADA: *Porque eu sabia que ela estava me traindo.*

ANALISTA: *Não seria simplesmente porque Robert a encorajou?*

ANALISADA: *Não, não mesmo. Não tem nada a ver com isso.*

ANALISTA: *E quais foram seus sentimentos quando você leu a carta?*

ANALISADA: *(...) Não sei como descrevê-los. Era como se o mundo tivesse virado de cabeça para baixo, ou subitamente nada mais fizesse o menor sentido, encontrando alguém que você achava que conhecia e descobrir que você não conhecia coisa nenhuma. Suponho que é como se uma mulher fosse até o armário e descobrisse que seu marido tinha uma boneca inflável ou uma pilha de revistas de sacanagem. Ou uma mãe que descobrisse que seu filho é um estuprador ou coisa assim...*

ANALISTA: *Você não acha que está exagerando?*

ANALISADA: *Não. Foi ainda pior. Foi ainda pior do que qualquer dessas coisas.*

Indecisa, Sarah esperou por mais três dias antes de seguir o conselho de Robert, e por seu próprio impulso de ciúmes, e abrir a carta de Veronica. Esperou até sexta-feira de manhã, o dia da festa de despedida.

Cruzou o quarto de dormir na ponta dos pés, mesmo com a casa a mais vazia possível, e mesmo sabendo que Veronica não voltaria naquele dia. Por um instante se sentou na cama, esperando que a coragem aparecesse. O tempo mudou: gotas de chuva salpicavam a janela, e ela podia ouvir as ondas quebrando em um longo e abafado bramido. Eram 11 horas da manhã.

Finalmente abriu a escrivaninha e tirou o envelope. Era franqueado, sem selos, e apresentava uma marca do correio de Londres. O nome e o endereço de Veronica haviam sido datilografados. Ele foi aberto cuidadosamente, com uma faca, e em seu interior havia apenas uma folha de papel gravado com relevo.

No alto da folha havia uma marca impressa, que dava o nome de um bem conhecido banco de Londres.

A carta dizia:

Cara Srta. Stuart,
Obrigado por ter vindo nos ver na última quinta-feira. Estamos muito satisfeitos em poder lhe oferecer o cargo de negociadora júnior em nosso escritório de câmbio, com o salário inicial de 43.725 libras por ano, mais comissão e bônus como previamente discutido.

Esperamos vê-la aqui às 8h30 da segunda-feira, dia 3 de setembro, e gostaríamos de lhe oferecer nossos melhores desejos para o início do que esperamos seja uma longa e profícua carreira na área financeira.

Seu primeiro pensamento era que ela estava ficando doente. Sentiu o vômito subir pela garganta, pronto para jorrar, espremendo seu estômago, e ela estava prestes a correr para o banheiro. Mas logo aquela sensação passou. Recolocou a carta na gaveta da escrivaninha de Veronica e foi até a janela, olhando para além do oceano e tentando colocar para fora sua fúria, a raiva que queimava lentamente por ter se permitido fazer aquilo, e então sentiu a sensação passar e tentou se lembrar de cada mínimo detalhe, qualquer pista em potencial que pudesse tê-la alertado de que uma coisa daquele tipo estava pronta a acontecer.

Ela não conseguiu se lembrar de nada. Tudo o que conseguiu se lembrar foi que ela e Veronica se encontrariam no Café Valladon às três horas daquela tarde. Era para ser sua última visita, mas Sarah sabia agora que não seria. Não era lugar para uma conversa. Não era lugar para dividir aquilo com alguém.

12

Na manhã seguinte, Terry despertou.

Um evento dos mais comuns na vida da maioria das pessoas, talvez, mas não para ele. A sensação de passar do estágio de sono para o de desperto havia iludido Terry por mais de uma década, e ainda que hoje não conseguisse identificar com certeza esse procedimento, tinha de fato acordado e sabia, tão logo o alvorecer começara a iluminar os limites de seu minúsculo quarto, atravessando as cortinas da janela, que algo novo e excepcional estava por acontecer. Sentiu-se profundamente revigorado, e estava convencido de que havia estado inconsciente por mais tempo do que o habitual. Depois de se desconectar cuidadosamente dos eletrodos, saiu do quarto, deu bom-dia a Lorna (que já estava com seu olhar rameloso pregado na tela do computador e com sua tradicional xícara de chá) e foi em direção ao terraço ver o sol nascer sobre o promontório. Eram cinco horas da manhã. Seu cérebro trabalhava com energia, como uma bateria recarregada; seus membros estavam fortes e flexíveis; cada um de seus sentidos estava preparado, alerta. A vida nunca pareceu tão repleta de perspectivas.

Por outro lado, o Dr. Dudden não havia emergido de seu quarto naquela manhã. Ele havia bebido mais vinho tinto e brandy do que devia na noite anterior, e tendo dormido para além do toque do despertador às três e dez, permaneceria num profundo e irremovível sono pelas próximas nove horas (quase perdendo a viagem de trem que havia marcado para aquela tarde). E então foi a própria Lorna, com suas resmas de papel de computador ondulando sob a brisa marinha, quem apareceu para informar a Terry que em um ponto durante a noite ele havia despendido não mais do que 87 minutos no Sono Estágio 3: era sua primeira passagem através de uma genuína e reconfortante onda-delta de estágio do sono.

— Você parece estar começando a entrar na normalidade — disse ela. — Poderia dizer que tão logo seus padrões de sono estejam registrados, você estará praticamente apto a se juntar ao restante da humanidade outra vez. Como pretende comemorar?

— Passando um dia em Londres, eu acho — disse Terry, satisfeito. — Tem algo lá que preciso encontrar.

*

Sarah acordou mal, tendo gasto a maior parte da noite relembrando os mais lacrimosos trechos de sua conversa ao telefone com a mãe de Alison. A argumentação terminou com a promessa de que uma reclamação oficial sobre a conduta de Sarah seria enviada à sua diretora logo na manhã do dia seguinte. Por isso, Sarah não pareceu surpresa ao encontrar uma mensagem esperando por ela na sala dos funcionários tão logo chegou à escola.

— Sei exatamente do que se trata — disse ela, ao entrar na sala da Sra. Palmer e se sentando. — É Alison, não é? A mãe dela já falou com você pelo telefone.

— Sim. Ela me ligou há cerca de dez minutos. Me pareceu bastante agitada.

— O que ela disse?

— Foi um tanto confuso e exaustivo, para ser honesta. Alguma coisa sobre você ter levado Alison para assistir a um filme pornográfico. O que me pareceu, devo admitir, bem improvável. Talvez fosse melhor ouvir seu lado da história em primeiro lugar.

Durante o curso da conversa, Sarah começou a relaxar levemente. Lembrou-se de que Eileen Palmer nunca a havia tratado de outra forma que não fosse com delicadeza e generosidade; e que, nos três anos em que trabalharam juntas, haviam lutado várias batalhas lado a lado, trabalharam duro para abrir para ambas um caminho em meio à floresta administrativa e legislativa que crescia ao redor, que haviam criado uma aliança indissolúvel. Ela sabia que, se contasse a verdade, não teria nada a temer.

— Encontrei Alison Hill sentada sozinha no parque Finsbury ontem à tarde — começou ela. — Perguntei o que ela estava fazendo ali e ela me disse que não podia ir para casa porque sua mãe só voltaria do trabalho por volta das sete da noite, e ela havia perdido as chaves de casa. Nessas circunstâncias, achei que não havia outra opção a não ser levá-la para casa comigo. Fomos a um café e depois caminhamos até um cinema, e me ocorreu que ela pudesse gostar de assistir a um filme. Eu me lembrava do título de um dos filmes de uma crítica que li no jornal, que me soava como um filme apropriado para ser visto por toda a família. Havia um certificado que parecia confirmar minha impressão. No entanto, quando entramos e o filme começou, ele pareceu extremamente sexista, muito violento e... absolutamente impróprio, em todos os níveis. Então decidi que devíamos ir embora. Fui até o toalete e voltei logo, pronta para levar Alison dali, mas ela havia ido embora. Desaparecido. Escafedido.

Eileen estava ouvindo atentamente. Estava com as sobrancelhas franzidas, mas era uma expressão de encorajamento, uma ruga de concentração.

— E daí?

— Daí é que notei como havia sido estúpida. A primeira coisa que eu deveria ter descoberto era o endereço de Alison, mas não fiz. Então tive de voltar todo o caminho até aqui, pedir ao Derek que me levasse até a sala das secretárias, e procurar nos arquivos. Liguei para a casa de Alison, e a mãe dela atendeu. Ela a havia encontrado sentada na soleira da porta quando voltou do trabalho, aparentemente muito chateada. Parece que o filme a perturbou bastante e ela chorou por um bom tempo. Então a mãe dela me deu uma bronca e me acusou de ter cometido um terrível erro de julgamento, e eu lhe disse que ela obviamente não estava cuidando de sua filha de forma apropriada, já que eu a encontrei vagando por um parque público por três horas, totalmente sozinha e sem nenhuma supervisão, e que tudo isso era... muito reprovável, creio eu.

— Bem, você obviamente a colocou na defensiva. Ela é, pela experiência que tenho, uma mulher bem combativa.

— Ah, então você...você conheceu a Sra. Hill?

— *Srta.* Hill, como ela prefere ser chamada, eu acho. Sim, ela esteve presente em várias reuniões de pais este ano.

— E o senhor, quero dizer, o marido dela, companheiro, o que quer que seja?

— Não, não sei nada a respeito dele. Não sei nem se existe.

— Tenho a mesma impressão... — Sarah se inclinou para a frente, numa postura mais confidente, sentindo que estava penetrando no mistério que rondava aquela família. — Tenho a impressão de que ele morreu. Que ele morreu recentemente.

— Mesmo? Como é que você teve essa idéia?

— É apenas alguma coisa a respeito de Alison... ela parece ter essa sensação a respeito da morte. Ela me leu um poema que escreveu durante uma das aulas de Norman outro dia, e era...

— Mórbido?

— Não exatamente mórbido; bem, desolado. Era sobre uma estrela que morria e entrava em um buraco negro, deixando as outras estrelas se sentindo desoladas e solitárias. E então, ontem, eu a peguei carregando um camundongo em sua mochila. Um camundongo morto. Ela disse que o havia encontrado no pátio e que queria levá-lo até em casa e enterrá-lo.

— Isso tende a apoiar sua hipótese — disse Eileen. Ela estava propensa, de certa forma, a aceitar aquele tipo de formulação. Olhou então para o relógio e se levantou: estava quase na hora de sua reunião matinal. — Bem, Sarah, irei escrever à Srta. Hill hoje à tarde, dizendo-lhe que averigüei sobre suas reclamações e que estou satisfeita que minha equipe tenha se comportado apropriadamente nesse caso.

— Obrigada.

— E teria ficado bem surpresa se acontecesse diferente, no seu caso. — Ela sorriu amigavelmente. — Ao mesmo tempo, talvez fosse uma boa idéia se você tentasse descobrir algumas coisas por você mesma. Especialmente se isso lhe der a chance de satisfazer a nossa curiosidade mútua a respeito daquela família.

— Você quer dizer... — Sarah estava decidida a arriscar uma irreverência: — Você quer dizer que eu devo ir até a casa, fuçando para ver se descubro alguma coisa?

— Alguma coisa assim — disse Eileen, e conduziu Sarah até o corredor, já cruzando com as crianças fazendo algazarra enquanto empreendiam seu caminho errático até a sala de reuniões.

*

Sarah chegou à casa de Rebecca Hill naquela noite armada de preconceitos: preconceito de classe, principalmente, porque nunca ocorreu a ela que uma mulher que adotasse (em seu ponto de vista) um comportamento tão arrogante no trato com as crianças pudesse ser tão próspera. Ela havia se preparado para alguma coisa sórdida, e em vez disso se deparara com todas as características dignas da classe média. Enquanto aguardava, sozinha, na sala de estar de Rebecca, sua surpresa inicial rapidamente deu lugar a uma alta censura; a seguir, uma outra sensação mais inesperada ainda começou a se abater sobre ela. Notou que começava a se sentir em casa — mais em casa do que já havia se sentido na própria residência, desde que Anthony havia partido — e ela não conseguia entender o porquê. Estava, apesar de tudo, sentada ali havia apenas alguns minutos, esperando que Rebecca reaparecesse com o vinho que estava gelando, oferecido com má vontade assim que Sarah se apresentou e o choque de sua presença na soleira da porta conseguiu ser assimilado. Obviamente era um absurdo se sentir tão em casa na residência de uma estranha, ainda mais naquele curto espaço de tempo, quando o estranhamento parecia estar em um nível substancialmente alto, quase insuportável para ela, e quando já podia antecipar, também, uma conversa extremamente difícil. Apesar disso, havia algo na mobília, nos quadros, na pintura das paredes, na luminosidade que invadia as janelas em estilo francês e que se derramava pelo tapete, nas lombadas dos livros bem encadernados, nos vasos de flores, tudo aquilo instilava em Sarah uma confortável, quase inexplicável, sensação de familiaridade e confiança restabelecida. Chegou mesmo a pensar, por um instante, se estava experimentando algum tipo de déjà vu, ou se havia visto aquela sala anos antes em alguns de seus sonhos hiper-realistas. Mas achava que não. A explicação para seu estranho e prazeroso sentimento de voltar para casa (não há outra expressão para isso) repousava em algum lugar bem mais profundo.

— É apenas um vinho de supermercado — disse Rebecca, oferecendo-lhe uma taça de um vinho australiano verde-amarelado. — Alison está lá em cima fazendo o dever de casa. Eu poderia pedir para ela descer, mas talvez seja melhor tratarmos disso nós mesmas.

Sarah estava alarmada com a possibilidade de tratar qualquer coisa com aquela mulher. Ela já havia notado a coleção de textos jurídicos nas prateleiras e se perguntava se Rebecca seria advogada. Tomou três goles rápidos e nervosos do vinho.

— Por que exatamente você está aqui? — perguntou Rebecca, abruptamente. — Já fiz minhas reclamações com sua diretora esta manhã. Achei que o assunto estivesse ao encargo dela.

Sarah não sabia se ria ou se engasgava diante da introdução tão ríspida.

— Bem, ela parece não achar isso e, para ser honesta, eu também não. *Nós* estamos muito mais preocupadas com o fato de eu ter encontrado sua filha sentada sozinha no parque Finsbury ontem à tarde, fora de casa, sem qualquer lugar seguro para ir pelas quatro horas seguintes.

Rebecca suspirou.

— Veja, eu estou mais chateada com isso do que qualquer um. Isso nunca deveria ter acontecido. Tive de me ausentar de Londres para um caso, e Alison me disse que iria assistir a alguns jogos até depois das cinco da tarde. Achei que ela pudesse voltar para casa com alguns de seus amigos e não me preocupei. Então, essa menina tola vai e perde as chaves. — Em um tom mais baixo, como se dissesse para si mesma, acrescentou: — Atualmente ela tem perdido tudo.

— Sinto muito — disse Sarah —, mas isso não é bom o suficiente. Na verdade, não tenho certeza se Alison *tem* algum amigo na escola, para ser honesta. Ela não parece muito boa para fazer amigos. E não me surpreende que ela perca coisas o tempo todo, já que obviamente ela está vivendo um período muito infeliz e vulnerável.

— Não me venha com esses psicologismos pop — disse Rebecca rispidamente. — Eu adoraria saber como isso influenciou em sua decisão de fazê-la assistir a um filme que parecia violento e desagradável o suficiente para aborrecer uma garota da idade dela.

Sua voz havia se alterado tanto em tom quanto em volume. Sarah não desejava que o confronto se acalorasse tão rapidamente.

— Não se trata, ou não deveria se tratar, de culpa — disse ela. — Nós duas estamos interessadas no bem-estar de Alison, então não nos esqueçamos de que ambas estamos do mesmo lado, de fato. Tendo dito isso — e aqui ela se permitiu uma nota mais dura de insinuação —, eu preciso de uma garantia sua de que isso não vai mais acontecer. Se não, serei obrigada a reportar tal fato.

— Sim, claro. — Era uma concordância irritada, sem graça, e Rebecca imediatamente continuou:

— E eu adoraria que você pensasse um pouco mais cuidadosamente antes de infligir qualquer... entretenimento desaconselhável para minha filha.

Sarah fez um breve silêncio, que lhe pareceu uma resposta mais do que adequada. Então perguntou:

— O pai de Alison está em casa hoje?

— O pai de Alison não vive aqui — disse Rebecca.

— Ah. O que o seu marido faz, se não se importa que eu pergunte?

— Meu o quê?

— Seu marido.

— Eu não tenho marido.

— Seu companheiro, então.

— Meu companheiro — disse Rebecca, colocando um tom neutro à palavra — está morto.

Era exatamente aquilo que Sarah esperava ouvir. Mesmo assim, as palavras eram chocantes, tanto pela finalidade quanto pela forma calma, quase sem emoção, com a qual foram pronunciadas. Ela balançou a cabeça.

— Sinto muito.

— Bem... é isso. — Rebecca deu um longo e profundo gole de vinho.

— Creio que isso explique... uma ou duas coisas... — Sarah levantou os olhos. — Você já viu aquele poema que ela escreveu como dever de casa? Aquele sobre estrelas?

— Sim.

— Creio, bem, creio eu que de alguma forma Alison escreveu aquele poema sobre o pai.

Rebecca lhe lançou um olhar fulminante, severo, impaciente.

— O pai de Alison não está morto.

— Não? Mas achei que você havia dito...

— Eu disse que o pai dela não vive aqui. Ele está bem vivo, com certeza. Ele, na verdade, é meu irmão.

Sarah estava tendo muita dificuldade para acompanhar aquilo tudo.

— Seu irmão? Mas, nesse caso, quero dizer, como...?

— Não se preocupe. Você não está diante de um caso de incesto, mais uma coisa para ser relatada ao serviço social. Veja, eu não sou a mãe biológica de Alison. Tecnicamente falando, sou sua tia.

— Sua tia. Certo. Então quem... quem *é* a mãe biológica dela?

— Minha companheira. Que, como eu havia lhe dito, está morta.

Sarah viu seu pensamento entrar em um torvelinho. Ela não conseguia entender por que estava começando a se sentir tão lerda, tão inepta.

— Então não era um companheiro, e sim uma companheira: era uma mulher.

— Sim. — Rebecca se levantou e olhou para fora através das janelas em estilo francês. — Não estou completamente convencida se esse assunto é da sua conta, você sabe.

— Não. Não, você tem razão. Não é da minha conta.

— De qualquer forma, você não me parece o tipo de pessoa que tenha uma visão esclarecida sobre assuntos assim.

Sarah ignorou aquela colocação; ou melhor, não foi atingida por ela.

— Por quanto tempo vocês viveram juntas?

— Iria fazer 11 anos no próximo agosto. Ela morreu há cerca de um ano.

Nenhuma das duas falou por um tempo, e quando Rebecca se sentou novamente, Sarah pôde sentir certo relaxamento, um perceptível afrouxamento na tensão. Ocorreu a ela que talvez houvesse poucas pessoas com quem Rebecca pudesse compartilhar suas dolorosas confidências nos últimos meses. Quando ela fez a pergunta seguinte, sua voz estava calma, gentil, como se oferecesse um presente frágil.

— E como ela morreu?

— É bem embaraçoso. — Mas aquele foi o último golpe de resistência. Abruptamente a máscara caiu, seu rosto se transformou e agora não havia nada mais do que desgosto, vergonha e rigidez. — Ela tirou a própria vida. — Mesmo assim, ela não se permitiu chorar.

Sarah não disse nada de imediato. Não se achava em condições de perguntar mais nada. Sabia que o restante viria de alguma maneira.

— Os jornais têm um nome para isso — continuou Rebecca, aos solavancos. — "Auto-imolação yuppie." É uma síndrome, aparentemente. Você trabalha como louco na City londrina por dez anos, ganha rios de dinheiro, e então, um dia, você olha para sua vida e não consegue se lembrar por que estava fazendo tudo aquilo. Ela era um caso desses. Uma sexta-feira à noite, dirigindo pelo sul de Londres (só Deus sabe o que ela estava fazendo no sul de Londres), ela encontrou um beco sem saída com um muro de tijolos no fim, acelerou a mais de cem quilômetros por hora e foi direto se esborrachar nele. Méritos para a BMW. Méritos por ela ter feito o grande negócio da vida dela.

— Isso... Isso é terrível — disse Sarah, percebendo a própria inadequação de suas palavras. — Não consigo imaginar nada assim. Quero dizer, não consigo imaginar nada... sendo contado assim.

Rebecca se agitou, sorrindo um sorriso duro.

— Acho que vou tomar outra taça de vinho. Você quer mais um pouco?

— Adoraria.

— Acho melhor trazer a garrafa.

Ela se retirou por alguns minutos, tempo suficiente para a imaginação de Sarah voar lentamente, enlaçando seu momento, vagando, para que quando o trovão rompesse, pudesse ser o mais brutal, o mais devastador. Tudo começou com a volta daquela estranha sensação de familiaridade; primeiro, de uma maneira genérica, marcada por formas, texturas e cores, depois as coisas realmente específicas começaram a se anunciar. Primeiro, foram os livros. Seus olhos percorreram a fileira de romances de Rosamond Lehmann: livros de capa dura, primeiras edições, inconfundíveis, suas capas empoeiradas originais protegidas por coberturas de plástico, mas faltava um título: *Convite à valsa*. Sim, ela sempre dizia que esse era bem difícil de encontrar... E quando esse pensamento caiu sobre ela, tudo se seguiu de uma vez só, toda a impossível verdade de repente se fez clara, o mundo virou ao avesso em um movimento infinitesimal... A figura africana sobre a lareira, lembrança de uma viagem familiar a Gana... O pequeno porta-retrato na estante de livros, os braços em volta de Rebecca, irradiando alegria, o casal feliz...E um pouco fora do campo de visão de Sarah, o sinal do que não precisa ser acreditado, mas que está irremediavelmente *lá*: outro livro, *o* livro, aquela bem conhecida encadernação esverdeada... Aquilo era dela. Aquelas eram as suas coisas. Aquela havia sido sua casa, sua sala...

Rebecca voltou com a garrafa. Sarah mal conseguiu vê-la através de seus olhos enevoados.

— Qual era o nome dela?

— Perdão?

— O nome dela era Veronica, não era?

E tudo ficou escuro, até ela se recobrar e ver que estava no sofá, respirando com dificuldade, os braços tensos de Rebecca envolvendo-a em um desajeitado e incompreensível abraço. Pareceu por um momento que nunca conseguiria parar de chorar, e a explicação que deu a Rebecca fez suas lágrimas parecerem mais incoerentes ainda, já que repetia aquilo, e repetia, e repetia, e havia lacunas na explicação, havia intervalos, quando Sarah foi ao banheiro tentar se ajeitar, por exemplo, e quando Alison apareceu, atraída pelos barulhos e pelas vozes, e Rebecca teve de levá-la para cima e colocá-la na cama.

Com o passar da noite, as coisas se acalmaram. Quando a luz começou a morrer do lado de fora, Rebecca trouxe algumas velas e as colocou pela sala. Ela abriu uma segunda garrafa de vinho, e as duas começaram a falar sobre Veronica.

O que parecia mais inacreditável para Sarah era que, durante todos aqueles anos em que Rebecca e Veronica viveram juntas, seu nome nunca tivesse sido mencionado.

— Mas era assim que ela era, de uma certa forma — insistiu Rebecca. — Absolutista, você não acha? Quero dizer, quando ela saía com você, alguma vez comentou sobre as ex-namoradas?

— Não, creio que não.

— Ela nunca falava sobre esse tipo de assunto. Ela era mais discreta sobre o passado do que qualquer outra pessoa que eu já tenha conhecido. É apenas agora, na verdade, que estou começando a imaginar como ela de fato levava a vida.

— Bem... Você a conheceu muito melhor do que eu possa ter pensado em conhecer, obviamente. Na verdade, eu nunca consegui saber realmente quem ela era. Nós ficamos juntas por... bem, por cerca de nove meses. Você pode pensar que é muito esquisito, de um certo modo... deve estar imaginando por que estou tão chateada com isso.

— Não, na verdade, não. — Seus olhos se encontraram rapidamente, mas Rebecca logo desviou o olhar, e lançou a cabeleira avermelhada para trás em um gesto de premeditada dramaticidade. — Por que vocês se separaram, afinal? Foi uma decisão mútua?

— Não — disse Sarah. — Foi minha culpa, completamente minha culpa. É engraçado, não é, falar sobre culpas nesta altura do campeonato? Mas foi uma estupidez ter me separado dela, é o que penso agora. Não foi por razões pessoais. Foi por... razões políticas, talvez. Algo a ver com o espírito da época...

— O Zeitgeist: a palavra favorita de Ronnie.

— Sim — disse Sarah, surpreendendo-se com um sorriso. — Sim, era uma de sua palavras favoritas. Eu a usava para brincar com ela naqueles tempos, mas de certo modo eu era aquela que era... muito solene sobre uma porção de coisas. Todo mundo entendeu errado os anos 1980, não é verdade? Eles pensam que era só dinheiro, e talvez até fosse, para algumas pessoas, mas para as pessoas com quem *eu* convivia, estudantes e gente assim, havia outros tipos de valores, mais severos, mais intolerantes, na verdade. Éramos muito *obsessivos* quanto a política, o tempo todo: política de gêneros, política literária, política cinematográfica... havia mesmo uma frase, não havia?, aquela frase horrível, "política lésbica".

— E era isso que você pensava de você?

— Superficialmente, talvez. Deus, eu provavelmente devo ter me descrito assim para muita gente. E sim, estávamos lendo nossa Julia Kristeva e nossa Andrea Dworkin e nunca deixávamos passar uma oportunidade de reclamar sobre o patriarcado, mas... você sabe, não era essa a verdadeira razão. Não consigo sequer me lembrar de como tudo começou. Só me lembro bem que eu realmente gostava de Veronica... Eu achava que ela era mesmo uma pessoa adorável e fascinante. O que fazia isso tudo ficar mais ridículo é que foi o *meu* puritanismo político que nos separou, no final das contas. Não pude aceitar a idéia de ela ir trabalhar em um banco. Vi isso como um insulto pessoal, uma afronta a todas as coisas nas quais acreditávamos, como um casal... Ela estava querendo começar aquele grupo de teatro, você sabe. Estava sempre sendo planejado.

— Ela ainda falava nisso. Ela nunca parou de falar nisso. — Os olhos castanhos de Rebecca faiscaram com o reflexo da luz do candelabro; aquelas lembranças estavam fazendo bem a ela. — Era uma das coisas que a faziam continuar lutando.

— Ela nunca gostou de trabalhar na City, então? Nunca achei que ela fosse capaz, na verdade.

— Ela devia gostar um pouco... ou uma parte dela devia gostar disso. Tenho certeza de que o trabalho a excitava, mesmo que disfarçasse o tempo todo. Creio que ela gostava disso, mas em um nível altamente abstrato, como uma disputa intelectual, mas ela provavelmente sabia... com certeza sabia, creio eu, considerando o que ela fez no final de tudo... que era uma ficção, e que ela havia perdido alguma coisa por suportar aquilo tudo, perdido alguma coisa de si mesma. E, claro, ela odiava todas aquelas pessoas com quem tinha de trabalhar... mas não dizia nada. Eu notei isso logo de cara. Nós nos conhecemos em uma festa de escritório horrorosa... eu estava trabalhando para sua firma naquela época... e nós nos entendemos imediatamente, conversamos muito, descobrimos que tínhamos os mesmos gostos, e... foi isso. Começou tudo a partir daí.

— E Alison? Vocês devem... quero dizer... Veronica deve têla tido logo depois disso, na verdade. O que me surpreende, porque ela nunca, nunca disse nada a respeito de querer ter filhos ou mesmo que gostava de crianças.

— Sim, foi uma decisão muito repentina. Ela sabia dos riscos, veja bem, de fazer esse tipo de coisa: sabia quanto isso iria lhe custar. E Alison era um tipo de política de segurança contra isso. Ela achava... nós achávamos... que se tivéssemos um filho, então chamaríamos menos a atenção de um mundo de gente... os fundamentalistas, se você prefere. Não parece fazer sentido?

— Sim, creio eu.

— Então, a primeira coisa a fazer era encontrar um doador, o que não foi muito difícil. Meu irmão nos ajudou nisso. Mas as coisas começaram a dar errado a partir daí. Foi um parto terrível: 24 horas na sala de parto, para afinal ser uma cesariana... e então Ronnie entrou em uma profunda depressão que durou... durou anos, na verdade. Foi um milagre ela não ter perdido o emprego naquela época.

— Pobre Veronica... posso perceber agora, muito bem, a semelhança. Estava diante dos meus olhos o tempo todo. Apenas outro dia comecei a falar sobre ela sem um motivo aparente, mas agora sei por quê: porque havia notado alguma coisa em Alison recentemente... alguma coisa sobre a sua boca...

— Elas são parecidas de várias maneiras. O que é bem irônico, tristemente irônico, já que Ronnie nunca se aproximou de Alison, nunca pareceu ter algum vínculo com ela. Eu é que cuidei de toda a sua criação: a levei à creche, à escola primária; brinquei com ela, li para ela; dormi com ela a maioria das noites. Achava que essa era a coisa certa a fazer... e era, de certo modo, a única coisa a ser feita, quero dizer, alguém tem de dar algum tipo de atenção à criança... mas nunca percebi o efeito que aquilo estava tendo sobre nós. Quão distante ela estava ficando, quão afastada de tudo. Tudo estava ficando muito sem graça, e bem rápido. Então tentamos aquelas coisas costumeiras... nos mudamos para essa casa uns dois anos depois, achando que isso nos proporcionaria um novo começo, talvez, mas... mas já era muito tarde.

Sarah fez que sim com a cabeça.

— Sim, posso perceber... Posso perceber exatamente como coisas assim acabam acontecendo.

Rebecca bebeu o resto do vinho.

— Sinto muito — disse ela, segurando a garrafa sobre a taça. Algumas gotas escorreram para fora do gargalo. — Sinto muito por ter sido tão hostil com você no começo. Eu subestimei você. Você tem de concordar que todo mundo acaba sendo convencional, rigorosamente crítico.

— Está tudo bem — Sarah olhou para o relógio. — Tenho de ir embora. Tenho muita coisa a fazer até amanhã. Um pesadelo interminável.

— Sim, claro.

Como estavam paradas no centro da sala, olhando uma para a outra, parecia que não havia nenhuma razão óbvia para dar um término a essa extraordinária noite. Finalmente Sarah se lembrou do trabalho que a levou lá em primeiro lugar.

— Não sei se temos mais alguma coisa para discutir — disse ela. — Sobre Alison, quero dizer.

— Veja, sinto muito ter reclamado disso. Vou ver se...

— Não, foi bom o que fez. Agora nós duas poderemos olhar por ela. Tenho certeza de que ela ficará bem.

— Espero que sim — murmurou Rebecca. — Estou fazendo o melhor que posso. — Ela esperou por um segundo, antes de admitir. — Há uma coisa, de qualquer forma... uma luz no horizonte.

— O que é?

— Acho que estou me aproximando de alguém. Alguém novo.

— É mesmo? — Sarah sentiu uma rápida e ligeira sensação de esvaziamento, a prematura frustração de uma expectativa desconhecida.

— Ela trabalha em uma editora — disse Rebecca. — Na verdade, nós nos vimos apenas algumas vezes, mas... tem sido bom. Você sabe, estamos levando isso bem devagar, com cuidado.

— Isso é maravilhoso — disse Sarah, e quis dizer exatamente isso.

Ficaram em silêncio, até Rebecca aludir brilhantemente, mudando de assunto:

— Gosto de seu cabelo, por falar nisso.

— Mesmo? — Sarah ficou feliz e sentiu sua face corar; ela não estava acostumada a elogios. — Vivo pensando em pintá-lo, mas as pessoas parecem gostar dele como está.

— Está muito bom.

Andaram juntas até a porta da frente e disseram boa-noite uma para a outra com um abraço, mais longo, provavelmente, e mais intenso do que ambas tencionavam. Era uma noite tépida, úmida e estrelada. Sarah disse que iria caminhando até em casa. Não levaria mais do que 15 minutos.

No momento em que estava indo embora, Rebecca perguntou:

— O que foi, o que foi exatamente, que fez você pensar que era ela? Você disse que reconheceu algumas de suas coisas...

— Foi um livro — disse Sarah. — Você tem um livro em sua estante chamado *A casa do sono*. Nós costumávamos lê-lo juntas. Era algo que compartilhávamos.

Rebecca hesitou.

— Você pode achá-lo para mim? Não conheço bem os livros dela.

Então elas voltaram para dentro da casa, e Sarah esticou o dedo para alcançar e puxar o exemplar do romance de Frank King.

— É este aqui.

— Eu não quero — disse ela. — Gostaria que você ficasse com ele. Você deveria ter alguma coisa dela, e esse livro é especial para você, então...

Sarah não disse nada; apenas abraçou o livro bem junto de si.

— Me ligue assim que puder.

— Sim — disse Sarah. — Sim, eu ligarei.

E assim que alcançou a rua arborizada, cheia, a essa hora, de vários carros estacionados, os capôs brilhando com a luz prateada dos postes de rua, ela pensou consigo mesma que Veronica poderia não tê-la esquecido, pelo menos não completamente, em todos esses anos, porque um exemplar daquele livro não era fácil de encontrar: ela devia ter procurado por ele insistentemente em sebos.

— Ela estava menos ligada ao passado do que qualquer outra pessoa que eu tivesse conhecido — disse Rebecca, mas uma vozinha dentro de Sarah queria questionar a verdade nessa frase. Contra sua vontade, porque o seu suicídio ainda era intolerável, impensável, ela se viu imaginando como Veronica deveria estar naquela noite, a última noite de sua vida: o carro acelerando de encontro ao muro do beco sem saída, branco e brilhante diante dos faróis. Será que a mais breve lembrança da amizade entre as duas, a mínima reminiscência, passou por sua cabeça naquele instante? Os olhos de Sarah estavam rasos de lágrimas outra vez, como se ela pensasse

Estágio quatro

13

pensasse onde ela poderia estar. Elas haviam combinado de se encontrar no Café Valladon às 15 horas, mas quando Veronica chegou, o lugar estava vazio. Ela sentou-se à mesa mais próxima da porta, fumou dois cigarros e bebeu uma caneca de café.

Não era típico de Sarah se atrasar.

Às 15h45, Veronica decidiu que era melhor voltar a Ashdown. O dia seguinte seria sábado, quando todos eles partiriam, principalmente para as casas dos pais, para a parte inicial do verão. Ela tinha as malas para arrumar, e a festa de despedida da noite para se preparar. Talvez, na excitação e na confusão organizacionais, Sarah tivesse simplesmente se esquecido do encontro, mas isso era surpreendente, uma vez que ambas haviam concordado que havia fortes razões sentimentais para fazer uma visita ao café, o lugar onde se encontraram pela primeira vez, todos aqueles meses atrás.

De qualquer forma, estava claro que ela não viria. Veronica foi ao balcão e deixou uma moeda de 50 centavos na pequena tigela de açúcar perto do caixa.

— Fique com o troco — ela disse, como de praxe.

Slattery, absorvido em uma edição de *Conseqüências do pragmatismo*, de Richard Rorty, levantou o olhar e grunhiu.

Veronica parou quando chegou à porta.

— Vou sentir falta de nossas conversas — ela disse.

Isso não obteve resposta.

— O impulso e o corte — ela complementou. — O dar e o receber. A resposta fácil.

Destruída, finalmente, pelo silêncio dele, começou a girar a maçaneta da porta, apenas a tempo de ouvi-lo dizer:

— Você está indo, então?

Ela girou para trás, descrente, sentindo uma pequena vitória.

— O quê?

— Você está deixando a cidade. Você acabou.

— Isso mesmo. Todos nós.

Slattery fizera o impossível: abaixara o livro e ficara em pé. Veronica percebeu que era a primeira vez que o via em pé. Ele era surpreendentemente baixo.

— Pegue algo, se quiser — ele disse. — Um suvenir.

Verônica desconfiou de que fosse alguma piada incompreensível de Slattery.

— Você está falando sério?

— Um livro ou algo parecido.

Ela olhou profundamente no rosto impassível dele, com a barba por fazer, e percebeu que ele estava sendo sincero.

— Qualquer livro?

Ele balançou o braço, em um gesto indicando que tudo estava incluído.

Sem precisar refletir, Veronica foi até a prateleira sobre sua mesa de sempre e puxou *A casa do sono*, de Frank King.

— Este sempre foi meu favorito — ela explicou.

— É seu — disse Slattery.

Ela abriu a porta, saiu à rua, piscando forte, na luz do sol, e andou pela High Street agarrando o livro junto ao peito, à altura do coração que por alguma razão estava batendo disparadamente.

Ela pretendia contar esse acontecimento para Sarah, mas nunca o fez. Quando abriu a porta do quarto delas, Sarah estava sentada na cama, encarando-a. Em sua mão estava a carta do banco.

Veronica respirou fundo e disse:

— Vamos tentar conversar sobre isso civilizadamente, pode ser?

*

ANALISTA: *Por que você acha tão difícil falar dessa tarde?*

ANALISANDA: *Não acho difícil falar dela.*

ANALISTA:... *Tenho a impressão de que você está escondendo alguma coisa.*

ANALISANDA: *Não estou escondendo nada. Eu simplesmente não me lembro de muita coisa sobre isso, para ser honesta.*

ANALISTA: *Existe uma tênue linha entre esquecer um acontecimento e suprimir a memória dele.*

[A resposta da ANALISANDA *não foi gravada.]*

Já fazia algum tempo que Robert havia levantado para ir ao banheiro. Mesmo em momentos como este, quando estava com pressa e morrendo de vontade de fazer suas necessidades, e em que havia gente esperando do lado de fora, preferia sentar-se no vaso e esperar acontecer. A idéia de ficar em pé no banheiro e mirar em uma vaga direção no vaso e espirrar para todos os lados causava-lhe repulsa. Ele odiava pensar nisso.

Ele sentou-se com a cabeça nas mãos, inclinado para a frente, balançando levemente. Havia sido uma longa noite, e de excessos: todos pareciam nervosamente excitados, e todos beberam muito. Os mais sensíveis já haviam ido para a cama, um tempo atrás. Terry estava sendo o centro das atenções na cozinha, agora, desfilando seu repertório de piadas que ficavam gradualmente mais sujas e mais engraçadas. Ele conseguia ouvir as gargalhadas. Entre elas, a gargalhada de Sarah.

Mas Sarah e Veronica haviam se separado, essa era a coisa inacreditável. Ela contara para ele à tarde. Acabou. O relacionamento delas e o sofrimento dele haviam acabado.

Onde isso o deixava, exatamente?

Em seu caminho de volta para a cozinha, ele queria ter ficado parado na porta por um momento, para absorver a cena com um mínimo de objetividade e decidir se queria se reintegrar a ela ou se estava na hora de fugir discretamente para o andar de cima e dormir. Mas agora parecia haver pouca dúvida sobre ficar parado, fosse na porta da cozinha ou em qualquer outro lugar: no momento em que tentou ficar parado, ou se soltar no ato de andar, teve certeza de que estava prestes a cair; e então, colocando na cabeça a percepção de que estava *muito* bêbado mesmo, mais bêbado talvez do que já havia ficado em toda a vida, cambaleou para trás na direção da mesa da cozinha e se afundou, agradecidamente, no lugar ao lado de Sarah. Ainda havia pelo menos dez ou 11 deles ao redor da mesa, e ela estava lotada, de modo que ele e Sarah estavam espremidos juntos, apoiando-se bebadamente um no outro enquanto Terry continuava com sua história e as gargalhadas ondulavam de pessoa para pessoa.

— ... então ele decide comprar um presente de aniversário para a mulher, é o décimo aniversário de casamento deles, e ele pensa sozinho... já sei, vou comprar-lhe um bicho de estimação...

A mesa estava coberta de garrafas e copos pela metade. Robert não conseguia lembrar qual era o copo dele. Provou o líquido no fundo de um copo, descobriu que era uísque, e o encheu. O gosto era inacreditavelmente amargo.

— ... então ele vai a uma loja de animais e o dono pergunta: "Bem, por que você não dá a ela um cachorrinho?", e ele responde: "Não, ela já tem um cachorrinho"; e então o homem replica: "Bem, que tal um papagaio?", e ele diz, "Não, ela já tem um papagaio..."

Ele tinha consciência do braço de Sarah se esfregando contra o dele, e do ombro dela pesando contra o dele enquanto ela tentava alcançar uma garrafa. Ela estava bebendo gim, puro; todas as misturas haviam desaparecido havia muito tempo. Ela já estava debruçada esperando a piada de Terry, a gargalhada tensa nos cantos de sua boca, mas seus olhos estavam embotados, cansados.

— ... então ele pergunta: "Bem, que tal isso, então?", e ele pega essa criatura e coloca sobre o balcão. E o homem diz: "O que é isso?", e o dono da loja diz o que é, e ele responde "Perfeito", então ele põe em uma caixa e leva para casa para sua esposa...

Veronica estava sentada na outra ponta da mesa em relação a Sarah, então havia pouco contato visual entre as duas. Elas também não haviam conversado durante toda a noite, mas cada uma estava claramente determinada a provar alguma coisa ficando até o fim da festa. Veronica estava bebendo água da torneira. De vez em quando, furtivamente, olhava rapidamente para Robert e Sarah, que estavam apoiados juntos sobre suas bebidas.

— ... então ele chega em casa e dá a ela o presente, que ela desembrulha e lá está, sentado na caixa, um enorme sapo verde, com uma boca enorme e lábios inchados, sentado e olhando para ela...

Robert queria ir embora. Queria muito ir embora, mas não conseguia sair do lado de Sarah. Como é que eles acabaram sentados juntos assim? De quem havia sido a decisão?

— ... então ela olha aquele animal, e diz: "Que *porra* é essa?", e ele diz: "Este, minha querida, é um sapo sul-americano chupador de paus..."

Todos estavam gargalhando, a essa altura, mas a gargalhada de Sarah era a mais alta. Era quase histérica. Robert olhou para ela, viu sua mandíbula tremendo e os ombros pesando, e repentinamente ficou alarmado. Algo estava errado.

— ... e ela diz: "E o que eu devo fazer com isso?". E ele diz: "Bem, você pode ensiná-lo a cozinhar, e então você que se foda."

Na nova explosão de gargalhadas, na segunda onda, Sarah e Robert jogaram-se um contra o outro, e por alguns segundos ficaram agarrados juntos, sem forças diante da graça da piada, mas quando ele tentou levantá-la, deixá-la ereta, descobriu que o corpo dela estava inerte. Os braços estavam pendurados, e ela caiu sobre ele como uma boneca de pano, os olhos arregalados e a boca paralisada em um sorriso arreganhado. Ele começou a chacoalhá-la.

— Sarah! Sarah, qual é o problema?

Ao redor da mesa, a gargalhada morreu à medida que as pessoas viam o corpo mole dela nos braços de Robert.

— Meu Deus, eu achava que *eu* estava passado — alguém disse, mas a piada não agradou a ninguém.

— Como ela desmaiou?

Veronica levantou e veio ajudar Robert.

— Ela vai ficar bem. Já vi isso acontecer antes. Não vai durar muito tempo. — Ela sentou ao lado de Sarah, pegou um de seus braços e, juntos, cuidadosamente a colocaram em uma posição ereta, de modo que ela ficou entre eles. — Pegue água para ela. Água fresca. — Então ela murmurou suavemente no ouvido dela: — Está tudo bem, Sarah. Vamos lá. Está tudo bem. Acorde agora...

Vagarosamente, depois de apenas alguns segundos, a vida começou a voltar aos olhos de Sarah, e seu corpo ficou tenso quando ela recuperou o controle de seus músculos. Ela piscou e bocejou, como se acordasse de um sono cheio de sonhos intensos.

— Oh, Deus, eu... oh, esse foi ruim...

— Você está bem? — disse Robert, inclinando-se na direção dela. — Você está ok?

— Você sabia o que estava acontecendo?

— É claro que ela sabia o que estava acontecendo — disse Veronica. — Ela...

— Sim. Eu conseguia ouvir o que todos vocês estavam falando. Mas simplesmente não havia nada que eu pudesse fazer. Eu não conseguia me mover. — Colocando as duas mãos sobre a mesa, ela cuidadosamente se levantou. — Ouçam, me desculpem por interromper a festa, mas... tenho de ir para a cama, acho...

Fosse porque o comportamento estranho de Sarah tivera destruído os ânimos, ou de uma sensação mais geral de que o curso natural da noite tivera acabado, havia agora um arrastar coletivo de cadeiras, enquanto as pessoas seguiam sua liderança, com bocejos e acenos de concordância com a cabeça e murmúrios de aceitação; dessa forma, em poucos minutos a festa acabava, e grupos de pessoas se dispersavam pelos vários corredores com algumas palavras, como “boa-noite”, entre elas.

Escalando as escadas para o primeiro andar, Sarah ainda se via cercada por Robert e Veronica, que ficavam à espreita preocupados e ansiosos, embora ela não parecesse mais frágil ou melhor do que todos eles. Terry estava apenas alguns passos atrás.

No topo da escadaria, Sarah virou-se para Veronica e disse, em uma tensa rajada de palavras:

— Acho que o quarto de Michèle está vazio. Vou dormir lá.

Veronica murmurou algo incompreensível, e foi embora na direção de seu quarto. Então Terry se despediu, acrescentando que falaria com os dois antes de partir. E então eles ficaram sozinhos.

A casa estava muito quieta. Parecia que não levou muito tempo para todos irem para a cama.

— Foi uma noite e tanto — Robert disse, fragilmente, quando o silêncio começou a parecer opressivo.

Sarah começou a olhar para ele de uma maneira estranha, com uma intensidade irregular, agitada. Ela não mostrava sinais de querer se mover. Robert lutou para lembrar onde era o quarto de Michèle, para poder levá-la até lá. Logo lembrou que era no topo da escadaria, exatamente onde já estavam parados, na verdade.

— Tem certeza de que está se sentindo bem? — ele perguntou.

— Sim, obrigada, estou muito melhor — disse Sarah, os olhos fixos nele.

— Bom. Você deixou todos nós preocupados. Isso havia acontecido antes, então?

— Uma vez ou duas, sim.

— Você deveria ir ao médico para ver isso.

— Não é nada, na verdade. Eu só fico um pouco descontrolada se começo a rir demais.

Alguém ainda estava acordado, veio da cozinha um estouro e um barulho de vidro se quebrando, e então uma luz se apagou no corredor do piso de baixo.

— Quer que eu ajude você a ir para a cama?

— Não exatamente — disse Sarah. Estava bastante escuro agora, mas seus olhos continuavam brilhando, iluminados por uma chama pálida e sem energia. — Eu gostaria que você viesse para a cama comigo, na verdade.

As palavras seguintes de Robert, embora ele nunca fosse ser capaz de se lembrar delas novamente, foram:

— Talvez essa não seja uma idéia muito boa.

A luz nos olhos de Sarah apagou de vez. Ela disse:

— Não — e a palavra ficou pairando entre eles na escuridão e no silêncio, final, irretocável.

— Quero dizer — Robert disse —, essa pode não ser a melhor hora, ou...

Sarah alcançara a porta e já a abrira, e estava prestes a desaparecer.

— Boa noite, Robert — ela disse.

Ele gritou o nome dela; ou imaginou que o havia feito. Então a porta se fechou, e foi trancada.

Tonto com o choque, Robert ficou parado na escuridão, encarando a porta fechada. Nenhum sinal de luz se manifestava por debaixo dela: Sarah não acendera nenhuma das lâmpadas do quarto. Ele não sabia se dava um passo para a frente e batia na porta, ou se virava para o outro lado e voltava para o próprio quarto. Ele se virou, e deu alguns passos de volta pelo corredor; então parou, e ficou parado, atônito novamente na escuridão, tremendo, paralisado pela indecisão, fechando e abrindo os punhos. Deu alguns passos para trás, virou-se, e foi na ponta dos pés na direção da porta de Sarah. Ele parou ao lado dela, ouvindo, prendendo a respiração. Depois de um segundo ou dois, começou a suspeitar, e depois teve certeza absoluta de que ela estava parada do outro lado da porta, encostada, ouvindo os movimentos irresolutos dele no corredor. Parecia extraordinário que ele não pudesse alcançá-la ou tocá-la, separados por uma polegada de madeira. Ele ouvia com atenção e pensava poder ouvir a respiração dela; suspiros profundos, excitados. O esfregar das mãos, ou de um corpo, contra a porta: a textura do tecido contra a madeira. Mas então um outro som — um estouro vindo de algum lugar no fundo do quarto, que poderia ter sido algo batendo contra uma cama, ou o som de um sapato caindo no chão — o fez pensar de novo. Ele levantou a mão para bater na porta; pensou no que falaria quando ela atendesse; dispersou esse pensamento como neurótico, irrelevante; fez que bateria, então titubeou. Sua batida, em vez de ser contra a porta, foi contra seus olhos, que esfregou com força. Um soluço chacoalhou seu corpo: ele estava tão bêbado, e tão cansado. Ele se virou e foi embora com firmeza pelo corredor, de volta para o quarto.

A próxima sensação de que podia lembrar era uma dor forte em sua mão esquerda. Percebeu que ela estava marcada com dentadas profundas. Ele estava sentado em uma cama de solteiro em seu quarto e ficara mordendo sua mão, afundando os dentes na ponta do dedão, quase a ponto de arrancar sangue. Ele havia acendido a luz e tirado as calças. Elas estavam jogadas no chão, perto do guarda-roupa.

Ele levantou e imediatamente se jogou, em parte por causa da bebedeira, em parte por causa da descrença. A cena que ele acabara de representar com Sarah parecia desafiar a compreensão: metade dele queria apagá-la da memória de uma vez só, enquanto a outra metade lutava para reavivar e poder lidar com cada detalhe. Ela havia realmente, *realmente*, pedido que ele fizesse aquilo? E ele havia realmente recusado?

"Isso nunca vai acontecer de novo", disse ele a si mesmo. "Ela nunca vai pedir de novo."

Ele pegou as calças. Deveria colocá-las de novo e voltar para o quarto dela?

Onde estavam os sapatos?

"Volte."

Mas ele dissera não; e assim que dissera aquilo, o convite fora retirado, completamente.

"Ao menos de mais uma vida você precisará..."

Ele lutou para colocar uma das pernas nas calças; então, na segunda perna, perdeu o equilíbrio, pulou e caiu. Ao cair, bateu a cabeça contra a quina da mesa-de-cabeceira, e uma dor repentina espalhou-se pela cabeça e pelo pescoço. Caído em posição fetal no chão, ele tocou a maçã do rosto, entre o olho e a orelha, e sentiu uma trilha de sangue.

"Para deixar vestígios dos segredos guardados..."

— Não haverá volta — ele disse a si mesmo, em voz alta.

Ele se libertou das calças, pegou um lenço em um dos bolsos e colocou contra o corte enquanto se sentava na cama. Era um machucado superficial, e o sangue logo estancou. Nisso, ele ficou sóbrio, com uma rapidez que pareceu pouco usual. Tremendo, sem calças, sentia uma urgência repentina para escrever alguma coisa, e com isso em mente foi até a mesa, pegou uma canetinha e abriu o caderno na primeira página em branco, na qual todos os vários rascunhos de seu poema terminaram.

Foi a visão desses esforços literários, provavelmente, que concentraram sua dor, e confuso, e cansado, e os uniu, finalmente, em uma única emoção: raiva. Todas essas expressões difíceis, experimentais, essas primeiras versões, revisões, alterações e re-pensamentos, colocados e apagados, refraseados e agonizados, agora apareciam para Robert como objetos de desprezo. Qual era a razão de todo aquele trabalho secreto, aquele trabalho burro interiorizado que consumia tanto tempo, se, quando a oportunidade de agir sobre seus desejos era oferecida de bandeja, ele não tinha nem a coragem nem a presença de espírito de aproveitá-la?

Encarou as palavras na página até elas parecerem garatujas aleatórias, sem sentido; até que não fizessem sentido nenhum.

Pegou a canetinha e desenhou uma linha grossa por cima da versão final do poema. Então fez outra linha, fazendo um "X". Pressionou tanto, dessa vez, que a ponta da caneta, apesar de macia, rasgou a página. Gostou do som e da sensação da página sendo rasgada. Rabiscou obscenidades sobre os rascunhos iniciais do poema, e mais uma vez rasgou as páginas com a ponta da caneta, e então finalmente rasgou o caderno todo com as mãos e espalhou as páginas sobre a mesa e o chão.

Ainda segurando a caneta, ele levantou, deu uma guinada em direção à parede e colidiu contra ela. Não estava tão sóbrio quanto pensava.

Sarah estava deitada na cama, alguns metros adiante pelo corredor, provavelmente dormindo, o quarto na escuridão, a porta trancada. E ela nunca mais pediria para ele.

"Burro, burro, burro..."

Ele bateu a cabeça contra a parede, levemente, enquanto dizia essas palavras, deixando marcas de sangue nela. A ferida devia ter aberto de novo. Escreveu a palavra com a canetinha na parede.

"PORRA PORRA PORRA PORRA PORRA"

Estava parado perto do guarda-roupa quando escreveu a palavra em tremidas letras maiúsculas, e então sentiu as pernas balançando e percebeu que estava escorregando pela lateral do guarda-roupa na direção do chão. Olhou para a cama e em um esforço final conseguiu se arrastar até ela. E então desmaiou.

*

Robert acordou algumas horas depois, com uma sede incontrolável. Fosse ele um bebedor mais experiente, saberia que não era realmente a hora de levantar, que isso não era mais do que uma interrupção momentânea do processo de descanso, um tempo para engolir diversos copos de água antes de se rastejar de volta para a cama e dormir novamente por mais três ou quatro horas, até o meio-dia, no mínimo. Mas ele confundiu o não natural entusiasmo febril com que ele registrou a luz do sol da manhã com o despertar genuíno; e se deixou levar, além disso, pelo som de vozes no andar de baixo na cozinha. Ele lavou o rosto com água gelada, saiu das roupas do dia anterior e vestiu outras. Pouco depois de sair do quarto, olhou as palavras que havia escrito na parede algumas horas antes. Envergonhado, pegou o pesado guarda-roupa de teca, agarrou-se a ele e o empurrou alguns centímetros na direção da janela. As palavras foram escondidas, e ele estava pronto para descer.

Na cozinha, encontrou três de seus parceiros de bebedeira da noite anterior, fazendo torradas e café, e todos com a mesma expressão atordoada, com olhos anormalmente brilhantes. Depois que eles lhe perguntaram o que havia acontecido com seu rosto, e depois de ele dizer que não era nada, a conversa foi secamente mantida ao mínimo. Nem Terry nem Sarah haviam acordado ainda, embora Veronica tenha sido a próxima a aparecer, acenando rapidamente com a cabeça para Robert enquanto ia até a geladeira, onde acabou com uma caixa de suco de laranja de um litro sem muito trabalho.

— Com sede? — ele perguntou, estupidamente, quando ela acabou.

Ela ignorou a pergunta e disse apenas:

— Alguém bateu em você ontem à noite?

— Não, sofri um acidente.

— Pensei que poderia ter sido uma briga de amantes — disse Veronica, e começou a cortar grossas fatias de pão.

Terry entrou vestindo pijama.

— Acabei de vomitar — ele anunciou, para ninguém em particular.

— Não perdoamos você — disse Robert.

— No telefone todo. Eu estava tentando ligar para casa.

Terry não era o único morador de Ashdown cujos pais deveriam buscar naquela manhã. Muitos dos outros estavam esperando caronas; alguns tinham seus próprios carros, e pretendiam arrumar as malas e ir embora assim que estivessem bem o suficiente. Entre a fragilidade e o enjôo gerais havia uma sensação pitoresca e apreensiva de que tinham apenas mais algumas horas para passar juntos antes de partir; talvez para não se encontrarem nunca mais.

— Preciso de um pouco de ar puro — alguém disse, depois de o calor dos ovos e do bacon fritos embaçar as janelas da cozinha.

— Boa idéia. Vamos andar.

Eram oito deles, agora, caminhando pelo despenhadeiro em direção ao seu cume. Ocorreu a Robert que ainda era muito cedo para os efeitos do álcool terem passado, então estavam todos, ainda, tecnicamente bêbados. Uma névoa morna e úmida pairava no ar, e um sol pálido estava brilhando, sufocado pelas nuvens e conseguindo apenas jogar uma luz fraca, pálida, amarela-esverdeada sobre a maré alta do oceano.

Como Robert andava à frente do grupo, Terry o alcançou e disse:

— Então, a Sarah estava bem ontem à noite?

— Acho que sim.

Terry chacoalhou a cabeça.

— Coisa engraçada, aquela. O que aconteceu com seu rosto, a propósito?

Robert não respondeu; e Terry hesitou naquele momento, como que temendo o impacto que suas próximas palavras poderiam ter.

— E ela mencionou, ela disse algo, qualquer coisa, sobre nosso... acordo?

— Que acordo? — perguntou Robert depressa demais.

— Ela não contou para você?

— Não sei do que você está falando.

— Tudo bem, então... Você sabe que vou começar a trabalhar na *Frame* em setembro?

— Sim.

— E você sabe que vou alugar um apartamento em Londres?

— Sim, claro. — Robert já havia, quando isso aconteceu, recusado a oferta de Terry para ocupar um quarto vago, preferindo descobrir quais eram os planos de Sarah.

— E você sabe que, com a Sarah e a Veronica separadas, elas não estão mais procurando casa por aqui?

— Vá direto ao ponto, Terry, pelo amor de Deus.

— Bem... — Ele deu uma olhada final e curiosa no amigo, e então despejou: — Ela vai morar comigo.

Robert olhou para ele horrorizado.

— *Morar* com você? O que você quer dizer?

— Quero dizer que ela vai ficar em um dos quartos vazios.

— Mas... quando isso foi decidido?

— Ontem à noite, antes da festa. — Ele agarrou o ombro de Robert e o chacoalhou desajeitadamente. — Não há nada estranho nisso, você sabe. Nada acontecendo. E a melhor parte é que ainda há espaço para você vir morar com a gente também. São três quartos. Vai ser que nem Ashdown, só que em Londres. — Robert ainda estava atônito. Terry percebia que conseguiria arrancar muito pouco mais dele, por enquanto. — Pense nisso — ele concluiu. — Conversamos sobre isso depois.

Terry continuou andando, e os outros logo o alcançaram, passando por Robert, que continuava parado no meio do caminho, de costas para o oceano, o olhar fixo nas torres cinza da enorme casa. Depois de alguns minutos, viu Sarah sair pela porta da frente. Ele se virou e começou a andar, mas vagarosamente, de modo que não levou muito tempo para ela alcançá-lo. Seus cabelos pareciam mais escuros e mais ralos do que o normal. Ela havia tirado a maquiagem da noite anterior, mas não havia se pintado novamente. A pele parecia pálida, e uma ferida seca estava se formando no lábio superior. Seus olhos haviam perdido o brilho; as pálpebras estavam cobertas. Ela estava vestindo a jaqueta jeans de sempre, e uma blusa grossa de algodão e um par de calças verde-garrafa.

— Obrigada por esperar — ela disse, sem olhar nos olhos dele.

Os outros, na verdade, também haviam diminuído a velocidade, e não estavam muito distantes à frente.

— Você não parece muito bem — disse Robert.

Sarah riu.

— *Eu* não pareço muito bem? O que aconteceu com você?

— Eu briguei com um móvel.

Sarah pareceu não ouvir. Tinha uma aparência desconfortável, quase transtornada.

— Todos estão com uma aparência terrível hoje — Robert acrescentou. — Talvez não fosse o melhor comentário a fazer.

Eles estavam integrados ao grupo, mas de alguma maneira conseguiam manter-se separados, de modo que a intimidade entre eles continuasse, mesmo que seus amigos papeassem sem rumo certo ao lado deles.

— Na noite passada... — Robert começou.

Sarah pôs um freio.

— Eu queria dizer algo a respeito disso. Você se importa se eu falar antes?

— Não, claro que não. Prossiga.

— Bem. — Ela repetiu o gesto: correu uma das mãos pelos cabelos, pegando uma mecha e a torcendo levemente. Como sempre, Robert ficou sensibilizado com o gesto, uma dor aguda de ternura. — Eu queria apenas agradecer a você, na verdade.

— Me agradecer?

— Robert — eles se separaram do grupo suavemente, quase imperceptivelmente —, eu sei o que você sente por mim. Claro que sei, sei há tempos. Acho que todos sabem, na verdade.

— Legal. Por que não saberiam?

— Mas... de certa maneira foi cruel eu dizer... o que eu disse na noite passada.

— Por quê? Você não foi sincera?

— Sim, fui. Ou ao menos fui, naquela hora.

— Entendo.

— Eu estava muito bêbada. Assim como você. — Ela virou-se, olhou na direção do mar. — Então, o que estou dizendo...

— Eu sei o que você está dizendo. Você acha que teria sido um erro terrível, e você quer me agradecer por não ter permitido que acontecesse.

— Sim. — Sarah acenava a cabeça com tristeza. — É isso que estou dizendo, acho.

— Não se engane quanto a isso — disse Robert. — Não teve nada a ver com força de caráter. Foi pura fraqueza, na verdade.

— Eu não acredito nisso. Você não é uma pessoa fraca.

— Sim, sou. Fraco e indeciso.

Os outros haviam começado a andar de volta à casa. Veronica passou ao lado dos dois, incapaz de se impedir de lançar um olhar ciumento e curioso na direção deles. Mesmo fora do raio de alcance deles, Sarah falou sussurrando.

— É bom que a gente esteja saindo daqui. Todos nós acabamos nos conhecendo bem demais. Ficamos muito próximos.

— Ah? E como dividir um apartamento com Terry em Londres se encaixa nessa idéia?

— É só uma parada. Uma coisa temporária. Não sei como isso vai funcionar. — Ela o atacou, desesperada. — Ah, Robert, você *não pode* estar com ciúmes de mim e do Terry.

— Você se surpreenderia?

— De qualquer forma, o que o impede de vir também? Ainda há um quarto vazio no apartamento. Seria ótimo se você estivesse lá.

Robert balançou a cabeça.

— Não é o que quero.

— Bem, o que você quer? Voltar a viver com seus pais?

— Não. Eu pensei em ficar aqui por um tempo.

— Mas você vai ficar totalmente sozinho. Vai ser horrível.

— Talvez.

Não havia nenhuma cerca entre o caminho e a beira do despenhadeiro. Havia algumas pedras, e alguns punhados de erva daninha brotando da grama. Robert foi na ponta dos pés até a beirada e olhou para baixo, na água, que batia na encosta da montanha em movimentos lânguidos e casuais.

— O que você fez na noite passada? — ele perguntou.

— Como?

— Depois que nos despedimos. Eu gostaria de saber.

— Saia daí — Sarah insistiu. — Você está muito próximo da beira. Não é seguro. — Robert ficou onde estava, então ela suspirou e disse, irritada no começo: — Bem, eu fui ao quarto de Michèle e me sentei na cama. Achei que conseguia ouvir você do lado de fora. Pensei que você bateria na porta.

— Eu quase bati. — Ele sentou-se, com as pernas cruzadas, sobre a erva daninha. — O que você teria feito?

— Não, Robert. Não pergunte. Não há razão. — Ela se sentou ao lado dele. — Isso *teria* sido um erro, você sabe. Não sei o que se apossou de mim. Eu estava apenas tentando usar você.

— Me usar?

— Sim, para magoar Veronica. Quero dizer, eu provavelmente não conseguiria ir até o fim. Nem gosto de sexo com homens... — ela olhou para ele com um carinho repentino — *qualquer* homem, então tenho certeza de que teria sido um desastre. Teria estragado tudo.

— Nossa amizade, por exemplo — disse Robert, sem emoção.

— Exatamente. Nossa amizade. E isso é *tão importante* para mim, Robert, ainda mais agora. Eu realmente preciso de um amigo neste momento. Um bom amigo. E você sempre foi o melhor. O melhor que já tive.

— Bem, é uma pena — ele disse, evitando olhá-la —, porque eu não quero ser seu amigo. Não consigo mais fazer isso.

Levou alguns segundos para que Sarah absorvesse aquelas palavras. Então ela disse:

— Bem, você vai ter de conseguir. Porque isso é tudo o que há. Isso é tudo que sempre haverá.

— Sempre?

— Sempre. — Ela pousou uma das mãos no joelho de Robert. Ele olhou para a cena, meio incrédulo, mas não sentindo nenhuma emoção. — Ronnie e eu não estamos bem no momento — ela continuou —, mas sempre vou dever alguma coisa a ela. Porque... ela fez uma coisa incrível, realmente. Ela me apresentou... à minha natureza.

— Você tem certeza?

Pareceu passar um longo tempo antes que Sarah dissesse.

— Sim, tenho.

Robert balançou a cabeça, e arrancou um pouco de grama do chão.

— Pensei que ela poderia ter sido... não sei, uma aventura.

— Não. Ela só não era a pessoa certa para mim, no fim das contas. — Sarah sorriu. — Gastei bastante tempo, nas últimas semanas, desejando que ela fosse mais como você.

— Como eu?

— Claro. Você seria perfeito para mim, não acha? Se não fosse por... uma certa coisa.

— Não brinque comigo, Sarah. Por favor. Não estou.

— Não estou brincando, estou falando sério. Acho você maravilhoso, sempre achei. E você sabe disso também. — Ela apertou o joelho dele e novamente Robert olhou para baixo, como um gato dormindo respondendo a um carinho, curioso, mas sem disposição. — Você sabe, eu é que realmente deveria procurar a Cleo. Imagine só, sua irmã gêmea: uma você mulher. Seria meu par perfeito, não seria?

Robert a encarou. Ele a encarou com calma, interrogativamente, por um longo tempo, enquanto ela olhava de volta, envergonhada, esperando encontrar um pouco de humor no olhar dele. Mas não havia nenhum vestígio de humor no olhar de Robert. Não poderia olhar para ela com mais solenidade ou intensidade, embora se soubesse quanto tempo levaria para olhar apropriadamente para ela novamente, teria tentado.

— Devemos entrar — disse Sarah finalmente. — Está esfriando.

— Pode ir — disse Robert. — Vou ficar aqui um pouco.

Ela ficou em pé, rígida.

— Tem certeza?

— Sim. — Percebeu a preocupação no rosto dela. — Não se preocupe — ele disse. — Não vou pular.

Sarah se curvou e beijou o alto da cabeça dele.

— Bom.

Antes que ela tivesse andado uns poucos metros, Robert a chamou:

— Sarah!

Ela se virou.

Ele estava a ponto de contar para ela sobre o poema; de dizer para ela ir procurar por isso no café, no livro, na página 173. Mas percebeu que não fazia sentido. Havia deixado para muito tarde.

— Adeus, então — foi tudo o que falou.

Ela sorriu novamente, e continuou caminhando de volta à casa.

14

Terry estava muito atrasado voltando para Londres naquela noite. A busca pela foto havia durado mais de cinco horas, ao fim das quais ele estava em uma condição de quase desespero, sem fôlego. No fim das contas, ele havia encontrado a foto: por algum maldoso acaso do destino, ela tinha ido parar no fundo da caixa de arquivos mais remota, na segunda de duas salas cheias de mobília sem uso. Quando finalmente viu a foto, ele a agarrou como se fosse a mão de um amigo mais querido, que não encontrava havia muito tempo, e teve de lutar para segurar as lágrimas de triunfo e alívio. Então olhou para o relógio, fez um cálculo preciso e percebeu que só tinha tempo para pegar o último trem para o litoral, mesmo que isso significasse deixar seu apartamento em um estado de caos, com lixo espalhado, como se ele tivesse acabado de ser revirado pelos serviços de segurança ou uma gangue de ladrões incompetentes. A força de seu desejo de voltar para Ashdown naquela noite o pegou de surpresa. Quarenta minutos mais tarde ele estava sentado no trem que chacoalhava para fora de Londres, e tinha a foto em seu colo, à sua frente, guardada em segurança dentro da mais recente edição da *Sight and Sound*: de vez em quando, ele abria a revista e dava uma olhadinha na foto, esse símbolo redescoberto de tudo o que era mais valioso em sua vida, que mais valia a pena ter. Estava decidido a nunca mais guardá-la em lugar errado ou esquecê-la novamente.

Ele teve de esperar muitos minutos na estação por um táxi, e já passava das 23 horas quando foi deixado no início de Ashdown. A essa hora da noite, esperava que a casa estivesse escura e sem atividades, os pacientes todos em repouso em seus quartos, sendo a única atividade o frenético riscar das canetas dos polissonógrafos enquanto os aparelhos rastreavam padrões determinados eletricamente (e, claro, o debater sem fim — tão frenético quanto, embora escondido — dos que participavam à força do experimento do Dr. Dudden). Em vez disso, uma cena bem diferente esperava por ele: havia três mulheres sentadas do lado de fora do terraço bem iluminado, e o ar morno da noite era preenchido pelo som de suas vozes risonhas e o bater de garrafas e copos. As mulheres eram a Dra. Madison, Maria Granger e Barbara Daintry, a sonâmbula.

Vendo-o subir os degraus, Maria gritou:

— Ei! Harry, o que você quer?

— O nome é Terry — ele disse, caminhando feliz.

— Terry, Harry, tanto faz: o que você está fazendo aparecendo de repente a essa hora da noite?

Maria era uma londrina de meia-idade animada e extrovertida, que, por diversas vezes, se mostrara amigável a Terry nos últimos dias. Era uma mulher grande, muito tagarela e com uma boca que parecia permanentemente parada à beira de um sorriso subversivo. Sua barriga era grande, e os seios, enormes. Parcialmente, ele havia ficado sabendo que o tamanho dela era resultado das drogas que era obrigada a tomar para controlar os sintomas de sua narcolepsia crônica; mas Maria também era a primeira a admitir que sua adoração por rosquinhas de chocolate e cheesecake de morango era um fator que contribuía. Terry gostava dela; assim como todo mundo na clínica, com exceção do Dr. Dudden.

— Estive em Londres durante o dia — ele disse.

— Estou vendo, matando aula.

— De certa forma, sim.

— Você vai beber alguma coisa com a gente, então? Companhia masculina sempre é boa.

— Não deveríamos todos estar na cama agora?

— Ele não está aqui, o Doutor Morte. Saiu para uma conferência hoje à tarde. E além disso, esta é minha última noite, então estou celebrando. Você sabe, quando o gato não está em casa...

— ... os camundongos comem na mesa — Terry concluiu. Pelo bem da Dra. Madison, acrescentou: — Assim como os ratos, espero. — Ela não respondeu, e sua expressão facial não mostrou nenhuma cumplicidade. — Tudo bem, então — ele disse. — Vou apenas levar essas coisas para cima, então eu desço e me junto a vocês.

Quando voltou, a Dra. Madison havia desaparecido.

— Ela foi para a cama — disse Maria.

— Ela trabalha demais, aquela mulher — disse Barbara. — Ele a explora até derrubá-la.

Maria passou para Terry um copo descartável, cheio quase até a boca de vinho branco.

— Então — ele disse, depois do primeiro gole —, vocês estão ansiosas para a volta ao mundo real?

— Estou ansiosa para ver meus filhos de novo. E meu marido. Estou com saudades deles. Mas gostei daqui, na verdade. Duas semanas na praia. Foi divertido.

— Ela adora diversão — Barbara disse, e as duas riram. — Você precisa ver o que acontece quando ela ri. Ela se torna algo único.

— Ah, não comece — disse Maria, as risadinhas dando espaço para algo mais do fundo da garganta, mais enterrado. —

Não comece a contar piadas para mim. Você sabe que não agüento.

— Por quê? — disse Terry. — O que acontece quando você ri?

— Ela fica toda mole — disse Barbara. — Ela fica mole e estranha. Sabe quando você diz que alguém fica indefeso de tanto rir? Bem, é o que acontece com ela.

— Agora, não comece a me animar — disse Maria, já lutando para controlar os músculos faciais. — Não ouse me provocar com uma de suas piadas.

— Que tal aquela que você contou para mim? — disse Barbara. — Sobre o homem com a banana. — Ela virou-se para Terry. — Havia um homem, e ele tinha três bananas, entende? Ele sobe em um ônibus lotado na hora do rush, e não quer que as bananas fiquem amassadas, então ele coloca uma no bolso do peito, outra no bolso lateral e uma no bolso de trás...

Com o que parecia ser uma séria força de vontade, Maria sufocou a própria risada e interrompeu Barbara com força, dizendo:

— Vamos lá, pare com isso, tá? Dê um tempo, não quero fazer isso na frente do Harry.

— Terry.

— Terry, quero dizer. Não me orgulho disso, você sabe. Não gosto que as pessoas me vejam desse jeito.

— Desculpe, amor — disse Barbara, se penitenciando. — Apenas achei que ele poderia se interessar.

— Sim, bem, não sou uma maldita exibicionista. — Pelo bem de Terry, ela explicou: — Quando você é narcoléptico, entende, você tem uma coisa chamada cataplexia. Então, quando você ri... é normalmente a gargalhada que faz isso comigo, você entra em uma espécie de desmaio. Perde o controle. Você consegue sentir isso acontecendo. Isso tem acontecido comigo há uns 30 anos mais ou menos, mas eles descobriram o que era há apenas alguns anos. Então, tenho de brecar minha gargalhada, agora, porque me esgota ficar desse jeito o tempo todo. Toda a minha família e meus amigos acham engraçado me ver cair e desmaiar, eles sempre me provocam, tentam me tirar do sério, me fazer rir. Bem, é um estilo de vida para mim, não é? Sempre foi. Sempre amei rir. Quero dizer, como você passa pela vida se não for assim? Você tem de rir para sobreviver...

E Terry lembrou, a essa altura, da festa de despedida em Ashdown anos antes, e de repente percebeu o que acontecera com Sarah naquela noite, quando ela reagiu com estranheza às piadas dele e todos acharam que ela havia desmaiado por ter bebido demais. E de uma vez só essa memória do passado alcançou o presente, colorindo-o, transformando-o, de forma que algo aconteceu com Terry que não acontecia havia muitos anos: uma mudança se produziu em seu interior, e ele foi capaz de olhar para Maria e se solidarizar com ela — sentir compaixão real, depois de todo esse tempo, por outro ser humano — ao olhar o rosto dela e ver uma mistura de tristeza e alegria, pensando em como deve ser desejar rir, mais do que qualquer outra coisa e ainda assim ter de se negar a fazê-lo, sabendo que esse é o instrumento de sua destruição, assim como os ratos da plataforma do Dr. Dudden eram forçados a não dormir toda vez que eles tinham sono...

— E ajudou? — ele perguntou. — Ajudou vir a este lugar?

— Bem, eles me deram algumas drogas novas — disse Maria. — Não sei quanto bem elas vão me fazer. O principal é poder falar sobre isso. A Cleo tem sido ótima. Eu poderia conversar com ela por horas. Acho que poderia contar qualquer coisa para ela.

— Desculpe — disse Terry — quem tem sido ótima? Quem você disse?

— Cleo. Dra. Madison.

Terry encarou-a por um longo tempo.

— Olha, eu realmente preciso ir para a cama — ele disse, a certa altura. — Viajei praticamente o dia todo, e já passa de 23h30. Devo realmente me deitar.

Ele arrastou a cadeira e foi cambaleando em direção à casa, e só na manhã seguinte — depois de uma noite em que ele entrou no Estágio Quatro do sono por mais de uma hora, e até experimentou, momentaneamente, os primeiros tênues vestígios de um sonho — ele se permitiu ponderar sobre aquele nome de novo, e analisar a sensação estonteante que ele havia trazido à sua vida. Então ele se lembrou de seu significado e lembrou, naquele momento, por que o rosto da Dra. Madison o estava provocando com uma familiaridade distante na última semana.

Ele foi encontrá-la de uma vez.

*

Enquanto Terry procurava a Dra. Madison pelos corredores de Ashdown naquela manhã de quinta-feira, Sarah estava comendo uma fatia de torrada e olhando com receio para a cópia de *A casa do sono* que estava sobre sua mesa na cozinha, como uma bomba armada. Ela ainda não o havia aberto.

Era absurdo, falou para si mesma, ser supersticiosa em relação a esse livro. Que mal haveria em folheá-lo novamente, em ler algumas páginas? Ela realmente achava que aquele romancezinho de meia-tigela, que ela e Veronica sempre encararam como a mais deliciosa piada, teria adquirido algum poder misterioso para machucá-la?

Olhou para o relógio: faltavam apenas cinco minutos para ela sair para o trabalho.

Limpou a manteiga dos dedos com uma toalha de cozinha, pegou o livro e o abriu lentamente. Ele parecia abrir muito naturalmente em uma determinada página, um pouco além da metade, e quando estava aberto, um pedaço de papel caiu. Um pedaço dobrado de papel pautado, coberto em um lado por coisas escritas à mão.

Nunca ocorrera para ela que essa poderia ser a mesma cópia. Nunca ocorrera que Veronica nem Rebecca haviam aberto o livro em 12 anos.

Com as mãos tremendo, desdobrou o pedaço de papel e reconheceu imediatamente a letra de Robert. Suas palavras, esquecidas por tanto tempo, completamente esquecidas, voltaram à sua mente.

"Se eu quiser algum dia deixar alguma coisa para você, vou colocar aqui. Neste livro.

"Página 173.

"Daí você sempre saberá onde encontrar."

Ela abaixou o papel sem lê-lo, e respirou fundo. Podia sentir toda a força, toda a reação, sugadas de seus músculos. Mal conseguia mexer os braços. Estava caindo para a frente na cadeira.

Não. Ela podia parar isso. Podia controlar isso.

Sentou-se ereta. Forçou a mão na direção do pedaço de papel novamente. Forçou os dedos a agarrá-lo, a virá-lo. Podia ler aquilo. Leria rápido, de uma vez só, e então isso acabaria.

Mais um suspiro. Então:

A gravidade e a graça... sim, claro, aquele era o livro que eles estavam lendo, na praia, quando falaram de afeição, e sobre perda, sobre o que você faz se perde alguém... "seus olhos narcolépticos"... mas como ela podia ter escrito aquilo? Como ele poderia saber? Ninguém sabia, naquela época... "um desprezo... um desprezo que me fez sentir"... ele queria dizer no café, naquela vez no café, quando ela e Ronnie o provocaram... "tão paralisado, tão esculpido, tão morto"... a praia de novo, ela lera aquela linha em voz alta, era de Rosamond Lehmann... "um esquecimento tão profundo que acaba... afogar os fantasmas... uma outra vida... uma outra vida é o mínimo de que você precisará..."

Ela acabou de ler, e o papel caiu de sua mão. Olhou para frente, absorta. Ela esqueceu que tinha de sair para a escola. Não tinha noção de quanto tempo havia se passado. O tempo parecia suspenso.

Era, de fato, meia hora mais tarde quando ela atravessou a sala e pegou o telefone de parede. Discou um número que estava rabiscado em um caderno próximo.

Uma voz não familiar atendeu depois de dez ou 11 toques.

— Eu gostaria de falar com a Ruby, por favor. Ruby Sharp.

— Espere um minuto. Vou ver se ela está.

A acústica do outro lado da linha trazia à mente um corredor. Sarah conseguia ouvir passos e vozes distantes. Imaginou algum prédio institucional cafona, com piso barato de pastilhas, recados pendurados em um quadro de cortiça. Então ouviu passos se aproximando e o barulho do fone sendo levantado novamente.

— Sim, alô?

— Ruby, aqui é a Sarah. Sarah Tudor.

— Oh. — Uma pausa, repleta de prazer e surpresa. — Olá, Sarah. Que maravilha ter notícias suas. — Então uma longa pausa, confusa, cheia de expectativas. — Sarah? Você está bem?

— Preciso conversar com você.

— Sim, claro. — Ruby esperou. — Sobre o quê?

— Preciso ir encontrá-la.

— Aconteceu alguma coisa? Algum problema?

Sarah quebrou o próprio silêncio, longo, ao dizer.

— Você estava certa.

— Eu estava certa? Sobre o que eu estava certa?

— Você disse que ele realmente se preocupava comigo. Você estava certa.

— Quem realmente se preocupava com você?

— O Robert. Você disse isso outro dia, e eu não acreditei em você. Não quis acreditar em você. Mas agora lembrei.

— Sarah... — Ruby suspirou, exasperada. — Você está soando muito estranha. Acho que deveria...

— Encontrei uma coisa dele.

— O que você encontrou?

— Uma coisa que ele escreveu para mim. *Para* mim.

— Você quer dizer, recentemente? Ele escreveu isso recentemente?

— Não. Há alguns anos. Escute, posso ir encontrar você? Podemos nos encontrar em algum lugar hoje?

— Você não tem de ir à escola?

— Ah, sim. Claro. — Desanimada, Sarah olhou para o relógio de parede. Passou a mão sobre os olhos. — Hoje à noite, então, posso vê-la hoje à noite?

— Vou para casa hoje. Vou ficar com minha mãe todo o fim de semana. — Ela pôde sentir o desapontamento de Sarah. — Sinto muito.

— Tudo bem. É melhor eu ir para a escola agora. — Mas Sarah não disse nada, nem Ruby. Quando Sarah começou a falar de novo, sua voz estava mais baixa, como se estivesse falando consigo; pensando alto. — Por que ele simplesmente foi embora daquele jeito? Sem dizer nada. Fugindo à noite. — Então ela pareceu lembrar que Ruby ainda estava ouvindo. — Foi a última vez que o vi. E antes disso, uns anos antes disso, houve uma carta. Uma carta.

— O que a carta dizia?

— Nada.

— Absolutamente nada?

— Na verdade, não. A carta mencionava um sonho que ele tivera. Mas tirando isso... bem, ele nem mesmo me dizia de onde estava escrevendo. Ou o que andava fazendo. Eu pensei, na época, se...

— Sim?

— Você sabia que o Robert tinha uma irmã gêmea?

— Não. Não, não sabia. Eu mal o conhecia.

— Ele tinha uma irmã gêmea chamada Cleo. Ela foi dada para adoção quando eles tinham apenas algumas semanas de vida. Ele nunca mais a viu. Talvez ele fosse procurar por ela. Sempre dizia que faria isso.

Ruby estava perdida.

— Veja, Sarah, preciso desligar. Realmente preciso desligar.

— Eu sei. Me desculpe.

— Estarei de volta depois do fim de semana. Vou aparecer para ver você, então, posso? Na noite de segunda-feira.

— Não precisa. Não sei por que estou aborrecendo você com isso. É só que... você trouxe tudo de volta, falando sobre ele outro dia. — Ela respirou fundo, coçou os olhos, começou a se recompor. — Sinto muito... realmente sinto. Isso não é problema seu.

Então, suavemente, Ruby disse:

— Não, isso é problema meu, na verdade — e desligou.

*

Embora doesse no Dr. Dudden deixar a clínica sob os cuidados da Dra. Madison por dois dias, não perderia a conferência por nada. Hingleton Pendlebury era uma das empresas de consultoria em administração de maior prestígio no país, e esse curso pequeno, intensivo e residente, “Motivando para a mudança”, prometia fazer algo que ele sentia que estava arrastando havia muito tempo: especificamente, apresentar aos membros líderes da psiquiatria alguns conceitos básicos de negócios, em dia com a transição dolorida, porém inevitável, do Serviço de Saúde para uma cultura administrativa.

Junto com os outros congressistas, ele chegou cedo ao hotel em que o evento aconteceria em Londres, na noite de quarta-feira. Era um hotel cinco estrelas, e seus quartos pareciam desenhados — de maneira irritante — com extremos de conforto, descanso e relaxamento em mente. Sua cama tinha um colchão macio de penas de ganso, e as poltronas eram compactas e bem estofadas. Para não ser atrapalhado pelo excesso de conforto, o Dr. Dudden acomodou-se no chão à meia-noite, com seus últimos resultados de laboratório espalhados à sua frente, e resolveu ocupar-se de trabalho até 4h30, no mínimo. Quanto ele conseguiu ficar acordado, nunca soube. Acordou às 9h15, esticado no carpete, com dor nas costas e um terrível torcicolo. Ao mesmo tempo em que Ruby, por sua vez, estava colocando o fone de volta à base do outro lado de Londres e andando pensativa na direção de seu quarto, o Dr. Dudden corria pelos corredores do hotel, sem fazer a barba, sem tomar banho e usando as roupas da noite anterior, desesperadamente tentando encontrar a sala de conferências principal.

Apesar de sua fadiga e de seu estado desgrenhado, estava esperando a sessão que abriria o dia com bem mais entusiasmo do que os outros participantes; todos eles, parecia, estavam sob outros tipos de pressão. Em sua maioria, eram psiquiatras que trabalhavam em Londres, cujo comparecimento parecia ser uma obrigação contratual rigorosamente exigida pelos gerentes e diretores das novas administrações de seus hospitais.

— Isto é ridículo — um deles já estava dizendo quando o Dr. Dudden entrou na sala. — Tive de cancelar cinco aulas e seis consultas, tudo por causa das ordens de um contador com espinhas na cara que pensa saber o que é bom para mim.

Os dois palestrantes apareceram. Seus rostos eram frescos e em formação, e vestiam ternos idênticos e de corte perfeito da Jaeger. Ambos pareciam ter vinte e poucos anos e tinham os brilhantes olhos descansados dos fanáticos evangélicos.

— Olá, sou Tim Simpson — o primeiro disse.

— E eu sou Mark McGuire.

Tim Simpson explicou que ele havia recentemente voltado de um ano em Minnesota, onde se especializou em Mudança Organizacional pela Universidade Duluth. Mark McGuire, por sua vez, vangloriava-se de um diploma em Relações de Grupo, Planejamento de Eventos e Desenvolvimento de Recursos Humanos pela Universidade de Milton Keynes.

— E estamos aqui para falar sobre mudanças — disse Tim Simpson. Ele virou a primeira folha de um cavalete com um flip-chart, e apontou para a palavra "MUDANÇA", que havia escrito em letras maiúsculas enormes.

— Isso mesmo — disse Mark McGuire. — Mudança é uma palavra assustadora. E para muitos de vocês, esses são tempos assustadores. — Ele virou a próxima folha do cavalete, e apontou para as palavras "TEMPOS ASSUSTADORES".

— Muitos de vocês terão medo da mudança — disse Tim Simpson. — Alguns de vocês vão até ficar com raiva dela. Mas nossa mensagem para vocês pelos próximos dois dias será: *use* esse medo; *trabalhe* essa raiva; e acima de tudo...

Ele olhou para Mark McGuire, que virou a folha do cavalete novamente enquanto os dois falavam, em uníssono:

— ABRACE A MUDANÇA.

— Como facilitadores qualificados — disse Mark McGuire —, nossa tarefa durante essas sessões será envolver vocês em uma série de módulos de atuação e de procedimentos para o aumento da criatividade.

— Esses métodos foram testados e aprovados por algumas das corporações de maior sucesso dos Estados Unidos — disse Tim Simpson.

— Os exercícios que vocês farão não devem ser considerados um programa de treinamento *propriamente dito* — disse Mark McGuire.

— Nossa meta é simplesmente abrir suas cabeças...

— Estimular o pensamento criativo...

— Conquistar sua atenção...

— Enraizar pontos-chave e conceitos para a retenção a longo prazo...

— E acima de tudo...

Mais uma virada de folha no cavalete, e então, em uníssono:

— MOTIVÁ-LOS PARA A MUDANÇA.

— Agora — disse Tim Simpson —, alguém tem alguma pergunta?

A maior parte da platéia parecia muito confusa e atônita para fazer perguntas, então os facilitadores a dividiram em grupos de cinco e explicaram que o primeiro exercício geraria um debate relaxante em que apresentações seriam feitas.

— Tudo que vocês têm de fazer — disse Mark McGuire — é se dirigir ao grupo, dizer seu nome, e sua idade, se você sentir vontade, e qualquer descrição de trabalho que considerar relevante.

— Isso é tudo, Mark? — disse Tim Simpson. — Isso soa meio bobo e convencional para mim.

— Você está certo, Tim. Eu me esqueci de uma coisa — disse Mark McGuire. — E sabe do que eu esqueci?

— Acho que sei, Mark. Acho que você esqueceu... — e nesse momento Tim Simpson revelou uma caixa de papelão que estava atrás do cavalete, a respeito da qual ambos exclamaram:

— Dos CHAPÉUS BOBOS.

Vários chapéus de festa e de gala foram tirados da caixa e distribuídos aleatoriamente entre os participantes atônitos, enquanto Mark McGuire explicava que eles achariam mais fácil e mais libertador assumir um papel apropriado a cada chapéu ao fazer os discursos de apresentação.

Os cinco integrantes do grupo do Dr. Dudden sentaram-se em círculo, colocaram seus chapéus e olharam uns para os outros com cara de luto antes de continuar.

— Bem, já que não tem jeito, acho melhor eu começar — disse um participante grisalho e de óculos, sobre cuja cabeça estava um capacete de policial feito de papel machê. — Meu nome é Dr. Christopher Myers. Tenho 48 anos, e sou professor livre-docente de psiquiatria em Liaison.

— Meu nome — disse a mulher sentada ao lado, usando um capacete viking, com chifres e tudo — é Dra. Susan Herriot, psiquiatra do Centro de Pesquisas Médicas. Tenho 42 anos e sou professora de psiquiatria perinatal.

— Sou Russell Watts — disse o homem seguinte, que tinha um chapéu de caçador de alces. — Conselheiro autônomo e psicoterapeuta. Trinta e nove anos.

— Alto lá, meus queridos! — O Dr. Dudden gritou, batendo na mesa com uma violência que fez todos os outros pularem. Ele estava usando um chapéu de pirata. — Ergam as bandeiras, icem as velas e vão para a proa. Quinze homens na prancha, yo-ho-ho, e uma garrafa de rum! — Seus colegas encaravam-no impressionados, então ele acabou anunciando, em tons mais baixos: — Dr. G. K. Dudden, psiquiatra do Centro de Pesquisas Médicas. Fundador, gerente e líder da equipe da Clínica Dudden. Fiz 36 anos no último aniversário. Às suas ordens.

Os outros não pareciam curiosos o suficiente sobre seu primeiro nome para insistir em saber qual era. Além disso, a referência à clínica em si já era suficiente para gerar uma faísca de reconhecimento no último integrante do grupo, que destacou "Ah! O homem do sono", antes de começar a se apresentar. Ele era o mais velho dos cinco, com uma mecha de cabelos brancos e um rosto delicado e comprido, parcialmente escondido pelo véu de noiva que estava usando, que tinha no topo um arranjo multicamadas de rosas de plástico azuis e rosa.

— Meu nome — disse lentamente — é Marcus Cole, psiquiatra do Centro de Pesquisas Familiares. Tenho 58 anos, sou professor de psiquiatria forense e tive de cancelar uma reunião na Casa Civil para estar aqui hoje. Agora, podemos tirar essas coisas ridículas?

À medida que as atividades da manhã continuavam, as tensões entre os cinco integrantes do grupo pareciam se intensificar, em vez de se dissolver. O Prof. Cole e Christopher Myers já pareciam estar bem entrosados: tratando-se pelo primeiro nome, e tratando um ao outro com um respeito mútuo evidente. Ambos eram abertamente desconfiados em relação a Russell Watts, porém, e visivelmente tranquilos em relação ao Dr. Dudden. O jogo seguinte, em que eles tinham de descobrir jeitos de arrumar seis palitos para formar diferentes combinações de triângulos equiláteros, passou relativamente sem incidentes. Depois disso, para desbloquear os canais latentes de criatividade (frase de Mark McGuire), foi pedido que cada um fizesse esculturas personalizadas com canos. Isso levantou discussões, uma vez que julgaram a escultura de Russell Watts obscena e sugestiva; assim como eram os gestos que ele começou a fazer com a obra na direção da Dra. Herriot, que fez o possível para ignorar. Finalmente, pouco antes do almoço, eles jogaram um jogo chamado "Modifique esse paradigma!", que exigia que cada um deles recortasse um anúncio colorido de uma revista ou de um jornal em vários pedaços, e rearranjasse os pedaços em uma colagem original. As novas figuras, lhes foi dito, deveriam ser representativas, e não abstratas.

— Isso é o melhor que você consegue fazer? — Dr. Myers disse ao final, olhando a colagem do professor Cole.

— O que você quer dizer? — disse o professor, irritado. Seus dedos estavam cobertos de cola.

— Bem, é um tanto básico, não é?

— É uma figura muito boa de um avião, se você quer saber. — Com um olhar de menosprezo à obra do Dr. Myers, acrescentou: — Pelo menos dá para saber o que eu fiz.

— O que você quer dizer?

— Bem, de que você chama isso? É para ser um elefante ou algo assim?

— É um cavalo, pelo amor de Deus.

— Está no formato errado.

— Do que você está falando... no formato errado? É a maldita forma de... de um cavalo, é isso que é. Pelo menos eu assumi um pouco de desafio. Qualquer um poderia fazer um avião.

— Ah, vá se foder, Myers. Você sempre foi um velho calhorda pomposo.

O ânimo coletivo não melhorou durante o almoço. Após lavar a cola das mãos, o Prof. Cole parecia levemente menos irascível, e simplesmente sentou-se com uma expressão resignada e melancólica no rosto, comendo o almoço em silêncio. O Dr. Myers estava bem mais falante.

— É como estar de volta ao maldito jardim-de-infância — ele reclamou. — Quanto estão pagando para esses palhaços pré-pubescentes gastarem nosso tempo desse jeito? Quero dizer, alguém já ouviu falar dessa empresa... Higgledy Piggledy, ou como quer que ela se chame?

— Hingleton Pendlebury — disse o Dr. Dudden — é uma firma com uma reputação considerável dentro da comunidade empresarial. Particularmente, achei as atividades dessa manhã extremamente estimulantes. Não deveríamos detonar esses métodos apenas porque eles parecem ser um pouco infantis no princípio. O sucesso dos negócios norte-americanos é baseado em acontecimentos como esses.

— Oh, quanta merda — disse o Dr. Myers. — Em primeiro lugar, fornecer serviço de saúde não é um negócio. Em segundo, o sucesso dos negócios norte-americanos é um mito.

Veja a dívida interna deles. Você não vê os alemães e os japoneses brincando com palitos e canos durante as horas de trabalho deles. Pelo contrário, esse tipo de coisa mostra exatamente o que está errado com os norte-americanos: a infantilidade patética deles.

— O que você acha, professor? — perguntou a Dra. Herriot. Ela estava sentada ao lado de Russell Watts, e visivelmente se inclinando na direção oposta a ele.

O Prof. Cole baixou o garfo e a faca, e disse em um tom sonhador:

— Em dois anos, devo me aposentar. Estive nessa profissão por mais de 25 anos, e nesse tempo vi a psiquiatria ser transformada, debaixo dos olhos do público, de uma ciência médica séria em um braço desacreditado do serviço civil; o bode expiatório de todo mal que a sociedade vomitar. Parece, para mim, completamente apropriado que eu termine minha carreira fazendo colagens com papel e cola, sob a supervisão de um homem dez anos mais novo que meu filho mais novo. Hoje — ele continuou, enquanto os outros ouviam com uma concentração chocante — eu deveria estar em um encontro na Casa Civil e, com meus administradores de fundos, discutir o caso de um jovem esquizofrênico de uma de minhas divisões. Sou a única pessoa qualificada para dar uma opinião médica qualificada sobre o caso, mas o encontro vai acontecer sem mim. Essa é a realidade da prática da psiquiatria em Londres hoje.

— Os administradores dos fundos querem dar alta para ele, suponho? — disse o Dr. Myers.

— Sim. Estamos com leitos faltando, e o estado dele se estabilizou nas últimas semanas.

— Permanentemente?

— Não. Apenas graças aos nossos esforços.

— Eles não vão liberá-lo, vão?

— Espero que não. É possível.

— Ele é perigoso?

— Muito. — O Prof. Cole ficou em pé de forma cansada, e disse: — Vou deitar um pouco, acho. Vejo vocês todos em meia hora, mais ou menos.

Quando ele saiu, o Dr. Dudden começou a colocar café para todo mundo e grunhiu:

— Meio dinossauro, esse aí. Ele precisa se mexer junto com o tempo.

Christopher Myers colocou um freio na conversa.

— Você deve lembrar — ele disse — que nem todos nós acolhemos o mercado livre com seu entusiasmo, Dr. Dudden.

— Vocês vão — ele disse. — Vocês não terão escolha.

— A clínica está prosperando, suponho?

— Estamos levando, estamos levando.

— Não muita propaganda negativa?

O Dr. Dudden parou bem quando estava colocando café na própria xícara.

— Querendo dizer?

— Apenas pensei naquele pequeno foco de aborrecimento que vocês tiveram lá no ano passado: o nome era Webb, não era?

— Stephen Webb morreu em um acidente na estrada. Nada a ver com a minha clínica.

— Sim, claro. Ainda assim, chamou um tanto de atenção, você sabe...

O Dr. Dudden encolheu-se.

— Isso não me surpreende. Ou me perturba, para ser bem honesto.

— Talvez não. — O Dr. Myers hesitou, como se estivesse a ponto de levantar um assunto delicado. — De toda forma, acho que você deve saber que fui convidado para presidir um comitê para examinar o incidente. Você será avisado em breve, oficialmente, por carta.

O Dr. Dudden parou, boquiaberto, ao derramar o café. Seu rosto empalideceu.

— Entendo — ele disse baixinho.

Percebendo o silêncio que caiu sobre a mesa, a Dra. Herriot virou-se para Russell Watts e pediu que ele passasse o açúcar. Ele entregou-lhe a pequena tigela de sachês mascavos e refinados, e derrapou a mão propositalmente na coxa dela.

— Eu aposto com você — ele sussurrou — que sua boceta está em chamas.

— Hora de voltar para a sala de conferência, eu acho — disse a Dra. Herriot, levantando-se em um movimento repentino e assustado. A voz dela estava estranhamente aguda e tensa.

A maior parte do tempo deles, naquela tarde, foi gasta jogando um longo e complicado jogo chamado "Bebês alienígenas". Para isso, Tim Simpson e Mark McGuire haviam fixado vários círculos, em fileira, no chão da sala de conferência. Os círculos tinham aproximadamente três metros e meio de diâmetro, e no meio de cada um estava um pequeno balde cheio de balas de goma em formato de ursinhos.

— Eles podem parecer ursinhos de goma comuns para vocês — disse Tim Simpson —, mas na verdade são embriões de uma forma de vida alienígena. Eles acabaram de aterrissar em seus quintais, e em meia hora vão ser chocados e virar monstros enormes e ameaçadores, capazes de destruir o mundo.

— E tem mais — disse Mark McGuire —, eles já estão emitindo uma energia radioativa forte e mortal, então qualquer pessoa que pise dentro desses círculos será morta.

— Só há um jeito de destruir esses alienígenas — disse Tim Simpson. — Eles não são imunes à água. Quando imersos, morrem instantaneamente.

Cada grupo ganhou um balde d'água e cinco pedaços de corda com dois metros e meio de comprimento. Então lhes foi dito que tinham trinta minutos para encontrar uma forma de transferir as balas de goma de um balde para o outro, sem colocar as mãos no balde alienígena e sem tirá-lo do círculo.

O Dr. Dudden assumiu o comando de seu grupo.

— Bem, não vamos nos apressar — ele disse. — Vamos ficar com a cabeça fria, e nos permitir cinco minutos para pensar na estratégia.

— Bem, parece claro o suficiente para mim — disse o Dr. Myers. — Um de nós deve entrar no círculo e jogá-los direto no balde d'água.

— Mas ele será morto — disse o Dr. Dudden.

— E daí? Ele terá salvado toda a população do mundo. Vale a pena morrer por isso, não vale?

— Vamos sortear — disse a Dra. Herriot. — Ou tirar no cara ou coroa.

— Mas você morre assim que pisar dentro do círculo.

— Eles não nos disseram que você morreria imediatamente. Você pode ter dez segundos, ou trinta segundos, ou mesmo um minuto.

O Dr. Dudden consultou Mark McGuire, que disse a ele que uma vez que alguém pisasse dentro do círculo, a morte seria instantânea; além disso, sacrifícios individuais não estavam em sintonia com o espírito do exercício. Ele então voltou e descobriu que o Prof. Cole estava ocupado dando um nó em seu pedaço de corda.

— O que você está fazendo? — ele perguntou.

— É perfeitamente óbvio — disse o professor. — Vamos ter de colocar esses laços nos baldes. Colocamos um ao redor do balde de água, e o empurramos para o centro do círculo. Então, quatro de nós terão de laçar o balde cheio de balas de goma, e se nós todos deixarmos o laço bem justo, devemos conseguir levantá-lo e virá-lo, de modo a conseguir derramá-los na água. Veja... — ele apontou para os outros grupos — eles já começaram.

O Dr. Dudden franziu a testa, julgando.

— Pode funcionar — ele disse.

Foi uma operação surpreendentemente difícil, e mais de vinte minutos se passaram antes que eles tivessem prendido o balde central com as quatro cordas, e estavam se preparando para apertá-las sob a supervisão do Dr. Dudden.

— Muito bem — ele disse. — Agora, no contar do três, vamos levantar o balde, e então...

— Posso apenas dizer uma coisa agora? — disse Russell Watts.

— O quê? — O Dr. Dudden falou bravo. Ele suava em bicas, e começava a achar aquela atividade bastante estressante. — Temos apenas mais seis minutos, você sabe.

— Bem, eu apenas estava pensando: talvez estejamos fazendo isso da forma errada.

— Como assim?

— Bem, estamos supondo que essas criaturas têm de ser destruídas.

— Sim?

— Mas talvez devamos tentar negociar com elas.

Christopher Myers e Susan Herriot baixaram suas cordas e olharam um para o outro desesperadamente. O Prof. Cole, por outro lado, parecia não estar ouvindo. A expressão sonhadora parecia ter voltado ao seu rosto. Ele estava pensando, na verdade, no encontro que havia sido forçado a perder naquela tarde; pensando sobre o paciente de esquizofrenia que estava sob seus cuidados nas últimas semanas, e pensando no que poderia acontecer se os administradores do hospital decidissem dar alta a ele.

"o assaltante tinha um metro e noventa de altura, vestia calças pretas e uma jaqueta camuflada verde"

— Negociar com elas? De que você está falando?

— Esse pode ser nosso primeiro contato com uma civilização alienígena, e estamos apenas tentando matá-la sem sequer tentarmos nos comunicar com elas?

"ele estava passeando para a frente e para trás pela plataforma, murmurando consigo e às vezes gritando"

— Pelo amor de Deus, homem, são balas de goma, não alienígenas de verdade. Isso é só um jogo.

— Bem, se isso é só um jogo, por que estamos levando as regras tão a sério?

— Vamos apenas jogar essas coisas malditas na água e acabar com isso.

"a lâmina de sua faca brilhava na luz do sol da tarde"

— Como sabemos que a água irá matá-los?

— O quê?

— Eles acabaram de aterrissar no nosso quintal. Não sabemos nada a respeito. Como sabemos que a água vai acabar com eles?

"a vítima permanece em coma, depois de receber múltiplas estocadas no peito e na garganta"

— Veja bem, apenas pegue a corda e vamos adiante.

— Sim. Deixe de ser infantil.

— Você está pronto, professor?

"a alta do paciente foi contra minha opinião profissional, e contra o aviso que mandei em minha carta à Casa Civil"

— Marcus, você está pronto?

"como parece não haver perspectiva de melhora no quadro de seu filho, posso somente oferecer meus pêsames pelo sofrimento que isso pode ter causado a você e à sua família"

O Prof. Cole percebeu que falavam com ele, e levantou o olhar para os rostos apreensivos de seus colegas. Percebeu que estava sentado no chão da sala de conferências, embora não tivesse nenhuma lembrança de como havia chegado lá. Antes de se levantar com esforço, pegou um lenço de bolso e secou algumas gotas de suor de suas bochechas e sobrancelhas.

O Prof. Marcus Cole, psiquiatra do Centro de Pesquisas Familiares, disse relutantemente:

— Sim, estou pronto.

Então os quatro puxadores de cordas assumiram suas posições, e o Dr. Dudden contou até três em um tom cuidadoso, mas excitado. Quando eles concluíram a tarefa com sucesso, foi permitido que eles comessem as balas de goma encharcadas.

15

Nunca se questionou o fato de Terry ter batido nela, como Sarah sempre tinha o cuidado de ressaltar, sempre que ela discutia o acontecido depois com algum de seus amigos, ou mesmo com seu analista. Mesmo assim, ela ficou assustada. Nunca havia visto raiva como aquela, nem mesmo de Gregory na noite em que eles romperam. Mesas batiam em paredes. Sons de raiva, altos e desarticulados, eram emitidos. Pequenos pedaços de mobília eram chutados e jogados pela sala.

— Mas não é minha *culpa* — Sarah protestava, repetidamente. — Não é minha culpa. Eu não pude evitar.

Depois daquilo, Terry não falou com ela por uma semana. O apartamento que dividiam não era grande, e seria difícil evitar o contato total, mas ele deixou seu ponto de vista claro ao levar todos os seus livros e jornais da sala, onde ele sempre trabalhava, para um escritório improvisado no quarto vazio, que era escuro e não tinha aquecimento. Mal deu tempo para aproveitar, porque no fim da semana ele foi chamado à sala de seu editor e avisado que havia perdido o emprego; e uma vez que ele vinha pagando aluguel pelos dois, foi o fim da divisão do apartamento. A *Frame* o havia empregado por apenas três meses.

Alguns dias depois eles mudaram de lá: Terry para começar um extenso período de dormir no chão das casas de amigos,

Sarah (que ainda não havia encontrado um emprego de professora) para ficar em um quarto vazio na casa de uma tia de quem não gostava nem um pouco, em Crouch End. Mas a raiva de Terry havia diminuído a essa altura. Ele conseguia enxergar que o acontecido tinha, se não um lado engraçado, então pelo menos certa dimensão irônica, que ele viria a desfrutar cada vez mais ao longo dos anos seguintes. E ele manteve contato com Sarah, e continuou levando-a para beber e comer, e às vezes pedia para ela contar a história de novo, apenas para que ele conseguisse deixar bem claro em sua cabeça como o desastre havia acontecido.

— Foi um sonho, Terry. Devo ter sonhado que fiz aquilo.

— Mas como é possível? As pessoas não têm sonhos como aquele.

— Elas têm. *Eu* tenho. Vem acontecendo por toda a minha vida.

E mesmo agora, olhando para trás, Sarah achava impossível distinguir o sonho da realidade: a transição de um para o outro permanecia perfeitamente imperceptível. Ambos eram caracterizados pelos mesmos elementos: a frágil luz do sol da tarde, diminuindo e brilhando mais na superfície de sua mesa à medida que as nuvens passavam; o som de trens chacoalhando em algum lugar próximo; e além da linha ferroviária, na beirada do cemitério, o mar de topos de árvores ondulando com o vento. Era meio de novembro. O apartamento estava fantasmagoricamente quieto, e estava daquele jeito havia dois dias, desde a ida de Terry para a Itália. Desde então, ela não havia falado com ninguém, a não ser com o próprio Terry quando ele ligou de Milão naquela manhã, cheio de histórias sobre o famoso diretor que tinha de entrevistar, querendo saber se as provas do discurso de Henry Logan já haviam chegado. "Sim", disse Sarah, "elas chegaram na correspondência de hoje." E

Terry havia dito: "Bom: porque tem algo que eu quero que você mude."

A revista *Frame* era então, nesse último ano de sua existência, uma publicação austera, de aparência bastante intimidadora com um público leitor pequeno, mas influente no mundo acadêmico. Os artigos tendiam a ser longos, pouco ilustrados e carregados de pesadas notas de rodapé. Normalmente, o conselho editorial jamais consideraria a publicação de algo tão fino e em tom de brincadeira como o texto de um discurso pós-jantar proferido por Henry Logan; mas esse infame magnata e ex-produtor britânico havia recentemente anunciado sua aposentadoria da indústria do cinema e simultaneamente, por razões que só ele sabe, resolveu ajudar a revista durante sua última quase fatal crise financeira. Agora que ele era o benfeitor e sócio majoritário das ações da revista, não havia argumentação, infelizmente, contra a publicação do manuscrito salpicado de comida que ele orgulhosamente jogou na mesa do editor-chefe em uma manhã de segunda-feira. "Fragmentos de uma vida no cinema" era seu inspirado título, e a aparência dessas páginas imediatamente desencadeou uma série de abonos pessoais de responsabilidade, à medida que sucessivos integrantes da equipe desviavam freneticamente da imensa responsabilidade de colocar aquilo tudo em algum tipo de formato. O trabalho finalmente caiu sobre os ombros de Terry, o mais recente e mais hierarquicamente baixo empregado. Ele reconheceu, de cara, que não havia muito a ser feito em relação à essência do discurso, que reunia a esperada mistura de reminiscências triviais e nada modestos auto-elogios. Ainda assim, ele fez o melhor para deixar de lado a animosidade pessoal que havia concebido em relação ao filho de Logan durante o breve encontro deles, e se aplicou no que parecia, nesse caso, ser a mais útil tarefa editorial: providenciar notas de rodapé, adicionar algo mais no caminho das cores biográficas e tornar as muitas referências culturais especificamente britânicas mais claras para os leitores internacionais da revista.

Com o ânimo de um novato, Terry gastou ao menos uma semana trabalhando nessas notas de rodapé, e ainda estava agonizando sobre quais eram necessárias e quais eram supérfluas quando recebeu uma ligação da revista, para dizer que um jornalista da equipe estava de cama. Terry teria de cobrir a ausência dele, e isso envolvia a agradável responsabilidade de voar para Milão e fazer uma reportagem na locação das filmagens de uma prestigiada co-produção anglo-italiana. Antes de partir, enviou uma versão mais ou menos final de seu manuscrito que ainda o deixou com algumas grandes incertezas. E foi para resolver uma delas que ele telefonou para Sarah da Itália naquela manhã e perguntou se as provas haviam chegado.

— Agora, ouça com cuidado — ele disse —, porque elas têm de voltar pelo correio nesta noite, em entrega especial. Então primeiro você tem de ler e procurar erros de digitação. E então — você está ouvindo? — e então quero que você tire a terceira nota de rodapé. — Ele falou essas palavras o mais claramente possível, enquanto a ligação internacional produzia estalos e ruídos. — Nota de rodapé número três. Apague. Não precisamos dela. Ela é confusa e não acrescenta nada.

— Ok — disse Sarah. — Isso é fácil. Posso fazer isso, sem problemas.

— Sim, mas se certifique de que você faça direito — Terry disse. — Você terá de renumerar todas as notas de rodapé. Certifique-se de que elas façam sentido.

— Terry, pode deixar. Não se preocupe.

Ele havia desligado, aparentemente seguro, murmurando algo sobre um encontro de almoço pendente com Marcello Mastroianni.

Sarah esperou até o começo da tarde, quando ela haveria terminado de fazer as compras e a luz estaria melhor na mesa da sala de estar. Após preparar uma caneca de café, pegou as folhas de papel de dentro do envelope e as arrumou organizadamente à sua frente. As notas de rodapé de Terry estavam em uma folha separada; a terceira teria de ser apagada e as outras renumeradas, mas naquele momento ela as deixou de lado, e decidiu primeiro dar uma olhada no corpo do texto (cinco páginas no total), lendo tudo calmamente procurando por erros de semântica e digitação. Isso levou 20 minutos, mais ou menos. Então voltou para uma frase perto do começo do texto. — "Quem imaginaria — Logan escrevera — que, apenas no ano passado, eu teria me tornado o diretor administrativo de um novo clube e centro de lazer de campo situado a um tiro de espingarda dos estúdios — em nada menos que Teddington?" — Depois da palavra "Teddington" vinha um pequeno "3" sobrescrito, dirigindo o leitor a uma simples nota de rodapé explicativa na folha separada, em que se lia: "Um plácido e respeitável subúrbio de Londres às margens do Tâmisa, logo ao sul de Richmond." Essa era a nota de rodapé que Terry queria que fosse apagada. Ela não conseguia entender por quê, tão tardiamente assim, mas era a decisão dele, no fim das contas. Então riscou o pequeno "3" no texto, deixou uma marca clara para o revisor na margem, e começou a mudar todos os números que seguiam: "4" virou "3", "5" virou "4" e assim sucessivamente. Ela deixou as notas em si intocadas. Era um trabalho fácil e mecânico, e o apartamento estava tão quieto enquanto fazia isso que ela podia ouvir o riscar da caneta na página, e cada delicado gole de café parecia uma estrondosa invasão no silêncio.

Ela havia acabado de trocar o "16" final pelo "15" quando ouviu um barulho no corredor: parecia a caixa de correio. Estava tarde, mas não impossivelmente tarde, para a segunda remessa de cartas. Ela foi olhar e descobriu que havia uma única carta no chão. Era um envelope branco, com um selo de primeira classe e endereçado a ela no que imediatamente reconheceu como a letra de Robert. Tremendo, usou o indicador para abri-lo, e ficou parada no corredor lendo aquilo.

Ela não tinha notícias de Robert desde o dia em que eles haviam ido embora; o dia em que ela o deixara sentado no topo do despenhadeiro, com as bochechas marcadas e inchadas de algum acidente bizarro e não explicado que ele sofrera no quarto no começo do dia. Ele não a havia seguido de volta para a casa, e uma hora depois os pais de Sarah chegaram para pegá-la, levando-a embora de Ashdown para sempre.

Desde então, nada.

Duas cartas endereçadas a Robert em Ashdown não tiveram resposta. Então, seis ou sete semanas depois do final do semestre, Sarah ligou para a casa, e algum homem cuja voz nunca tinha ouvido disse que Robert tinha partido havia mais de um mês. Ela telefonou para os pais dele e lhe disseram que ele estava de férias, em algum lugar da Europa. Na vez seguinte, deram um endereço que soava improvável, em uma cidade cujo nome não significava nada para ela, a mais de 300 quilômetros de Londres. Não havia um número de telefone. Ela escreveu, mas ele nunca respondeu. Robert havia dito que não queria a amizade dela, por aquele momento, pelo menos. Parecia que ele havia sido sincero. Era apenas aquele o esforço que ela se dispunha a fazer.

E agora, essa carta.

Ela não trazia endereço, e era apenas uma folha de papel, que parecia ter sido escrita com pressa. Ela claramente não receberia muitas notícias.

Dizia:

Querida Sarah,

Ashdown estava ruim. Uma má idéia. Só fiquei lá por uma semana ou duas. Muitos fantasmas.

Então fui para casa por um tempo. Brigas com meu pai (nós nunca nos demos bem), e muitos dias na cama. Pouca diversão, então tentei viajar um pouco. Pouca diversão de novo.

Não havia salvação, Sarah pensou. Pior do que sem salvação. Mas o parágrafo seguinte parecia mais longo, pelo menos.

Eu já lhe contei de um sonho que eu tinha quando era criança? Acho que devo ter contado — eu contei tudo a você, em algum momento. Era sobre estar em uma rodovia, uma rodovia muito quente e empoeirada, com uma mulher em um uniforme de enfermeira apontando, a distância, para um prédio que eu poderia jurar que era um hospital. Ela estava parada na frente de uma placa escrita em uma língua estrangeira.

Finalmente descobri o significado desse sonho. O que ele estava tentando dizer para mim.

Então, cá estou. Você saberá onde, mais ou menos, por causa do carimbo do correio, mas eu não tentaria voltar a entrar em contato por um tempo. Você não me acharia uma boa companhia.

É isso, Sarah, por enquanto. Mas você terá notícias de mim um dia. Prometo. E espero que tudo esteja bem com você até lá.

Amo você mais do que sempre.

Robert

— O que *dizia* a carta? — Terry sempre perguntaria.

— Nada — Sarah responderia. — Quase nada. Não me dizia onde ele estava, ou o que ele planejava fazer... nada.

— E então o que aconteceu?

— Bem, eu acho... Consigo me lembrar de levar a carta para a sala de estar e de sentar em algum lugar, e de tentar lê-la novamente. E então, no meio do caminho, comecei a tremer, e eu consegui sentir que estava vindo, mas não podia fazer nada a respeito, e então eu devo ter... tido um colapso, acredito.

— Um colapso? Em que sentido?

— Veja bem, eu notei que isso acontece comigo às vezes. Como um desmaio, só que continuo consciente: não há força alguma em meus músculos, e não consigo me mover até passar isso... Aconteceu comigo na festa... você não se lembra?

— Você estava bêbada.

— Todos estávamos. Eu não estava mais bêbada do que ninguém. Eu sei como é ficar bêbada, e isso é diferente. É completamente cansativo, para começar. Normalmente, a primeira coisa que quero fazer quando acaba é ir dormir.

E isso foi o que ela fizera, apenas alguns minutos depois, deitar esticada no sofá com a carta de Robert grudada em seu corpo. Sarah havia caído no sono naquela tarde e começado a sonhar; e como a maior parte dos sonhos que vinham quando ela estava irritada ou excitada com alguma coisa, esse fora inspirado pelos acontecimentos imediatos. Sonhou com as correções no artigo de Terry. Sonhou, fatalmente, que havia acabado as correções. Ela até sonhou que havia re-checado tudo. Então, quando (alguns minutos depois? — impossível saber) ela acordou, ainda com a vista embaçada, sentou, olhou em volta, colocou a carta de Robert de lado e voltou para a mesa, nem olhou para as páginas antes de colocá-las no envelope pré-preenchido e selado. Fechou-o e correu para a agência de correio do outro lado da rua.

Mas as notas de rodapé em si não haviam sido corrigidas, e não haviam sido renumeradas. E foi assim que o discurso pós-jantar de Henry Logan causou ao menos sete processos por difamação, teve um efeito devastador na carreira de Terry e acabou indo para a história do jornalismo como "o artigo que fechou a *Frame*".

Fragmentos de uma vida no cinema

O produtor, realizador de filmes e bon-vivant Henry Logan faz uma análise melancólica dos altos e baixos de uma longa carreira.

Agora que me dou ao luxo de ir para uma aposentadoria bem remunerada, parece inacreditável eu ter entrado nesse negócio maluco e maravilhoso quase há 50 anos, em 1935, quando fui admitido como office-boy dos Estúdios Twickenham. O primeiro filme em que trabalhei foi *A Fire Has Been Arranged*, com aquela dupla que fazia morrer de rir, Bud Flanagan e Chesney Allen:[1] com uma dupla louca daquela em cena havia, como vocês podem imaginar, muito raramente um momento bobo! Embora não fosse um clássico, é claro, não foi um filminho ruim, e em algum lugar no fim dos créditos você pode encontrar o nome de um jovem ator chamado Alastair Sim, que logo progrediria para estrelar suas próprias obras.[2]

A vida, descobri, tem um jeito de se fechar em círculos. Quem imaginaria que, apenas no ano passado, eu teria me tornado o diretor administrativo de um novo clube e centro de

[1] Populares comediantes britânicos de teatro de revista, juntos nos palcos de 1931 em diante, e depois membros da Crazy Gang.

[2] Sim (1900-1976) acabou estrelando sucessos como *Green for Danger* (1946), *The Happiest Days of Your Life* (1950) e, talvez com maior destaque, muitos filmes da série *St. Trinian's*.

lazer de campo situado a um tiro de espingarda dos estúdios — em nada menos que Teddington?[3] Esse clube, o mais importante de minha cadeia, devo acrescentar, já foi anfitrião de alguns visitantes muito distintos, e tem entre suas atrações nada menos que dois desafiadores campos de golfe com 18 buracos."

Esses estúdios estão no meu coração, também, porque foi em Twickenham, há apenas alguns anos, que conheci minha amada (quinta) esposa Marsha, que estava filmando lá na época. Agora uma atriz conhecida, é claro, Marsha é maravilhosamente cândida sobre o começo de sua carreira, e nunca escondeu o fato de tê-la começado estrelando, sob minha própria direção, uma série de filmes pornôs.[4] O que muita gente não sabe sobre ela, porém, é que ela também é uma mulher profundamente religiosa, uma católica devota. Entre o que ela tem de mais valioso em nossa biblioteca estão vários livros recomendados a ela durante uma audiência com o papa Paulo VI, que disse que eles estavam entre os trabalhos mais inspiradores e influentes que ele já havia lido.[5]

Francamente, nunca vi nada errado nos filmes que mostram o ato sexual de uma maneira aberta, honesta e direta. Também não vejo nenhuma contradição entre isso e minha reputação inicial de poderoso defensor dos filmes para a família, que não devem ser levados em conta agora. No final dos anos 1940, por exemplo, tentei criar uma companhia de produções anglo-americana para fazer filmes para a família com apelo

[3] Um plácido e respeitável subúrbio de Londres às margens do Tâmisa, logo ao sul de Richmond.

[4] Muito aclamados, recentemente, por Denis Thatcher, que disse que eles lhe deram "seis das mais prazerosas horas de minha vida". Sua esposa, Margareth, posteriormente brincou que ele ficou "rígido por horas depois disso".

[5] Os títulos na biblioteca, pelo registro, eram *Calcinhas molhadinhas*, *Conversa de boceta* e *Creme na minha cara*.

mundial. Com um apanhado de excelentes livros como opção, gastei muitos meses infrutíferos em Hollywood tentando acertar as coisas. Talvez meu erro tenha sido tentar insistir em uma estrela específica — pois eu tinha visto um ator jovem e bonito, então no começo de sua carreira, chamado Dean Martin —, o que foi uma escolha esquisita de ator principal, olhando para trás![6] De qualquer forma, deu em nada.

Se alguma vez eu perdi as esperanças por causa de fracassos como esse, simplesmente refleti sobre meu começo humilde e fiquei maravilhado com a enorme distância que percorri desde então. Meu pai tinha uma pequena loja de doces no Mercado Harborough, e uma divertida história ligada a ela que, embora já tenha sido bastante repetida, espero ser perdoado por contar de novo. Uma tarde — no final de 1929 ou 1930, acho — eu me lembro de um grande Rolls Royce parando do lado de fora, e de um garotinho descendo para comprar um saquinho de doces sortidos, que ele comeu com o maior prazer. "Um dia", ele disse para meu pai, "eu serei muito rico e famoso, mas sempre me lembrarei dessa loja e de seus doces adoráveis." Acertadamente, 30 anos depois meu pai recebeu uma carta do palácio de Buckingham: pois aquele garotinho não era ninguém menos que Philip, o futuro duque de Edimburgo![7]

Claro, houve tragédias em minha família, assim como boa sorte. Bem, me lembro de uma terrível noite em agosto de 1959, quando meu irmão Jack estava passando um tempo em minha casa e recebeu um telefonema da polícia avisando que suas três crianças haviam sumido. Seu amado filho Jimmy — o mais velho de três irmãos — foi logo encontrado após ser seqüestrado e assassinado por um brutal homem possuído por

---

[6]Acredita-se que entre os livros em questão estão *Confissões*, de Santo Agostinho, e *Revelações do amor divino*, de Julian of Norwich.

[7] Ele posteriormente desenvolveu um personagem público pitoresco, muito baseado em seus confessos hábitos alcoólicos e em seu enorme apetite sexual.

um demônio do sexo.[8] Sempre admirei a enorme força de caráter que Jack mostrou ao passar por cima dessa calamidade e se estabelecer em uma carreira de sucesso como político e homem público; nenhuma vez desonrando sua integridade nesse meio às vezes corrupto. (Como exemplo de seus padrões intocáveis, lembro-me de ele sussurrando com delicadeza para mim uma vez — sobre um político das antigas que deve, por modéstia própria, ter o nome guardado em segredo —, "Existem apenas três pessoas em quem confio na vida pública: ele é um deles.")[9]

Acho que vocês provavelmente vão gostar, agora, de saber que venho de uma família muito unida, e que os valores familiares tradicionais de lealdade e apoio mútuo sempre foram muito importantes para mim. Embora eu seja separado de minha primeira esposa (norte-americana), mantenho-me em contato próximo com nosso filho Bruce, que agora é um produtor de sucesso em Hollywood. A mulher que nos passou esses valores, e de quem todos ainda lembramos com enorme carinho, é minha querida mãe: uma mulher de incrível afetuosidade e vitalidade, que vivia em uma nuvem dourada de gargalhadas. Na verdade, ela morreu como viveu — gargalhando: nesse caso, de uma piada contada por um comediante na televisão (eu queria conseguir lembrar o nome dele), sobre uma dona de casa descrevendo seu novo televisor para a vizinha: "É um console de 18 polegadas", ela deve ter dito. "Bem", respondeu a vizinha, "acho que 18 polegadas consolam qualquer pessoa";[10] depois disso, minha mãe explodiu em uma gargalhada, engasgou com um pedaço de carne de porco e morreu em meia hora.

Falei de minha família, mas também devo falar de meus amigos. Uma das coisas que mais amo nesse negócio louco e mágico

---

[8] Incidente que depois se tornou a base de uma das comédias de menor sucesso de Norman Wisdom, *The Candy-Shop Man*.

[9] Os outros dois, ainda bem, foram depois encontrados enfiados juntos na cama na casa de Jack Logan em Esher.

[10] Crê-se que é uma referência ao então primeiro-ministro, Edward Heath.

é a extraordinária diversidade de pessoas talentosas que se unem sob seu guarda-chuva do bem, e que me abençoaram, ao longo dos anos, com sua amizade e afeto. Perceber isso aconteceu para mim apenas duas semanas atrás, quando um seleto grupo de conspiradores — incluindo, fico feliz em dizer, muitos dos ilustres convidados desta noite — colocou-se a pensar sobre a organização de uma festa surpresa em minha homenagem na London's National Portrait Gallery. Que chamada mais distinta aquela! Depois de ter sido recebido na porta por meu velho e querido amigo Jeffrey Archer,[11] quem me tirou o fôlego — contemplando, com uma expressão divertida, mas cética, um novo retrato a óleo de si —, senão aquele valente homem das letras, o Kingsley Amis.[12] Tivemos uma deliciosa conversa sobre assuntos culturais e políticos (suas lembranças sobre um encontro recente com Larry Olivier foram, devo dizer, breves mas atormentadoras[13]), mas eu tinha de sair dali logo para colocar a conversa em dia com a espetacular dama Vera Lynn.[14] Finalmente, tive uma excitante conversa com alguém que eu admirava havia muito tempo, e cujo trabalho nunca, na minha opinião, recebeu o reconhecimento merecido — aquele maravilhoso criador de músicas e animador para a família, Cliff Richard.[15]

---

[11]As origens dessa piada, especificamente, permanecem obscuras, apesar de nossos maiores esforços.

[12]Um fiel defensor e propagandista do Partido Conservador, cujos romances, porém, não são levados muito a sério nos círculos literários.

[13]"Extremamente bem pendurado" foi a única opinião gravada de Amis nessa ocasião.

[14]Eles haviam se encontrado pela primeira vez algumas semanas antes, para discutir seu interesse em comum por charutos jamaicanos e pinturas eróticas do século XVIII.

[15]Intérprete de baladas que ficou na memória, desde quando conseguimos lembrar, como uma das rainhas da música popular britânica. Intérprete de sucessos como *Congratulations* e *Devil Woman*, cujos papéis nos cinemas ficaram, até hoje, confinados a musicais juvenis sem importância (*Summer Holiday*, *Wonderful Life* etc.)

Resumidamente, então, uma noite memorável — mas, de muitas formas, típica do que eu poderia esperar desse negócio louco e maravilhoso chamado cinema.

*

Terry e Sarah mantiveram contato por mais ou menos um ano depois de se mudarem do apartamento. Seus jantares viraram mesas de bar, que depois viraram telefonemas. Ela sentia uma frieza crescente da parte dele. Alguns meses depois de ter sido mandado embora da *Frame*, ele conseguiu um emprego em uma revista de programação de TV, em que uma de suas funções era escrever resumos bem curtos e chamativos sobre os filmes da semana. Era permitido escrever até 15 palavras por filme, fosse ele *Agarre-me se puderes* ou *A regra do jogo*. Trabalho humilhante, Sarah pensou, mas ela não pôde evitar notar, nas últimas vezes que se viram, que ele parecia se aplicar àquilo com cada vez mais concentração e mais energia fervorosa. Seus olhos, que sempre foram envolvidos pelo peso morto das 14 horas de sono, logo estavam vermelhos e fixos. Admitia que seu interesse por Salvatore Ortese, *Latrine Duty* e todo o assunto de filmes "perdidos" estava começando a diminuir. Seus sonhos visionários e elusivos tornavam-se cada vez menos freqüentes: uma vez por semana, depois uma vez por mês, se tanto. Ele não via mais razão em gastar metade de sua vida dormindo. Ficava sentado na maior parte das noites, muitas vezes até começar a amanhecer, vendo filmes na televisão ou em vídeo. Que tipo de filme? Sarah nunca perguntou; e Terry encolheria os ombros e diria que isso não fazia diferença.

Depois de eles perderem contato, Sarah sumiu da vista de Terry, já que lecionar é uma das atividades mais anônimas que existem. Mas ela continuava vendo o nome dele em revistas, e depois em jornais, seu nome ficando mais e mais conhecido, seus artigos ficando mais e mais próximos do topo da página.

Algumas vezes ela até o via na televisão; e embora seu interesse sobre teoria do cinema nunca tenha sido mais do que casual, sabia o suficiente para perceber que ele havia se tornado um dos porta-vozes de uma forma de crítica que se afastava de todos os conceitos de valor adorados por todos, até pelo próprio Terry, até alguns anos atrás. Além disso, ela não tinha a menor idéia de que tipo de pessoa ele tinha virado, ou que tipo de vida ele vivia. Às vezes ela gostava de acreditar

MRO durante o sono

16

acredito que eu talvez tenha conhecido seu irmão.

Alguma coisa pareceu brilhar nos olhos da Dra. Madison por um momento — uma espécie de circunspecção, beirando o susto —, mas ela disfarçou rapidamente e disse: "Sério? Você conheceu Phillip?

Agora era Terry que olhava surpreso.

— Não, não Phillip, Robert. Seu irmão Robert.

— O nome de meu irmão é Phillip. Ele é geneticista. Vive em Bristol.

Aquilo não soava promissor.

— Ele estudou aqui? — perguntou Terry.

— Nesta universidade? Não. Ele estudou em Cambridge.

— A pessoa de quem estou falando — disse Terry, persistente — estudou aqui. Era um de meus melhores amigos. Ele parecia muito com você, e me disse que tinha uma irmã gêmea chamada Cleo que havia sido dada para adoção quando ele era bem pequeno.

A Dra. Madison sorriu.

— É uma bela história — disse ela —, mas creio que você deve estar imaginando coisas. A semelhança, quero dizer. Nunca tive um irmão gêmeo.

— Você foi adotada?

A Dra. Madison olhou para seu relógio.

— Terry, eu tenho de presidir um seminário agora.

Ela o encontrou de novo, no começo da noite, sentado no terraço com um bloco e um lápis nas mãos.

— Outra crítica de cinema? — perguntou ela, puxando uma cadeira e se sentando ao seu lado.

— Não, estava apenas fazendo algumas anotações, na verdade. Lembranças, impressões, esse tipo de coisa... não sei por quê.

— Onde está o computador, então? As baterias estão recarregando?

— Não, só me deu vontade de escrever à mão, para variar.

— Ah. — A Dra. Madison cruzou as pernas, depois as descruzou, e se ajeitou na cadeira. Parecia estar perdendo um pouco da costumeira compostura. — Eu menti para você hoje de manhã — disse ela, inesperadamente. — Eu *fui* adotada. Fui adotada quando tinha três semanas de vida. Meus novos pais me batizaram de Sally, mas eu sempre odiei esse nome e anos mais tarde eles me contaram qual era meu verdadeiro nome, e eu passei a usá-lo desde então. Eu tinha um irmão gêmeo, o nome era Robert.

Terry balançou a cabeça em descrédito — não pela história, mas como as voltas que a vida dá acabaram colocando os dois juntos.

— Eu sabia que era você — disse ele. — Sabia que tinha de ser você. Já faz tempo, você sabe, que tenho facilidade com rostos, reconheço pessoas. E só na noite passada foi quando ouvi seu nome pela primeira vez. Mas... mas, afinal... o que aconteceu? Você conheceu seus pais verdadeiros? Já conheceu Robert?

Cleo balançou a cabeça.

— Sim. Encontrei ele, afinal. A curiosidade é a minha melhor parte. — Ela parecia, neste instante, não ter mais nada a dizer sobre o assunto. — Vocês eram bons amigos, foi o que disse?

— Sim. Bem próximos.

— Você manteve contato com ele quando deixou a universidade?

— Tentei lhe escrever uma ou duas vezes. Mas não acho que ele quisesse manter contato com qualquer um de nós, por alguma razão. Ele simplesmente desapareceu.

— Alguém sabe para onde ele foi? Alguém imagina?

— Sim, tenho certeza de que sabem.

Cleo ficou admirando o mar. Seus óculos eram especiais, e suas lentes ficaram acinzentadas enquanto a luz do pôr-do-sol refletia nelas, fazendo com que a expressão de seus olhos ficasse inescrutável. Alguma coisa em seu silêncio estava deixando Terry nervoso, e uma negra e inominável suspeita se abateu sobre ele.

— Ele está, ele ainda está vivo, não?

Após uma longa pausa, ela disse:

— Não.

Terry baixou a cabeça. De alguma forma ele havia antecipado aquilo: as notícias eram mais estarrecedoras do que reveladoras.

— Oh, merda — disse ele, e suspirou profundamente. — Você sabe, eu sempre pensei... às vezes eu imaginava que ele ira acabar fazendo isso.

— Fazendo o quê? — perguntou Cleo, com um tom agudo em sua voz.

— Se matando.

— Eu não disse que foi isso o que aconteceu.

— Não, mas foi isso, não foi? — Ela olhou adiante, sem responder. — Você sabe por quê? — Continuou sem resposta. — Como?

— Acho que havia uma mulher — disse ela, tão lentamente, tão arrastada que parecia que as palavras escorriam de sua boca. — Uma certa mulher por quem ele se apaixonou. Como se... — Ela tirou os óculos, esfregou os olhos e continuou: — Ele bateu seu carro contra um muro uma noite. Em uma rua no sul de Londres. Sem bilhetes, sem despedidas, nada.

— Pobre Robert. — Terry resmungou; e então caiu em um silêncio profundo. Ele sabia que aquela conversa, ou a lembrança dela, iria emocioná-lo mais adiante, algum resíduo de dor ou arrependimento, mas naquele momento seu olhar estava fixo no horizonte, e tudo parecia distante. Quando um tênue raio de sol sumiu por trás de uma nuvem, ele estava perdido observando o reflexo na água, e era como se estivesse tendo uma visão: o muro de algum beco sem saída ao sul de Londres, branco e brilhante diante das luzes do farol do carro de Robert enquanto ele dirigia. Terry imaginou se por algum segundo a lembrança da amizade entre os dois teria passado por sua cabeça: uma mínima reminiscência que fosse...

— Quando isso aconteceu? — perguntou Terry, afinal.

— Há oito anos.

— E você teve tempo de conhecê-lo bem?

— Não. Nós nos vimos pela primeira vez apenas alguns meses antes.

— Deve ter sido extraordinário, mesmo assim — disse Terry, tentando, mais para seu benefício do que para o de Cleo, injetar uma nota mais alegre à conversa. "Encontrar com seu irmão gêmeo... aquele que a completa... depois de tantos anos. Vocês devem ter ficado uns 26, 27 anos...?

Ele parou quando viu Lorna chegar correndo pelo terraço com uma mensagem para a Dra. Madison.

— Nós estamos com uma garota bem esquisita na recepção. Tentei conversar com ela, mas ela disse que precisava falar com a senhora pessoalmente.

— Para que ela quer me ver?

— Ela quer passar a noite aqui. Disse que fala enquanto dorme e tem medo disso.

— Quem a indicou?

— Acho que ninguém. Ela mora por perto e apenas deu uma passada.

— Bem, mande-a embora. Ninguém vem para cá sem referências.

— Eu disse isso a ela. — Lorna fez uma pausa, e então ponderou: — Nós temos uma cama vaga, de qualquer modo. Por causa daquele cancelamento.

— Não faz diferença — disse a Dra. Madison.

— Sim, mas essa garota... — Lorna insistiu, desconcertada. — Ela disse que a senhora a conheceu recentemente e lhe deu seu cartão e lhe disse que ela podia vir aqui.

Cleo se lembrou, então, da moça que havia se sentado perto dela na praia, no dia em que estava voltando de férias. Rememorando, ter dado a ela seu cartão foi algo bem embaraçoso de se fazer, e ela preferiu pensar que logo ele seria jogado fora. Mesmo agora, contente por ouvir sobre a chegada da jovem, ela estava chocada com sua audácia em vir sem avisar.

Lorna disse:

— Ela me disse para lhe dizer seu nome, também.

— Seu nome?

— Sim. Ela estava bem atenta quanto a isso.

Cleo franziu o cenho.

— Bem, não consigo imaginar por quê. Qual é, afinal?

*

— A linguagem é uma traidora, um agente duplo que se esgueira pelos cantos sem avisar na calada da noite. É uma nevasca em um país estrangeiro, que esconde as formas e contornos da realidade por detrás de um véu de brancura. É um cão aleijado, nunca capaz o bastante de fazer os truques que demandamos dele. É um biscoito de gengibre, molhado por tempo demais na xícara de chá das nossas expectativas, se desfazendo lentamente dentro do nada. É um continente perdido.

Russell Watts olhou para sua platéia de forma instigante. Ele parecia ter conseguido prender sua atenção. A Dra. Herriot e o Prof. Cole estavam sentados em cadeiras colocadas uma de cada lado de sua cama; o Dr. Dudden estava sentado na própria cama, assim como o Dr. Myers, que havia tido a idéia desse seminário informal.

— É absurdo — disse ele durante o jantar — que nós tenhamos cinco renomados profissionais aqui, juntos, e tudo o que fazemos é brincar com gelatina e limpadores de cachimbo. — Ele havia sugerido que eles deveriam tirar um dia para se encontrar em um de seus quartos e criar um grupo de discussão sobre algum tópico relevante relacionado ao trabalho. Neste ponto, Russell Watts interveio, convidando a todos para irem a seu quarto e se oferecendo para ler um artigo que pretendia apresentar na conferência dos analistas lacanianos em Paris na semana seguinte. O título era: "O caso de Sarah T."

O convite foi aceito pelos outros quatro com variados graus de entusiasmo, sendo que a menos entusiasmada — de um certo ponto — era a Dra. Herriot. Havia certa má vontade, também, por parte do Prof. Cole, que mais uma vez não estava no melhor de seus humores. Ele havia telefonado para seu hospital um pouco antes do jantar, apenas para ser informado de que seu paciente esquizofrênico não estava apenas tendo ataques, mas tendo ataques todas as noites; que ele foi mandado de volta para seu apartamento em Denmark Hill, onde não havia ninguém — para melhor informação do professor — que pudesse ser capaz de tomar conta dele. Com essa informação alarmante em mente, ele não estava predisposto a ouvir com muita simpatia o que Russell Watts tinha escrito em seu artigo. Ele tinha, em todo o caso, investido sua carreira inteira trabalhando em hospitais universitários de Londres, e suspeitava desse autoproclamado dissidente, com seu duvidoso status profissional. Esses fatores, associados com a eficácia cética e pragmática do homem inglês a respeito dos métodos lacanianos, eram o suficiente para que aquilo tudo parecesse uma batalha sem fim aos olhos do professor.

— Esta é a história — Russell Watts continuou (lendo na tela do seu laptop) — sobre linguagem e os jogos que ela arma para nós; como a linguagem conspira com o inconsciente; sobre a desafortunada aliança entre a ordem significativa e o conteúdo reprimido de uma mente neurótica.

"Sarah T. é uma jovem que foi enviada a mim para psicoterapia. Seu médico era da opinião de que ela estava prestes a ter um colapso nervoso. Seu casamento estava em crise e ela tinha sido recentemente demitida do emprego como professora primária. Ela não estava dormindo bem, e atrapalhava o sono de seu marido, o que exacerbava os problemas de seu relacionamento. Ela suspeitava de que ele era infiel.

"Em nossa primeira sessão ela me explicou o processo pelo qual perdeu o emprego. Exaurida pelas noites maldormidas, cochilou durante uma aula. Quando sua diretora apareceu sem avisar na sala de aula alguns minutos mais tarde, encontrou-a dormindo ruidosamente diante de uma turma indisciplinada. Esse incidente mais tarde levou à sua demissão. Houve outros, parecidos, como ela deixou transparecer. Havia dois alunos da classe de Sarah em quem ela confiava, e que tinham o hábito de acordá-la quando ela pegava no sono nessas circunstâncias. Na última ocasião, entretanto, eles decidiram tirar vantagem sobre ela e deixaram-na dormir enquanto a turma aproveitava um período de ócio não supervisionado. Perguntei-lhe se ela havia mencionado tal fato à sua diretora e ela me disse que não, porque 'eu queria proteger meus pupilos'. Achei que essa foi uma frase bem marcante, mas naturalmente refreou um comentário. Como Lacan expressou elegantemente certa vez: 'Nós devemos reconhecer, não que o analista não deva conhecer tudo, mas que ele não é o objeto de seu conhecimento. É quase impossível para ele falar sobre o que conhece.'

"Em nossa segunda sessão, depois de um intervalo de cinco ou seis minutos, Sarah caiu em um sono profundo, que durou pelo resto de nossa consulta. O que foi mais impressionante é que, quando ela acordou, deu a nítida impressão de que havia estado engajada em um animado diálogo naquela última hora. 'Será que ela sonhou com aquele diálogo?', me perguntei. Era muito cedo para chegar a uma conclusão, mas decidi encorajá-la nessa fascinante ilusão, cobrando dela a sessão completa em vez daqueles poucos seis minutos de consulta.

"Durante nossos encontros seguintes, nossa conversa deslanchou, em um caminho bem prazeroso e casual, a partir de três temas centrais: os sonhos de Sarah, a contínua desintegração de seu casamento e sua história sexual.

"Os sonhos de Sarah eram de dois tipos distintos. Muitos deles não envolviam elementos fantásticos de uma forma geral, mas eram completamente enraizados na realidade em detalhes domésticos muitas vezes mundanos. Mundanos como eram, esses sonhos podiam também ser muito vívidos, e ela algumas vezes tinha dificuldade em distinguir os eventos de seus sonhos daqueles da vida real. Eu pedi a ela um exemplo, e ela me contou que uma vez caiu no sono durante a leitura das provas de um artigo de revista, e sonhou que ela tinha 'tirado' uma das notas de rodapé, quando na verdade ela não o havia feito. Ela me descreveu as infelizes conseqüências desse sonho, mas elas eram de menor importância, na minha opinião, do que a escolha da palavra ambígua (tirado) que, estou certo que vocês vão concordar, pode também se referir ao ato de se despir em um encontro — o prelúdio para o intercurso sexual, em muitas instâncias — ou mesmo se referir a um ato de assassinato.

Por outro lado, Sarah também tinha sonhos mais bizarros e criativos, beirando os pesadelos — estes freqüentemente envolviam lagartos, cobras e, em particular, sapos. 'Você tem medo de sapos?', perguntei certa vez a ela. 'Talvez eu tenha', respondeu Sarah. 'Eles me enojam, mas eu também tenho pena deles.' 'Por que reação tão complexa?', perguntei a ela. 'Por causa de seus olhos', disse ela. 'Não gosto do jeito que seus olhos ficam inchados. Fazem com que eles pareçam feios e vulneráveis.'

"Ela então me descreveu uma estranha ocorrência na sua época de estudante. Em um final de semestre, um aluno estava entretendo um grupo de amigos com uma brincadeira obscena de um sapo representando uma felação. Ele descreveu o sapo, segundo Sarah, nos mínimos detalhes físicos. Quando ele chegou no ápice da brincadeira, Sarah se juntou ao grupo que disparava gargalhadas, mas ela subitamente perdeu o controle de si, e teve uma espécie de desmaio. Mais uma vez refreei meu desejo de fazer qualquer tipo de comentário, apesar de a interferência a ser feita fosse muito clara...

— É claro: Sarah era narcoléptica — disse o Prof. Cole.

Russell Watts o olhou com surpresa.

— Como?

— É um caso óbvio de narcolepsia. Ela exibiu três dos sintomas clássicos.

— Não estou entendendo.

— Excessiva sonolência diurna; sonhos pré-sono bem nítidos; cataplexia induzida pela gargalhada. Três dos principais sintomas da narcolepsia. Alguém aqui discorda?

Ele olhou em volta esperando por confirmação. O Dr. Myers concordou vigorosamente e a Dra. Herriot disse:

— Sim, com certeza.

— E o senhor, Dr. Dudden? O senhor é o especialista em sono, afinal de contas.

O Dr. Dudden parecia ter alguma outra coisa em mente naquele momento. A cor de sua face parecia ter sido drenada e ele tomava pequenos e nervosos goles de seu copo d'água. Então, notando que estavam falando diretamente com ele, tentou murmurar alguma coisa sobre o assunto, como "bastante — narcoléptico — sem dúvida a respeito"; depois disso, em um aparente tom casual de voz, ele perguntou a Russell Watts:

— É claro, apenas como protocolo profissional, que eu posso acreditar que você mudou todos os nomes nesse caso, não?

Russell Watts olhou para ele com curiosidade e disse:

— Na verdade, não. Não é meu hábito. Quando você está trabalhando em uma disciplina que o absorve a cada minuto com assuntos lingüísticos e de nomenclatura, os casos estudados podem muitas vezes ficar sem sentido se os nomes são trocados.

— Você deixa isso claro para seus pacientes?

— Claro. — Ele se voltou para o Prof. Cole. — No caso da narcolepsia de Sarah, você tem razão em um ponto, creio eu. Algo que seu médico deveria ter apontado.

— Estou surpreso por ele não tê-lo feito.

— Você sabe que isso ocorreu há muitos anos. Havia bem menos referências sobre a síndrome naquela época.

— Mas isso nunca te ocorreu, na verdade?

— Não era esse aspecto do caso que realmente me interessava — gaguejou Russell Watts, evitando os olhos do Prof. Cole e, em vez disso, se voltando para a tela de seu computador. — Na verdade, esse é um caso... uma história... como eu disse antes, uma história sobre linguagem, e... discurso... como irá transparecer, se vocês me deixarem continuar, sem mais interrupções.

— Faça isso — disse o Dr. Myers. — Continue. Ela é muito intrigante.

— Certo. — Ele rolou a tela para cima e para baixo, tentando encontrar o ponto onde estava. — Agora, onde eu estava...

— A interferência era clara — disse o Prof. Cole, prontamente.

— Sim, é claro. Muito bem então, ao resumo: Sarah achou que era muito difícil falar sobre o dia em que se deu aquela brincadeira, e foi muito evasiva quando eu a incentivei a tentar entender o porquê. No fim das contas, de qualquer forma, alguns fatos interessantes surgiram. Havia duas pessoas presentes na festa, uma delas, uma mulher com quem ela tivera recentemente uma relação sexual, e o outro, um homem que, não contente em ser um de seus amigos mais íntimos, queria fervorosamente ser seu amante. O nome desse homem era Robert, e ele desapareceu de uma forma misteriosa e abrupta de sua vida pouco depois desse dia em questão.

"Agora que eu sabia que Sarah mantinha relações sexuais tanto com homens quanto com mulheres, estava claro que estávamos fazendo progresso; e quando ela me contou os detalhes de sua amizade com Robert, muitas coisas começaram a se encaixar. Ela me explicou, por exemplo, que eles compartilhavam um banheiro comunitário quando estudantes, e uma vez, não muito tempo depois de seu primeiro encontro, ela entrou no banheiro e o encontrou caído na banheira, com uma gilete na mão e a água do banho toda vermelha de sangue. 'O que você fez quando o viu daquele jeito?', perguntei. 'Fiquei muito perturbada.' 'Por que você achou que ele estava tentando se matar?' 'Não', respondeu Sarah. 'Não foi isso o que pensei.'

"Na verdade... mesmo que ela nunca tivesse sido capaz de reconhecer isso... estava claro para mim que ela suspeitava de que Robert pudesse ter descoberto o segredo de sua sexualidade, e por isso ele tinha... ou assim ela supôs... tentado se castrar para atender ao apelo homossexual da natureza dela.

"Nesse estágio da análise, o casamento de Sarah entrou definitivamente em crise. Ela tinha certeza de que seu marido, Anthony, a estava traindo. O que particularmente a convenceu disso foi a revelação de que ele estava se encontrando com outras mulheres, não de uma forma casual, com encontros não planejados, mas sim ao responder anúncios na seção 'corações solitários' da revista *Private Eye*, um método bem conhecido de conseguir relações adúlteras entre os integrantes da classe média de Londres. Sarah e seu marido discutiram violentamente, e ela, na verdade, chegou a agredi-lo, o que fez com que ele arrumasse suas malas e deixasse a casa. 'Como exatamente você o agrediu?', perguntei. 'Dei uma joelhada em suas bolas', disse ela.

"Pedi a ela que repetisse aquilo e ela falou mais uma vez, com grande ênfase e satisfação: 'Dei uma joelhada em suas bolas.'

"Sugiro que vocês todos se lembrem dessas palavras e ponderem sobre elas cuidadosamente, já que contêm, em um microcosmo, toda a chave da neurose de Sarah.

"Enquanto isso, mais detalhes de sua amizade com Robert eram revelados a cada sessão. Ela falou repetidas vezes, por exemplo, de uma tarde que passou com ele na praia, na companhia de uma menina que havia sido deixada sob a guarda deles naquele dia. Nessa ocasião, Robert, parecia, havia erguido um elaborado castelo de areia com a ajuda da criança, e ela começou a se referir a ele como Sandman — um apelido que parece ter se firmado vigorosamente na mente de Sarah.

"Foi esse último detalhe que me fez decidir que já era tempo de confrontar Sarah com sua obsessão: uma obsessão que agora estava absolutamente clara para mim, como será para minha distinta platéia , mas que permanecia em completa ignorância para ela mesma. Sarah era, é claro, obsessiva com seus olhos: estava obcecada com a vulnerabilidade deles, com medo de que eles pudessem sofrer algum dano ou algum tipo de violência. Não estava aí a raiz de seus férteis e ambivalentes sentimentos quanto aos sapos? Isso não explica sua pouco convencional escolha de palavras quando falou a respeito de seus alunos: 'Quero proteger meus pupilos'? Não seria essa a razão de ela se sentir tão cruelmente traída pelo meio que seu marido encontrou para cometer adultério, respondendo anúncios em uma revista chamada *Private Eye*? Coloquei essas questões para ela, e lhe perguntei, como se fosse urgente, se ela se lembrava de alguma longínqua experiência traumática com seus olhos, particularmente em um contexto erótico ou sexual. Com minha cuidadosa sondagem, não demorou muito para a verdade vir à tona.

"Durante seu tempo de universidade, Sarah me contou, ela esteve profundamente envolvida com um estudante de medicina chamado Gregory. Ela foi seu primeiro... Desculpe-me, Dr. Dudden, o senhor está se sentindo bem?

Os outros se viraram para observar seu colega, que subitamente pareceu ter se engasgado com algo em seu copo d'água. A Dra. Herriot bateu em suas costas, enquanto o Dr. Myers pegou um lenço de papel e tentava enxugar da colcha o líquido cuspido.

— Certo, certo, estou bem — disse ele, com o rosto vermelho e tentando recuperar a respiração. — Apenas um pouco de água que entrou pelo caminho errado, só isso.

— Posso continuar?

— Bem, francamente — disse o Dr. Dudden, agora recuperando as forças para falar — estou começando a achar tudo isso um tanto fantasioso. Não seria a hora de ouvirmos algo de alguém cujos métodos fossem mais rigorosos, um pouco mais, hum... científicos?

— Estou quase terminando. Só mais algumas páginas.

— Acho que nós deveríamos ouvir até o final — disse a Dra. Herriot. — Estou bem interessada, devo dizer.

O Prof. Cole e o Dr. Myers concordaram com ela, e Russell Watts continuou com sua leitura.

— Ele era seu primeiro namorado sério, e eu lhe perguntei se os primeiros estágios do relacionamento tinham sido felizes. 'Sim', respondeu Sarah. 'Ele me levava para jantar e a concertos. Estava me acostumando a sair à noite com ele.'

"Havia, claro, alguns aspectos no comportamento de Gregory que começavam a assustá-la. Ele gostava de ficar observando-a enquanto ela dormia, por exemplo, e era especialmente fascinado por observar seus olhos se movimentando por detrás das pálpebras durante o Movimento Rápido dos Olhos durante o sono. Algumas vezes ela acordava subitamente e o via apontando um feixe de luz para seus olhos, ou mesmo tocando suas pálpebras e as pressionando. Seus padrões de sono, que nunca foram muito regulares nas melhores épocas, começaram a ficar bem perturbados a partir daí.

"Foi com Gregory que Sarah perdeu sua virgindade, e o sexo então havia começado a ter um papel importantíssimo em seu relacionamento. Ele era, ela me disse, um vigoroso, mas também desajeitado e insatisfatório amante...

Neste momento, um longo jato de água jorrou da boca do Dr. Dudden e caiu nas calças do Prof. Cole. O professor deu um pulo com um grito de contrariedade, e começou a secar com um lenço que havia tirado do bolso.

— Pelo amor de Deus, homem, que raios está acontecendo com você? — gritou ele. — Você não pode apenas tomar essa porcaria, como qualquer um?

O Dr. Dudden pulou em direção ao interlocutor e começou ele mesmo a secar as calças do professor com um lenço.

— Olha, sinto muitíssimo — disse ele, sua voz completamente mortificada. — Foi indesculpavelmente sem cuidado de minha parte. É apenas que — eu não sei quanto mais consigo agüentar este... este tipo de *amateurism* do discurso deste homem...

— Apenas escute, tudo bem? — bradou o Prof. Cole. — É para isso que estamos aqui. Haverá todo o tempo do mundo para argumentações quando ele terminar. Agora apenas sente-se e dê a este homem sua atenção.

O Dr. Dudden reassumiu sua posição na cama; e assim que se acalmou, e a tranquilidade conseguiu ser restaurada, Russell Watts leu a conclusão de seu artigo.

— Ele era, ela me disse, um vigoroso, mas também desajeitado e insatisfatório amante. Logo, ele começou a incorporar seu fascínio pelos olhos de Sarah no próprio ato sexual. A parte central de seu ato de amor era algo que eles começaram a chamar de "o jogo", no qual ele tocava os olhos dela com os dedos esticados, aplicando mais e mais pressão até chegar ao clímax, e esse ritual era sempre acompanhado invariavelmente da frase "eu espio com meu pequeno olho". (A palavra "espio", como eu insisti que vocês notassem no começo deste estágio, é quase um sinônimo, uma tradução, para *private eye*, ou espião.)

"'Alguma vez ele lhe causou alguma dor física?' 'Não', respondeu Sarah. 'Ele nunca me machucou realmente.' 'Mas você achava que ele *poderia* lhe machucar?' 'Bem, no fundo, sim.' 'E ele sabia disso? Era essa a real intenção desse jogo?' 'Sim, acho que essa poderia ser a intenção.' 'Para ele? Ou para vocês dois?'

"Sarah pareceu incapaz — ou não desejava — de responder à minha pergunta, mas isso não importava muito, pois agora eu tinha todos os fatos à minha disposição, e estava satisfeito que a causa e a extensão de seus problemas estivessem claros para mim. E enquanto parecia uma irresponsabilidade para mim compartilhar qualquer das minhas conclusões com minha própria paciente, eu pude concluir esse artigo com uma seleção dos principais pontos, para o deleite da minha platéia.

"O olho não é apenas o instrumento com o qual vemos o mundo. Ele também soa, em inglês, como o 'I', ou 'EU', o mais profundo ser, centralizado. Ao erotizar os olhos de Sarah, ligando definitivamente ao prazer sexual, Gregory estava dando a ela um apetite pela violação, pela penetração em seu 'I', ou 'EU', o estupro de ser mais íntimo, que nem ele nem nenhum outro homem ou nenhuma outra mulher tinham sido capazes de satisfazer...

— Oh, *por favor* — disse o Dr. Dudden.

— Deixe-o terminar — disse o Dr. Myers. — Nós temos de chegar até esse final amargo.

— Sarah não sabia disso, é claro — continuou Russell Watts. — E em certo nível, ela temia o desejo masculino; ela temia, na verdade, o próprio falo e seu pavoroso, delirante poder. Essa é a razão pela qual ela dormia tão mal à noite, na cama com seu marido: pelo medo de que, como Gregory, ele pudesse esperar até que ela ficasse desamparada em seu sono, e aí quisesse penetrar seu "EU" ou "I". Mas não haveria outro nível no qual isso seria exatamente o que ela mais quisesse? Por que então ela dormiria durante o dia, na companhia de estranhos? Por nenhuma outra razão a não ser se colocar à mercê deles, se prostrar diante deles em uma atitude de sono; para convidá-los, homem e mulher igualmente, para jogar seu próprio jogo de "eu espio com meu pequeno olho".

— Sim, creio que havia alguma coisa de puta em Sarah.

— Já ouvi demais disso — disse Dra. Herriot. — Não preciso escutar mais nada desse lixo.

Mas Russell Watts estava por demais entretido em sua retórica para dar atenção a qualquer interrupção. Ele nem sequer havia notado, por exemplo, que o Dr. Dudden estava agora sentado na beira da cama, seus dentes rangendo, as articulações esbranquiçadas de seus dedos apertando tão fortemente o copo d'água que parecia a ponta de quebrar a qualquer momento.

— Claramente — continuou ele, sua voz aumentando de volume e o ritmo de seu discurso entrando num compasso que mais parecia um galope — havia apenas um homem que, nas fantasias dela, poderia satisfazer seu anseio por ser violada: Robert, o ausente, o desaparecido, o misterioso Outro que havia sido completamente varrido de sua vida. Não admira que ela tivesse se horrorizado, após surpreendê-lo na banheira naquela tarde, ao imaginar que ele tivesse se castrado, cortado fora o falo, seu magnífico representante do gênero masculino, seu filoprogenitivo significante. Era Robert quem ela realmente desejava em sua assustadora e masculina glória: por que, assim, ela o teria dignificado com o nome de Sandman, a lendária figura que as crianças permitem que todas as noites *invada seus olhos* e vá embora sem deixar vestígios de sua presença?

"E estou certo disso por uma única e simples razão: porque *Sarah me falou por si mesma.* Apenas para relembrar: a linguagem é uma cruel e impiedosa cortesã; um trapaceiro furtivo que nos dá uma mão de cartas cheia de coringas; é uma flauta distante perdida na neblina da noite, nos tentando com melodias quase esquecidas; é a luz interna da geladeira, que nunca se apaga quando estamos olhando; é uma bifurcação no caminho; é uma faca na água.

"O que Sarah afinal me disse quando lhe perguntei exatamente como ela havia agredido seu marido? 'Dei uma joelhada em suas bolas', foi o que ela disse. Ela estava realmente utilizando argumentos domésticos nessa hora? Claro que não: se fosse assim, ela poderia apenas ter dito facilmente "chutei seu saco". Não, o que ela fez, naquele momento, foi *articular seu desejo pelo falo.* Quando ela usou a expressão 'joelhada', ela não queria dizer 'eu o ataquei com meu joelho', mas 'me *ajoelhei*, *supliquei*, *desejei*'. E quando ela falou de 'bolas', ela não queria dizer os testículos, ela não estava se referindo aos órgãos genitais de seu marido, ela queria dizer as *bolas dos olhos dela*, seus próprios olhos, aqueles desejosos globos gêmeos que se tornaram, em seu estranho, particular, opto-erótico universo sexual nada menos do que duas vaginas que por um capricho bizarro da natureza haviam sido colocadas de ambos os lados de seu nariz.

"Sim, esta era a desgraça de Sarah, sua tragédia, pode-se dizer, ter começado sua vida sexual sob a tutela de um homem que não apenas fez de seus olhos um fetiche, mas que se mostrou incapaz de satisfazer os desejos que ele mesmo fez nascer nela. Como todas as mulheres, Sarah sentia o prazer sexual como se fosse um prazer de morte: daí suas fantasias com assassinato, com coisas sendo 'tiradas'. No começo de seu relacionamento com Gregory, ela gostava de ser 'tirada' por ele; mas assim que esse relacionamento ganhou uma dimensão sexual, pareceu que ele não queria mais 'tirá-la', não queria mais 'assassiná-la'. Seu pênis, aparentemente, era qualquer outra coisa, menos letal. E então a raiz de seus problemas passaram a repousar sobre a natureza insatisfatória de sua primeira experiência sexual — na impotência de Gregory, em sua debilidade fálica, na redundância de sua pistola, em sua incapacidade de acertar no alvo, na sua inabilidade de levá-la, rapidamente, ao orgasmo ou a algo bem próximo disso...

Russell Watts parou abruptamente quando o Dr. Dudden se levantou e com um último suspiro de desaprovação se dirigiu até a porta. Quando ele se virou para se despedir de seus quatro colegas, eles se assombraram ao ver que seu rosto estava rubro de raiva, as veias de seu pescoço e de sua testa tão saltadas que mais pareciam nós em uma corda.

— Sei do que se trata — disse ele, apontando um dedo inquisidor para cada um deles. — Sei do que se trata, seus desgraçados! Vocês tramaram isso juntos, seus tristes, patéticos, enciumados... medíocres! E eu sei muito bem a razão. Porque vocês sabem que estou tentando acertar. Que eu estou *prestes* a acertar. E vocês acham que podem me parar, não é? Vocês acham que podem me intimidar. Me humilhar. Bem, vocês não podem! Não importa quão pesado vocês joguem. Porque eu sei uma coisa de fato, um sólido, incontestável fato: que o nome de Gregory Dudden será lembrado muito tempo depois de os seus serem esquecidos. Vocês ouviram bem? Todos vocês? Completamente... — e nesse momento ele abriu a porta — totalmente... — agora ele estava caminhando para fora, tomando fôlego para dirigir suas últimas palavras — ESQUECIDOS!

Depois de ele bater a porta atrás de si e sair bufando pelo corredor, os outros ficaram sentados por alguns segundos em completo e pesado silêncio. A Dra. Herriot foi a primeira falar. A compreensão começou a clarear seu rosto, fazendo-a apontar um leve sorriso.

— *Gregory* Dudden, ele disse? — Ela se voltou para o Prof. Cole. — Ele falou que seu nome era Gregory?

Mas os outros três já haviam entendido. O Dr. Myers apenas balançou a cabeça com tristeza, e disse:

— Creio que quanto mais rápido eu começar essa investigação, melhor será.

*

A escuridão caiu sobre Ashdown, onde Ruby Sharp repousava no Quarto Três. Sua cabeça estava conectada a eletrodos, e ela rolava e se contorcia na cama sem descanso. Muitas vezes palavras saíam de sua boca em um murmúrio, entrecortadas. Sobre a cama havia um microfone e, no quarto de observação adjacente, fitas magnéticas giravam entre duas bobinas. Logo as palavras se transformaram em uma tranqüila, irregular e murmurosa torrente. Por alguns minutos, Ruby iria revelar seus segredos para o microfone e para o gravador. Pela manhã, Lorna iria transcrevê-las e a Dra. Madison iria lê-las. Mas Ruby iria deixar a clínica naquele instante, sem explicações, sem dizer adeus.

A escuridão no Quarto Nove, onde Terry repousava, com um sorriso de satisfação. Por detrás de suas pálpebras fechadas, seus olhos giravam nervosamente: ele estava em profundo estado de sono com Movimento Rápido dos Olhos, e um estranho sonho vagava em sua mente. Esse sonho era tanto sensorial quanto cerebral; e o transportava sem esforço e num vôo manso de uma forma que ele nunca havia imaginado em sua vida desperta. Nada do que havia acontecido a ele durante o dia chegava perto do prazer, da intensidade, da alegria daquele sonho. Pela manhã, ele iria esquecê-lo quase que integralmente.

Escuridão, também, no Quarto de Dia Nove — o quarto de dia de Terry —, onde Cleo Madison estava sentada diante de sua escrivaninha, olhando para o mar, como vinha fazendo todas as noites nas últimas semanas, desde a descoberta daquele curioso, inexplicável escrito atrás do armário. Ela tinha ficado perturbada com a conversa com Terry naquele dia. A mentira que contou sobre o irmão Phillip era tola e trivial, um improviso grosseiro, nascido da confusão e da urgência. As mentiras que havia contado sobre Robert, no entanto, eram mais consideráveis; e ainda assim ela já estava arrependida delas, profundamente. Na verdade, ela não havia decidido o que fazer com relação a Terry. Não conseguia decidir se iria ou não lhe contar a verdade.

Ela ainda não sabia da fotografia que Terry havia colocado na estante atrás dela; a foto pela qual ele vasculhou o arquivo de um filme italiano; a foto a qual ele viajou até Londres para recuperar; o único fragmento sobrevivente do filme perdido de Salvatore Ortese, que havia se tornado sua grande obsessão. Uma simples foto em preto-e-branco, uma paisagem empoeirada, árida, e uma mulher, uma mulher com uniforme de enfermeira, apontando para longe enquanto se mantinha de pé defronte de uma placa com um sinal que consistia em apenas uma palavra, escrita em língua estrangeira. Talvez quando Cleo notasse a foto, aquilo a ajudasse a se decidir.

17

Último outono, 1984

Tudo a respeito desta cidade estava diferente. Esta tinha sido a idéia, é claro, mas era também algo que ele achava bem desalentador, muito duro de se lutar contra. As pessoas eram diferentes; as brincadeiras, o humor, os sotaques, os ônibus eram de cores diferentes; a cerveja tinha o sabor diferente; o céu era diferente — maior e mais cinzento, de alguma maneira; as casas eram construídas bem mais próximas, de uma forma que ele achava que não fosse possível; os dias pareciam ser mais curtos, e as noites mais longas; os nomes de alguns dos grandes shoppings eram novos e estranhos para ele; os cinemas apresentavam atrações locais desconhecidas e o jornal vespertino parecia ter sido escrito em algum código inescrutável; mesmo o chá era diferente, assim como os bolos que eram servidos com ele no café do mercado.

Ele estava tentando se acostumar àquele café, no entanto. Ele estava tentando se acostumar a suas mesas de fórmica e embalagens de plástico com ketchup formando uma densa crosta. Ele estava tentando não julgar o lugar por não ser o Café Valladon.

O mercado sempre parecia estar superlotado nas tardes de quarta-feira. Robert se sentou em uma mesa próxima da janela e ficou observando a multidão passar, as faces pacientes açoitadas pelo vento, as mãos rubras. Ele queria se reconfortar olhando toda aquela explosão de humanidade mas, em vez disso, ele se sentia engolido por ela, sentia-se pequeno, quase imperceptível, até mesmo mais perdido.

Enquanto olhava pela janela do café, ele pensava no que o psiquiatra havia dito para ele.

Robert havia se tratado com psiquiatras por mais de sete anos antes de Sarah começar seu próprio curso de análise com Russell Watts, e tinha sido sorte bastante encontrar um especialista mais atencioso. O Dr. Fowler era interessado e simpático, um bom ouvinte, mas também generoso com seus conselhos e encorajamentos. Eles vinham se encontrando no consultório todas as quartas-feiras naquele último mês, desde que Robert foi encaminhado como um caso de urgência a seguir à sua terceira e mais desesperada internação no Hospital dos Samaritanos. E agora, quando ele não estava tendo exatamente uma recuperação, os sentimentos de desamparo e de auto-aversão começavam a ser focados: ele estava começando a compreendê-los, e quase podia vislumbrar, no fim desse seu túnel particular, a brilhante possibilidade de que eles poderiam se mostrar suportáveis.

O Dr. Fowler sabia que Robert havia sido rejeitado por uma mulher, e ele agora queria examinar a razão pela qual ela fez com que ele se sentisse daquele jeito: por que ele havia começado a se ver como alguém fundamentalmente impossibilitado para o amor. Queria que Robert tentasse isolar esse específico aspecto de seu ser: o que havia nele que ela nunca amou — e o que ele, conseqüentemente, começara a odiar.

Naquela tarde, a resposta tinha se tornado clara. Ele odiava seu gênero: seu corpo.

Era a única coisa que Sarah nunca tinha amado nele.

— Você se odeia por ser um homem? — perguntou o Dr. Fowler.

— Sim. Acho que sempre odiei isso, na verdade. A minha vida inteira.

— Você já teve fantasias em ser uma mulher? Em viver como uma mulher?

— Não, nunca tive. Na verdade, não até agora.

Naquela tarde, subitamente a solução pareceu óbvia. Uma excitante e fácil solução. Tendo bebido com determinação (e beber duas garrafas de vinho branco e seco tinha se tornado seu mais recente hábito), ele escreveu a Sarah pela primeira vez. Escreveu sobre seus sonhos de infância, e agora ele tinha finalmente começado a compreender o que aquilo queria lhe dizer. Contou a ela que certamente se encontrariam de novo. Disse que a amava mais do que nunca.

No encontro seguinte, no entanto, o Dr. Fowler explicou a Robert que sua solução não era assim tão fácil quanto ele poderia imaginar. Não era possível simplesmente sair e passar por uma cirurgia como quem tira um chápeu. Pela razão de que, a menos que ele tivesse dinheiro para pagar a operação por conta própria, havia uma lista de espera que duraria os próximos dois anos. E, por outro lado, ele teria de provar — para a completa satisfação do Dr. Fowler — que aquilo era o que ele realmente queria.

Robert agora iria se dedicar a essa meta com mais energia.

*

As roupas que ele começou a usar eram andróginas, mais do que especificamente femininas.

Usava uma quantidade modesta de maquiagem, e deixou o cabelo bem curto, mas trabalhado e com mechas. As pessoas começavam a dizer que ele se parecia com Annie Lennox.

Os hormônios que estava usando eram para dar mais quadril e busto, mas principalmente estavam lhe fornecendo mais peso. Toda vez que ele saía, usava um sutiã com enchimento.

Eletrólises regulares ajudaram a deixar seu rosto bem liso.

Ele começou a fazer traduções técnicas para empresas locais, ansioso por conhecer os novos desafios apresentados pela Comunidade Européia. Mais tarde, sentindo-se mais confiante em sua aparência feminina, começou a dar aulas particulares de alemão e francês. Ele vivia com parcimônia, e conseguia se manter.

Judi foi seu primeiro grande sucesso. Tão logo se decidiu a começar a viver como uma mulher, ele se mudou para outra parte da cidade, onde encontrou Judi — uma dentista — como sua nova vizinha do outro lado da rua. Ela nunca sequer desconfiou de que ele fosse um homem. Tornaram-se amigos íntimos, e mesmo que ele raramente a convidasse a ir a seu apartamento, eles muitas vezes saíam juntos, bebiam ou iam dançar. Judi descrevia essas ocasiões como sua “saída à noite das meninas”, e quando ela arrumou um namorado e passou a ver menos Robert, ele descobriu que perder a companhia era muito ruim.

Para Judi, para seu locador, e para seus alunos, Robert era agora conhecido como Cleo Madison. “Madison” tinha sido uma escolha fácil, pois era o nome de solteira de sua mãe; e “Cleo”, o que mais ele poderia escolher? Aquele, afinal, tinha sido o nome que Sarah havia sonhado para ele.

Ele nunca soube de onde aquilo havia surgido; de qual período inicial da vida dela ou de qual pouco visitado recanto de sua mente ela havia tirado aquilo, mas ele deveria interpretar um novo e transfigurativo papel em seus sonhos. Ele também não se lembrava direito do que havia dito para ela, havia mais de um ano, durante aquele longo, furtivo e confessional encontro no terraço de Ashdown, que inspirou Sarah a sonhar com alguma coisa tão impensável como a existência de uma irmã gêmea que havia sido separada dele pouco depois do nascimento. Ele havia falado do sentimento — sim, ele podia se lembrar disso, afinal — de ter uma *contraparte* feminina, e que se o mundo possuía uma alma feminina, ele logo iria encontrá-la. Ele estava na verdade falando sobre namoradas em potencial, potenciais companheiras (e pensava secretamente em Sarah, desde então), mas será que aquilo já seria um sinal de seu sonho fatídico? Ele provavelmente nunca saberia. Tudo o que sabia era que se desse um passo irreversível, um passo para transformar toda a sua vida, quando Terry e Lynne contaram a ele sobre aquele sonho, em vez de negá-lo, em vez de se juntar a eles na gozação fácil sobre Sarah e suas fantasias cômicas, ele saira para socorrê-la. Ele havia inventado Cleo para proteger Sarah do riso deles. Mas então, Sarah também se inventou. A ficção foi criada por ambos, era sua cria, e por todo o ano eles a fizeram crescer e cuidaram dela juntos, alimentado-a com anedotas, observando-a crescer forte e saudável com a dieta de suas conversas. E agora, Robert estava pronto para um passo ainda mais adiante.

Ele tinha se tornado Cleo. Ele havia se tornado a alucinação de Sarah. Ele tinha, no sentido mais possivelmente literal, tornado seu sonho realidade. Não seria isso o máximo que um amante poderia oferecer?

*

Verão, 1986

O Dr. Fowler disse:

— Deixe-me repetir que se você for fazer isso, o fará por sua própria decisão, por sua conta e risco, e sob sua inteira responsabilidade em relação às autoridades civis; quero dizer, a polícia. Está entendendo?

— Sim, estou.

— Muito bem. Agora quero que ouça atentamente, porque o que irei dizer agora tem significado médico e legal. Duas coisas importantes. O que quer que venha a acontecer com você, você não será legalmente uma mulher. Você não pode mudar sua certidão de nascimento, porque há uma definição de sexo atribuída no nascimento, por mais que isso possa contradizer o que pensa ou sente agora. Outra coisa: é um ato criminoso você tentar se casar com outro homem biológico.

— Sim, eu sei disso.

— Bom. Bem, neste caso, e se você está realmente feliz com você mesmo a respeito disso, se está realmente decidido, vou agora indicar você para meu cirurgião.

Robert sorriu: um largo e relaxante sorriso. Ele mal podia se conter.

— Você não tem os recursos para pagar por isso na rede particular, tem?

— Não, não tenho.

— Então creio que você vá ter de esperar um pouco.

— Está tudo bem — disse Robert, seu sangue pulsando tão fortemente como se estivesse subindo uma escada muito alta usando suas calças apertadíssimas. — Isso não importa, de fato.

*

Outono, 1988

Não demorou muito para ele fazer amizade com as enfermeiras: desde que escolheu se tornar uma mulher, ele achou que sua roda social havia crescido consideravelmente. Havia uma de quem ele gostava em particular, chamada Rachel. Ela foi a única que veio lhe dizer adeus na noite anterior à operação.

— Grande dia amanhã, hein? — gracejou ela, sentando ao pé de sua cama. Ela já tinha acabado sua jornada naquele dia, e vestia uma capa de chuva sobre o uniforme. Caía um temporal do lado de fora. — Como está se sentindo?

Sem responder, Robert se esticou por sobre a sua mesa-de-cabeceira para pegar um livro. Quando conseguiu, estava apavorado.

— Você já leu isso? — perguntou ele.

Rachel leu o título: *Gravidade e graça*, de Simone Weil. Ela balançou a cabeça.

— Este é um daqueles livros — disse Robert — que, não importa a situação em que você se encontre, você deve abrir a esmo e ler pelo menos uma ou duas páginas, e vai encontrar... bem, ouça isso, foi a parte que li esta manhã: "Aceitar um vazio em si mesmo é sobrenatural. Onde está a energia a ser encontrada para um ato que não apresenta nada para contrabalançar esse fato? A energia tem de vir de todos os lugares. Ele deve mesmo ser..." — Ele olhou para Rachel — "um puxão, algo desesperado deve tomar lugar, o vazio deve ser criado." — Robert fechou o livro. — O que você pensa disso?

Ela estava confusa.

— Não sei. Não sei o que isso significa.

— Algumas vezes — disse ele — nós não achamos que podemos ser capazes de algo assim nos últimos anos. Mas há algo que li esta manhã: "O momento deve ser criado, sem qualquer recompensa natural ou sobrenatural."

Rachel achou que era melhor partir para um território mais seguro.

— Eles me disseram que você recebeu visitas mais cedo.

— Uma visita — disse Robert, recolocando o livro sobre a mesa. — Apenas minha mãe.

— Ah.

— Ela veio para ficar, você sabe, apenas enquanto estou aqui. Ela reservou um quarto em um hotel no centro da cidade.

— Isso é legal. Realmente muito legal. Você não vê muitos parentes por aqui nesse tipo de operação. Eles não dão muito apoio, normalmente.

— Ela tem sido ótima.

— E a respeito de seu pai? Ele não...?

— Ele morreu ano passado.

— Oh, sinto muito.

— Eu fiquei anos sem vê-lo. Não houve amor perdido. Ele não sabia nada a respeito... disso. — Robert ficou calado por um instante, ouvindo a chuva. — É estranho, eu sempre achei que ele me odiava, de certa forma, mas ele me deixou bastante dinheiro. Parece que tinha muitos bons negócios.

— Espero que você saiba o que fazer com isso — disse Rachel. — Como pretende gastar esse dinheiro?

— Com um pouco de sorte, pretendo voltar à universidade. Quero estudar psicologia.

— Me parece bem sua praia. Você vai estar apto a ajudar as pessoas... pessoas como você. Você pode aconselhá-las.

— Talvez. Esse não é realmente o campo no qual pretendo trabalhar, afinal. Estou mais interessado no sono.

— Sono?

— Problemas do sono. Narcolepsia, principalmente. Tive uma amiga que era narcoléptica. Bem, não estou certo, por enquanto, mas tenho lido alguns livros desde então, e é bastante óbvio qual é o seu problema. É uma das coisas que pretendo lhe falar quando a encontrar de novo.

— Ah, é mesmo? E quando será isso?

— Em breve — disse Robert, ensaiando um sorriso agora. — Muito em breve.

*

As luzes do teto passavam sobre sua cabeça, em flashes rápidos, enquanto era encaminhado para a sala de cirurgia.

Havia uma confusão de médicos e enfermeiras, um brilho de luzes elétricas entre os instrumentos cirúrgicos.

Os olhos do anestesista eram neutros e inexpressivos enquanto ele se preparava para espetar uma agulha no pulso de Robert.

A cegueira... ou algo ainda pior

A doce visão da escuridão, a perda de controle, enquanto ele respirava profundamente, e fechava os olhos, e começava a

...rezar por um esquecimento tão profundo

Isso termina em...

...transformação.

Quando Cleo acordou, ela sentiu uma dor em sua garganta, em seu peito, em seu abdome, e entre suas pernas que ela nunca havia imaginado, ou mesmo pensado ser possível.

Ela não pôde andar por mais de uma semana. A dor e a náusea, o sangramento e a supuração continuaram por muitos meses.

Esse foi o pior momento. Ela teve de apelar para todas as reservas de paciência. Mas ela havia esperado por tanto tempo que não havia razão para ter pressa agora. Queria estar absolutamente bem quando visse Sarah outra vez. Queria estar pronta para ela.

*

Primavera, 1989

Uma chuva fina e inofensiva salpicava o pára-brisas enquanto Cleo dirigia o carro alugado ao longo daquela bem familiar estrada costeira. Ela havia deixado a cidade para trás e estava começando a subir em direção à colina. Passando pela fileira de casas de campo onde Ruby Sharp costumava viver com seus pais (e talvez ainda vivesse), ela deu apoio moral a si mesma ao pensar na onda de sentimentos que a visão de Ashdown poderia lhe causar. Um segundo mais e ela estaria dobrando a esquina, e o casarão estaria à sua vista.

E lá estava: enorme, cinza e imponente, um gesto sólido e castigado pelo tempo em direto desafio ao oceano e a todo e qualquer ato de rigor e inclemência que ele pudesse despejar sobre a costa. Observando aquele distinto prédio de pedras outra vez, os ângulos característicos, os contornos, as curvas e alinhamentos, Cleo foi tomada de uma súbita hesitação e caiu numa crise choro. O que havia naquelas simples formas, naquela arquitetura que mexia tanto com seus sentimentos? Ela ficou sentada, irresoluta, por alguns minutos, o carro parado bem no meio da estrada deserta, ouvindo o grito agudo das gaivotas e lutando para resistir à onda de nostalgia e arrependimento que estava caindo sobre ela.

Dirigiu até a casa e parou do lado de fora, diante da porta principal.

Havia escolhido chegar na Sexta-feira Santa, sabendo que a casa deveria estar vazia devido aos feriados de Páscoa. A porta estava trancada, é claro, mas aquilo não era problema, já que ainda tinha um molho de chaves: ela nunca as devolveu às autoridades universitárias, e as fechaduras, logo descobriu, não haviam sido mudadas naquele intervalo de cinco anos.

Cleo vagou por aqueles salões glaciais e pelos corredores confusos e com eco por alguns minutos. Não quis entrar em nenhum dos dormitórios, já que era a cozinha em forma de L que desejava ver outra vez. Pôs a chaleira para ferver e preparou uma xícara de café solúvel, então se sentou à mesa e olhou em volta, pensando: “Sim, este é o lugar. É aqui que as coisas devem acontecer.”

Voltando para seu quarto de hotel, Cleo se sentou na cama ao lado do telefone e abriu sua caderneta de endereços. O plano ainda poderia dar errado, imaginou. Se os pais de Sarah não vivessem mais naquele endereço, teria de começar a procurar por ela. Aquilo poderia levar semanas, ou mesmo meses. Mas, por alguma razão, não achava que eles tivessem se mudado. A sorte, ela acreditava, estava finalmente do seu lado.

A chamada foi atendida por uma secretária eletrônica, que convidava as pessoas a deixarem suas mensagens para Michael e Jill Tudor. Cleo colocou o fone no gancho e pensou cuidadosamente sobre o quê dizer. Então rediscou o número. Ela disse que queria falar com a filha deles, Sarah. Estava ligando para dar notícias de Robert, um velho amigo de Sarah do tempo de estudante. Iria haver uma pequena reunião no fim de semana. Ela se desculpava pelo pouco a dizer, mas será que Sarah poderia ir a Ashdown, no domingo, por volta das sete da noite?

Estava certa de que a mensagem seria transmitida. Estava certa de que Sarah iria.

*

Na manhã seguinte, Cleo caminhou até o supermercado para escolher a comida que faria para Sarah; e, no caminho, visitou o Café Valladon. Parecia estar sob nova direção — o lugar de Slattery atrás da caixa registradora havia sido tomado por uma atenciosa e comunicativa jovem —, mas não havia outras grandes mudanças. O interior ainda era escuro, o café continuava forte, e as paredes continuavam cobertas por livros de segunda mão. Ela procurou em vão por um exemplar de *A casa do sono*: talvez Sarah o tivesse levado embora. Ela iria descobrir isso no dia seguinte. Nesse meio-tempo, descobriu o exemplar de Terry de *Grandes esperanças*, e ficou contente ao ver que ainda havia uma nota de dez libras cuidadosamente escondida na página 220. Deixou o dinheiro onde estava, e leu as últimas páginas do romance enquanto terminava a fatia de bolo de frutas. Então recolocou o livro na prateleira, e caminhou em direção à saída do café pela última vez.

*

Uma neblina prateada e fria cobriu a tarde, e a lua não foi capaz de penetrá-la. Mas as estrelas estavam brilhando para além da névoa, e a lua se apresentou, e a noite não se fez escura.

De sua janela no primeiro andar, Cleo podia ver o brilho dos faróis mesmo quando o carro estava a mais de um quilômetro de distância. Ouvia o barulho dos pneus na rua, e o viu estacionar ao lado de seu próprio carro na calçada. Então uma figura solitária saiu. Era ela: Sarah. Seu cabelo tinha ficado grisalho — ela podia ver bem isso, mesmo naquele lusco-fusco —, mas era o pouco que Cleo pôde ver enquanto observava Sarah trancando o carro e caminhando até os degraus da porta principal.

Cleo se virou, correu pelo corredor e disparou pela estreita e pouco usada escada que levava até a porta de entrada da cozinha. Quando ela chegou, Sarah já estava no corredor de entrada, chamando:

— Olá? Tem alguém aí?

— Olá! — respondeu Cleo.

Sarah caminhou até a porta da cozinha.

— Robert? É realmente você? Você está aí?

A cozinha parecia muito vazia. A única iluminação provinha de três velas, cujas chamas bruxuleavam calorosamente sobre a mesa, e de um claro, fantasmagórico brilho que vinha do outro lado do lugar: provavelmente era a lâmpada sobre o forno. Uma comida aromática e apetitosa emanava seu perfume por todo o salão.

— Robert? — disse Sarah, avançando um pouco mais. — O que está acontecendo? Onde está todo mundo?

— Entre — disse Cleo. — Há uma bebida para você sobre a mesa.

— Certo, mas onde está você?

— Estou deste lado. — Ela podia ouvir os passos de Sarah se aproximando. — Não venha aqui, por favor. Só por um minuto.

Os passos pararam.

— Não venha aqui? Do que você está falando?

— Por favor, Sarah. Fique onde você está.

— Mas eu quero ver você, pelo amor de Deus. Não vejo você há cinco anos.

— Estarei aí em um segundo — disse Cleo. — Cheguei num estágio bem delicado por aqui. Nós vamos comer refogado de quiabo com especiarias e arroz com coentro.

— Bem... isso parece maravilhoso — disse Sarah, com um toque de impaciência. — Mas a comida é a última coisa em que quero pensar nesse momento. Não vim aqui para comer. — Não houve resposta do outro lado da cozinha. — Quero dizer, você não poderia ter deixado uma mensagem menos críptica? Por que todo esse drama?

— Cinco anos é muito tempo — disse Cleo. — Sinto que alguma coisa especial precisa ser dita.

Sarah suspirou profundamente, e então pegou uma taça de vinho tinto sobre a mesa e tomou um gole.

— Robert, isso é uma grande tolice — disse ela, chegando mais perto da área onde a comida estava sendo feita. — Eu fiz todo esse caminho desde Londres e estou morta de cansaço. Não quero ser mais enrolada. Sei que se passaram anos desde que estivemos juntos pela última vez, e nós temos muito... muito sobre o que conversar, mas vamos pelo menos nos ver.

— Não! — gritou Cleo, e o desespero em sua voz foi tão forte que Sarah parou imediatamente de andar. Em um tom mais controlado, mas não menos preocupado, Cleo acrescentou: — A coisa é, Sarah, que eu mudei muito nos últimos anos. Você vai ficar chocada quando me ver, e eu quero que você esteja pronta para isso. Apenas sente-se por um minuto, e então irei até você e conversaremos.

— Está certo — disse Sarah, se sentando à mesa, seus pensamentos voando nas mais variadas direções e nas mais variadas e possíveis interpretações daquelas palavras. — Você... você não esteve doente, esteve, Robert? Quero dizer... você está bem? Não é por isso que você quis me ver assim tão de repente?

— Estou bem — respondeu Cleo. — Na verdade, nunca estive melhor. — Ela não conseguia mais se concentrar no que estava fazendo, e se recostou no forno respirando com dificuldade. — Tenho muito para contar. Tantas coisas.

— Eu também.

— Nós vamos ter a noite toda, não vamos? Você não tem de voltar para Londres esta noite, não é?

— Não estou muito certa sobre o que estou fazendo. Vem mais alguém para essa... reunião?

— Não. Não, é só eu e você. Espero que esteja bem assim.

— Sim, claro que está. Você é o único que eu queria ver. — Sarah bebeu mais vinho, e olhou ao seu redor. A situação era tão bizarra, ela se sentia tão tensa e desconfortável que começou a falar de novo apenas para se acalmar. — É muito estranho estar aqui de volta, tenho de confessar. De volta a esta casa. A esta cozinha.

— Depois de tantos anos — Cleo começou a citar —, é estranho que nos encontremos de novo, aqui onde nosso primeiro encontro se deu. Ela pegou uma faca de cozinha, e começou a cortar um pouco de salsa. — Você se lembra daquela noite, Sarah? Quando você estava tomando sopa, com seu roupão?

— Sim, eu me lembro — disse ela. — É claro que me lembro. Não há um dia sequer, nestes últimos cinco anos, que eu não me lembre disso.

— Mesmo? Então você não me esqueceu?

— Oh, Robert, *por que* você sumiu? — Sua voz aumentou de tom e vibração subitamente, com uma variedade de ressentimentos. — Foi horrível dizer-lhe adeus num penhasco como aquele. E então você simplesmente desapareceu, nunca respondeu às minhas cartas ou qualquer outra coisa...

— Eu escrevi uma vez para você.

— Sim, mas aquilo não me dizia nada. Não me dizia onde você estava ou o que estava fazendo. E mesmo *agora*, você sabe, peguei essa mensagem curiosa com meus pais, e dirigi até aqui, e você nem sequer me deixa vê-lo, você está se comportando tão... *estranhamente*...

— Em um minuto — disse Cleo — você vai entender tudo.

— Espero que sim.

— Você está sendo muito paciente, Sarah. Gosto disso.

Sarah deu um gole em seu vinho, quase, mas não inteiramente, apaziguada.

— Tive de cancelar um jantar hoje, você sabe.

— Mesmo? Que simpático de sua parte.

— Com meus futuros sogros, devo dizer.

O som de Cleo picando a salsa cessou abruptamente.

— Como?

— Os pais de meu noivo.

— Seu...Você quer dizer que vai se casar?

— Isso mesmo. Em três meses.

— Com um homem?

— Claro que é com um homem.

— Mas...

— Mas o quê? — disse Sarah, quando o silêncio começou a parecer interminável.

— Mas eu pensei que você era lésbica.

— Lésbica? De onde você tirou essa idéia?

— Bem — você sabe, todas aquelas coisas com Veronica.

— Bem, sim, mas houve Gregory antes disso, e agora... agora há Anthony. Ele é muito carinhoso, na verdade. Tenho certeza de que vai gostar dele. Veronica foi... bem, não uma *fase*, exatamente, porque isso não faz soar muito importante, e ela *foi* importante, mas... oh, eu não sei. É tão difícil...

— Mas você *disse*, Sarah, eu me lembro de você dizendo, que Veronica havia mudado tudo em você. Ela havia lhe apresentado à sua verdadeira natureza: foram exatamente essas suas palavras.

— Bem, obviamente eu não me conhecia tão bem quando disse isso. Quero dizer, eu era apenas uma jovem, Robert. Nós éramos apenas jovens.

— Mas e a respeito do que me disse... do que me disse sobre como deveria ser seu par ideal? Você se lembra disso?

— Vagamente...

— Você disse que deveria ser uma versão feminina de mim. Minha irmã gêmea. Foi o que você disse.

— Eu ia lhe perguntar sobre isso — disse Sarah. Cleo podia ver ela empurrando a cadeira e se levantando. — Você nunca procurou por ela? Nunca a encontrou?

— Espere um minuto — disse Cleo. — Eu só preciso... eu só preciso jogar o lixo fora.

Ela se esgueirou pela porta de trás da cozinha, tomou seu caminho por uma passagem estreita e pouco usada e chegou até uma outra porta, que estava trancada. Parecia que ia levar uma eternidade até ela achar a chave (que estava no chaveiro) e tirar de volta os pinos de metal, após o que Cleo se encontrou caminhando pelo jardim da cozinha, sob um céu pontilhado de estrelas. Bateu a porta atrás de si, se curvou quase que imediatamente e vomitou sobre as pedras. Continuou passando mal e vomitando até que as convulsões se tornassem apenas soluços.

Colocando-se de novo de pé, ela encontrou no bolso de seu jeans. Graças a Deus, a chave do carro estava ali.

Ela correu para a frente da casa. Não pôde ver o rosto de Sarah na janela da cozinha, iluminada por trás pela luz dourada das velas. Será que Sarah estava preparada para vê-la? O que ela pensaria daquela mulher absurda, sem fôlego, delirantemente chocada, sua maquiagem borrada pelas lágrimas, enquanto ela corria para o carro e se agarrava à porta?

Cleo ligou o motor, deu marcha a ré e pegou a rua, exatamente no momento em que Sarah entendia o que estava acontecendo e corria para os degraus da porta da frente.

Ela dirigiu por muitos quilômetros, sem se preocupar com que direção estava tomando. Ela queria muito se limpar, lavar o rosto e os olhos, mas não ousava parar até que estivesse certa de que não estava sendo seguida.

Afinal ela não conseguiu esperar muito mais tempo, e parou o caro em um estacionamento na baía.

O oceano estava azul e sonolento diante dela, e não havia mais ninguém na estrada; nenhum sinal de Sarah. A névoa noturna começava a subir, e em toda aquela tranqüilidade que se apresentava, Cleo não via a menor sombra de possibilidade de um novo encontro com ela.

18

O Dr. Dudden não foi ao segundo dia de conferência. Menos de 24 horas antes, o encontro parecia muito importante, mas agora ele podia ver que todo aquele exercício era fundamentalmente despropositado e trivial. Ele tinha assuntos mais urgentes a tratar. Sua carreira, seu trabalho, sua reputação, a própria continuidade de suas pesquisas na Clínica Dudden, tudo estava sob pressão. As forças que se uniam contra ele — forças da ignorância, da inveja, da reação — estavam começando a se mobilizar. A conspiração estava tomando seu rumo.

Tudo isso havia se tornado claro para o Dr. Dudden durante a noite, enquanto andava energicamente pelas ruas de Londres. Ele não tinha dormido nada, e se sentia melhor assim. Na verdade, estava bem certo, naquela manhã, de que nunca mais precisaria dormir de novo. Seus lábios soltaram um sorriso involuntário de escárnio quando observou ao seu redor no trem que muitos passageiros — tão cedo de manhã! —, dúzias deles, estavam cochilando, tirando uma soneca ou mesmo dormindo profundamente, as bocas estupidamente abertas, as cabeças pendendo, as pálpebras mexendo vigorosamente. Será que essas pessoas não têm senso de dignidade, de auto-estima? Será que eles odeiam tanto assim a humanidade que se fecham para ela assim que têm uma oportunidade? Às vezes ele se perguntava se aquelas criaturas tinham de fato alguma salvação, porém a questão não era mais aquela. A idéia de que ele estava em algum tipo de missão para salvar a humanidade parecia tola, percebeu. Era uma das desilusões que o haviam atacado de volta, quando o fato real — tão claro, tão subitamente óbvio — poderia ser resumido em poucas palavras. Sim, o fato real era esse: que o Dr. Dudden estava certo e todo o mundo estava errado. *Ele* podia ver isso, e os outros não. Tratava-se de uma simples contenda, então, entre o bem e o mal. Era Dudden *contra* o resto do mundo.

Agora que ele via as coisas dessa forma, uma medonha insatisfação com todos os seus erros iniciais, seus compromissos e suas procrastinações começava a atormentá-lo. Ele havia gasto muito tempo em entrevistas fúteis com pacientes sem graça; demorado muito oferecendo tratamentos paliativos para gente que se passava por doente quando na verdade estava sadia, neuróticos, hipocondríacos e pessoas débeis. A primeira coisa que iria fazer quando chegasse de volta à sua clínica seria dispensar os pacientes. Todos eles. Iria telefonar para um ponto de táxi e mandar todos embora: um expurgo claro e compreensível. Eles não eram mais do que uma distração, um grotesco obstáculo ao verdadeiro trabalho que ele tinha em mãos. Tudo o que havia de importante naquele prédio estava debaixo das escadas, no porão: e mesmo ali, ele havia desperdiçado muito de sua energia. Aqueles experimentos com animais deveriam ter sido abandonados meses atrás, desde que havia aprendido tudo o que podia aprender a respeito do comportamento de ratos, cães e coelhos. De agora em diante, só trabalharia com cobaias humanas. Era a única forma de seguir em frente. Nunca deveria ter deixado aquele estúpido acidente detê-lo. Foi vergonhoso se permitir sentir medo de murmúrios, de rumores maliciosos, de fofocas ignorantes. O equipamento estava perfeitamente seguro, ele sabia, e iria provar. Já havia provado isso uma vez: abertamente, irrefutavelmente, e por todos os meios possíveis. Usando a si mesmo.

À medida que os pensamentos do Dr. Dudden se aceleravam, o trem que o levava de volta a Ashdown desacelerava, levando-o a uma sudorese de frustração e impaciência. Longas e inexplicáveis paradas eram feitas entre as estações. Durante a terceira ou quarta delas, ele se levantou, tirou os fones de ouvido nos quais escutava sua gravação favorita de *Variações de Goldberg* e jogou violentamente seu aparelho de CD pela janela mais próxima. Mesmo seus antigos gostos musicais agora o revoltavam.

— Porcaria! — gritou ele, voltando para sua poltrona.

— Porcaria desapaixonada! Merda soporífica! — Ignorou o olhar ansioso e de esguelha dos outros passageiros. Ele não dava a mínima para a opinião daqueles tolos infelizes. Também não se importava com o que o mundo pudesse pensar dele: estavam todos associados, afinal de contas. Todos eles. Myers e Cole tinham tramado alguma espécie de plano contra ele — estava certo disso — com Russell Watts e suas perguntas idiotas; e deveria haver provavelmente algum espião, algum observador na clínica ajudando-os, tirando informações dele, perscrutando nas suas costas. A Dra. Madison, com toda a probabilidade: aquela velha e odiosa porca sempre teve alguma coisa contra ele. E o que dizer de Worth, o jornalista? Também não era confiável. Não seria uma surpresa descobrir que os dois estavam mancomunados. Ele se lembrava, agora, de que na primeira noite de sua visita, Terry e a Dra. Madison haviam se encontrado furtivamente no terraço; e que na manhã seguinte Terry o havia abordado com a informação de que eles haviam conversado "superficialmente", e mesmo tido o desplante de — sim, tudo estava voltando agora, tudo fazia sentido —, aquele desgraçado, ele havia tido o desplante, a cara-de-pau de mencionar o nome de Sarah. Então, eles estavam juntos naquilo, sem dúvida. É claro, desde então (pelo que ele conseguiu se lembrar bem), Terry e a Dra. Madison estavam sempre se vendo ou conversando: o que não estava claro nesse caso, e que demandava maiores evidências — se é que isso era realmente necessário — era o que eles estavam tramando, o que aquilo significava, o que queria dizer aquela sinistra aliança...?

E nesse exato momento, as suspeitas do Dr. Dudden se confirmaram da maneira mais espantosa. Enquanto seu trem diminuía de velocidade, trafegando entre estações, outro trem, na direção contrária, cruzou com o dele. Ele olhou para o trem e por alguns segundos teve uma visão ininterrupta do veículo que passava e de seus ocupantes. E lá estavam eles: sentados juntos em um vagão quase vazio, rindo, gesticulando e dando toda a impressão de estarem tendo uma conversa das mais animadas. As duas pessoas que estavam bem no centro de seu pensamento.

Terry Worth e Cleo Madison.

*

— Você viu aquilo? — perguntou Cleo, virando a cabeça para observar o trem que passava vagarosamente.

— Viu o quê? — perguntou Terry.

— Era o Dr. Dudden. Tenho certeza disso. Sentado naquele trem.

— Achei que ele estivesse em uma conferência.

— Eu também.

— Você acha que ele nos viu?

Cleo deu de ombros.

— Não tenho certeza. Será?

— Bem, ele não iria ficar nem um pouco feliz — disse Terry — em saber que a assistente dele está indo para Londres e que seu paciente favorito o dispensou.

Cleo observou o outro trem se distanciando, e então se ajeitou de novo em sua poltrona.

— Para ser honesta, não estou nem um pouco interessada em saber o que faz ou não o Dr. Dudden feliz. Estou muito mais interessada *nisso*. — Ela pegou a fotografia de Terry da mesa que os separava, olhou para ela, pensativa. — Você está realmente me dizendo que ela é de um filme que *ninguém*... que *ninguém* nunca viu?

— Talvez duas ou três pessoas. No máximo — disse Terry. — E mesmo assim, isso nunca foi documentado.

— Você acha que alguém mais tem a cópia desta foto?

— Duvido. Nunca vi publicada em lugar nenhum.

Cleo passou a foto para ele, com as mãos trêmulas. Mesmo depois de 12 horas (um período no qual estava excitada demais para dormir), ela ainda estava tentando se acostumar a essa nova e inacreditável noção: na possibilidade daquela imagem, que primeiro a visitou quando era criança e que a vinha assombrando desde então, não ser uma invenção de sua mente sonhadora no final das contas; que aquilo poderia ter uma outra e independente existência. E pensar que aquilo estava vindo à tona agora — justamente quando Ruby Sharp havia aparecido na clínica, somente para sumir logo depois, deixando atrás de si nada além de uma extraordinária torrente de palavras nas quais os segredos passados e futuros da própria vida de Cleo pareciam estar magicamente descritos. Ela estava muito confusa e por demais agitada para saber exatamente o que aqueles fatos poderiam significar, mas tinha tomado uma decisão imediata e difícil assim mesmo: teria de abandonar seu trabalho na clínica naquela manhã, com uma nota curta para Lorna e a promessa de que voltaria tão logo...

... tão logo o quê, afinal?

Terry continuava a falar sobre o filme enquanto o trem tomava velocidade e zunia pelos campos ingleses.

— Tenho uma teoria — estava dizendo ele — de que ando procurando no lugar errado. Se existe uma cópia em algum lugar, talvez não esteja na Itália, talvez esteja na França.

— Por que na França?

— Por causa dessa palavra. — Ele pegou a foto: atrás da figura de uma mulher de meia-idade no uniforme de enfermeira, apontando para longe, havia uma informação, parcialmente oculta por seu corpo. Parecia consistir de apenas uma palavra: *fermer*. — É francês, não é? Quer dizer "fechado". Talvez o filme tenha sido também rodado em uma versão francesa, e essa foto foi a única coisa que sobrou.

Cleo examinou a foto mais atentamente.

— Não tenho certeza — disse ela. — Isso não faz o menor sentido, porque *fermer* é um infinitivo. De qualquer forma, a imagem está truncada, você não consegue ver bem o começo da palavra: e parece ter mais letras além dessas, nesse local onde a mulher está de pé. Então, minha sugestão seria... — ela deu mais uma olhada — ... seria que está escrito *infermeria*.

— *Infermeria*? O que isso quer dizer?

— É italiano: quer dizer "enfermaria", claro. É para onde ela está apontando, afinal, para o hospital.

Um suave sorriso de resignação cruzou o rosto de Terry.

— Por que não pensei nisso antes?

— Não estou dizendo que este seja o *único* significado — acrescentou ela; mas antes que Terry pudesse esclarecer com ela sua misteriosa elucubração, Cleo lhe perguntou: — Então, você vai começar a procurar por este filme de novo, não vai? Trata-se do trabalho de sua vida?

— Na verdade, não. — Terry colocou a foto dentro de um envelope e o depositou sobre a mesa. — Não creio que seja mais o caso. Prefiro tentar descobrir o que está além disso, em algum lugar... talvez esperando por mim... não sei... Enquanto isso, de qualquer forma, tenho de pensar no que fazer comigo mesmo: alguma coisa que valha a pena.

— Jornalismo vale a pena, não é? Se você o levar suficientemente a sério.

Terry balançou a cabeça.

— Houve momentos, recentemente, nas últimas duas semanas, creio eu, que pensei no que estava fazendo, e isso me deixou... quase orgulhoso. Me odeio por isso. Você já teve esse tipo de sentimento? Não creio que tenha tido, não em um trabalho como o seu.

— Ah, sei o que quer dizer — disse Cleo. — Trabalhar para Gregory Dudden não é a garantia de que vá se sentir bem a respeito de si mesmo, posso lhe assegurar isso.

— Não, acho que não. Então por que você foi para lá, em primeiro lugar?

— Bem, a Clínica Dudden é única. É talvez a única que ofereça trabalho para alguém em meu campo de atuação. — Ela pensou naquele dia, mais de dois anos atrás, quando um anúncio do Dr. Dudden apareceu pela primeira vez no *British Journal of Clinical Psychology*: o furor de excitação que ela sentiu quando percebeu quão perfeito aquele emprego se ajustava às suas expectativas, e então o desconforto, a trepidação quando descobriu onde a clínica estava localizada, o único lugar no mundo que ela havia decidido nunca mais visitar.

— Trabalhar em Ashdown — disse Terry — deve ser muito estranho para você. Todas aquelas lembranças...

— Lembranças? — Ela ficou na defensiva.

— De Robert. Não que você o conhecesse naquela época, é claro, mas isso deve... trazê-lo de volta a você.

— Ah — disse Cleo. — Sim. Sim, isso acontece, de vez em quando.

Aquilo era absurdo, disse ela para si mesma. Mais cedo ou mais tarde teria de contar a Terry a verdade: na verdade, estava espantada como ele ainda não havia descoberto. Será que ela devia contar durante a viagem de trem? Ou esperar até que chegassem a Londres, e levá-lo para tomar alguma coisa na cafeteria da estação? Ou será que ela devia apenas lhe dar seu telefone e endereço, e esperar alguns dias, esperar até que tudo estivesse terminado, esperar até que tivesse seguido as instruções de Ruby e encontrá la de novo... Isso é, se ela conseguisse juntar coragem para tal.

— Em todo caso — disse ela, suprimindo rapidamente aqueles pensamentos —, sua carreira e o futuro da Clínica Dudden não estão inteiramente desconectados.

— De que forma?

— Bem, você *já* perguntou a ele?

Terry franziu a testa.

— Perguntei a quem, a respeito do quê?

— Ao Dr. Dudden, é claro: a respeito de Stephen Webb.

— Não, com todas as letras, não: mas eu... — Ele parou, no momento em que as implicações da pergunta dela ficaram claras. — Então foi *você*, não foi, quem me enviou aquela mensagem, no terraço?

— Achei que um empurrãozinho ajudaria você a ir na direção correta, foi só isso.

— Bem, suponho que ajudou. — Terry estremeceu, revisitando mentalmente a cena que ele, nos últimos dois dias, achava que era melhor esquecer. — Uma noite, duas noites atrás, ele me levou até o subsolo, você sabe.

— Onde ele faz experimentos com ratos?

Ele balançou a cabeça em sinal de aprovação.

— Você já esteve lá embaixo?

— Uma vez ou duas.

— E você já viu... o outro equipamento que ele usa?

— Que outro equipamento?

Terry esfregou os olhos, tentando tirar de seus pensamentos aquelas paredes caiadas, a enorme gaiola de papelão...

— É uma história muito grande para mim — disse ele. — Vou até a redação na segunda-feira e falar a respeito disso com a chefia de redação. Ela será capaz de lidar com isso apropriadamente.

— Mas é a *sua* matéria, Terry. Você a encontrou primeiro.

— Eu não sou... exatamente esse tipo de jornalista. Isso é tudo.

— Sim, mas você odeia o tipo de jornalista que você é. É sua chance de mudar. — Ela podia sentir que Terry queria ouvir aquilo. Ele estava no ponto de acreditar nela. — Quero dizer, você pode realmente fazer seu nome com essa matéria. Você faz alguma idéia do que aconteceu por lá, alguma idéia sobre com que você estaria lidando?

— Tudo o que sei — disse Terry — é que Stephen Webb estudava na universidade, e que ele tomou parte num experimento de privação do sono do Dr. Dudden. Eu presumo que, como conseqüência desse experimento, ele se envolveu em... um acidente de algum tipo? Um acidente fatal? Mas ninguém até hoje fez uma conexão direta entre sua morte e o tempo que ele passou na clínica.

— Foi um acidente de carro — disse Cleo. — Na manhã em que ele terminou o experimento, Gregory não tinha camas disponíveis, nenhum lugar onde ele pudesse se recuperar, então foi mandado direto para casa. No caminho para o campus, ele começou a andar no meio da estrada e foi atropelado. Morreu na hora. — Ela procurou algo na mochila que estava no assento ao seu lado e tirou dois relatórios. — Mas quando isso aconteceu, alguém *fez* uma ligação direta dos fatos. Havia uma outra aluna tomando parte do experimento, alguém que sobreviveu a ele, e minha suspeita é que Gregory deu algum dinheiro a ela, posto que ela abandonou a universidade e ninguém nunca mais ouviu falar dela desde então. Exceto que alguém havia avisado ao Real Colégio de Psiquiatria, porque havia chegado uma carta naquela manhã. Aparentemente, eles queriam abrir um inquérito.

— Qual era o nome dessa outra aluna?

— Bellamy. Karen Bellamy. — Ela entregou os dois relatórios a Terry. — Achei isso no escritório de Gregory e fiz cópias. Fique com eles. São seus. Faça o que quiser com eles.

Pelo resto do trajeto, Terry ficou sentado lendo os documentos a respeito daqueles dois infelizes estudantes. Do relatório sobre Stephen Webb foi capaz de construir um bem-acabado retrato de um popular, brilhante e academicamente talentoso jovem universitário, que também era um ótimo e ambicioso ator. Seu envolvimento com os experimentos do Dr. Dudden deve ter advindo de suas necessidades financeiras ou de sua curiosidade intelectual, ou uma combinação de ambas. As informações a respeito de Karen Bellamy eram mais superficiais, e ela permanecia mais nebulosa, apesar de aparentar ser uma figura problemática. No caso dela, parecia haver uma óbvia participação financeira. Ela havia vindo de uma área pobre de Londres: seus pais haviam vivido em Denmark Hill, e aquele parecia ser o último lugar onde alguém a havia visto, há mais de seis meses. Terry fez uma anotação mental disso, mas sua concentração foi minguando enquanto ele lia mais a respeito de Karen Bellamy. Nítidas mas esporádicas imagens de seu sonho da noite passada surgiam em sua mente, e ele se viu arrebatado por elas esperançosamente, apenas para vê-las desaparecer no vazio ou senti-las escorrendo entre os dedos como areia. A sensação era enlouquecedora, e ao mesmo tempo inexplicável, incomensuravelmente reconfortante. Uma vez ou duas, uma determinada visão parecia mais real, mais concreta, um tanto menos efêmera do que as outras, e ele pegava a caneta e escrevia na margem da página que estava lendo: “uma campina”, escreveu ele em um ponto; “uma garotinha rindo; a voz de uma mulher, zunindo ao meu lado na grama alta; o conhecimento de que posso voar; água fresca”. Após anotar essas impressões aleatórias, ele levantou o olhar e encontrou Cleo fitando-o e sorrindo.

Enquanto Terry estava ocupado com seus relatórios, Cleo remexia em sua mochila e tirava de lá a transcrição que Lorna havia preparado para ela: a gravação do estranho monólogo noturno de Ruby Sharp. Ela a leu pela quinquagésima vez, ainda achando que era difícil acreditar em qualquer coisa que estivesse escrito ali, ou que os milagres anunciados haviam chegado, e ainda bafejavam aquela relação — profética? coincidêntica? — com a fotografia de Terry e a permante imagem de seu tão bem lembrado sonho. Atrapalhada pelas explicações racionais, ela se voltou para o comportamento de Ruby: o problema em ela se apresentar, quando se conheceram na praia duas semanas atrás; sua inesperada chegada ontem à clínica e sua ainda mais inesperada e abrupta partida esta manhã — já que ela partiu sem deixar qualquer tipo de mensagem (ou pagamento). A menos que a transcrição em si pudesse ser tomada como uma mensagem, de alguma forma.

E se fosse, seria confiável?

Sim. Sim, é claro que seria. Cleo chegou a essa conclusão exatamente quando o trem entrava nos subúrbios de Londres, e sua conclusão era bastante simples: no meio de toda aquela confusão, de todas aquelas inesperadas convergências entre passado e presente, ao menos uma coisa irremediavelmente verdadeira permanecia.

Ninguém mente enquanto dorme.

*

Terry estava se sentindo perdido. Meia hora após se despedir de Cleo, ele não conseguia se decidir sobre o que fazer em seguida. Ele se sentia impaciente, inseguro. A idéia de voltar a seu apartamento o deprimia. Eram três horas da tarde, e ele não conseguia encarar a perspectiva de uma noite inteira sozinho, em casa, apenas com sua televisão e o videocassete como companhias.

Comprou um exemplar da *Time Out* e pesquisou a lista de filmes no cinema, mas muitos dos títulos não diziam nada a ele, e após alguns minutos deixou a revista de lado, largando-a em um banco do lado de fora da estação para o próximo transeunte.

Abriu a pasta e pegou o envelope que continha sua fotografia, e os dois relatórios que Cleo havia copiado para ele. Então caminhou de volta até a estação e guardou a bagagem no guarda-volumes.

Pegou o metrô e cruzou Londres até outra estação de trem, e de lá pegou uma conexão ferroviária até Denmark Hill.

Terry não havia explicado a si mesmo sua decisão. Estava apenas obedecendo a certo instinto — provavelmente após assistir a alguns bons filmes a respeito — de que era aquilo que jornalistas (ou seriam detetives?) faziam quando começavam a apurar uma matéria. Se eles queriam seguir uma pista, se queriam seguir os passos de alguém, então a primeira coisa a ser feita consistia em dar ênfase à sua caçada, em entrar na cabeça da pessoa em questão. Ele nunca havia estado em Denmark Hill, e sentia vagamente que aquele fato o deixava em uma posição de desvantagem nessa nova missão, que era localizar Karen Bellamy e desvendar a verdade a respeito do Dr. Dudden e de seus experimentos sobre privação do sono. Ele esperava visitar a área onde ela havia crescido, e onde havia sido vista pela última vez, quem sabe até tirar algum proveito no caminho das pistas: uma oportunidade de encontrar com um amigo, talvez, ou uma conversa com algum vizinho tagarela no pub local.

Terry era forçado a admitir, após muitas horas vagando sem rumo pelas ruas, se entediando em cafeterias e tomando sozinho inúmeros copos de cerveja, que ele ainda tinha muita coisa a aprender a respeito de jornalismo investigativo. Não se sentia mais perto de Karen Bellamy do que quando havia começado; e ele estava, também, extremamente cansado. Precisava de uma cama, já, e nada parecia mais atraente neste ponto do que se deitar cedo — luzes apagadas às 10h da noite, disse —, seguido por consistentes 12 horas de sono. Talvez se dormisse bastante esta noite, ele fosse visitado por mais sonhos, e talvez houvesse a possibilidade de se lembrar deles pela manhã.

Andou de volta à estação de Denmark Hill e correu até a plataforma, chegando exatamente na hora em que um trem estava chegando. Os passageiros que desembarcaram saíram apressados, e subiram as escadas até as catracas, deixando Terry com a plataforma quase que exclusivamente para si, afora uma solitária figura que andava de um lado para o outro próximo à máquina de salgadinhos. Terry já tinha observado aquele homem antes, enquanto ele se aproximava da estação pela rua. Sem ter o que fazer, ele ficou pensando por que aquele estranho não havia pego o trem como todos os outros. O que ele estava fazendo aqui, afinal, se não esperando um trem para a região central de Londres? Terry decidiu caminhar até a outra ponta da plataforma, para observar melhor aquela figura estranha. Havia notado que ele se comportava de forma esquisita. O homem tinha cerca de 1,85 m de altura, vestia jeans preto e um casaco de combate verde. Andava de um lado para o outro na plataforma, murmurando consigo mesmo e ocasionalmente gritando. A lâmina de sua faca brilhava à luz do crepúsculo.

*

Mais cedo, naquela mesma tarde, Lorna havia finalizado suas compras na cidade, e então, caminhando morro acima até Ashdown, havia visto algo muito peculiar. Sete carros do serviço de táxi local passaram por ela na direção da estação de trens: cinco deles continham pacientes, parecia, ao passo que os outros dois levavam funcionários da equipe de cozinha e de limpeza. Ela olhou para os táxis completamente desnorteada, e uma súbita, terrível premonição a invadiu: sabia que algo errado, muito errado, estava acontecendo na casa. Ela se apressou para subir o morro, e na hora em que alcançou os portões de Ashdown estava praticamente correndo.

Ela pôde ver, assim que entrou no corredor, que a casa estava agora completamente vazia: havia um ar fantasmagórico e abandonado, e a porta da frente havia sido deixada aberta e foi batida pelo vento. Mas mesmo vazia, estava longe de estar quieta, porque em algum lugar abaixo dela, em algum lugar no subsolo, estava tocando uma música muito alta. Em um volume inacreditavelmente alto: não só Lorna podia ouvi-la, como podia senti-la sob seus pés. O andar inteiro estava tremendo com a força daquela música. Lorna reconheceu aquilo logo: ninguém poderia deixar de reconhecer, já que era uma das mais famosas árias do mundo, interpretada por um dos mais famosos tenores do mundo. Assim que largou as sacolas de compras, ela caminhou pelo corredor, amedrontada, indecisa, enquanto a música terminava e começava de novo, quase que imediatamente. Alguém havia programado para que isso acontecesse no CD player, com a função de repetição acionada.

Levou mais alguns minutos, durante os quais a ária acabou e começou de novo, para Lorna reunir a coragem necessária. Afinal, tendo olhado dentro do escritório do Dr. Dudden, e olhado dentro da sala de jantar, e olhado na cozinha em forma de L, ela acabou abrindo a porta do subsolo, e desceu lentamente as escadas. Mesmo quando ainda estava na altura da lavanderia, ainda a uma distância considerável da entreaberta porta do laboratório onde ela nunca havia sido autorizada a entrar, a música ainda era opressiva. Colocou os dedos nos ouvidos enquanto entrava no corredor iluminado, e então, após se posicionar contra a parede, e respirar longa e profundamente, ela delicadamente empurrou a porta e entrou.

Lorna não podia dizer por quanto tempo permaneceu ali, horrorizada, incapaz de se mover, lutando para entender a cena diante dela. Talvez tenham sido só alguns segundos. A sala parecia conter 12 mesas, cada uma suportando um tanque de vidro. Alguns dos tanques tinham sido colocados de pé, um ou dois tinham sido despedaçados: quatro deles continham ratos mortos, e três tinham cães mortos. Além disso, havia inúmeros ratos, cães e coelhos correndo desordenadamente pela sala, apresentando sinais de desnutrição, desamparo e exaustão. Fios elétricos pendiam por toda parte. Lorna se juntou aos animais, observando-os cuidadosamente, em um misto de piedade e repulsa, ocasionalmente se inclinando para olhá-los mais de perto, mas não tendo coragem de tocá-los.

Sua prioridade, em todo caso, era localizar a fonte da música e desligá-la. Aquilo parecia vir de uma sala no final do laboratório, e ela se encaminhou cuidadosamente para lá, sabendo que não seria capaz de pensar direito até que o silêncio fosse restabelecido.

A sala onde ela logo estava era grande o bastante, mas não apresentava nenhuma mobília, exceto por uma cadeira aparentemente muito desconfortável, uma televisão e uma aparelhagem de som, e uma variedade de equipamentos de ginástica. Achando que estava em algum centro de privação do sono, Lorna tapou ainda mais fortemente seus ouvidos e se dirigiu ao aparelho de CD, tentando descobrir como desligá-lo. Assim que ia fazê-lo, um arrepio percorreu seu corpo, e ela congelou no ato de procurar o botão de desligar. Ela notou, de uma forma abrupta e bem incisiva, uma presença humana na porta atrás dela, apenas a alguns metros de distância.

Ela se virou, viu o Dr. Dudden e gritou o mais alto que sua voz permitiu.

Não era o fato de ele estar praticamente nu — a não ser por seu calção de banho. Nem era o tom alucinado, hostil que seus olhos apresentavam, o que já seria suficientemente amedrontador. O que mais aterrorizou Lorna a respeito da aparência do Dr. Dudden naquela noite era a condição de seu cabelo. Ele parecia ter sido espetado para cima, e adquirido uma vida alucinada por conta própria. Ele deve ter emplastrado o cabelo com algum tipo de cola, para que ficasse bem espetado e bem firme, em quatro ou cinco montes pontiagudos, e ele havia conectado cerca de uma dúzia de eletrodos de forma aleatória ao redor da cabeça: alguns deles estavam ligados ao cabelo, um estava colado na sua orelha, e todos estavam conectados a uma rede de fios multicoloridos que se estendiam pelo chão atrás dele: metros e metros de fios, até perder de vista. Ele parecia com um cruzamento da Medusa com um punk perturbado.

— Não desligue isso. — Havia um tom gelado de controle em sua voz, mesmo quando ele teve de gritar para se fazer ouvir por cima daquela tormentosa, interminável e repetitiva ária. — Seja lá o que for fazer, não desligue isso.

— Mas está tão alto...

— O que você está fazendo espiando por aqui?

Lorna ficou ereta, mas com cuidado para não se aproximar muito do Dr. Dudden. Ele estava bloqueando a porta para o laboratório, sua única rota de fuga.

— Queria saber de onde esse barulho estava vindo — gritou ela.

— Barulho? — repetiu o Dr. Dudden. — Você chama isso de *barulho*?

— Bem, estava soando tão diferente de... de tudo o que o senhor normalmente ouve...

— Qual o problema com você, mulher? Está com medo de um pouco de paixão, um pouco de emoção?

— Dr. Dudden... o senhor está bem? — perguntou ela. — Onde estão todos? O que aconteceu com todos os seus pacientes?

— Pacientes! Há! — Ele bufou e, para o alívio de Lorna, deu as costas e saiu, os metros de fios pendurados atrás dele. Ela o seguiu até o laboratório, tentando escutar o que ele estava dizendo, mas conseguia ouvir apenas algumas poucas palavras: — pacientes... imprestáveis... perda de tempo... cretinos. — Então, quase sem avisar, ele se virou e a encarou. Ele havia pego um maço de fios de cima de uma das mesas e agora os apertava entre suas mãos, enrolando-o ao redor de seus dedos, puxando-os até ficarem retesados. Lorna deu alguns passos para trás, até suas costas estarem contra a parede.

— Olhe, doutor... o senhor não acha que ficaria mais confortável com alguma... com alguma roupa?

Ele ignorou a sugestão, e sibilou:

— Quem é Ruby Sharp, afinal? — A ária acabou, e imediatamente recomeçou, parecendo mais alta do que nunca. — Achei uma ficha em meu escritório falando de alguém chamada Ruby Sharp. Nunca ouvi falar nela...

— Ela... ela era uma paciente — disse Lorna, seus olhos não despregando dos fios, e das mãos agitadas. — Ela chegou aqui na noite passada.

— Você admitiu uma paciente sem referência? Sem minha permissão?

— Ela era... a Dra. Madison parecia conhecê-la. Ela disse que falava enquanto dormia.

— E ela falava mesmo?

— Ela... ela falava, sim. Eu transcrevi esta manhã. Mas...

— Mas o quê?

Lorna hesitou, constrangida pela sua própria incompreensão agora, assim como por seu medo. Aquele incidente a havia atormentado por todo o dia: ela não entendia os segredos, a história particular compartilhada por Ruby e Cleo, que claramente se conheciam de algum período distante de suas vidas. Ela também não entendia o que Ruby tentava dizer à sua antiga amiga — ou antiga amante, seja lá o que fosse — ao desfiar um interminável e encantador fio de palavras que haviam sido capturadas pela gravação nas primeiras horas da manhã. Mas ela sabia de uma coisa: Ruby não estava dormindo naquele momento. Lorna não mencionou isso para a Dra. Madison, mas estava certa disso. A leitura do polissonógrafo provava isso.

— Bem... Ela falou, mas não estava dormindo — explicou ela, gaguejando. — Acho que ela estava fingindo, por alguma razão.

O Dr. Dudden olhou para ela por um momento, e então começou a rir. Era um riso agudo, melancólico, com um audível subtom de obsessão.

— Sei — disse ele. — Eu sei: eles já começaram, não é? Eles começaram a enviar seus espiões para cá. Investigando a clínica, se passando por pacientes. Bisbilhotando por aí no meio da noite. Colocando câmeras e microfones, o que não me surpreenderia. Oh, sim, já começou. Mas eles não vão mais enfiar sua gente aqui... e você sabe por quê? Porque de agora em diante não haverá mais pacientes. De agora em diante, Lorna... — ele avançou na direção dela, levantando os fios na altura do pescoço dela — ... seremos apenas eu e você. — Eles permaneceram assim, a poucos centímetros um do outro, até que ele abaixou os fios, pegou seu pulso e disse: — Venha comigo.

Ele a puxou na direção da segunda porta dos fundos do laboratório: a porta atrás da qual o longo emaranhado de fios pendurados atrás dele parecia desaparecer. Ele a abriu com sua mão livre, e pela segunda vez Lorna gritou, assim que ela avistou a enorme gaiola, com sua gigantesca plataforma e sua piscina azulada de água.

— Me solte! — gritou ela. — Para onde está me levando?

— Colocá-la junto, mulher, pelo amor de Deus. Você não tem nada a temer. Você está olhando para um dos mais notáveis aparatos científicos já criados. Você deveria se sentir privilegiada.

— Me solte! — repetiu Lorna. — Me deixe!

— Preciso de sua ajuda — disse o Dr. Dudden. — É só isso. Preciso de sua ajuda para um pequeno experimento. Temos de ser nós dois, Lorna: de outra forma não há o que se fazer. É necessário dois para dançar um tango. Lembre-se disso.

Lorna o fitou: então mais raivosa do que amedrontada.

— Não tenho a menor intenção de dançar um tango com o senhor, doutor. Nem agora nem nunca. Nem tenho a intenção de entrar dentro *disto* — ela apontou a gaiola, com um gesto de cabeça. — Na companhia de alguém que está claramente enlouquecido.

O Dr. Dudden estremeceu visivelmente ao ouvir essa última palavra, como se tivesse levado uma picada de agulha. Então, lentamente, miraculosamente, Lorna sentiu a pressão em seu pulso relaxar. A fúria incandescente de seus olhos arrefeceu, diminuiu, até não ser mais do que um débil ardor, sucedido por algo mais frio e sereno: um duro ar de desdém, misturado a uma amarga resignação. Ele soltou seu pulso completamente e deu um passo para trás.

— É claro — disse ele. — Que tolice de minha parte. Por que você seria diferente de todos os outros, afinal de contas? Por que você seria mais esclarecida?

Próximo à parede havia uma quase imperceptível porta, através da qual passavam os fios que estavam ligados à cabeça do Dr. Dudden, balançando próximo da plataforma e levando para cima até um buraco no topo da divisão de madeira que separava as gaiolas em duas. Agora ele havia enrolado os últimos fios em seus braços, aberto a porta com um pouco de dificuldade e entrado, ele mesmo, na plataforma.

— Não, eu deveria ter me lembrado de que estou sozinho — continuou ele, voltando a falar com Lorna. — Completamente sozinho. Ninguém poderia entender, ninguém sequer poderia começar a tentar entender. Estou tão à frente... Levaria anos, *anos* para compreender o que eu estava tentando fazer. — Seu sorriso era triste, irônico. — Muito bem, Lorna: você pode ir embora agora. Eu ficarei muito bem por aqui. Eles virão e me encontrarão em alguns dias, de qualquer maneira. Eles estarão aqui o mais breve possível.

— *Quem* estará aqui? — perguntou ela, desesperançosa. — Do que o senhor está falando?

Ele balançou a cabeça, e fechou a porta da gaiola.

— Dr. Dudden...

Mas Lorna entendeu que ele não podia mais escutá-la, e ela pôde apenas observar com desalento ele se sentar na plataforma, cruzar as pernas, dobrar os braços, como se estivesse se preparando para fazer meditação. Então ele começou a falar, mas para si mesmo, não para ela. As palavras eram difíceis de serem ouvidas no começo. Lorna estava pronta para partir, para correr escada acima em direção ao telefone para chamar uma ambulância, quando ela entendeu quem eram eles.

— Ninguém deve dormir — ele estava dizendo. — Ninguém deve dormir — o tempo todo, sem parar, como um mantra, como o CD que continuava a tocar na outra sala, a todo volume, e a celebração de Pavarotti para "Nessun Dorma" parecia criar um outro clímax ensurdecedor.

*

Cleo descansava na cama de seu quarto de hotel, ouvindo o barulho do tráfego na Russell Square, a polifonia de vozes que entrava pela janela aberta, e pensou consigo mesma que, não importasse o que iria acontecer naquela noite, sua vida jamais seria a mesma outra vez. Não haveria como voltar atrás.

Mais tarde, enquanto se maquiava, mudava de saia, se preparando para um drinque no bar do hotel, ela percebeu que havia muito fatalismo, muito melodrama naquela idéia. Ela tinha lidado com Sarah por 12 anos. Bem recentemente, ela tinha lidado bem com a situação. Não havia razão para achar que essa súbita ressurreição de esperança mudaria tudo, nenhuma razão pela qual não devesse voltar para a clínica no dia seguinte, nenhuma razão pela qual não devesse continuar a viver sem Sarah, só porque ela havia resolvido fazer aquilo em uma terrível noite em Ashdown, na última vez em que ela a viu, a última vez em que ouviu sua voz. Desde então, Cleo tinha vivido a vida de uma mulher solitária, e iria continuar a viver assim.

Apenas para provar seu ponto de vista, ela flanou pelo bar por mais de uma hora, bebendo dois gins-tônicas e ignorando completamente as cantadas que todos os homens desacompanhados tentavam dar. Ela foi a um restaurante italiano, onde pediu uma pequena garrafa de vinho tinto e uma excelente lasanha de legumes e verduras, e declinou do convite de se juntar a um cavalheiro que estava sentado à mesa próxima da janela para tomar café e licor. Depois disso, começou a caminhar, não muito apressada, em direção ao metrô, esbarrando seus ombros nos dos turistas e nos dos jovens que corriam perto dela em sua jornada rumo à noite de sexta-feira no West End.

Por uma vez, no trem, ela não prestou atenção nos anúncios, não quis ler as páginas de trás dos jornais de outras pessoas, em vez disso, olhou atentamente para os rostos dos passageiros que a acompanhavam. Viu casais felizes, e casais infelizes; casais que não tinham nada a dizer um para o outro, e casais que não conseguiam parar de se tocar; casais que tinham acabado de se conhecer, e casais que pareciam estar juntos a vida inteira. Viu homens casados em seu caminho para casa e para suas esposas, e viu homens solteiros a caminho de casa e de seus vídeos e de seus jantares de microondas. Viu mulheres sozinhas, mulheres em pares, e mulheres em grupos, e pensou em si mesma: "Sim, posso encontrar meu lugar com essas pessoas. Qualquer coisa que desse errado, qualquer outro erro que eu cometesse, eu sei quem eu sou, agora. Eu sei quem eu sou e isso me basta."

A escuridão já estava caindo quando ela emergiu na saída do metrô vinte minutos depois, sentindo o ar da noite. Cleo havia comprado um guia *Londres de A a Z* naquela tarde, e decorou o caminho; no final das contas, as indicações de Ruby, por mínimas que fossem, se mostraram adequadas. Deixou para trás a rua principal, e depois de caminhar por aproximadamente meio quilômetro, se viu entrando naquela que certamente era a mais sossegada rua de Londres. Não havia música, nem barulho de festa, nem vozes vindo de alguns dos jardins. Nem mesmo uma televisão com o volume mais alto. Os passos de Cleo pareciam ser o único som do mundo.

Ela parou do lado de fora da casa de Sarah. Apesar de não estar completamente às escuras, as cortinas estavam completamente fechadas, com apenas um feixe de luz saindo por suas beiradas. Cleo empurrou o pequeno portão de ferro, que rangeu de forma lamurienta, e caminhou até a porta da frente. Ela parou, puxou para baixo sua saia e ajeitou a bolsa, ajustando o peso em suas costas. Então bateu duas vezes na porta.

Uma luz surgiu no corredor. Segundos mais tarde a porta estava aberta, e lá estava ela: sozinha, mais velha, parecendo um tanto cansada, um pouco sonolenta; um pouco apreensiva, talvez, por abrir a porta para uma estranha àquela hora. Ela estava vestindo jeans e camiseta, e seu cabelo agora estava completa e maravilhosamente grisalho, e no momento em que a viu, Cleo soube que ela havia mentido para si mesma; sabia que não poderia fazer nada sem essa mulher, afinal. Não era possível e nunca seria.

— Sarah?

Foi tudo o que ela conseguiu dizer, no primeiro instante. Sarah olhou de volta para ela, não a reconhecendo, nem sequer supondo quem pudesse ser.

— Eu conheço você?

— Claro que conhece — disse ela. — Sou eu, Robert.

Apêndice 1: Poema

Solilóquio

Sua intensidade, sua graça mudou a maré
Em mim, e nenhuma força lunar pode reverter;
Mas em seus narcolépticos olhos eu observo
Uma noite cega: ou coisa pior
Um descuido que me faz sentir deprimido.
Enquanto isso, insone, busco o ar
Para pensar que vi meu futuro traçado na areia
Uma tarde como permanência, como que entalhado, como
morte
E rezo por um esquecimento tão profundo
Que termine em transformação. Apenas a aurora
Pode me salvar, enchendo essa assombrosa casa do sono
De luz, e espantando os fantasmas que à noite avisam:
Outra vida é tudo do que você precisa, para traçar
Os segredos guardados da intensidade dela, da graça que
ela tem.

Apêndice 2: Carta

De: Pamela Worth
Para: Professor Marcus Cole, Psicologia

Caro professor Cole,

Escrevo esta carta rápida, acho, apenas para lhe agradecer por ter tido o trabalho de escrever para nós semana passada.

Suas palavras gentis foram muito apreciadas. Numa situação como aquela, a simpatia de amigos e bem-intencionados começam a explicar tudo. Isso é tudo o que temos, de qualquer forma. E o senhor pode ficar seguro disso, tanto quanto nos preocupamos com esse assunto, que nenhuma responsabilidade recairá sobre o senhor. Durante as últimas semanas nos pegamos muitas vezes procurando pessoas para responsabilizar — individualmente, o governo, o "sistema", o que fosse —, mas realmente não há ninguém responsável. Esta é a parte insuportável deste assunto.

Visitamos Terry todos os dias. Não há, como o senhor já disse, nenhum progresso, e nenhuma real perspectiva de progresso, pelo que parece. Mas devemos ser pacientes. Ele parece muito tranqüilo, e descansado. O senhor provavelmente não sabe disso (por que saberia?), mas meu filho teve muitos problemas de sono nos últimos anos. É claro que eu nunca disse nada a ele, mas isso me preocupava, e quando eu o vejo agora, por vezes tento me dizer que ele apenas pegou no sono. Os médicos me disseram que estou imaginando coisas, mas uma ou duas vezes achei que tivesse visto um tímido sorriso em seu rosto, e então imagino que ele poderia estar tendo sonhos agradáveis.

O senhor provavelmente acha que essas coisas são fantasias bobas, mas todos nós temos de encontrar nossa forma de lutar, de algum jeito, e eu estou fazendo o melhor que posso.

Atenciosamente,
Pamela Worth

Apêndice 3: Transcrição

Paciente: Ruby Sharp
Data: 28-6-1996
Hora: 2h36 — 2h40
Atendente: Lorna

Nunca quieta   esta casa nunca está quieta   eu lembro que anos atrás   sempre as ondas   nunca está quieta   sentado lá em cima com ela sentada com você   eu me lembro   eu estava prestando atenção   lembro de tudo   a praia   o dia na praia as coisas que você disse   sem limites   você disse sem limites faça alguma coisa   alguma coisa para merecê-la   e as cicatrizes eu me lembro das cicatrizes   em suas pernas   duas cicatrizes como como marcas de aspas   então eu vi   na semana passada eu vi   na praia   outra praia   outra praia e a mesma pessoa outra pessoa e o mesmo corpo   em seus tornozelos   as duas cicatrizes   eu conheço você   quem você é   mas ouça ouça   conheça a ela também   agora Londres   onde ela vive o que ela faz   sozinha   completamente só   você tem de ir tem de encontrá-la   eu sei   soube sempre   desde a praia juntos   fiquem juntos   senti isso   tão feliz naquele dia lembro-me de tudo   nunca tão feliz   sempre desejado   sempre de algum modo   retribuo a ambos   Sandman era como eu te chamava   você fez   um castelo   um lindo castelo longe se foi   para longe   não perdido não estava perdido porque não se perdeu   ainda   não se você encontrá-la   vá agora ela está esperando   Londres   fácil de encontrar   casa vazia   casa fria   ela vive sozinha   norte de Londres   ruas tranqüilas   vire ali   dobre na próxima estação   primeira casa   primeiro você vê   não espere   corre agora   encontre a estrada   lembre   lembre do nome   Fermer Road Fermer   ela quer você   ache-a por favor vá para ela agora

Este livro foi composto na tipologia Classical
Garamond, em corpo 10.5/14, e impresso
em papel Off-white 80g/m² no Sistema Cameron
da Divisão Gráfica da Distribuidora Record.